DIX MILLE GUITARES

CATHERINE CLÉMENT

DIX MILLE GUITARES

roman

ÉDITIONS DU SEUIL
27, rue Jacob, Paris VIᵉ

ISBN 978-2-02-020805-2

www.editionsduseuil.fr

Pour Gérard Fontaine

Principaux personnages
(par ordre d'apparition)

DOM SÉBASTIEN Iᵉʳ D'AVIZ, roi du Portugal.

PEDRO DA SILVA, palefrenier à Lisbonne.

Le comte HANS KHEVENHÜLLER, ambassadeur de l'empereur Rodolphe à Madrid.

PHILIPPE DE HABSBOURG, roi d'Espagne et du Portugal.

DONA JUANA, sa sœur, alias frère Mateo, alias frère Montoya, régente d'Espagne, mère de Sébastien.

FRÈRE SIMAO GOMES, de la Société de Jésus.

LUIS DE CAMOËNS.

ABDELMALIK, dit LE MALUCO, sultan légitime du Maroc.

MOULAY MOHAMMED, sultan destitué du Maroc.

JASMINE, sa fille.

FRANCISCO DE VILLARTE.

Le cheikh TIDJANE ABDALLAH.

RODOLPHE II DE HABSBOURG, roi de Bohême, empereur du Saint-Empire romain germanique.

L'impératrice MARIE D'ESPAGNE, sa mère.

L'empereur Maximilien II d'Autriche, son père.

Giuseppe Arcimboldo.

Yehudah Lœwe ben Bezalel, dit le Maharal, grand rabbin de Prague.

Christine Vasa, reine de Suède.

Johann Matthiae, son précepteur.

René Descartes.

Pierre-François Chanut, ambassadeur du roi de France auprès de la reine de Suède.

Le cardinal Decio Azzolino.

Et

Le rhinocéros, dit aussi le bada.

Le chien Patrocle.

La chienne Cassiopée.

L'éléphante.

La mandragore.

Le bézoard.

L'aigle.

Les guépards.

Le Golem.

La zibeline.

Prologue

La dernière Croisade

La bataille s'engagea dans un champ au Maroc, le 4 août 1578.

Le terrain était plat, bordé par une rivière, peut-être grossie par un orage d'été. Dans le camp des chrétiens se trouvaient dix mille Portugais, des mercenaires allemands, des Italiens, deux mille Espagnols, un Anglais catholique et une troupe de Maures commandée par un jeune sultan. Et dans le camp d'en face, un vieux sultan défendait son royaume contre l'envahisseur, un roi de vingt-quatre ans qui soutenait son rival.

Vingt mille hommes d'un côté et trente mille de l'autre.

Lorsque la nuit tomba, trois souverains étaient morts. Le vieux, d'une crise cardiaque; son rival, de noyade. Le troisième était méconnaissable, mais des témoins jurèrent que c'était lui, ce corps ensanglanté, cette tête sans nez.

Les dix mille Portugais avaient perdu leur roi. Mais était-ce vraiment lui? Qui pouvait l'attester? Des officiers captifs reconnaissant un corps défiguré, dépouillé de ses insignes royaux ? Allons ! Ce n'était pas vrai. Il avait survécu, il s'était échappé, il allait revenir, il ne pouvait pas mourir. Le roi du Portugal, Sébastien le Désiré, désespoir de son peuple.

Quand le soleil se leva sur le champ de bataille, dix mille guitares restèrent sur le sable, abandonnées à Alkacer-Kébir.

Le jeune roi disparu était le fils posthume d'un infant portugais et d'une fille d'Espagne.

Marié à seize ans, son père mourut un 2 janvier, en 1554. Sébastien d'Aviz naquit le 20 et sa mère le quitta, préférant rejoindre son frère roi d'Espagne à Madrid. Le peuple portugais donna au nouveau-né des noms de crucifié, le Fruit des sanglots, l'Enfant des larmes, Né du ventre des soupirs, et puis, finalement, un seul nom demeura. *O Desejado*, le Désiré.

Lorsqu'il eut trois ans, il succéda à son grand-père le roi qui venait de mourir. Sa grand-mère exerça la régence et puis son oncle Henri, mais lui seul rayonnait. À cause de sa naissance, son peuple l'adorait. À neuf ans, il présida les Cortès, l'assemblée de la nation. À quatorze ans, ayant atteint sa majorité, il régna.

Il fut un adolescent fiévreusement catholique, épris de piété et rêvant de croisades. À l'époque, plus personne n'y pensait, trop chères, les croisades, trop longues, coûteuses en vies, mais lui ne pensait qu'à cela, lever une belle armée, traverser l'océan, et fonder un empire au Maroc. Il le fit. Contre tout bon sens, il le fit. Vénéré par son peuple et sans autre soutien, le jeune homme né posthume se croisa au Maroc. Il le fit et ce fut un désastre comme sont les désastres militaires attendus quand on lève une armée pour aller envahir un pays musulman et qu'au mépris des peuples, on a l'esprit de croisade, animé par la confiance en Dieu, *In God we trust*. À cette lointaine époque, un chef des armées commandait ses troupes sur le champ de bataille en engageant sa vie.

Il le fit. Le roi Sébastien disparut dans le nord du Maroc.

On dit qu'il ne mourut pas; d'ailleurs, il est revenu. Une fois, deux fois, trois fois. Depuis 1578, année de la catastrophe, des Portugais attendent son retour.

Il était le dernier de la dynastie fondée par Dom João, grand maître de l'ordre de Saint-Benoît d'Aviz, portant tunique blanche avec, au côté gauche, la croix fleurdelysée verte ornée de deux oiseaux, *aves* en portugais. Bâtard de roi, élu par acclamation, le grand maître de l'ordre fonda la dynastie d'Aviz en 1385 sous le nom de João Ier, gloire du Portugal.

Voisine encombrante, l'Espagne devint cousine germaine du Portugal. Les Habsbourg décidèrent d'épouser les Aviz. Les souverains portugais épousaient des princesses espagnoles, et les souverains d'Espagne des princesses portugaises. Les liens matrimoniaux sont si serrés, si tenus entre les deux royaumes que le consanguin trône. On ne sort pas des Habsbourg, on ne sort pas des Aviz. On préfère l'inceste.

Quand Charles Quint abdique en 1555, Philippe II,

roi d'Espagne, qui règne sur les Flandres, hérite des colonies d'Amérique centrale et latine, c'est-à-dire de tout le sud du continent américain à l'exception du Brésil portugais ; il possède en Asie des archipels, des îles, qu'il devra conserver. Mais sa fonction ne s'arrête pas là. Il lui faut surveiller le Saint-Empire romain germanique, confié à une branche de la famille un peu folle.

La folie est la faille des empires, le revers des alliances.

Folle, la reine Jeanne de Castille, sa grand-mère, séquestrée pendant quarante-neuf ans. Chez les Habsbourg, la tête est grande et lourde, mais fragile, oh mon Dieu ! Si fragile qu'un rien la met en branle. Certes, depuis que les grandes expéditions ont ravagé les mondes et enrichi l'Europe, un roi fou cause moins de dommages qu'auparavant. Les épices transitent, l'or est en place et les colonies, assurées. Il n'empêche.

Dans la famille, le roi Philippe II a compté pour l'instant trois têtes fragiles. Trois fous.

Le plus éloigné, Rodolphe de Habsbourg, son neveu, empereur d'Autriche, élu du Saint-Empire, vit à Vienne. Il n'y restera pas. Il rêve d'habiter Prague. Parfois, il désespère et parfois, il exulte.

Le plus proche, Sébastien, fils de sa sœur Juana, est roi du Portugal. À lui sont les trésors de l'Inde et du Brésil, les comptoirs portugais sur les côtes d'Afrique, celles où vivent les Maures et celles ou vivent les Noirs ; il est duc de Guinée. Le roi d'Espagne veille avec d'autant plus d'attention sur son neveu fantasque que Juana, sa mère, vit à Madrid, et son fils à Lisbonne.

14

Mais le plus fou des trois, la tête la plus fragile, aura été son propre fils, l'infant Don Carlos, prince héritier bossu et meurtrier. Il a fallu l'enfermer dans une tour. Carlos, l'infant maudit, est mort en refusant de manger. C'est, de toutes les douleurs, la plus cruelle du roi Philippe.

Il faut vivre. Chasser, éduquer, régner, punir les Maures demeurés en Espagne, choyer l'Inquisition, maintenir la paix. Il faut prier. Rassembler des trésors pour l'édification.

Les trésors des Habsbourg sont conservés à Vienne. Là se trouve le grand pectoral de plumes vertes de l'oiseau Quetzal, symbole du pouvoir de l'empereur aztèque Moctezuma, et trophée que Cortès rapporta après l'avoir laissé mourir. C'est là que sont aussi les coupes antidotes, sculptées dans l'unicorne des rhinocéros d'Asie.

La plupart des trésors du Kunsthistorisches Museum viennent du Château de Prague, où l'empereur Rodolphe, neveu de Philippe II, constitua sa chambre des Merveilles. La collection de l'empereur Rodolphe fut le premier musée européen : animaux empaillés, tableaux d'Arcimboldo, coraux extravagants, automates, mandragores, squelette de dragon, dent de vipère. Un squelette de rhinocéros.

Sa corne antipoison, transformée en gobelet cerclé d'or.

Le rhinocéros de l'empereur Rodolphe avait appartenu, vivant, au jeune roi Sébastien, puis, après le désastre, à

15

son oncle d'Espagne. On sait presque tout de ce rhino-céros grâce à l'ambassadeur de l'empereur d'Autriche, qui le suivit vivant de Lisbonne à Madrid et l'accom-pagna, mort, jusqu'à Prague. Plus tard, à la fin de la guerre de Trente Ans, la chambre des Merveilles fut pillée par les armées suédoises et la corne se retrouva dans les mains de la reine Christine. Elle abdiqua et la corne la suivit dans son exil doré.

On sait d'où venait le rhinocéros. Il naquit au pied des Himalayas, dans un marécage au nord de l'actuel West Bengal. Avec son armure, ses pattes courtes, ses petits yeux clignotants sous le casque, sa corne levée et son célèbre sexe, il est à l'image du seizième siècle. C'est un guerrier buté, sensible et colérique. On dirait Aguirre.

Ce n'est pas tous les jours qu'on fait la connaissance d'un animal ayant traversé l'Inde dans sa largeur et qui, après avoir navigué de Goa à Lisbonne, se retrouve en ménagerie pour charmer des souverains, un jeune roi portugais, un vieux roi d'Espagne, un empereur alchi-miste, une reine barbare. Mort, il voyage encore. Et sa corne est à Vienne.

Première partie

LE CROISÉ

Mémoires du rhinocéros

Je suis un objet de musée. Il ne m'arrive plus rien.
Il paraît qu'en m'utilisant comme gobelet, on avait
un bon contrepoison. Ce fou d'empereur Rodolphe le
pensait. Quand il a hérité de ma corne, c'est lui qui l'a
sculptée en scellant bien au fond un bézoard trouvé dans
l'estomac d'une chèvre. Corne de rhinocéros et calcul de
caprin, c'était le seul antidote au siècle où je suis né.
C'est un siècle qui vit éclater les frontières du monde.
Un siècle de conquêtes et de peuples massacrés, le siècle
de l'Occident qui se crut éternel. Il voulait s'enrichir, il le
fit sans mesure. J'étais un animal libre dans les marais
et je suis devenu un cadeau pour un roi.
Un jeune Élu, un pur parmi les purs, un tout petit
puissant qui voulait sa croisade, choisissant son ennemi
et trouvant des prétextes pour aller au désert vaincre le
musulman. C'est là qu'il s'est perdu.
Longtemps, on a cru à mes pouvoirs magiques, et puis,
avec le temps, on me les a repris. Sauf un, auquel les

gens croient encore dur comme fer. Ma vraie fonction, c'est de les faire bander. Je le vois à l'éclat de leur œil quand s'approchent les visiteurs.

Les savants de l'Europe m'ont attribué ce nom qui n'est pas le mien, «rhinocéros»; «porteur de corne», en grec. Mais je suis un bada! Je ne viens pas du grec! J'étais une tour carrée, énorme, imprenable, un animal puissant, et j'ai vécu des vies! Incroyables. Qui le saura? Personne! D'ordinaire, les objets sont muets.

Une fois, j'ai réussi à tomber de ma table. Au cas où, d'aventure, quelqu'un, me ramassant, aurait pu m'emporter... Pensez-vous. Le gardien m'a rudement reposé sur le marbre. «Espèce de sale bête, tu vas rester en place ou sinon...» Sinon quoi? M'aurais-tu râpé pour honorer ta femme?

Tant de siècles passés dans une peau qui n'était pas la mienne pour finir ramassé dans une corne antidote! J'avais été un homme, je devins animal et de moi il ne reste qu'un bout de kératine. J'eus au quinzième siècle un village natal, un nom, une famille, une bouche pour manger le riz, une voix pour dire les prières. Cinquante années plus tard, j'eus un marais natal, des pattes, des femelles, des grognements, une queue. Et je suis devenu une chose sur un meuble.

Du temps de ma peau d'homme, j'étais le plus lettré des brahmanes du Bengale. J'ai encore de beaux restes; je m'exprime avec cérémonie. J'étais si sûr de moi, si savant, que je pensais déterminer le lieu de ma prochaine vie: à l'instant précis où s'échapperait mon âme, je la précipiterais dans le ventre de mon choix. J'y avais travaillé ; j'étais prêt. Mais les dieux sont malins...

L'instant vint, imprévu. Une noirceur immense entra dans mes prunelles, je vibrai jusqu'à la déchirure et l'orage m'engloutit. Ma nouvelle gestation commença. Baigné d'eau dans un ventre inconnu, mon esprit sommeillait. Il s'éveilla juste avant la naissance : à travers les membranes, j'entendis des grognements, des coups délicieux. Ma mère me poussait au-dehors, mon nouveau corps sortait, je glissai dans la boue. J'étais né. J'avais quatre pattes et une corne.

Aux dernières contractions, ma mère avait crotté, et je humai l'étron en pissant de plaisir. Mon esprit s'effraya. Moi, jouir d'une crotte qui fumait ? Les interdits que j'avais évités dans ma vie de brahmane, le bada que j'étais aurait à s'y vautrer. Se rouler dans le sale, le trouver magnifique, copuler sans contrainte, charger, trouer les chairs, frotter la corne contre les arbres, ne rien faire, immuable, avec, sur la cuirasse, un pique-bœuf occupé à manger la vermine...

Pour mon malheur, je restai double. Bada le jour, brahmane la nuit. J'avais précipité mon être dans la peau d'une bête, mais mon esprit intact était celui d'un pur. La première fois que je bandai, sortit un gland gluant d'où en sortit un autre, ça, je le sentais bien. Deux glands et deux prépuces ! Ma réincarnation avait échoué.

Les nuits passant, j'eus le temps de comprendre le pourquoi de l'erreur. Car si je n'avais pas baisé la pariah, je n'en serais pas mort en plein milieu. Personne ne m'avait vu, sauf les dieux, qui savent rire.

La fente de l'impure était chaude. Quitter son corps quand il est, dans un autre, enfoui jusqu'à la garde, c'est une mort acceptable. La punition des dieux était à ma mesure. Énorme, interminable, héroïque, le rut. Je suis le mâle, je charge, le rival prend peur et part au petit trot. La femelle est à moi. Monte et accouplement. Je déploie les replis de mes glands successifs, je fleuris et j'enfonce, je siffle, je grogne, elle s'ouvre, je jouis et elle s'en va. Je trotte derrière elle, je la monte, j'engloutis mon bâton humide, elle grogne, puis de nouveau s'enfuit. Pour finir, je m'enfonce et je reste, jetant dedans sa fente mon flux bien rythmé. Combien de fois ? Dix fois, vingt, trente fois, des heures. Ensuite, boue au soleil, herbage, ensommeillement. Un homme, c'est autre chose ; il charge mais il a peur. Moi, j'avais l'immensité repue.

J'aurais pu savourer les bouses et les herbes dans la paix des marais. Jusqu'à la fin des temps j'aurais trotté, mes pattes allègres soulevant mon immensité. Au lieu de cela, je fus pris.

C'était en plein soleil et je dormais. Leurs lianes s'abattirent. Pour la première fois, j'entendis leurs cris. Dans mon pays natal, les miens hurlaient de terreur quand j'approchais ; mais les Blancs ! Ils vociféraient. J'ai chargé, j'ai grogné, sifflé, pointé ma corne, mais mes pattes s'emmêlèrent dans les liens. Ils triomphaient, ils narguaient le bada empêtré sous son poids, armé d'une corne impuissante à tuer...

– Attention à la corne ! Arrière ! Ne vous approchez pas, il peut vous éventrer, reculez, bon Dieu !

– Mais puisqu'il est foutu, chef. Vous voyez bien qu'il ne peut plus bouger. Tout ce qu'il fait, c'est de nous zyeuter avec ses méchants petits yeux enfoncés dans la graisse...

– Suffit ! Vous allez me l'entraver proprement. Sans l'abîmer, hein ? Cette bête vaut un trésor.

– Peut-être qu'il vaudrait mieux l'estourbir juste un peu, pour lui passer les cordes autour des pattes.

– Hors de question ! Vous avez des consignes... Pas une écorchure, pas un coup sur le crâne, sinon, le patron n'en veut pas. Quoi, Mateo ?

– C'est un jeune, chef. La corne n'est pas encore finie. Faut lui faire boire de l'eau avec de l'opium dedans. Finira bien par s'endormir, vous verrez.

Épuisé, j'ai fermé ces yeux qu'ils n'aimaient pas. Ils m'ont drogué, hissé dans une cage, traîné sur les cailloux, des mois durant. Ces gens-là buvaient de l'alcool en quantité, leurs culottes étaient courtes, ils ne se lavaient pas ; ils puaient affreusement, leurs chemises étaient grises, leur graisse était mauvaise, ils mangeaient du cochon. Ces gens n'étaient même pas des musulmans. Leur cortège quitta mes marais de naissance, et mes yeux embrouillés reconnurent la région où j'avais vu le jour, du temps que j'étais homme. La fumée acide des petits feux de bouses m'emplit l'âme. J'y vois mal, c'est un fait.

23

Mais je hume, et si les badas savaient verser des larmes, j'aurais pleuré en reniflant l'odeur des chapati.

Enfin, nous arrivâmes dans un lieu habité où soufflait un vent inconnu, sentant le sel. Une ville avec des bâtiments noirs des pluies de mousson. Ma cage pénétra sous la voûte d'un palais, et je fus présenté à un grand personnage qu'on appelait le vice-roi. Il sentait le poisson, il avait mal au foie.

– Voilà donc l'animal, dit-il. Il est vraiment terrible. Un beau présent pour notre roi. Regardez-le! C'est un preux chevalier en cuirasse. Lieutenant, vous quitterez Goa pour Lisbonne sous huitaine. La caraque vous attend. Vive Sa Majesté le roi Sébastien le Désiré, sauveur du Portugal!

C'est ainsi que j'entendis pour la première fois le nom de mon premier maître.

Pour ma terreur, on me poussa sur un plan incliné et je me retrouvai sur un plancher flottant. Sous mes pattes, un estomac géant ruminait sans relâche, en haut, en bas, tonnerre, éclairs, tempête, rien n'arrêtait sa tâche. Un fleuve n'a pas ces mouvements profonds, mais cette matière sans fin n'a jamais de repos. Les Moghols savent conquérir les sols, mais les Portugais dominent l'eau ruminante et leur barcasse de bois s'arrima un beau jour dans le port de Lisbonne. Quand ils me débarquèrent, leurs maudits cris m'affolèrent, mes pattes paralysées dérapaient, ma corne attaquait dans le vide, je sifflai de mon mieux, mais j'étais arrivé. Il se fit un silence sur les quais.

Seules mes oreilles bougeaient – mes précieuses oreilles d'où je tiens mon génie. Et je humai la crainte dans le cœur des passants. Ils empestaient la crasse, et ils me regardaient, ces badauds mal lavés, avec l'étonnement qu'on réserve aux merveilles. Du bout d'une badine, on essaya de titiller ma corne, et je sifflai un coup, pour faire reculer. On éclata de rire, on piqua mes naseaux. Alors, plissant les yeux pour mieux voir, j'émis un gémissement que je ne connaissais pas.

On me roula longtemps. Puis je franchis des portes. J'étais dans une cour entourée de hauts murs. Peu de soleil. Il faisait froid. Les mêmes qui criaient en me manipulant ôtèrent leurs bonnets en silence. Le lieutenant qui m'avait pris salua. J'entendis crisser le sable sous ses bottes.

– Avancez donc! cria une jeune voix autoritaire.

Lui, je ne le voyais pas.

– Sire, au nom de Sa Seigneurie le vice-roi des Indes, j'ai l'honneur de vous présenter ce monstre des marais, véritable bada capturé sous le toit du monde, un vrai soldat pour un vrai roi, cuirassé, éperonné, symbole de puissance virile et de courage.

– Est-il semblable à celui que reçut Dom Manuel, mon ancêtre d'Aviz?

– Non, Sire, il est plus gros et plus jeune.

– Bien! Voyons cet animal de plus près.

Dans un murmure, j'entendis un froissement de drap. Le gamin couronné sentait le foutre et la rose.

– Ouvrez la cage!

– Sire! Il est dangereux, Votre Majesté ne peut pas...
– C'est un ordre!

Les portes de ma cage s'ouvrirent. Prudemment, j'avançai une patte, puis une autre. J'avais la corne basse et j'étais fatigué. J'entendis les soupirs d'effroi des assistants. Mais le gamin royal n'en fit qu'à sa tête; sur mon front, je sentis vaguement la chaleur de sa paume. Je relevai la corne, et les autres crièrent. Lui pas.

Ses yeux m'interrogeaient: qui es-tu, toi le caparaçon? Une bête ou un dieu? Ami ou ennemi? Son air était sérieux et sa peau, très blanche. Il avait les joues rondes d'un enfant, le menton plein, les cheveux roux en frange sur un grand front bombé. Et ses yeux étaient bleus.

Il les plongeait sans peur dans mes petits yeux noirs et je clignai trois fois, façon de lui sourire. Il sourit à son tour. Alors, tête basse, je lui léchai la paume de ma langue, douce comme celle d'un veau qui vient de naître.

De lui, à cet instant, j'ignorais presque tout.

Sur la barcasse, les marins parlaient du roi Sébastien dont j'allais faire la joie, fils posthume d'un infant mort avant d'être roi. Parfois, ils évoquaient son oncle le régent, qu'ils appelaient Cardinal; ou bien sa grand-mère la reine Catarina, sœur d'un roi, mère de roi, veuve de roi, un tamasha de rois d'où ne ressortait rien sinon que le plus jeune d'entre les rois mentionnés était orphelin de père, et l'espoir de son peuple.

Le pays s'appelait Portugal, et il n'était pas vieux. À ce que je compris, l'unité du royaume n'avait que trois cents ans, quoique deux dynasties se fussent succédé. Comme dans ma vie de pur, ces gens-là avaient leurs brahmanes de blanc vêtus, qui n'étaient pas nombreux, deux ou trois par siècle. Ils s'appelaient le Pape.

Les officiers craignaient une dame redoutable qu'ils appelaient Espagne, qui croquait leur pays à l'occasion des noces. Je ne compris pas bien comment une femme pouvait grignoter un pays à elle seule, mais après tout, peut-être chez les Blancs existait-il des femelles aux dents pointues. Les mariages semblaient la grande affaire des rois.

Comme son père, feu le père du jeune roi avait épousé la sœur du roi d'Espagne, et il en était mort sans connaître son fils.

— De quoi il a crevé, ça, on n'en saura rien...
— Il a trop entrepris son Espagnole, je vous dis ! Mort d'amour !
— Sûr que non. Elle l'aurait aimé et elle aurait lâché son marmot, comme ça, en le laissant pour rejoindre son frère à Madrid ? Penses-tu ! Elle ne l'aimait pas ! Je crois qu'il était malade, oui !
— Paraît qu'il avait attrapé la vérole. Pas vrai, mon lieutenant ?
— Ça se pourrait, Diego, ça se pourrait... Une chance que notre roi n'ait pas hérité de la maladie !

27

– N'aurait-y pas une jambe plus haute que l'autre, des fois ?

– C'est un signe de Dieu ! Savez-vous que le roi Sébastien possède sur le corps neuf marques divines ?

– Tant mieux ! On en aura besoin pour ne pas se laisser bouffer par l'Espagne ! Ce Philippe, quand même…

– Il est l'oncle du roi, messieurs.

J'appris qu'à moi seul, j'incarnais la dure résistance d'un royaume fragile. Ces gens-là croyaient dur que ma corne chargerait Dame Espagne. Trop d'honneur ! Un éléphant se laisse domestiquer ; mais jamais on n'a vu un bada domestique ! Il fallait donc s'attendre à des bâts, des pointes sur la corne, des chaînes, des cornacs. Le roi serait juché sur mon dos et alors, oh, alors… Je l'en ferais chuter, je lui trouerais le ventre et je l'étriperais.

Voilà à quoi je songeais en grognant de colère du temps que je n'avais pas encore vu mon jeune maître.

Une fois au palais, j'en entendis bien d'autres.

On m'installa dans un méchant enclos sans boue et sans feuillages, avec seulement un seau. Les premiers jours, vinrent me visiter quelques vieux flanqués de femelles bavardes. Je me souviens encore de leurs odeurs mêlées, camphre, musc, flux de femme, relent d'oignon, jaune d'œuf sec, sac à vin.

– La corne est bien roide, chuchotait un bonhomme. Peut-être, en la rognant pour en faire une poudre, pouvons-nous essayer sur Sa Majesté ? Qu'en dites-vous, monseigneur ?

– Inutile. Son père a succombé au mal français, il le lui a légué, confrère. Rien n'y fera.

– Feu l'infant Joao mourut de sucre dans le sang ! Un d'Aviz n'a pas le sang corrompu par la femme.

– Je prétends que le mal dont souffre notre roi vient de l'âme. Son père – que Dieu ait son âme – est mort dix-huit jours avant sa naissance. Une malédiction pèse sur ce jeune corps ! Il n'épousera pas.

Et les femmes gloussaient.

– Pauvre enfant ! Vous entendez ce que disent les médecins ? Notre roi refuse de se marier !

– Mais c'est qu'il ne peut pas ! Vous savez ce qu'on dit.

– Je sais qu'on ne lui connaît pas d'attachements.

– Notre roi est très attaché à certains chevaliers ! Vous savez bien...

– Taisez-vous ! Vous parlez de l'espoir du pays ! Le fils posthume, l'enfant du miracle, qui est sacré !

Les valets parlaient clair. « Queue molle », disaient-ils, « branlette et compagnie, ou alors sodomie ».

Les considérations sur la queue de mon roi m'attendrirent. À la puberté, dans mon pays natal, on épouse. Moi-même, à treize ans, j'avais été marié à une fillette aussi pure que moi, de visage fort ingrat, mais de corps agréable dans le noir, suffisamment pour la reproduction. Ainsi, les familles des rois ne se distinguaient pas des autres, et le Portugal n'était pas différent de mon lieu de naissance.

Telles étaient les rumeurs. Le temps aidant, vinrent me voir les puissants, deux par deux et fort graves.

— Voilà donc le bada royal. Ma foi, il a une cuirasse de croisé. Une force puissante... Regardez comme il tient sur ses pattes. Si seulement notre roi possédait cette assise ! Que voulez-vous, il n'a pas eu de mère.

— Mais notre souverain a Dieu, Votre Éminence.

— Notre roi s'est voué au Seigneur, je n'en disconviens pas. Mais je ne suis pas sûr que ses idées lui viennent toutes du Christ. Ses projets de croisade contre les Infidèles...

— Braves, Éminence, héroïques !

— Nous sommes entre nous, n'est-ce pas ? Eh bien, cette croisade serait une folie. Rappelez-vous sa dernière escapade, celle de l'année 1574. Disparu sur le Tage, en pleine nuit ! Avec pour tout potage deux ou trois officiers, une petite troupe et une bannière ! Et pourquoi ? Pour conquérir les terres infidèles, sans préparation ! On a bien vu dans quel état il en est revenu... En haillons !

— Quel courage !

— Si l'on veut, monsieur, si l'on veut. Car enfin. Un souverain en exercice, se livrer à ces enfantillages ! Il rêve d'expéditions, mais avec quel argent ? Le royaume est ruiné.

— Savez-vous qu'il demande au roi Philippe d'Espagne son aide financière ?

– L'Espagne ne suivra pas notre roi en croisade. Le roi Philippe a d'autres chats à fouetter. Le danger n'est pas là, mon cher. Mais les impôts qu'il lève sur notre Église! Voilà le vrai péril.

– Il faut le marier, Éminence.

– Plût à Dieu! Notre roi le sait mieux que personne, on lui en parle tous les jours. On propose Marguerite, la sœur du roi de France, celle qu'on appelle Margot, belle comme les amours, il n'en veut pas! Il demeure avec sa clique de gamins chevelus qui se croient chevaliers comme aux temps d'autrefois! Ils ont une dégaine! À croire que notre roi est...

– Vierge! L'Angleterre a une reine vierge, Éminence.

– À propos, il paraît que le bada aurait un membre énorme qui s'ouvre en corolle comme un lys...

– Ah oui? Je savais que sa corne était aphrodisiaque, mais pour le membre, j'ignorais. Voyons cela..

Donc, mon maître était pauvre et n'aimait pas les femmes. Chez moi, cela existe. Si un homme aime les hommes, il n'a qu'à se châtrer. Eunuque il deviendra, redoutable à cause du mauvais œil. Il s'habillera toute sa vie en fille. À cette perspective, je bandai. Les deux puissants du jour s'ébaubirent. Floraison du bada! Floraison du bada!

Philippe II,
roi d'Espagne

En 1577, un an avant la bataille des Trois Rois, Philippe a tout juste cinquante ans. Depuis 1570, il est l'époux de sa nièce Anne, la blonde archiduchesse d'Autriche, dont il a eu un fils. C'est sa quatrième femme.

Les trois autres sont mortes : sa cousine Maria de Portugal, Mary Tudor, reine d'Angleterre, Élisabeth de Valois, princesse de France. À lui seul, le roi Philippe aura épousé la France, le Portugal, l'Autriche et l'Angleterre.

Il lui arrive de songer à ses premières noces, consommées vers une heure du matin devant les témoins assemblés pour constater la présence du sang virginal sur les draps. À deux heures, son vieux précepteur les avait fait lever et la petite Maria, qui riait si joliment, s'en fut coucher de son côté, lui du sien. C'était à Salamanque et Maria était blonde. Deux mois plus tard, il avait eu des abcès sur le corps et le précepteur

32

l'avait séparé de sa femme, conformément aux ordres de l'empereur Charles Quint qui ne voulait pas voir son fils s'amollir dans le vagin conjugal.

Celle qu'il aima le plus fut la petite Française, vingt ans de moins que lui, treize ans le jour de la bénédiction. Elle n'avait pas encore eu ses premières règles et il fallut attendre. Il attendit un an avant de baiser la fille du roi de France que les Espagnols appelaient l'« Isabel de la Paz », l'Isabelle de la paix, la très gaie, la très douce Élisabeth, qu'il déchira en lui faisant l'amour pour la première fois. Cruel, mais délicieux.

Les femmes, il les connaît. Il n'a jamais cessé d'en avoir. Des servantes, des nobles, des suivantes, un peu de tout. Une seule a résisté, l'Anglaise hérétique, cette autre Élisabeth qui a refusé sa main. Philippe hait la Reine vierge et un jour, il l'aura.

Il a une maîtresse d'une beauté extrême, malgré un œil borgne qu'elle cache sous une taie de soie noire qui lui barre le visage. La princesse Eboli est une audacieuse et sa petite bouche a la forme d'un baiser. Les reines sont pour les fils, Eboli pour la joie.

Il est en pleine gloire. Six ans plus tôt, à la tête de la Sainte Ligue catholique, il a vaincu le Turc à Lépante, en Méditerranée. Le sultan Sélim qui règne sur la Sublime Porte a perdu sa bataille. La guerre contre l'Islam, Philippe vient de la gagner. Tout lui sourit. Il ne déteste pas vivre.

Madrid, 10 février 1577

Le roi Philippe signe, d'un paraphe appliqué. Assis devant sa table comme tous les matins, il lit les papiers que lui tend Perez. Le ministre du roi cache sous un pourpoint brun un air d'insignifiance, des mains sans bagues. Mais quand le roi s'attarde sur un document, l'impatient ministre fait craquer ses doigts.

– Pour finir, il y a aussi cette lettre, Sire, dit Perez. Du roi du Portugal.

– Encore!

– Oui, Sire. Votre neveu précise qu'il a réuni la moitié de l'argent nécessaire pour son expédition. Au nom de l'Esprit-Saint, de la Passion du Christ, de la Sainte Église...

– Apostolique et romaine, nous savons, dit Philippe. Mais quelle lubie le tient? Je règne sur l'Espagne qui fut maure, et je ne me mets pas en tête d'aller chasser le sultan du Maroc sur ses terres, moi. Il me suffit d'avoir eu à mater la révolte de ces chiens convertis à Grenade! Ils sont comme les marranes. Menteurs, impurs, rebelles. Mais mon neveu s'en moque! Il n'a pas de Morisques sur ses terres.

– Sa Majesté le roi du Portugal évoque la décadence de la chevalerie...

– La chevalerie est d'un autre âge, dit le roi. Quand j'ai fait mon entrée royale à Bruxelles, ma tante de Hongrie m'avait préparé une fête à l'ancienne, des tournois, des

34

chevaliers errants, passe encore! C'était une mascarade, il y a près de vingt ans. Mais à notre époque, une croisade! Hormis mon neveu, qui la demande?

– Sa Sainteté ne le soutient guère.

– C'est la Sublime Porte qui préoccupe Rome. Le Grand Sultan peut retrouver ses forces. Mais pourquoi le Maroc? Il faut qu'il y ait autre chose. Que disent nos agents?

– Que Sa Majesté le roi du Portugal a reçu en secret des émissaires. Ils venaient de la part du sultan destitué qui s'appelle... Moulay Mohammed, il me semble.

– Ainsi, il continue! Sébastien ne s'est-il pas rendu en personne à Tanger? Il y a combien de temps déjà?

– Trois ans, Sire. Il en est revenu nu comme un ver. Nous l'avions cru mort, souvenez-vous. C'était en 1574.

– Sa succession était déjà ouverte, murmure Philippe. Toutes ces dépenses pour rien... Et qu'en est-il cette fois?

– Le jeune sultan chassé, ce Moulay Mohammed, cherche à recouvrer son royaume. Il prétend qu'on le lui a volé; ce serait son oncle Abdelmalik, dit le Maluco, frère du sultan défunt. Mais le Maluco est légitime dans ses droits, Sire.

– L'avez-vous vérifié?

– Oui, Votre Majesté. Selon la coutume du royaume, le trône aurait dû revenir au frère du souverain immédiatement après sa mort. Et c'est le Maluco. Il est le plus âgé. En vérité, le jeune sultan déchu n'était monté sur le trône qu'en abusant de la force.

– Le Maluco, dit pensivement Philippe. Je crois me souvenir que ce Maluco est l'ami des Barbaresques d'Alger, et le fidèle allié d'Istamboul. Comment est-il, cet homme ?

– C'est un érudit, Sire, et un brave.

– Qu'on s'approche de lui, qu'on prenne son attache, ordonne le roi d'Espagne. Rien d'officiel. Je veux un rapport au plus vite. Quoi d'autre sur cette affaire ?

– Nos agents rapportent également un élément qui, s'il est vrai, est de nature à... Je dis bien, s'il est vrai, car à la vérité, rien ne permet...

– Au fait !

– L'un des émissaires venus de la part du jeune sultan déchu serait une femme, Sire.

Le visage de Philippe se crispe.

– Comment sait-on qu'il s'agit d'une femme ?

– La voix, Sire, et l'absence de poils.

– Une Mauresque, soupire le roi. Faites en sorte de briser les reins à cette intrigue. Autre chose ?

– Oui, Sire. Le roi Sébastien a reçu du vice-roi des Indes un bada de belle taille, entier quant à la corne. Voilà qui ne manquera pas d'intéresser votre neveu d'Autriche. Il voudra l'acheter pour sa collection.

– Ne me parlez pas de l'empereur Rodolphe, s'assombrit le roi. Vous pouvez disposer, Perez.

Resté seul, le roi se met à jouer avec un fil de soie. Penser que Rodolphe, son neveu d'Autriche, avait été élevé en Espagne par ses soins ! Il n'avait rien appris. Gavé comme un oison, éduqué, formé pour maîtriser

le Saint-Empire romain, et voilà qu'il rêvait d'acheter
un bada.

– Que Rodolphe se marie, par le Christ! crie-t-il.
Encore un qui ne respecte pas ses devoirs de roi! Un
souverain qui ne se marie pas devrait être banni de son
royaume. Nous avons deux fous dans la famille. Mon
neveu portugais qui rêve de chevalerie, et mon neveu
autrichien qui rêve d'un bada. Seigneur, épargnez-nous.
Déjà, mon fils Carlos était fou, et je vous ai rendu grâce,
Seigneur, j'ai accepté. J'ai fait le nécessaire. Mon fils ne
régnera pas. Je n'ai pu éviter que Sébastien et Rodolphe
règnent en votre nom, Seigneur, ne me demandez pas
d'autres actions terribles!

Philippe tord nerveusement le fil, qui se casse.

Mauvais présage. Lorsque sa petite sœur Juana a
rendu l'âme, Philippe tordait machinalement un fil
à son chevet. Elle avait trente-huit ans.

Sans Juanita, régner n'a plus le même goût. À vingt
ans, après avoir perdu son mari portugais, Juanita
avait accepté de revenir à Madrid assurer la régence
dès qu'elle avait reçu la demande de son frère, occupé
à jouer les rois consorts auprès de la vieille Mary Tudor,
reine d'Angleterre.

Recluse en grand deuil dans ses appartements, Juanita
s'était toujours tenue à sa disposition pour le consoler
de ses épouses mortes, et pleurer avec lui sur Don Carlos
le fou. Malgré les supplications de Philippe, elle n'avait
pas voulu épouser son neveu Don Carlos, mais elle
l'avait pris en pitié.

Son fils est ce jeune Sébastien au cerveau malade. Dès sa naissance, la reine Catherine l'a enlevé aux soins de Juana. Lorsqu'elle était revenue du Portugal après ses couches, Juana s'était abattue sur son frère en pleurant. Ses suivantes l'avaient couchée dans sa suite et elle était restée prostrée une semaine. Les médecins lui avaient bandé les seins pour arrêter le lait ; elle avait eu une si forte fièvre qu'on avait craint pour sa vie.

Philippe avait fait venir l'archevêque de Madrid, mais elle l'avait refusé.

– Appelez le frère Simao Gomes, avait-elle déclaré. Il appartient à la Société de Jésus, et je ne veux que lui pour confesseur.

Le frère Gomes était sorti très tard, vers minuit. Au matin, Juana allait mieux. Le lendemain, elle avait fait quelques pas. Une fois le lait tari et les abcès guéris, ses traits avaient durci, mais elle était sereine, malgré son éternel froncement de sourcils. Le frère Simao Gomes était parti pour Lisbonne. Puis, le temps passant, Juanita s'était passionnée pour les choses de l'État, si bien que son frère, s'en étonnant, lui avait demandé à quoi elle souhaitait consacrer sa jeune vie.

– L'Église et le royaume, mon frère.

Ce qu'elle avait fait. Toujours flanquée d'un dogue au collier frappé de ses armoiries, la jeune veuve royale avait revêtu une grande tenue noire à peine égayée par un fichu blanc où pendait l'ordre de la Toison d'or. Pour dompter ses cheveux, elle portait une coiffe plissée, et autour de son cou, la plus serrée des fraises. La plupart du temps, elle portait un long voile sur sa face, un voile noir transparent. Elle avait de la force et une sorte d'angoisse.

Un jour que son frère la plaisantait sur sa tenue de nonne, Juana l'avait attrapé au poignet. D'une voix frémissante, elle lui avait demandé de fermer la porte à double tour.

– Mon frère, j'ai un secret à vous dire, et j'entends que vous n'en parliez pas même à votre confesseur.

– Si grave que cela? Avez-vous des amours?

– Mon frère! Il s'agit des affaires de Dieu.

Dona Juana, mère d'un roi, sœur d'un roi, veuve d'un roi et régente d'Espagne, était entrée dans les ordres clandestinement. Du frère Ignace de Loyola, elle avait obtenu le droit d'être jésuitesse, sous condition de ne servir qu'à la Cour d'Espagne, et secrètement.

Philippe l'avait regardée avec stupéfaction.

– Jésuitesse, vous! Impossible. Les jésuites n'acceptent pas les femmes!

Mais elle avait montré une lettre du fondateur de la Société de Jésus, et Philippe s'était rendu à l'évidence. Juanita avait pris le voile dans l'ordre de la Société de Jésus et elle était la seule femme dans ce cas.

– Vous ne le direz pas même à votre confesseur, Philippe, vous m'entendez?

– Impossible, ma colombe.

Elle s'était redressée, droite comme un fourreau.

– Je vous l'ordonne au nom de la Sainte Obéissance!

Et dans ces occasions, veuillez ne plus me traiter en parente, je vous prie.

À l'époque, Juanita s'appelait frère Mateo.

Il lui arrivait de s'exprimer au nom de la Société de Jésus. Elle avait contrecarré les plans du roi d'Espagne s'agissant du jeune Sébastien, son fils, qu'elle protégeait de loin. Elle lui dépêcha pour confesseur un jésuite portugais chargé de l'éduquer, et de la renseigner sur son évolution.

Puis, quand Ignace de Loyola mourut, Juana devint frère Montoya.

Frère Montoya accepta des missions à l'étranger. Elle suivit la règle de la Société, prête à servir à tout instant, mais secrète, refusant de révéler à son frère le roi l'objet de ses escapades. Et puis elle prit froid un matin de novembre, alors qu'elle revenait d'une nuit chez les pauvres.

Lorsqu'il fut assuré qu'elle était en danger, Juanita avait convoqué Philippe. Elle gisait, l'œil fiévreux, et elle s'agitait en cherchant un objet sous ses oreillers.

– Soulève, Philippe, disait-elle. C'est dessous. Les lettres.

Elle avait du mal à respirer et s'exprimait avec difficulté. Philippe trouva un paquet de lettres attaché avec un fil de soie.

– Prends. Après ma mort, lis-les. Elles concernent Sébastien. Tu sauras quoi faire.

Pour la rassurer, Philippe avait lâché une mauvaise plaisanterie.

– Veux-tu que je les lise au nom de la Sainte Obéissance?

Sur ce, le prélat avait fait son entrée pour administrer les derniers sacrements, et Philippe, par nervosité, avait brisé le fil de soie.

Il n'a jamais eu le courage de lire les lettres adressées au frère Montoya. Maintenant que l'enfant né posthume voulait se croiser au Maroc, Philippe n'avait plus le choix. Il ouvrit le paquet.

Les lettres du jésuite

La pile est épaisse, il les a comptées, dix en tout. Elles ne sont pas de Juanita, mais du confesseur de son fils, le frère Simao Gomes, et s'achèvent sur la devise de l'ordre, *AMDG*. *Ad Majorem Dei Gloriam*, Philippe lira les lettres du jésuite. Ce soir. Une fin d'hiver lumineuse, un ciel froid, sans nuages, les premières fleurs sur les amandiers. Ce soir. Il guette un signe.

Pas un bruit dans la chambre. La flamme des chandeliers file sans tressaillir. Rien. Il espère un bruit sur les carreaux, un oiseau se cognant à la fenêtre. Ce fut une araignée courant sur le tapis.

Il déplie la première lettre.

Le frère Simao Gomes au frère Montoya,
à Madrid, 1567

Très cher frère,
Il me faut l'avouer, après quelques mois d'obser-vation, S. me donne bien du souci. C'est un enfant

sincère, d'une intelligence peu commune, mais son caractère est étrange.

C'est peu dire qu'il aime la discipline. Qui lui a ordonné de porter un cilice ? Il n'a pas voulu me le dire. Je ne suis pas loin de soupçonner qu'il l'a mis de son propre chef, car je ne vois personne parmi les prélats de la Cour pour en être capable. S. veut souffrir pour expier les péchés du monde, mais le frère Ignace, notre fondateur, qui, dans sa jeunesse, avait lui-même connu l'excès de la discipline, se méfiait à bon droit de ces emportements où un certain plaisir l'emporte sur la foi. Dans son innocence, S. ne voit pas le Mal dans ces macérations auxquelles je vais sans tarder mettre fin.

De même, je n'approuve pas la durée de ses exercices quotidiens, car rompre pendant trois heures des lances ne lui vaut rien. Il en sort accablé de fatigue et s'endort pesamment au lieu de penser à gouverner.

S. n'a pas de goût pour les mets coûteux et de façon générale, il méprise le faste sous tous ses aspects. Il met un point d'honneur à boire le vin à la gargoulette comme les paysans, et mange du pot-au-feu. Pour jeune qu'il soit, il prétend au contact direct avec le peuple dont il est très aimé, et il attend son couronnement avec une saine impatience.

Je m'inquiète à propos de certaines idées qu'il a prises dans l'*Amadis des Gaules*, un ouvrage que l'Église interdit justement. Je compte tirer parti de ces dispositions à vouer son corps et son âme pour une cause, mais il me faudra beaucoup d'efforts pour le sortir d'un univers de fantaisie qui, pour un futur roi, n'est pas sans danger.

Précoce en piété, S. prétend qu'il a fait vœu de chasteté, mais je crains une difficulté physique. Il serait bon de faire venir des médecins avertis, car ceux d'ici sont figés par le respect, et pour tout dire, d'une rare incompétence. Je vous laisse imaginer l'avenir d'un jeune homme dans sa situation qui ne pourrait consommer un mariage. Songez-y, très cher frère, en votre âme et conscience et faites le nécessaire.

AMDG.

L'enfant avait alors treize ans. À cette date, Juanita avait demandé à son frère d'envoyer à Lisbonne son propre médecin. Le patient avait été examiné par six de ses confrères et lui.

Leur diagnostic avait été brutal, et l'espoir de marier Sébastien s'était évanoui définitivement. La très chère Juanita avait accusé le coup, puis elle avait lâché une phrase incroyable.

– Donc, Philippe, c'est toi qui hériteras du Portugal.

Philippe avait certainement dû faire une grimace, car elle s'était reprise, le rouge aux joues.

– Si tu lui survivais.

Il parcourt rapidement les autres lettres.

À la troisième lettre, le frère Simao Gomes s'inquiétait

44

de ce jeune Messie qui s'était mis en tête de racheter le monde en fondant un nouvel empire, celui qu'on attendait depuis la mort du Christ et qui gouvernerait en son nom l'univers.

Depuis qu'Afonso Henriques avait repris l'Algarve aux Maures, le Portugal rêvait de cet empire, mais ensuite, le roi João, le grand-père de Sébastien, avait été contraint de céder les places fortes marocaines au sultan qui avait conquis la ville sainte de Fès. Depuis cette honteuse retraite, le rêve de l'empire universel incendiait le Portugal.

Philippe soupira.

– L'empire du monde, c'est moi. À quoi songe mon neveu ?

En 1568, Sébastien avait accédé au trône, mais l'année suivante, la peste brisa ses plans.

L'épidémie passée, le nouveau roi en avait profité pour faire voter un règlement de moralité stricte interdisant les broderies sur le pourpoint, les baldaquins, les tentures, les dorures dans la chambre, restreignant les menus à presque rien, condamnant au bûcher les sodomites, l'oisiveté et le vagabondage de prison.

Trois ans avant la mort de sa mère Juana naquit dans son cerveau la chimère des croisades. Conquérir l'Islam. Où cela ? À Jérusalem, Istamboul ou Alger ? Le jeune roi avait choisi le Maroc.

Une des lettres du jésuite avait été écrite à la hâte.

Lettre du père Simao Gomes au frère Montoya,
à Madrid, 1573

Très cher frère,
Nous partirons. La cause est entendue, S. l'a décidé.
Un message émanant d'un captif au Maroc l'a définitivement convaincu de l'urgence du voyage. L'horreur
qu'il éprouve pour ses conseillers le pousse à courir de
grands risques, car il veut s'éloigner de Lisbonne sous
prétexte d'une simple promenade, pour embarquer à
Cascaïs en galère avec ses gentilshommes, qu'il n'aura
pas prévenus. De là, il joindra Tanger, mais avec quels
vaisseaux ? Il n'en sait encore rien. Il affirme qu'il
aura rendez-vous avec le sultan du Maroc Moulay
Mohammed et je crois que c'est vrai.
Fidèle aux engagements que j'ai pris envers vous,
je ne trahirai pas ses projets auprès de son gouver-
nement. Je me contente d'explorer avec lui les détails
de cette expédition, trop heureux qu'elle ne soit pas
militaire, et je prie pour qu'un événement inattendu
le détourne de ce fâcheux voyage.

Votre frère AMDG.

Juanita était tombée malade à cette date.
Sa mort avait retardé d'un an la tentative. Une année
seulement.
Philippe refait le paquet soigneusement et entreprend
d'écrire au frère Gomes. Ce qu'il avait accompli pour

le frère Montoya, le jésuite le ferait désormais pour le roi d'Espagne dans l'intérêt de son neveu le roi du Portugal.

C'est la seule façon de satisfaire l'âme tourmentée de Dona Juana, sa mère.

Le Maluco

Fès, 10 mars 1577

En rentrant sous sa tente, le vieux sultan ne sent plus ses jambes. À peine s'il a le temps d'atteindre les coussins qui lui servent de couche. Son aide de camp se précipite pour le soutenir, mais Abdelmalik, souverain en titre de la dynastie saadienne, se hisse seul sur son lit, déroule son turban et s'allonge.

Il doit son trône à son âge. À la mort de son prédécesseur, il aurait régné sans partage si son neveu Moulay Mohammed, le fils de son frère décédé, ne s'était pas approprié le titre indûment. Abdelmalik n'avait pas combattu. Pour passer le temps qui lui restait à vivre, il avait ses livres, ses études, les instruments dont il aimait jouer à ses heures. L'oncle dépossédé se serait volontiers accommodé de la situation si son neveu n'avait mis la dynastie en danger.

Moulay Mohammed ne savait commander qu'en criant. Il piquait des colères, ne se contrôlait pas, battait ses serviteurs et même ses officiers. Trop jeune ! Moulay

48

Mohammed avait de la haine pour son peuple. Et cruel avec ça. Capable de donner des coups de pied aux femmes enceintes. Violent, et l'instant d'après, abattu. Seule la princesse boiteuse, sa fille, sa Jasmine, savait l'apaiser en chantant. Le plus souvent, Moulay Mohammed reposait sur son lit, feignant de réfléchir, alors qu'en vérité... Ce sultan imposteur est un paresseux. Pas étonnant qu'il lui faille s'exciter pour prendre une décision.

En deux ans, le jeune sultan s'était fait détester. L'oncle dépossédé n'avait rien demandé, oh non ! Pas besoin. Les officiers de la garde avaient fait leur travail. Ils avaient destitué Moulay Mohammed et rétabli son oncle dans ses droits. Abdelmalik s'était retrouvé sultan. Il avait ramené la concorde dans l'armée, allégé les impôts. Il s'était consacré aux pauvres, faisant le tour des régions une à une. Il s'était montré proche et généreux. Le royaume n'allait pas trop mal, les masses adoraient le vieux sultan. Lui, placide, s'était gardé du temps pour apprendre les langues.

Il connaissait déjà le turc, le grec, l'italien, le latin, mais pour un souverain régnant, ce n'était pas suffisant. Abdelmalik avait appris le français, langue des rois d'Europe, et pour faire bon compte, l'espagnol et le portugais. Les deux principales puissances de l'Europe étaient les royaumes conquérants, Espagne et Portugal, et la rivalité entre eux était si forte qu'un pape avait dû signer le traité de Tordésillas partageant l'Atlantique entre eux. Au milieu de la mer océane ! Or le Portugal avait au Maroc des territoires, et avec ces grands, on ne savait jamais comment les choses pouvaient tourner.

Abdelmalik avait beaucoup travaillé pour éviter les guerres, surtout face aux chrétiens, partenaires malcommodes. En Espagne, régnait le roi Philippe II, fils de l'empereur Charles Quint. Cette famille Habsbourg avait la guerre aux tripes et l'on avait bien vu comment les galères de la Ligue catholique avaient vaincu le Grand Turc à Lépante, sous le commandement de Don Juan d'Autriche, frère bâtard de Philippe. L'Espagne, décidément.

Prudent, Abdelmalik a pris comme conseiller un prêtre catholique et prend soin d'entretenir des relations courtoises avec la Cour d'Espagne. De ce côté-là, rien à craindre. Mais au Portugal, règne Sébastien.

Celui-là ! Jamais on n'a vu un roi aussi fou. Quel djinn le possède ? S'il avait par malheur eu un fils de ce genre, Abdelmalik l'aurait fait soigner par un marabout ! Des versets du Coran dissous dans un verre d'eau, voilà ce qu'il faudrait au roi du Portugal. Au lieu de cela, Sébastien a rejoint le camp du réprouvé. Moulay Mohammed l'a accueilli à bras ouverts. Pas besoin d'astrologues pour deviner ce qu'ils préparent : une conspiration contre Abdelmalik pour que le destitué remonte sur le trône.

Le fou du Portugal est resté trois mois sous la tente de Moulay Mohammed. On l'a cru mort. Non ! Un soir, il est revenu dans son pays, en guenilles. Et depuis ce moment, le complot prend du corps. Sébastien est en train de lever une armée, et Moulay Mohammed est en résidence à Lisbonne.

La guerre, alors? Mais quand?

L'armée du Portugal peine à se former. Sébastien n'a plus le sou. Les choses vont dépendre de l'Espagne. Si le roi Philippe s'y met, le Maroc sera menacé. Et ces jambes qui ne veulent plus soutenir le vieux corps! Le sultan légitime du Maroc se sent si vieux, si faible...

– Lumière d'Allah sur terre, votre audience attend, dit son aide de camp.

– Qui cela? sursaute le sultan en ouvrant les yeux.

– L'émissaire espagnol, Votre Majesté.

– Mon caftan, dit le sultan en se redressant. Mon turban de cérémonie. Ma dague. Fais entrer.

L'émissaire est en blanc, capuchon rabattu, mains crispées sur la croix suspendue au cou par un lien de cuir. Devant le souverain, il s'incline, sa main droite effleurant la tête, la bouche, le cœur.

– Que le Prophète vous garde, mon père, dit le sultan. Prenez place. Venez-vous de la part du roi?

– En effet. Sa Majesté le roi d'Espagne me prie de vous transmettre ses salutations les plus...

– Vous le remercierez. Que veut le roi Philippe?

– Sa Majesté désire savoir si Votre Seigneurie est informée des projets du roi du Portugal, dit le religieux.

– Notre neveu Moulay Mohammed serait à présent à Lisbonne, me dit-on... Le roi du Portugal s'apprêterait à lever une armée. C'est à peu près tout.

51

– Nous sommes sollicités pour lui venir en aide, dit le religieux à voix basse. Le roi du Portugal, neveu du roi Philippe, excipe des liens de famille pour demander notre secours armé.

– Contre qui ?

– Vous-même, Votre Seigneurie. Vous qu'on appelle chez nous le Maluco.

– C'est donc vrai, murmure le sultan. Je vois quel intérêt pousse Moulay Mohammed, mais quelque chose m'échappe. En quoi le Portugal serait-il concerné ?

– Le roi Sébastien veut se croiser, Votre Seigneurie. Comme dans l'ancien temps.

– Prendre la croix ! Comme pour Jérusalem ? Vous êtes sûr, mon père ?

Le religieux rabat sa capuche et opine en silence. C'est un homme jeune et vigoureux. Le roi Philippe a choisi pour émissaire un religieux capable de transmettre à coup sûr le message.

Le roi d'Espagne ne veut pas la croisade. C'est un premier point.

– Soit, dit le sultan d'un air indifférent. Pour une croisade, il faut, disons, trente mille soldats. Les a-t-il ?

– Non. Il n'a pas non plus l'accord du pape. Mais Sa Sainteté parle de lui envoyer un os de son saint patron.

– Que va faire votre roi ?

– Sa Majesté n'est pas convaincue du bien-fondé de l'entreprise. Il semblerait qu'il y ait derrière cette croisade… disons, une autre idée.

Une autre idée ? Un roi chrétien s'allie à un souverain maure pour une croisade et...

– Ne me dites pas que le roi Sébastien veut le trône du Maroc pour lui seul ! s'écrie-t-il.

– Nous n'en sommes pas certains, répond prudemment l'émissaire. Mais si c'était le cas, nous vous le ferions savoir.

L'ambassadeur,
comte Hans Khevenhüller

Madrid, 15 mars 1577

C'est un géant massif, cheveu blond, barbe rousse, regard bleu comme la porcelaine. La charge lui convient. L'Espagne est austère, mais l'été, le soleil réchauffe la terre de Castille et les fraises printanières, dans les jardins d'Aranjuez, valent bien les noix fraîches au verjus des bords du Rhin.

Pour se loger, il a déniché une demeure pourvue de tout le confort, chaise percée, serviteurs, cuisiniers, lingères, et vingt nègres d'Afrique. La chasse est aisée, le gibier abondant, les épices moins chères qu'en Rhénanie. Tout en regrettant les vins de son pays dont les tonneaux, parfois, se perdent sur les routes, il s'est habitué à ceux d'Espagne, un peu lourds.

Il y a quelques inconvénients. Le protocole d'Espagne ne laisse guère d'approche, même pour les mignonnes protégées par les duègnes. L'autre inconvénient est plus grave. À Madrid, l'hiver est glacial et les courants d'air au palais, effrayants.

Le dernier inconvénient est d'ordre diplomatique. Représenter l'empereur d'Autriche, tel est le grand souci de Son Excellence l'ambassadeur, comte Hans Khevenhüller.

Enfant, Hans avait été page auprès du prince Rodolphe et l'amitié entre eux ne s'est jamais éteinte. Pour avoir partagé les jeux de balles et des armes, Khevenhüller a une grande connaissance de son maître et ami, généreux et fantasque. Sitôt élu par les princes électeurs de la Diète d'Empire, Rodolphe avait nommé Hans ambassadeur auprès de la couronne d'Espagne, à Madrid. Ils se voyaient moins, mais ils s'aimaient toujours.

Avec le temps, Rodolphe était devenu exigeant.

Sa collection, il n'en a que pour sa collection.

Le comte Khevenhüller a déjà envoyé dans la capitale de l'Empire un morceau de moumie, le fœtus séché d'un monstre à deux têtes, un livre de sorcellerie juive acheté au bourreau la veille d'un autodafé, une parcelle d'or prétendument extraite au moyen d'alchimie et deux hoccos à pierre vivants, oiseaux d'une grande rareté capturés aux Indes occidentales, mais cela ne suffit plus.

Les hoccos sont de superbes oiseaux à bec rouge et la figue de plumes blanches qu'ils portent sur la tête est tout à fait bizarre, mais voici plus d'un an qu'ils ont rejoint la volière de l'empereur, qui se lasse.

Il faut dénicher au plus vite une rareté d'importance, sans quoi Sa Majesté Rodolphe risque d'être fâchée.

L'heure étant venue de se rendre à la Cour, l'ambassadeur demande ses habits. Costume ordinaire. Pourpoint et chausses noires, décorations, bas noirs et bottes rouges. Elles sont fort commodes, ses bottes. Les dames les voient de loin et justement !

Voici la princesse Eboli, la Grande Borgne. Une taie de soie noire barre son œil, un fil longe sa joue droite, sa démarche est rapide et son rire écorché, c'est la Très Excitante.

– Vos bottes rouges et ma taie sont deux curiosités, dit-elle en lui caressant le nez de son manchon. On est si engoncé ici ! Heureusement que nous sommes là, comte, l'un avec l'autre.

– Grand honneur, princesse…, dit Hans en s'inclinant. Mais ce sont là piètres curiosités ! Je n'imagine pas expédier à mon souverain votre taie…

– Je puis, si vous voulez, vous en faire cadeau ! s'écrie-t-elle. J'en change toutes les semaines.

– Je garderais pour moi un tel trésor ! dit Hans. Ce tissu qui touche votre peau ne me quitterait plus !

– Allons, ambassadeur. Cessez de badiner. Les murs ont des oreilles ici, vous savez bien. Parlez-moi plutôt de vos dernières trouvailles…

– Je n'en ai pas, très chère, dit-il. Aucune. C'est fâcheux.

– J'ai peut-être une idée. Il paraît que le roi Sébastien vient de recevoir un bada du vice-roi des Indes.

– Vraiment ? dit Hans. Et que suggérez-vous ?

– D'informer votre maître pour commencer. Il voudra l'acheter, on s'y attend ici.

– Mais il voudra savoir comment est l'animal, bougonne Hans. Et je n'ai jamais vu de bada.

– Venez, dit-elle en lui prenant le bras.

Elle l'entraîne dans une pièce à l'écart et s'assied à une table couverte de papiers.

– Dans le bureau du ministre du roi! Anna...

– Oh! Le bureau de Perez, ce n'est pas important, coupe-t-elle en prenant une feuille blanche et une plume. Je me dépêche.

– Que faites-vous?

Sans répondre, elle trace des traits sur le papier. «Alors, court sur pattes, avec de grandes écailles, la tête un peu plate et deux cornes, une sur le museau et une sur le dos. Une petite queue tire-bouchonnée comme un cochon... Ah! Les oreilles, bien courtes...»

– Voilà votre bada, dit-elle fièrement. C'est le portrait craché du fameux rhinocéros que Dom Manuel expédia au pape, vous savez? J'ai vu un dessin une fois. D'un artiste de chez vous, qui est mort.

– Albrecht Dürer, dit Hans. Le bada de 1515. Mais est-ce le même type d'animal?

– Qu'importe!

– Vous avez oublié quelque chose, princesse, dit Hans en lui prenant la plume.

Et maladroitement, il ajoute au dessin une verge en corolle.

– Ambassadeur! pouffe Eboli. Vous n'êtes pas drôle!

– Je finis le bada, dit Hans. Il n'était pas complet. Croyez-vous que je puisse l'expédier à mon maître ?
– Mais oui.
– Dans ce cas, mes bottes rouges en échange de la taie, s'enflamme-t-il en lui baisant les doigts. Cette adorable soie que j'aimerais ôter de mes mains…
– Jamais ! dit-elle. Prenez votre dessin. Si Perez vous surprend, je ne donne pas cher de votre mission.

L'ambassadeur se hâte et se met en devoir de rédiger une dépêche à l'intention de l'empereur d'Autriche.

Il est arrivé au Portugal un animal semblable au dessin ci-joint. Je le tiens pour un rhinocéros. Si le roi du Portugal devait l'offrir à celui d'ici, je ferais de mon mieux pour l'avoir pour Votre Majesté impériale, car, comme Votre Majesté le sait, le roi d'Espagne ne fait pas grand cas de ces choses !

Hans s'est appliqué à écrire le mot « rhinocéros ». Avec Sa Majesté impériale, il serait malvenu d'utiliser les mots des gens, et écrire « bada » quand on sait le grec, voilà qui ferait mauvais effet.

La missive n'est pas vraiment risquée. Le roi Sébastien a d'autres soucis que d'offrir à son oncle un animal des Indes.

Le récit du bada

Les chiens des favoris

Un matin, à l'heure où le soleil se lève, mon roi vint seul me voir. Ce jeune roi trapu avait une tête énorme. Je l'aimais. Une telle jeunesse ! On aurait dit un arbre.

– Alors c'est toi, me dit-il. Je suis sûr que ton âme existe sous la cuirasse. Te voici prisonnier, mon bada. Moi aussi. Le Seigneur l'a décidé ainsi, béni soit le nom du Seigneur ! Ce qu'il me demande, je le sais. La croix et la souffrance. Pourquoi ? Pour la même raison qu'il t'a fait captif. Jésus me veut en croix. La croisade ! J'en rêve et j'en ai peur, je n'en dors plus la nuit, je m'endors à midi. La croisade... Plus aucun roi n'en veut. Trop de batailles, trop de morts, trop d'or. Mais c'est ce que veut mon Christ !

Donc, mon roi honorait plusieurs dieux, dont l'un s'appelait Christ, l'autre Seigneur, et le troisième Jésus. Ses trois dieux réunis exigeaient une guerre, car tels sont le destin et le devoir d'un roi. Il avait peur, comme notre héros divin sur le champ de bataille, notre Arjuna, pétrifié avant la guerre du Mahabharata.

Dans son exaltation, mon roi avait écrasé de son poing ganté une latte de bois sur la barrière. Ses joues étaient fort rouges, ses yeux exorbités. L'instant d'après, il fondit en larmes et il ouvrit la porte de l'enclos. Je sifflai. La rougeur disparut de ses joues, mais il s'avança, à me toucher la corne.

– Regarde-moi, bada. Vois-tu mon pourpoint et mes chausses ? C'est ma cuirasse à moi, et dessous gît une âme. Elle souffre, si tu savais ! J'ai une figure d'homme, mais il manque l'essentiel. La nuit, le jour, à chaque élancement, ma semence se perd. Ma Cour me prétend chaste, n'est-ce pas que c'est drôle ? Je suis un volcan sans éruption. Et si tu m'apprenais, bada ? Il paraît que tes bandaisons sont extraordinaires. Érige-toi ! C'est un ordre !

Il m'inspirait une telle pitié que j'essayai de le contenter, mais rien. Mon membre extravagant demeura en l'état. Il partit.

Je mâchai mes chardons sans entrain.

Sodomite, cela peut s'arranger, mais malade du membre ! Il y avait de la magie là-dedans. L'un de ses trois dieux l'aurait ensorcelé. Mon roi n'avait donc pas d'astrologues à sa Cour ? Et comme je ne voyais aucune issue, la question m'agita et je me démenai, d'autant que des insectes s'étaient glissés dans les plis de mon cou.

J'avais un étang froid, des ombrages, de l'herbe, mais pas assez de boue pour protéger ma peau. Le sol était trop dur. Je n'aimais pas la pluie qui tombait sur mes cils. Les brumes me gelaient, je manquais d'épineux, le soleil était mort, les animaux absents. Et pas une seule aigrette pour manger les insectes qui me démangeaient tant.

J'avais deux compagnons. Méchant comme la tique, Sancho me flanquait sa fourche sous le ventre, au grand effroi de Pedro, un placide. Sancho me prenait pour le diable, mais Pedro, lui, m'aimait. Il triait mon fourrage et ôtait les orties, me grattait sur le front, et je me laissais faire. À force d'attentions, Pedro remplaça le bec des oiseaux. Monté sur un tabouret, il fouillait dans les failles de ma grosse carcasse en disant des mots doux, « bada de mon cœur, mon tout petit, mon bébé ».

Pour se venger, un soir, Sancho m'enfonça les trois crocs de sa fourche sous la jointure de l'épaule, et atteignit ma peau, fine à cet endroit-là. J'eus terriblement mal, je sifflai, je chargeai. Ma corne le blessa au bras et je l'aurais tué, si Pedro ne m'avait supplié d'arrêter. Il emporta Sancho qu'il fallut amputer. Sancho revint manchot.

Comme je dépérissais, on me changea de prison. Là, il y avait du monde aux fenêtres pour me voir. Comme on m'avait libéré de mes liens, je pouvais trotter à mon aise, et même, charger un peu. J'appris à plaire. Je devins bada de compagnie. Des fenêtres, les dames me lançaient des navets et du sucre, et je levais la corne avec reconnaissance. Les dames attendaient que je bande, mais il faisait trop froid, vraiment, cet hiver-là.

Tomba une poussière blanche, crissante sous les pattes

et brûlante à la langue. Le jour même, mon roi me rendit visite avec sa compagnie. De jeunes emmitouflés, leurs animaux tenus par des cordes en cuir.

Je n'avais jamais vu ces bêtes de ma vie. Grandeur chacal, museau noir, oreilles tombantes, pelage court. Mais une affreuse queue fine fouettant leurs flancs bougeait comme un cobra à l'attaque, et ça braillait ! De petits fauves hostiles reniflants et hurlants, qui se seraient jetés sur moi sans leurs maîtres.

– Assez, les chiens ! criaient-ils. Tout doux !

Des chiens ? Chez moi, ils étaient jaunes. On leur lançait des pierres, car ce sont les réincarnations des voleurs. Mais ceux-là ! Des seigneurs.

Tels chiens, tels maîtres. Ils vinrent sous mon auvent. Ils avaient la peau blême, ils puaient la viande morte, et ils s'esclaffèrent à me voir me vautrer dans la poussière blanche que j'avais amassée.

– Alors, on se lave, sale bête ? Regarde-moi l'animal, il a la crotte au cul ! Une erreur de Dieu !

– Un païen ! N'oubliez pas, mes frères, où est né le bada... Aux Indes, chez les nègres !

– Moi, je prendrais bien un morceau de sa corne... Hein, bougre d'animal, tu m'en donneras, de ta corne à bander ?

– C'est cela qu'il faut faire ! Majesté, s'il te plaît, coupe-lui la corne !

Sans un mot, Sébastien ôta ses gants fourrés, s'agenouilla et caressa ma corne.

Son chien n'était pas criard comme la hyène. Il avait

grande taille, le poil blanc, de bons yeux. Il se tenait assis, museau pointé sur moi. Je reniflai en lui de l'amitié.

– Écarte-toi, Majesté, on lâche les chiens, pour voir ! crièrent les jeunes seigneurs.

– Non ! hurla Pedro.

Trop tard. Leurs chiens étaient sur moi.

J'en éventrai trois du premier coup. Les autres, un par un. Leurs jeunes maîtres se terraient. Lorsque j'en eus fini, le roi ensanglanta son gant en me flattant la corne, puis, se relevant, il toisa ses amis.

– Voilà ce que je fais quand on n'obéit pas, dit-il. Le bada est plus noble que vous ! Évacuez ces charognes. Et ne revenez plus insulter mon bada !

À ce moment, un étrange murmure circula à la pointe de ma corne.

– Je suis content... pour toi, camarade... Il a fait justice... Ces roquets malappris... bien fait...

Je secouai mes oreilles pour mieux entendre.

– Je te parle, dit la voix, on m'appelle Patrocle, je suis le chien du roi. N'aie pas peur, n'aie pas peur, si je jappe, c'est pour toi, écoute.

Le grand chien haletait comme s'il avait soif et soudain, il jappa. Je saluai trois fois. Il ferma les yeux de plaisir, et bâilla en montrant une langue noire bien tournée.

Ce fut un jour de gloire. Le manchot s'accroupit et, de sa main valide, ramassa les entrailles ; Pedro sortit les chiens crevés dans une brouette et quand il revint, il me saisit l'oreille.

– Tu as raison, bada, chuchota-t-il, ceux-là, c'est la chienlit. Ça se prend pour des braves...

J'étais tellement content que je parvins enfin à me faire de la boue, en nettoyant ma corne dans la terre. Et je pus m'y rouler, grande satisfaction. Lorsqu'on est bada, la boue est nécessaire ; à la peau cuirassée s'ajoute une croûte qui protège. La vermine n'entre pas. L'odeur en est exquise, vase et bouse mêlées. Quand j'avais les naseaux pleins de boue, j'éternuais, et ma lourde carcasse en tremblait de plaisir. Le même que j'avais vu dans l'œil bleu de mon roi quand il avait toisé ses amis, le matin.

Lui aussi avait une peau cuirassée, et de la boue dessus pour bien le protéger. C'était un solitaire en chasse, un mal-aimé.

Le chien Patrocle

Le matin, mon roi s'était levé tôt et nous avions chassé, comme chaque jour à la fin de l'hiver. Couverts de bourgeons, les arbres laissaient voir le gibier à travers leurs troncs. Une bonne traque, rien de tel pour commencer la journée. J'avais devancé la meute en aboyant, puis je m'étais mis à l'arrêt.

Mon maître n'aime pas que j'attaque la bête. Ensuite, son poignard s'enfonçait dans l'artère de la gorge et le sang jaillissait, bien sombre et fatigué. Lui aussi se sentait fatigué à cet instant. Il lâchait la meute, et je ne bougeais pas. Mon maître n'aime pas me voir à la curée – il est vrai que je ne suis pas un chien comme les autres. Quand la meute s'y met, il se sent à l'unisson du cerf. Saignant à l'intérieur, à gros bouillons. Il lui faut deux bonnes heures pour retrouver son âme égorgée.

Ce jour-là, il m'avait lancé le foie pour compenser.

Il n'avait pas eu faim. L'après-midi, il avait dormi tard.

Il avait bu du vin, puis il s'était mis au travail. Mais il connaissait par cœur les cartes sur sa table, et il avait déjà compté cent fois ce qu'il appelait « la somme ». Vers huit heures du soir, il faisait déjà nuit, il avait chevauché avec moi sur le bord de la mer en direction de Sintra.

Il y cherchait la fille.

Puis, comme il avait promis à Dieu de ne pas la rencontrer trop souvent, il avait fait demi-tour, et il était rentré au galop. Son cheval écumait, il l'avait bouchonné. Il n'avait même pas versé de l'eau dans mon écuelle. À neuf heures, nous étions repartis jusqu'au monastère sur le bord de l'océan, mais il était trop tard, les moines étaient couchés. Il était revenu de fort mauvaise humeur et il avait croqué deux pommes. Mort de fatigue, je me lovai sur le lit en bâillant, mais non. Il s'agitait trop.

Il avait fait ce vœu de se priver d'elle tous les deux jours.

Dès qu'il la voyait, il n'était plus lui-même. Mes poils se hérissaient d'angoisse à son approche tant sa présence le transformait. Le corps tendu, il s'élançait vers elle et c'était une souffrance indicible. Le cilice qu'il portait n'était rien à côté. Le crin grattait la peau et la rongeait, mais ce bond entravé qui demandait son dû !

Il m'a fait descendre et il s'est assoupi. Pas longtemps. Brutalement réveillé, il avait changé sa chemise, mais le drap était encore humide. J'ai sauté sur le lit, et c'était encore là, un liquide gluant.

Il avait ri. La torture était bonne, et la chose, nouvelle. Fini, le temps de son infirmité ! Il ne coulait plus, non.

Il jaillissait. La malédiction était terminée. Je jappai un petit coup, et je brisai le charme.

Honteux de son péché, il s'était relevé et il avait prié. Je l'entendais marmonner dans le silence. En vain. Il n'avait pas trouvé son Christ. Il s'habilla, prit sa lanterne et nous descendîmes les marches. Quelle heure pouvait-il être ? Nuit complète. Le palais endormi lâchait les toux d'hiver dans les poumons des hommes.

Sur son ordre, la porte de la chapelle n'était jamais fermée. Il se signa, posa sa lanterne à l'entrée, puis se tourna vers moi.

– Assis, Patrocle. Sage.

Je m'assis, au fond de la chapelle. Les murs avaient gardé une tiédeur humide. À genoux devant l'autel de Dieu, il ôta sa chemise et frappa sa poitrine à grands coups. Puis il se releva, et quand il fut debout, il enleva ses chausses et son cilice. Il était nu comme au premier jour, entièrement nu devant son Dieu. Je me dressai d'un bond. Aux aguets !

Ensuite, il a parlé.

– J'ai froid, Seigneur. Comme toi dans la tombe où tu restas trois jours. Il te faut davantage ? Je viens, mon Christ...

Il s'étendit sur le dos, les bras en croix. Je me suis glissé derrière lui sans faire le moindre bruit, museau au ras du sol.

– Tu es glacé, mon Dieu. Ta morsure est rude sur le marbre. Faut-il, pour t'approcher, percer mes mains et mes pieds? J'y suis prêt. Tu aurais pu me donner la lèpre, mais non! Tu m'as privé de ma virilité. Je sais que si je ne suis pas un homme entièrement, c'est que je suis un ange.

Jamais il n'avait parlé avec cette voix claire.

– Mais voilà, Seigneur. Il y a du nouveau. Une femme est venue. Quand elle est là, je ne sens plus mes jambes, ou alors, elles sont faibles comme si j'allais tomber. Mon cœur s'emballe, je me vide de mon sang et je sais où il va, ce sang. Il s'enfuit vers le membre que tu as condamné. Je pourrais songer que j'entre en agonie, alors que je ressens les plus grandes délices. N'est-ce pas qu'il s'agit du pur amour? Maintenant, j'ai besoin de savoir ce que tu veux.

Mes oreilles se dressèrent et mon poil frissonna.

– Il y a quelque chose que je ne t'ai pas dit. Elle n'est pas chrétienne, Seigneur. C'est un ange de l'Islam. Et c'est une princesse. Oui, Seigneur. J'ai ce rêve. Jeter, comme l'empereur Frédéric des deux Siciles, les fondements d'un empire si grand que le nom du Seigneur y sera révéré universellement. Seras-tu avec moi à l'instant du combat? Mais j'aurai ta bannière, Seigneur. Je vaincrai. Non! Ne me tente pas devant toi, ne me fais pas cela, Seigneur, pas...

Il gémissait. Je jappai de frayeur, mais il n'entendit pas.

– Que ton nom soit béni! cria-t-il, en sueur. Voici ta créature que tu viens de chasser du Paradis! Seigneur, laisse-moi me relever... Je crois en Jésus-

Christ le Fils unique, je crois... Je me sens lourd... Tu pèses, Seigneur...

Il s'était endormi, les genoux repliés sur le ventre. J'ai attendu un peu, le temps qu'il se repose. Ensuite, j'ai léché ses joues salées, léché jusqu'aux paupières pour le faire tressaillir. Il m'a gratté la tête entre les oreilles et il s'est relevé, en s'accrochant à moi.

Le récit du bada

Un enfant en capuche

Après l'épisode des chiens éventrés, mon roi vint me voir tous les jours. Le manchot filait doux. Sébastien demandait des nouvelles à Pedro, est-ce que j'avais dormi, est-ce que j'avais mangé ?

Je voyais à sa tête qu'il avait l'air plus vif. Ses joues avaient fondu, on voyait ses pommettes. Il était moins bavard. À ses côtés, le grand chien amical m'informait de son mieux.

– Oui, nous... meilleure allure, mais la maladie... pas finie. Événement d'importance... Brûlant de tous côtés.

Une fois, c'était avant de partir à la chasse, il vint botté, armé d'une arbalète, sanglé, la toque sur la tête. Quelque part dans une autre cour, la meute aboyait déjà.

– À toi, je vais le dire, bada, dit-il précipitamment. On croit que je vais chasser, et sais-tu quoi ? J'ai un rendez-vous d'amour avec un cavalier. Je lui ai demandé de venir ici. Tu verras !

Donc, le membre allait mieux, me dis-je. Sébastien attendait l'objet de ses désirs. Son grand chien jappa. «Sentir fort... Mauvaise bête...» Et le cavalier surgit, emmitouflé dans une cape brune qui lui couvrait entièrement la tête.

– N'ayez pas peur, murmura Sébastien. Le bada est énorme, mais il n'est pas méchant. Approchez-vous... Donnez-moi votre main, vous pourriez tomber. Ôtez votre capuche, nous sommes seuls.

Le gant était petit, le cavalier chétif, ou alors très jeune, avec une odeur d'orange et de calice. La capuche tomba. Des friselis tout noirs s'échappèrent. Un enfant!

– Quand je vous le disais, dit-il d'une voix qui n'avait pas fini de muer. On va me reconnaître! Mon voile glisse, monseigneur... Laissez-moi partir!

Le gamin portait un tissu accroché aux oreilles, et une boucle d'or à la narine. J'aperçus un œil noir, une peau brune. Mon roi ôta le tissu sombre et l'enlaça, baisant ses yeux. L'enfant leva la tête et sa bouche happa celle de Sébastien. Je m'agitai en tous sens, cognant ma chaîne, tapant le bois. Et le baiser cessa.

– Qu'est-ce qui te prend, bada? s'étonna Sébastien. Regrettes-tu le temps de tes amours? Regarde ma beauté, mon jasmin, regarde! Venez, ma princesse, jetez sur l'animal le plus féroce au monde la douceur de vos yeux.

Une fille! L'œil noir s'adoucit, elle battit des paupières. La peau de son visage était couleur de l'ambre, on aurait

71

dit les sables au bord du Gange, mais je reconnus la coquetterie dans l'œil et un sourire... Le charme obscur de la pariah. Ému, je baissai la corne.

– La flèche de vos regards a dompté le bada! s'exclama Sébastien. C'est bien. Je rendrai le trône à votre père. Il m'accordera votre main. Le Christ et le Prophète marcheront d'un même pas et l'Empire sera grand dans la paix, notre Empire! Songez à nos fils. Issus de la première union entre un Roi Très Chrétien et une fille d'Islam!

– N'oubliez pas, seigneur, dit la fille. Pour être mon époux, vous devrez vous convertir. Êtes-vous prêt à reconnaître qu'il n'est d'autre Dieu que Dieu?

– Je crois en un seul Dieu en trois personnes, c'est assez!

– Mon cher seigneur... Il faut aussi proclamer que Mahomet est le prophète de Dieu.

Elle n'avait pas quinze ans, la fille du sultan. Sa fente serait douillette, car plus elles sont jeunes, plus chaude est leur affaire, je m'en souvenais bien... À cette seule idée, j'émis un son furieux. Les amants disparurent.

Pedro s'approcha en silence. Il attendit que j'aie fini de décroître, et puis il me gratta entre les deux yeux.

– Je vais mettre une potion dans ton eau, me dit-il d'un ton préoccupé. Pour te calmer, bada. À propos, tu l'as vue? On dirait un pruneau! Et sais-tu la meilleure? La Mauresque a fait calculer au Maroc l'horoscope de mon roi. On fait cela chez eux, il paraît. Selon son astrologue, le roi sera viril juste après la bataille. Alors, tu penses, la croisade, on va y avoir droit... Mes fils seront enrôlés, et ça, je ne suis pas sûr que ce soit une bonne idée !

Moi, j'étais comme toujours après une bandaison, en manque de femelle. Pedro soupira.

– Ce n'est pas notre affaire, hein, mon pauvre bada ? Toi, tu bandes pour rien, moi, je gémis pour rien. Croisade il y aura, voilà ce que je sais. L'union avec le Maure, je ne vois pas trop bien. Aux temps d'avant la royauté, il paraît que nos nobles avaient des concubines quelquefois moricaudes. Apparemment que pendant les croisades, on fricotait aussi avec les Mauresques. Bon, c'était la guerre. De là aux épousailles !

Il n'en finissait pas de rouler ses pensées comme moi, autrefois, les graviers de la rive. Il me grattait le front machinalement. Lorsque j'en eus assez, je levai la corne, juste assez pour ne pas lui faire mal. Les hommes sont lassants quelquefois.

À la tombée du jour, mon roi revint me voir, tout excité, et c'est là, à la lumière des lanternes portées par les valets, que... Rien qu'à m'en souvenir, j'en ai un haut-le-cœur. Cette chose qu'il me jeta à la volée. Saignante, agitée de tressautements violets.

– Mange, bada, c'est bon, criait-il en sautant sur ses pieds. Le cœur du cerf est un honneur ! Pedro, donne-le-lui !

– Il ne mange que de l'herbe, dit Pedro.

– Tu es sûr ? tressaillit Sébastien. C'est bon, un cœur qui saigne. Succulent et royal !

73

– Sang du Christ ! jura Pedro.

– Notre Seigneur Jésus a bien donné le sien pour nous sauver, s'écria le roi d'une voix perçante.

– Majesté, as-tu bu à la chasse ? demanda Pedro.

– Un peu, dit le roi, déconcerté. Est-ce que je suis ivre ?

– Allez, au lit, mon roi, dit Pedro. Je t'emmène.

La chose affreuse sentait abominablement. Pedro la retira au bout d'une pique. Ces gens étaient barbares, mon roi tout le premier, qui voulait me donner son cœur à dévorer.

Jasmine

Sintra, 20 avril 1577

Sa fille s'appliquait à tresser un ruban de soie verte avec un ruban bleu quand il poussa la porte. Posément, les suivantes rabattirent leurs voiles et quittèrent la chambre à reculons.

– Qu'Allah vous protège, Lumière de Dieu sur terre, marmonna Jasmine sans quitter son ouvrage.

– Joue-moi quelque chose, fillette, dit le sultan. J'ai l'âme triste à mourir.

– Vous voyez bien que je suis occupée, dit-elle. Tous les soirs, vous avez l'âme triste à mourir. Tous les soirs je prends ma guitare et rien ne change.

– Ne m'appelle plus Lumière ! s'écria-t-il violemment. J'en souffre trop. Tant de soleil ici ! Mes yeux me brûlent. On dirait qu'un djinn s'accroche à mes paupières, c'est atroce !

Jasmine posa son ruban et regarda le sultan. Le visage grimaçant, il se protégeait les yeux de sa main en visière.

– Montrez-les-moi, ces paupières, dit-elle. Ôtez-moi ces doigts-là, fermez les yeux. Il est vrai qu'elles sont plutôt enflées. Allongez-vous.

Et le sultan s'étendit sur la banquette étroite, laissant pendre ses mains, le regard clos sous le soleil pâle. En claudiquant, Jasmine se dirigea vers un meuble, sortit le flacon d'eau de rose, versa une giclée sur un linge, tamponna les paupières, qui frémirent.

– Vous n'aviez pas cela avant de quitter le Maroc, observa-t-elle. Le soleil vous aimait. Vous alliez même jusqu'à le fixer en face. Vous l'avez fait juste avant d'embarquer.

– Je ne supporte pas l'exil, murmura-t-il. Je veux revenir au pays et retrouver mon trône. C'est moi le représentant d'Allah, le légitime.

– Vous vous serez brûlé la cornée, dit-elle froidement.

Elle appuya plus fort, et le sultan gémit.

– Ouvrez les yeux, mon père, murmura-t-elle. L'eau doit couler sur l'œil. Ouvrez, Lumière de mes jours, ou j'arrête!

– Par la barbe du Prophète! beugla-t-il. J'ai mal!

Jasmine releva le flacon.

– Tout ira bien, dit-elle. Vos yeux vont guérir et le Portugal est avec vous.

– Ce chrétien se battra pour toi, ma fille.

– Oui, dit-elle. Où est le mal? Qu'il combatte, c'est tout. Vous aurez votre trône, et moi…

Elle hésitait, triturant le linge trempé d'eau de rose.

– T'a-t-il touchée?

– Oui, soupira-t-elle. Enfin, pas au sens où vous l'entendez.

– C'est qu'il ne peut pas ! rugit le sultan. Est-ce que tu le sais, fillette ? Le roi du Portugal n'aime pas les femmes !

– Oh ! Pour cela, si, répliqua-t-elle. Il a besoin d'encouragements, voilà tout. Et moi, je lui en donne.

– Que lui as-tu promis au juste ?

La mère de Jasmine, qu'on appelait la Saqqya, disait de son époux qu'il valait mieux que sa faible apparence. Qu'il était généreux, tendre, plein de force secrète, pourvu qu'il se sente en confiance. Mais que, si d'aventure on le bousculait, il devenait mauvais, peut-être même cruel. Jasmine pressentit le désastre dans le regard infecté du sultan.

– Je ne peux pas le dire, reprit-elle. C'est mon secret.

– Je ne veux pas que tu l'épouses, gronda le sultan.

– Vous m'avez toujours dit que j'étais disgraciée. Et vous voudriez qu'un roi s'éprenne d'une boiteuse ? Soyez raisonnable. Je me suis contentée de faire le nécessaire pour qu'il aille au combat. Je me charge de tout. Excepté de vos yeux, qui sont malades. Il faut consulter votre médecin, Lumière de mes jours.

– Je ne suis pas Lumière au Portugal ! cria-t-il. Et toi, coquine, tu te vends...

– Allons, mon père, dit-elle sans s'émouvoir. Je vous répète qu'il faut consulter. L'eau de rose n'y suffira pas.

– Et si je veux souffrir, moi ? geignit le sultan.

Exaspérée, Jasmine jeta le linge sur le sol et lui tourna le dos.

– Tu ne m'aimes plus, gémit-il. Viens là, ne te détourne pas. Je n'ai plus que toi, Jasmine, viens…

– Tous les soirs, vous vous plaignez, tous les soirs !

– C'est fini, je ne me plaindrai plus, dit le sultan. Je promets.

– Et vous consulterez, pour vos yeux ?

– Sans doute, marmonna le sultan. Tout ce que tu veux, pourvu que tu me chantes un air à la guitare. Tu sais, un air d'ici. Cela seul me guérit.

Et Jasmine chanta sans jeter un regard sur son père.

Au Maroc, la première fois qu'elle l'avait vu marcher, Jasmine avait trouvé le jeune roi magnifique. Le dos droit, superbe et poussiéreux. Son gant de cuir se crispait sur une grande épée.

Le lendemain, elle avait entendu sa voix. Fluette, aiguë. Il parlait arabe avec rugosité. Elle aurait bien aimé écarter la tenture, mais sa nourrice veillait.

La deuxième fois qu'elle l'avait vu, ils étaient seuls dans le noir. Déguisée en homme, la princesse l'avait attiré dans le patio. Ils avaient échangé des propos sur la chasse au faucon, et le roi l'avait farcie de bourrades lorsqu'elle avait prétendu être une fille. À la lueur des torches sur les remparts, son visage présentait un menton un peu lourd. Quand le soleil se leva, Jasmine vit le bleu de l'œil. Il la prenait toujours pour un garçon.

Elle arrêta sa décision. À l'issue de la cérémonie de la garde d'honneur, elle lui fit porter un billet.

Ce serait à la fin du jour, à l'heure où les milans tournoient sur les ordures. Le rendez-vous avait été fixé hors les murs, dans un creux de rochers. Elle l'attendait en tenant les rênes de sa jument, et lui, enchanté d'être au bord de la mer, poussa un peu trop sa monture. Elle faillit tomber, sa jument s'échappa. Ils coururent tous deux pour la rattraper, et c'est là, en calmant l'animal, qu'il vit en Jasmine une fille qui tremblait.

Il ôta son chapeau, la saisit dans ses bras, l'assit sur la jument, s'inclina.

Sa taille, tout venait de là. Il était si massif que ses rêves étoilés paraissaient accessibles. À l'endroit précis où Hercule avait écarté les colonnes sur la mer intérieure, ce jeune roi de dix-sept ans était l'incarnation de la puissance.

Jasmine lui avait confié ses craintes et ses espoirs. La fragilité de son père. Le destin de royaumes qui s'étaient tant battus, tant aimés, et le projet fou de réunir enfin les deux couronnes. N'était-il pas venu, le temps de la paix entre le Portugal et le Maroc ? Des deux côtés, on accusait l'autre d'être infidèle à Dieu, et il n'était qu'un Dieu, un seul...

Le jeune souverain avait écouté sans rien dire. De temps à autre, il levait sa main gantée, mais Jasmine, bien vite, disait : « Cher seigneur, attendez ! Je n'ai pas terminé. » Et lui, docile, laissait sa main retomber. Enfin, elle se tut.

La nuit était venue et les vagues, la nuit, ne font guère de bruit. Il s'était mis à genoux, il avait déganté sa main et lui avait tendu le gant. D'une voix émue, il s'était écrié :

– À compter d'aujourd'hui, le roi du Portugal sera votre champion et vous, ma princesse, vous serez ma Dame à jamais.

Jasmine la boiteuse s'était penchée vers lui, avait saisi le gant, l'avait serré sur son cœur, puis elle avait trouvé, en dénouant ses cheveux, une torsade de coton. Le jeune roi baisa le ruban et le glissa sous sa chemise. Et comme il demeurait agenouillé, Jasmine comprit qu'elle devait lui enjoindre de se relever.

Sébastien l'adorait comme les Infidèles adoraient leur Madone.

Il était resté trois mois à Tanger. Trois ans plus tard, le Maluco avait repris son trône.

Dans le camp de tentes, refuge de son père, Jasmine avait cherché des captifs portugais. Ils étaient peu nombreux, surtout des paysans. Enfin, l'une de ses suivantes ramena à la tente un maigrichon nerveux. Contre sa liberté, il accepta de transmettre un message de la Dame mauresque à son champion chrétien.

Dès le premier appel, le roi du Portugal avait offert l'asile au sultan déchu et à sa famille. Moulay Mohammed avait fait plier les tentes, et l'on était parti en caravane jusqu'à la mer. La Dame et son champion s'étaient revus au port où le roi attendait les réfugiés à cheval, la lance au poing.

Et le voilà qui levait une armée, préparait la recon-
quête du Maroc, construisait des bateaux, animé par le
seul souci de combler les désirs de sa Dame… Jasmine
la boiteuse en avait le frisson. Un homme comme lui
ne reculerait pas.

Le récit du bada

Visite du sultan

Je ne vis pas mon roi de la semaine. Par chance, il fit moins froid. Pedro appelait cette tiédeur « printemps » en se frottant les mains ; il avait l'air joyeux. On me remit dans ma prairie. L'herbe avait fait pousser des fleurs jaunes et amères, d'autres croquantes, je n'aimais pas ces fleurs. Sur les arbres, je reconnus des bourgeons velus, et j'entendis enfin des chants d'oiseaux.

Un jour qu'il avait plu et qu'il faisait soleil, Pedro me lava.

– Je m'en vais te faire beau, dit-il en déversant son seau. Tout à l'heure, le sultan en personne te sera présenté. Le père de la fille, tu sais, Moulay... je ne sais plus quoi. Muhami, Muhimad ? Un nom bien de chez lui. À ce qu'il paraît, il a demandé l'asile à notre roi. Tu seras sage, tu ne lâcheras pas ta crotte et tu ne chargeras pas. Je te préviens qu'il y aura du monde.

Du monde vint en nombre, les Portugais en noir et les Maures en blanc. Ils portaient des sandales et l'herbe était mouillée. Le sultan était de petite taille, frêle sous sa tunique brodée. Sébastien l'entourait de mille prévenances, et lui, en silence, opinait.

Je reniflai le sultan ; malgré le doux soleil, l'homme crevait de froid. Derrière lui traînait un vieux en robe couleur pourpre avec de bons yeux tristes.

Celui-là portait une fourrure autour du cou, et de ses gants rouges, il s'efforçait de la tenir serrée. Le vieux portait une bague de rubis sur un gant. Lui aussi avait froid. Et mon roi s'efforçait de réchauffer son monde, voyez cet animal qui vient des Indes, remarquez l'épaisseur de ses plaques, sa peau est invincible, ses oreilles le guident et il sent tout, vous dis-je, absolument tout ! Rien n'échappe à son odorat. Soufflez, vous le verrez remuer les oreilles et sa lèvre inférieure va s'étirer. N'est-il pas merveilleux ?

Sébastien eut beau vanter mes mérites, le sultan ne s'intéressait pas au bada royal. Il partit, sa suite derrière lui. Les courtisans suivirent en murmurant.

– Cela fait bizarre, hein, bada ? me dit Pedro. Un Maure et sa Cour, ici ! Notre vieux cardinal, le Grand Inquisiteur, avait l'air résigné. Évidemment, un souverain en exil, ce n'est pas gai. Son pruneau de fille n'était pas avec lui. Il paraît que chez eux, les femmes et les hommes ne sortent pas ensemble. Drôles de gens. Qui sait ? Peut-être notre roi sera son héritier... Peut-être t'emmènera-t-il au soleil du Maroc, il tape dur, à ce qu'il paraît !

Au soleil ! Merveille !

– Oooh ! Pourquoi t'agites-tu ? gronda Pedro. Que

veux-tu? Des chardons? Je vais te les chercher, tiens. Régale-toi. Au moins, tu es nourri ici. Là-bas, il n'y a pas d'eau. Tu ne survivrais pas au Maroc.

C'était la première fois que j'entendais ce nom.

Je n'y fis pas très attention sur le moment, mais à m'en souvenir, je rumine le Maroc. Si j'avais encore dans ma corne un peu d'humidité, elle passerait en larmes sur mon roi au Maroc.

Lettres du frère Simao Gomes
au roi d'Espagne

10 mai 1577

Sire,
Rien ne s'oppose à ce que je vous donne des nouvelles
de S. comme je le fis autrefois avec le frère Montoya
de Madrid. Simple avec les simples, méprisant avec
les puissants, S. est un roi aimé, et, je dois dire,
aimable.
L'enfant émotif dont sa mère m'avait confié la charge
est devenu plus fort et plus robuste ; mais son âme,
Sire, est restée la même, et je crains qu'elle le reste
à jamais
Depuis quelques mois, il évoque avec exaltation la
Dame pour laquelle il va conquérir le Maroc.
Ses conseillers, convaincus de ses penchants pour les
garçons, pensent que cette mystérieuse Dame ne peut
être que la Vierge Marie, mais je ne le crois pas.

Premièrement, S. vénère la Vierge Marie avec tout le respect que lui doit un chrétien, mais il n'a pas pour la Mère de Dieu l'idolâtrie qu'on lui prête.

Deuxièmement, S. est un pauvre garçon qu'une maladie accable, du moins selon le diagnostic de votre médecin, qui remonte à six ans. On le dit sodomite. J'imagine que ces calomnies tiennent aux luttes joyeuses dont le roi est coiffé ; chaque jour, il se bat avec ses chevaliers comme les porteurs de faix dans le ruisseau. Ce ne sont plus joutes à l'ancienne, mais des combats de rue, des façons populaires. Pour moi, je n'y vois aucun mal, mais je ne serais pas surpris que de vieilles cervelles aient tout vu de travers, ignorant les bienfaits d'un tel exercice.

Il faut donc chercher ailleurs la Dame de ses pensées.

Il n'est pas impossible qu'il soit en voie de guérison. S'il se rend toujours à la chapelle pour y passer la nuit en prière, S. n'a plus ces accès de mélancolie qui suivaient ces macérations. Il semble rajeuni, observation surprenante s'agissant d'un homme de vingt-trois ans. Je soupçonne qu'une femme est cause de ce miracle, mais S. refuse toute conversation sur ce sujet. Il sera, jure-t-il, fidèle à la Damoiselle idéale pour laquelle il s'est engagé.

Ce ne peut être une dame de la Cour, car S. les a en horreur. Il n'est pas impossible que son amour du peuple l'ait poussé vers une paysanne. J'en informerai Votre Majesté dès que possible et je reste, dans cette attente, de Votre Majesté le dévoué serviteur, AMDG.

30 mai 1577

Sire,
Mes pressentiments ne m'avaient pas trompé. La Damoiselle existe et elle est musulmane. C'est la fille du sultan Moulay Mohammed, qui séjourne en exil au palais de Sintra. J'ai vu S. et la princesse Jasmine chevaucher de concert sur le bord de la mer. On me dit que la princesse a un fort caractère, car étant affectée de boiterie, elle n'a guère d'avenir.
Tout chrétien se rebelle à l'idée que son fils pourrait s'amouracher d'une Mauresque, pis encore, une princesse. Cependant, dans le cas de S., il me semble qu'il faut en user avec la plus grande prudence. Il est bon que S. soit épris d'une dame. Son caractère y gagne en équanimité, il est plus épanoui. Il ne descend plus seul à la chapelle, la nuit. Mais le choix qu'il a fait n'est pas forcément bon. Si la Damoiselle accepte de se convertir, la chose mérite d'être considérée. Si par malheur ce n'était pas le cas, Dieu nous protège !
Quoi qu'il en soit, l'expédition d'Afrique change de configuration. Il ne s'agirait plus de conquérir le Maroc, mais de sauver le trône du père de la Dame. S. n'a pas de desseins belliqueux contre les Infidèles ; il en a contre les ennemis du sultan déchu. Qu'adviendra-t-il une fois le sultan remis en selle ? Je ne sais. Il

feint de partir en croisade alors qu'il est simplement amoureux. Je n'en sais pas plus pour l'instant, mais j'ai tenu à en informer au plus vite Votre Majesté dont je reste le fidèle et dévoué serviteur, AMDG.

Lettre non datée

Sire,

Suivant vos conseils, j'ai rencontré la princesse au prix de grands efforts. L'entretien s'étant déroulé à travers une jalousie, je ne puis confirmer l'état de son visage qu'on dit fort agréable, mais j'ai pu constater qu'elle n'était point sotte. À ma grande surprise, elle m'a questionné sur l'état de la Chrétienté, en arguant qu'Issa, c'est-à-dire Jésus, était l'un des très grands prophètes du Coran. Sa curiosité s'étendait jusqu'à la personne même de Sa Sainteté, ce qui n'a pas manqué de piquer ma curiosité.

La princesse n'ignore rien des règles du Coran. Je m'en suis assuré, et cela l'a fait rire. « Voudriez-vous que je me convertisse, mon frère ? » m'a-t-elle demandé par la suite sur le ton de la plaisanterie. Je lui ai renvoyé la question, et la princesse s'est tue. Je vais m'efforcer d'en savoir plus et je suis, Votre Majesté, votre très humble et obéissant serviteur, AMDG.

Les leçons d'Amadis

Jambes étendues sur le banc de pierre, toutes croisées ouvertes, le frère Simao Gomes respirait la gloire du printemps. Comme à son habitude, le roi était en retard d'une heure. Dans cinq à six minutes, il serait là, abrégeant le bonheur du jour. Simao Gomes ferma les yeux, offrant au chaud soleil ses paupières.

Une masse poilue lui sauta sur le ventre.

– Au pied! cria le roi. Je t'avais commandé de réveiller le frère, mais non de l'écraser! Sage, Patrocle!

Le jésuite soupira et se remit debout.

La chemise du roi était fort sale au cou, et sortait de ses chausses. Il avait le teint rouge, la joue égratignée, les cheveux pleins de sable. Le roi s'était encore battu avec ses nobles. À son âge!

– Votre Majesté est en retard, observa-t-il. C'est un point sur lequel je ne pourrai transiger plus longtemps. Les leçons se doivent prendre à heure précise. Et la tenue de Votre Majesté manque de dignité. Qu'on me rentre cette chemise à sa place, allons! Je ne vous demande pas la rigueur du couvent, mais de l'effort, Sire, rien que de l'effort.

– Oui, mon frère, dit le roi, assombri. J'aime qu'au nom du Christ, vous me rappeliez mes fautes, et je vous demande humblement pardon.

– Qu'avez-vous décidé d'étudier aujourd'hui?

– L'*Amadis des Gaules*. Y a-t-il du vrai? Je veux savoir! dit le roi en tapant de la main sur la table. Mon oncle l'Inquisiteur m'assure que c'est péché de le lire, mais je ne le crois pas. Pourquoi dit-il cela?

– Les romans enfièvrent l'esprit, commença prudemment le jésuite. Votre oncle aura voulu vous protéger. Et pour la Sainte Inquisition, les romans voisinent avec la sorcellerie. Tout dépend de vos intentions. Quelles sont-elles lorsque vous lisez, mon petit?

– La dévotion du Christ, l'amour de la Passion, la quête de pureté, dit le roi d'un seul trait.

– Mais si vous l'avez lu, vous savez qu'Amadis commet le péché de chair avec sa Damoiselle, reprit le jésuite.

– Le péché de chair?

– Voici votre roman, dit le frère Gomes en sortant un gros livre de son sac. Chapitre 36. Lisez.

Le roi se pencha sur les pages ouvertes.

– Eh bien, que voyez-vous?

– Oriane étendue sur le manteau de la damoiselle de Danemark et Amadis près d'elle. Elle a les yeux fermés... Elle est endormie.

– Poursuivez, dit le jésuite.

– Oh! «Elle montrait deux petites boules d'albâtre vif,

le plus blanc et le plus doucement respirant que nature fît jamais. » Je comprends. Elle est décolletée. Est-ce cela, le péché ?

– Poursuivez !

– « Lors oublia Amadis son accoutumée discrétion et à la charge d'être importun, il lâcha la bride à ses désirs, si avantageusement, que quelque prière et faible résistance que fît Oriane, elle ne se peut exempter de savoir, par épreuve, le bien et le mal joint ensemble qui rend les filles femmes. »

– Eh bien, que vous avais-je dit ?

– Je ne comprends pas, dit le roi. Ce qui rend les filles femmes ?

– Lisez plus loin ! s'écria le jésuite.

– Oui. « … et au visage montrait ensemble un si gracieux courroux et un si content déplaisir qu'au lieu de consumer le temps en excuses, Amadis prit encore la hardiesse de la rebaiser… » Je crois que j'ai compris, mon frère.

– Quoi ?

– Qu'Oriane n'est pas fâchée et qu'elle aime les baisers…

– Non, dit le jésuite. Pas les baisers, Sire.

– Mais quoi d'autre ?

– Amadis lui donne du plaisir.

– Oui ! Est-ce mal ?

– Ils n'ont pas prononcé les vœux du mariage, mon fils !

– Je le sais bien ! Mais est-ce mal d'embrasser la Dame que l'on aime ?

– Embrasser, non.

– Ah, dit le roi. Vous voulez dire...

– Oui, Sire. Vous-même, avez-vous déjà...

– Non, oh non! dit le roi.

– Jamais?

– Non, murmura Sébastien, rouge de confusion.

– Alors lisez l'*Amadis des Gaules*, mon fils, dit le jésuite. Lisez-le de toutes les forces de votre amour, et priez Dieu.

– Tout ceci est donc vrai? Je suis bien heureux!

Le jésuite se tut. Le jeune roi rêvait, accoudé sur le livre, souriant aux embrassements du couple de légende. Il fallait bien pourtant le sortir de son rêve.

– Songez-vous pour de bon à partir au Maroc? dit-il tout à trac.

– Oui, dit gravement le roi. Mais j'ai les idées claires. Je ne veux pas conquérir l'Infidèle, je veux me faire aimer de lui. Une fois l'imposteur destitué, et le sultan Moulay rétabli sur le trône, si vous saviez... Mais non. Vous ne comprendriez pas.

– Il me semble que si, murmura le jésuite. Voyons. Une fois le sultan rétabli dans ses droits, vous ne convertissez pas les Infidèles, vous les laissez prier Allah en paix, vous priez avec eux à l'appel du muezzin, et la paix régnera. Est-ce que je me trompe?

– Comment savez-vous?

– Vous signez un traité avec le sultan, vous l'appelez votre frère, peut-être même allez-vous partager le pouvoir avec lui... Ah, mon fils! Le beau rêve!

– Oui, répéta le roi. C'est pour ce rêve que je prendrai la croix.

– Alors écoutez-moi, dit le jésuite en serrant le poignet du jeune homme. Qu'arrivera-t-il lorsque vous serez sur la terre infidèle aux côtés du Sultan ?

– Vous me serrez trop, dit le roi.

Le jésuite se dressa, debout devant le roi.

– Vous serez excommunié, mon fils. Vous n'êtes pas le premier à concevoir ce rêve. Il y a trois siècles, l'empereur Frédéric le conçut également. Que croyez-vous qu'il arriva ? Pour avoir trop tardé à se croiser, pour s'être lié d'amitié avec l'Islam, pour avoir lu les livres en arabe, chanté ses chants, et même prié sur la pierre d'Abraham à Jérusalem dans l'enceinte musulmane du dôme du Rocher, l'empereur Frédéric fut excommunié. Que dis-je ! Il fut solennellement déposé.

– Veuillez reculer, monsieur, dit le roi d'un ton sec.

Surpris, le jésuite se rassit.

– ... et m'expliquer quels périls m'entourent, poursuivit le roi. Frédéric de Hohenstaufen entreprit de capturer le pape à Rome. Je ne menace pas Sa Sainteté. Nous ne sommes plus au temps où les rois disputaient au pape ses pouvoirs temporels. Le dernier qui laissa saccager Rome fut mon grand-père l'empereur Charles Quint. Mais je vais au Maroc, moi !

– Royaume de votre Dame, enchaîna le jésuite. La fille du sultan. La princesse Jasmine.

– Oui ! cria le roi. Elle aussi a ce rêve. Nous avons pensé à tout. Son père est un homme faible, et qui acceptera.

Le Maluco. Une fois capturé, nous le libérerons avec les égards dus à son rang. Il sera notre ambassadeur auprès des rois chrétiens. Ma Maison restera au Maroc quand je viendrai au Portugal, et nous procéderons, par bateaux entiers, à des déplacements de pauvres de nos villes. Les Portugais seront très heureux au soleil du Maroc, et aideront les Marocains à planter. Ma princesse me donnera des fils, les premiers d'une dynastie qui mettra fin aux guerres. Quant à nos filles…

– Et vos oncles ? Avez-vous pensé à vos oncles ?

– Il ne faut pas qu'ils sachent !

Et il rit à belles dents.

– Précisément, dit le jésuite. Que pensera votre oncle l'Inquisiteur ?

– Bah ! Il sera mort, peut-être. Et puis il m'a élevé, il m'aime. Il pensera que je suis fou. Tout le monde le pense. Et vous aussi, mon frère.

Le jésuite se tut.

– Et maintenant, je vous le demande, est-ce péché de vouloir vivre la chevalerie ?

– La chevalerie n'est pas un devoir chrétien, répondit le jésuite. Ce sont là des songeries d'autrefois, un idéal qui… Enfin, comprenez-moi !

– Voilà un jésuite qui ne sait plus quoi dire, observa le roi. Mon Simao ! Comme je vous aime. Vous êtes décidément le plus cher des amis. Alors, répondrez-vous ?

– L'Islam est à jamais séparé de nous, Sire, soupira le jésuite. Il ne me plaît pas de vous le dire.

– Et il ne me plaît pas de l'entendre ! dit le roi.

Dernière lettre
du frère Simao Gomes
au roi d'Espagne

Sire,

Aujourd'hui, S. m'a ouvert son cœur avec une telle sincérité que j'hésite à vous en faire part. Néanmoins, il court de tels dangers que je crois devoir vous rendre compte d'une partie de notre entretien.

Je m'étais trompé, Sire. Certes, S. demeure un enfant innocent qui ne sait rien de la chair et donne des baisers, croyant qu'il l'a connue. Je l'ai mis à l'épreuve ; il est chaste.

Mais c'est un visionnaire qui sait ce qu'il veut faire. Qu'il vous suffise d'apprendre qu'il a décidé d'unir sa vie avec la Damoiselle dont je vous ai parlé, au royaume du Maroc. Comme je tentais de l'en dissuader en lui citant l'exemple de Frédéric de Hohenstaufen, l'empereur schismatique, il m'a répliqué avec force raison, et de bons arguments. Qu'il n'ait pas sur les

Maures le même jugement que Votre Majesté, voilà où le bât blesse.

Si j'osais, je me permettrais de suggérer à Votre Majesté une rencontre où Votre Majesté pourrait, tout à loisir, avec l'autorité dont je la sais capable, infléchir la vision de S. dans l'autre sens. Votre Majesté serait alors en mesure d'apprécier si S. a toute sa raison, ou si votre serviteur est en train de perdre la sienne. Il n'en demeure pas moins le dévoué AMDG, frère Simao Gomes.

L'ambassadeur d'Autriche
comte Khevenhüller

30 mai 1577

Assis devant sa table, Hans relisait le message et tâchait d'y trouver une échappatoire, sans résultats.

Son souverain jugeait le dessin exécrable, au motif qu'un rhinocéros n'a pas de corne sur le dos, mais qu'il en possède une ou deux au front selon qu'il est d'Asie ou bien d'Afrique. L'empereur exigeait un portrait fidèle de l'animal avant de prendre la décision de l'acquérir.

– Bon Dieu ! jura Hans. Avec ses gribouillis, Eboli m'a flanqué une sacrée pagaille. La garce.

Pour trois coups de mine à plomb de la main d'une borgne effrontée sur un méchant papier, il fallait tout recommencer, dénicher un peintre animalier, l'expédier à Lisbonne, négocier l'autorisation royale pour le portrait du bada, le faire revenir à Madrid, une fortune. Trois coups de mine de plomb d'une princesse espagnole sur un bout de papier, et voilà le travail !

97

Hans décida de commencer par l'autorisation, et l'autorisation du roi du Portugal supposait celle du roi d'Espagne. Le temps d'obtenir une audience, il trouverait l'artiste. Donc, le plus urgent étant de se vêtir, Hans enfila ses bottes rouges, objet de la convoitise d'Eboli.

– Plus souvent que je te les donnerai, gronda-t-il. Ou alors, je te baise.

En arrivant au palais, Hans apprit une excellente nouvelle. La princesse n'était pas à la Cour. Lorsque Eboli restait dans son palais, l'emploi du temps du roi était plus régulier. Hans soudoya les laquais et parvint sans encombre à l'antichambre du roi. Et là, il attendit.

Lorsque le roi sortit en costume de chasse, le comte ambassadeur se précipita, sa toque à la main.

– Votre Majesté me pardonnera cette intrusion matinale, commença-t-il d'un air préoccupé.

– Quoi ? lança le roi, de fort mauvaise humeur.

– Sa Majesté impériale me demande d'envoyer un portraitiste à Lisbonne en hâte et comme Votre Majesté le sait, c'est d'elle que je dois obtenir l'autorisation de son neveu le roi du Portugal, voilà pourquoi je me permets de la demander respectueusement.

– Pour un portrait de mon neveu Sébastien ? dit Philippe.

– Non, Sire. De son rhinocéros.

Hans paraissait si penaud que Philippe se mit à rire.

– Je ne veux pas faire attendre la meute. Nous ferons parvenir la requête dans les meilleurs délais. Dieu vous garde.

Il partit si vite que Hans eut à peine le temps de le saluer.

– Bonne chasse, Sire, murmura-t-il machinalement.

Mais comme il se couvrait, le roi revint sur ses pas.

– Comte, je vais faciliter votre mission. Mon neveu d'Autriche voudra acheter la bête. Vous irez à Lisbonne pour négocier les conditions. J'exige, vous m'entendez ? que vous veniez me rendre compte de votre séjour portugais.

– À vous, Sire ?

– À moi personnellement. Observez, relatez. Vous serez très utile à la Chrétienté. À vous revoir, ambassadeur.

Il ne lui avait même pas demandé s'il acceptait.

Utile à la Chrétienté ? Il se tramait là du sérieux. Le Grand Turc, alors ?

Le récit du bada

Pas à vendre

Mon roi n'était pas seul. Il avait avec lui un grand gaillard vêtu aux couleurs des arbres, avec des bottes rouges comme ses cheveux. Et savez-vous de quoi ils discutaient ? De moi.

De loin, j'entendais les murmures du chien. Patrocle gémissait :

– Attention, frère bada, peut-être... va te vendre...

Me vendre, moi ?

J'orientai mes oreilles vers l'avant, en position d'écoute. Et j'entendis.

– Mon souverain est prêt à donner un bon prix, disait le grand homme aux cheveux rouges. Je suis venu de Madrid tout exprès. Sa Majesté votre cousin d'Autriche sait que Votre Majesté possède avec le bada un trésor. Un trésor, cela se monnaye. Sa Majesté espère que Votre Majesté...

– Ma Majesté souhaite que nous cessions sur ce sujet.

– Bien, Sire, marmonna le gaillard aux bottes rouges. Si je puis me permettre, oserais-je poser une dernière question à Votre Majesté ?

– Laquelle ?

– Votre Majesté a-t-elle réussi à lever son armée ?

Sébastien fouetta l'air de son gant, et se tut.

– Parce que, voyez-vous, Sire, votre cousin pourrait peut-être se porter au secours de…

– Ma Majesté n'a pas besoin d'être secourue !

– Bien sûr, Sire, non, certes, bredouilla le bonhomme à toute allure. Que Votre Majesté me pardonne. Je voulais parler des soldats. Lever une armée coûte cher et dans ce cas…

– L'argent de mon bada contre des soldats ?

– Il faut ce qu'il faut, Votre Majesté, dit le bonhomme en écartant les bras.

Mon roi réfléchissait, et moi, je reniflais la sueur de l'homme roux. À l'oreille, j'entendis le chien qui m'alertait :

– S'il te vend, ils te chargeront sur… chariot à roues, froid… la pluie… violent, frère… montre-leur…

De toutes mes forces, je chargeai. Juste assez pour écorner ma barrière.

Le géant recula.

Sébastien s'approcha tranquillement.

– Tout doux, bada, tout doux, murmura-t-il. Tu ne veux pas partir, pauvre animal… Eh bien, qu'il en soit ainsi. Je ne te vendrai pas à mon cousin Rodolphe. Entendez-vous, comte ? Le bada est trop dangereux.

101

– Mais vous…, commença le géant en transpirant de plus belle, je veux dire, Votre Majesté n'a pas peur ?

– Vous voyez bien que non, répliqua Sébastien.

– Par le sang du Christ, ce bada est terrible !

– N'invoquez pas le nom du Christ en vain ! cria Sébastien hors de lui.

– Oui, Majesté, bien sûr, pardon, Sire, bafouilla le géant.

Sébastien le toisa. L'autre avait eu si peur qu'il ne s'en allait pas. Il épongeait son front, marmonnait encore des excuses, des « Gott verdammt ! » et des « Hombre ! ».

Patrocle était de très bonne humeur.

– Grand homme roux chassé… très bien… frère bada… as été parfait… resteras ici…

Finalement, le gaillard reprit ses esprits. Je pétai un bon coup, histoire de le narguer, et le bruit le fit sursauter. Mon roi se mit à rire. Quand je pète, le tonnerre roule entre mes fesses.

On a le rire qu'on peut.

Le récit du bada

Le poète du roi

Le géant était encore là quand Pedro annonça une visite à mon roi.

– Sire, votre poète demande s'il peut vous parler, dit-il de sa voix rude. Vous savez, celui qui a conté en vers l'épopée portugaise sur les mers orientales au milieu des déesses toutes nues.

– L'auteur des *Lusiades*? s'écria Sébastien avec feu. Qu'il vienne! Où est mon Camoëns?

– Il n'ose pas se montrer, dit Pedro. C'est qu'il est mal en point.

– Va le chercher!

Un vieillard apparut, son feutre à la main. Il marchait lentement et celui-là ne sentait pas la peur.

Le visage penché, mon roi accompagnait sa marche en clignant des yeux, en haussant les sourcils, comme si, avec ces mouvements minuscules, il prêtait ses forces à l'homme qui s'avançait. Je ne voyais pas bien ce vieillard, mais je reniflai une odeur d'ivrogne et de famine.

– Un pauvre..., me dit le chien. Dort dans la rue... pue le vin...

Il avançait toujours, d'un pas raide, dans un profond silence. Pedro, mon roi et moi, nous suivions le supplice de cet homme épuisé. Il était pâle, il avait faim. On aurait dit un mort, mais un mort qui marchait.

De près, je vis qu'un de ses yeux manquait. C'était creux, défoncé, plein de plis et de bosses. L'autre œil scintillait, furieux d'humiliation.

Lorsque le vieillard fut enfin devant lui, Sébastien l'attira sur sa poitrine. L'accolade fut longue ; l'œil qui vivait pleura. Puis, quand ce fut fini, Sébastien prit le vieil homme par le bras.

– Que demande mon ami, mon poète ? lui dit-il.

– Sire, murmura le vieux, ce que je vais dire à Votre Majesté est indigne d'Elle et de moi. Ma pension ne m'est plus versée.

Ses joues devinrent de la couleur des briques. Cet homme-là avait honte.

– Mais j'en ai décidé voici au moins trois ans ! Quand vous m'avez remis *Les Lusiades*. Écrites en mon honneur ! Je vous en ai remercié avec cette pension. Point d'inquiétude, ami !

– Que Votre Majesté me pardonne, dit le vieux. Je ne l'ai pas reçue depuis quatre mois. On me dit qu'à cause de la croisade, on n'a plus rien pour moi.

– Qui cela, « on » ? Il est vrai, mon ami, que je lève une armée, que cela coûte cher. Mais priver le plus grand poète du royaume de sa pension, voilà qui est infâme !

– Que Votre Majesté soit bénie, murmura le vieillard en s'efforçant de plier le genou.

– Camoëns, non! cria Sébastien en se précipitant pour le relever. Vous, l'inspirateur de la croisade, à genoux! Savez-vous ce que nous allons faire? Quand je reviendrai en vainqueur du Maroc, vous m'accueillerez au port. Vous seul, sous un arc triomphal. Et vous déclamerez un poème nouveau. N'est-ce pas une bonne idée?

– Excellente, Votre Majesté..., dit l'homme dont les jambes fléchissaient.

Et le vieillard s'effondra à ses pieds.

Saisi, mon roi appela Pedro. Ils étaient là tous deux à lui secouer le dos, à lui taper la joue, mais rien à faire. Cet homme qui avait bu n'avait rien mangé depuis deux jours.

– Crève la faim..., dit le chien. Le nourrir... va mourir... j'interviens...

Et il se mit à hurler à la mort.

– Assez, Patrocle! s'irrita son maître.

– Ton chien a raison, dit Pedro en fronçant le sourcil. Le poète n'a rien dans l'estomac. Laisse-moi faire, Majesté. J'ai là du jambon, je vais lui en couper un morceau.

Quand Pedro se mettait à tutoyer son roi, c'était signe de colère.

En un rien de temps, il avait sorti d'un sac le couteau et il tranchait le morceau en fines lames. Et il fourra une tranche sous le nez du vieillard. Oh! Il se réveilla bien vite. Ses lèvres s'écartèrent, on aurait dit les miennes, longues, tendues, happant la nourriture sans même ouvrir les yeux. Patrocle cessa ses hurlements. Tranche après tranche, Pedro continua. Et, je le voyais bien, mon roi ne comprenait pas.

– Mais il sent le vin, pourtant, chuchota-t-il dans le dos de Pedro. Alors il n'aurait vraiment rien mangé ? Lui ! Mon poète !

– Tais-toi donc, Majesté, dit Pedro. Il t'entend, et tu vas le blesser. Tiens, il ouvre les yeux.

Le vieillard se tâta le front. Il demanda à boire et Pedro lui passa sa gourde. Puis il l'aida à se remettre sur ses pieds. Patrocle vint lui lécher la main et le vieillard sourit.

C'était un sourire comme je n'en avais jamais vu. Toute sa vie était dans ce sourire, une vie de ciels lointains, de peaux de femmes nues, de rapines et d'amour, passée à rédiger des poèmes.

Il fixa le roi, le roi baissa la tête.

– Oui, dit le vieil homme, oui, j'ai faim, Sire. Une pension, pour vous, ce n'est rien. Mais je n'ai plus la force de chercher mon manger. Encore un peu, j'allais mendier. J'ai préféré mendier auprès de vous.

Sébastien se taisait, les larmes aux yeux. Brusquement, il fouilla ses chausses et son manteau, sans rien trouver.

Les rois marchent sans argent dans la vie. Pedro hocha la tête, et sortit une bourse qu'il tendit au roi.

– Je te rembourserai, murmura précipitamment Sébastien. Combien as-tu là-dedans ?

– De quoi manger pour deux jours, chuchota Pedro. Garde-le une semaine, Majesté.

L'œil du vieux suivait le chemin de la bourse, des poches pleines aux poches vides. Sébastien fit semblant de plonger dans ses chausses et glissa la bourse dans la main du vieillard.

– Roi du Portugal, dit le vieux d'une voix forte, ce que tu fais n'est pas bien. Fais-moi la charité si tu veux, mais ne mens pas à Camoëns. La bourse n'est pas à toi. Je n'en veux pas. Je ne prendrai pas l'argent d'un palefrenier. Rends-le-lui, Majesté !

– Camoëns, tu es… Ce que tu dis…, bégaya Sébastien. Devant témoin !

– Mais je suis ton poète, trancha le vieux. Veux-tu que j'écrive comme l'enfant du miracle dépouille ses sujets au nom de sa croisade ? N'oublie pas que je suis en charge de ta gloire !

La bourse retourna dans la poche de Pedro, et mon roi se trouva les mains vides.

– Toujours comme ça…, dit le chien. L'autre jour… une mendiante… la même chose… trop distrait… il faut aboyer…

– Reste, Camoëns, décida Sébastien d'une voix brusque. Tu auras ta chambre et de quoi te nourrir.

– Et je ne descendrai pas à la Cour sans me laver, dit le vieil homme avec son drôle de sourire. Par exemple, Majesté, si tu avais aussi de quoi m'habiller, ce ne serait pas de refus.

– Une semaine, Camoëns, précisa Sébastien. Le temps de débloquer ta pension.

– Et ma commande ? dit le vieux. Le poème pour t'accueillir au port ?

– Tu l'auras.

Puis il partit à grandes enjambées, son chien sur ses talons. Il n'avait pas l'air content. Pedro baissa la tête, le vieillard remit son chapeau.

Un qui n'avait rien dit, c'était l'homme aux bottes rouges. Il attendait son heure, et elle était venue.

– Permettez, monsieur, dit-il en sortant une bourse de sa poche. Je suis l'ambassadeur de Sa Majesté l'empereur d'Autriche Rodolphe de Habsbourg, et de lui, vous pouvez accepter cet hommage. Soyez tranquille, je me tairai.

Le vieillard prit la bourse, se découvrit et salua.

– Sa Majesté Rodolphe adore les poètes, ajouta le géant roux. Je suis certain qu'il vous ferait bon accueil. À Vienne, nos poètes ne sont pas affamés.

Le vieux lui jeta un regard méprisant et s'apprêta à se remettre en marche.

– Attendez, monsieur Camoëns ! Ma proposition mérite qu'on s'y arrête… L'illustre auteur des *Lusiades* pourrait célébrer la geste de l'Autriche, l'empereur Charles Quint, l'Empire, la puissance…

– Je suis au Portugal, monsieur, dit le vieillard. Et à personne d'autre. Mais vous pouvez m'aider à rentrer au château.

Et les voilà partis.

J'avais le crâne en feu. Nous étions bien pareils, ce Camoëns et moi. Prisonnier de la faim et prisonnier du roi, deux créatures à l'abandon. Pedro s'approcha et vint me caresser.

– Il est courageux, Camoëns, me dit-il. Parce que sans lui, je n'aurais jamais revu ma bourse. Je me demande pourquoi l'empereur d'Autriche veut ce qu'a notre roi. Son bada, son poète ! Et quoi encore ? Il est riche, puissant, couvert de territoires, de châteaux, que lui manque-t-il ? Je vais te dire, bada. Toi et le poète, vous êtes uniques.

Sans les mots, que peut faire un esprit ? Fouailler la boue, grogner. J'en étais là.

L'audience de Madrid

Khevenhüller rend compte
au roi d'Espagne

Le roi Philippe entra, l'œil vif, le visage rouge comme toujours au retour de la chasse.

– Alors, ambassadeur, que pouvez-vous me dire ?

– Sire, le roi votre neveu est d'une bravoure qui...

– Où en est-il ?

– Il a levé l'impôt sur les Nouveaux Chrétiens, mais aussi sur les Vieux.

– Comment cela, les Vieux ?

– Les Vieux Chrétiens, Sire.

– Les catholiques ! dit Philippe, effaré. Il ne s'est pas contenté des juifs convertis ! Il a taxé les Vieux Chrétiens... Il se fera haïr !

– Je ne crois pas, Majesté. Le peuple est derrière lui, Mais il n'a pas fini de lever son armée. Lorsque, au nom de mon empereur, j'ai proposé d'acheter le bada un bon prix pour compléter les finances de la croisade, Sa Majesté votre neveu a longuement hésité.

– Mon neveu l'empereur veut l'aider ?

– C'est ce que j'ai prétendu, Sire. Uniquement pour en savoir plus !

– Bien, dit Philippe. Comment se porte mon neveu ?

– Le mieux du monde. Il a le teint frais et l'œil vif. Le bruit court qu'il va prendre une épouse. Une princesse, m'a-t-on dit.

Philippe s'assombrit.

– Ambassadeur, vous pouvez écrire à mon neveu d'Autriche que nous rencontrerons sous peu le roi du Portugal.

La rencontre de Guadalupe

Décembre 1577

La ville était en fête ; les balcons, tendus de tapisseries. Le lieu revêtait une signification particulière. Au cœur de l'Estramadoure, le monastère Santa Maria de Guadalupe gardait la très illustre statue de Notre-Dame que Christophe Colomb était venu adorer et qui, miracle incroyable, était apparue de l'autre côté de l'océan à un pauvre Indien de la Nouvelle Espagne, répandant sur son manteau païen des roses, fleurs inconnues là-bas.

Le miracle datait d'une bonne vingtaine d'années, et la gloire de la Vierge de Guadalupe s'étendait désormais sur les deux Espagnes, l'ancienne et la nouvelle. La Vierge miraculeuse garantissait l'Empire.

Pour l'occasion, le roi Philippe avait bien fait les choses. Sur le chemin, son royal neveu croiserait deux fontaines, spécialement bâties en bois peint. L'une était l'Espagne, l'autre le Portugal. La première était ornée d'Indiens emmitouflés de plumes, la seconde, d'éléphants et de tigres en carton. La rencontre au sommet allait durer deux jours, deux jours de discussion autour de la croisade.

Le cheval de Sébastien était gris et trapu, un monstre, un destrier médiéval qu'on ne montait plus guère. Vêtu de velours rouge à l'ancienne, le roi du Portugal tenait une lance à la main, comme s'il se rendait à un tournoi. Il était acclamé, car il était touchant, ce jeune roi imberbe, roux comme tous les Habsbourg. Philippe le barbu et Sébastien le glabre, Dieu les avait créés avec leurs poils carotte, souverains de pays où tout le monde est brun.

Le roi Philippe montait son étalon blanc dont la crinière tombait, soigneusement peignée, touchant presque le sol. Dans les rues, les hommes lançaient des vivats, mais les femmes de Guadalupe, les vieilles surtout, murmuraient au passage du roi du Portugal.

– Il est drôle, ce roi-là, il n'a pas l'air normal.
– Il n'a presque pas de cou !
– Mais il est jeune comme tout !
– Heureusement qu'il est roux.
– Il est joli garçon !
– Comme sa bouche est belle !
– On la dirait faite pour le baiser.

« Quelle étrange personne, pensa Philippe. Physiquement très fort, et tellement enfantin ! Comment vais-je m'y prendre ? Il est si susceptible. Mille hommes. Pas un de plus. »

Les rois s'étaient assis, Philippe le premier.

– Que les conseillers sortent ! dit-il.

Sébastien tassa légèrement son grand corps sur son siège. D'un regard aigu, Philippe l'observa.

– J'avais à vous poser une question d'importance, commença-t-il, et qui ne supporte aucun témoin. Votre mère s'en inquiétait fort. Ça, mon neveu, combien d'années se sont écoulées depuis que nous avons vérifié votre anatomie ?

– Sire, je ne suis pas venu à Guadalupe… Pourquoi en reparler ?

– Parce que vous êtes roi ! Tôt ou tard, il faudra assurer votre succession. J'ai grand souci de vous, comme de mes propres fils. Je vous ai envoyé des médecins à cet effet. À l'époque, le diagnostic était…

– Défavorable, répondit Sébastien d'une voix qui tremblait. Mais cela fait six ans et les choses ont changé.

– Tant mieux ! Vous pouvez contracter un mariage. Il est temps.

– Non ! cria le roi du Portugal. La croisade d'abord.

– Mais c'est à quoi je pense. Une alliance renforcerait votre armée. Prenez femme, vous aurez des soldats.

– Sire, j'ai fait serment à Dieu de ne point me marier avant d'avoir conquis le Maroc, dit Sébastien, très pâle. Mon serment est sacré. Je ne transigerai pas avec Notre Seigneur.

Philippe se tut. L'argument était fort.

– Qui aviez-vous choisi pour vérifier vos dires? lâcha-t-il en contemplant ses ongles. Une servante, ou une de vos dames?

– Je ne sais plus, murmura Sébastien. Une dame, il me semble.

– Avez-vous été droit au but? Je veux dire, avez-vous réussi? Il arrive qu'on défaille.

– Réussi quoi? demanda Sébastien.

« Il ment », songea Philippe.

– Mon neveu, venons au fait. Pouvez-vous honorer une épouse, oui ou non?

– Je pourrai! s'écria Sébastien. Après la croisade, Sire, je pourrai.

– Soit, dit Philippe. Votre armée, de combien d'hommes est-elle? Neuf mille, que je sache? Et combien vous faut-il?

– À vingt mille, la Chrétienté remporte le Maroc, dit Sébastien. À quinze mille, nous perdons. Voyez, j'ai calculé.

– Il vous manque onze mille hommes, murmura Philippe. C'est un chiffre considérable. Où les prendre? Et avec quel argent?

– Pour l'argent, mon oncle, j'ai contraint notre Sainte Église à verser un impôt spécial pour la croisade, dit Sébastien. Avec cela, je peux recruter mille mercenaires. Mes collecteurs sont en train de battre la campagne pour ramasser de quoi lever encore mille hommes. Le peuple m'aime. J'en serai à onze mille; il me manque neuf mille autres.

– Et vous comptez sur moi, dit Philippe, pensif. Maintenant, quels sont vos plans ?

– Ma flotte quitte Lisbonne, fait escale à Cadix, débarque à Arzilah, s'y prépare et affronte les troupes maures en plaine avant de conquérir le royaume.

– Bon, dit Philippe. Qui commande vos armées ?

– Quelle étrange question ! s'écria Sébastien. Ce sera moi, mon oncle.

– Folie ! explosa le roi d'Espagne. Le Maluco n'est pas un débutant, ses troupes sont exercées, le sultan déchu est faible… Et vous, mon pauvre enfant, vous n'avez jamais commandé une armée !

– Je suis roi, Sire, et je me bats pour Dieu ! dit Sébastien en tapant de son énorme poing sur son fauteuil. Vous-même, n'avez-vous pas commandé le feu à seize ans ? J'en ai vingt-trois, mon oncle.

– Écoutez-moi attentivement. Le frère du défunt sultan a des droits légitimes au Maroc. Pas l'autre, ce Moulay Mohammed, votre allié. Il m'a fait parvenir une demande que j'ai écartée. Le saviez-vous ?

– Non, dit Sébastien, le rouge au front. Quand ?

– Quelques semaines avant qu'il ne soit banni. Vous avez accepté de lui venir en aide quand je refusais, moi. Je ne donne pas raison à ce petit sultan. Pour l'heure, le Maluco règne sur le Maroc.

– C'est un imposteur, Sire ! Le peuple le rejette et veut…

– Le peuple ! coupa Philippe. Ce n'est pas le peuple qui fait les souverains. C'est Notre Seigneur Dieu. Et ce sont les mariages. Mais ne discutons pas là-dessus. Supposons que vous gagniez cette guerre. Vous serez cerné de tous côtés, à l'est par les Barbaresques, au sud par l'Afrique, vous n'aurez que le nord et la mer pour refuges. Même si vous résistez quelques mois, vous finirez vaincu. Le Maluco reprendra son trône.

– Non! cria Sébastien. Il y aura une alliance! Il y aura un mariage! Je serai l'héritier du sultan!

– C'est donc vrai, soupira Philippe. Vous, roi du Maroc! Pensez-vous qu'un royaume musulman acceptera pour souverain un chrétien? Vous serez écorché vif, mon neveu! À moins que... Je n'ose même pas y penser. Vous ne vous feriez pas musulman!

Sébastien redressa sa haute taille et quitta son fauteuil.

– Sire, dit-il en pliant le genou, vous êtes mon oncle. À ce titre, je vous dois le respect. Mais que Votre Majesté veuille bien m'écouter. Je pars en croisade contre l'Infidèle. Le Seigneur daigne mettre sous ma protection l'un d'eux, un exilé vaincu. Les desseins de mon Christ me sont apparus alors que je priais dans ma chapelle, étendu sur le sol, à l'aube... Quelle vision, mon oncle! J'étais en burnous blanc, la bannière à la main, acclamé par les foules converties!

– En burnous, un Roi Très Chrétien, murmura Philippe. Avez-vous perdu la raison?

– Non, Sire. Jésus-Christ veut me voir régner sur le Maroc. Depuis que l'infant Henri a lancé sur les mers nos vaisseaux, le Maroc est promis aux rois du Portugal.

C'était en 1415, mon oncle, quand l'infant a persuadé son père de prendre Ceuta, au Maroc. Entre les Maures et nous, les siècles ont tressé tant de nœuds ! Ils nous ont occupés, nous les avons chassés, mais leurs tambours battaient aux mariages de nos rois, leurs danses sont restées chez nos dames...

– Chez nous, les danses moresques sont interdites, coupa sèchement Philippe. L'Inquisition les juge indécentes.

– Parce qu'elles vivent ! Nos royaumes ont besoin de sang neuf, mon oncle. Mes ancêtres de Bourgogne vivaient tout autrement... La guerre était joyeuse, les Cours sans apprêt, on se posait, on levait le camp pour la joute, mais ensuite, on liait connaissance avec l'ennemi. C'est cela que je veux pour mon royaume. La paix dans une grandeur nouvelle. Je veux fonder un autre empire, vaste comme l'univers...

– Vous avez les Indes et l'Asie, le Brésil, vous avez la Chine, dit le roi. Que vous faut-il en plus ?

– Que le Maroc soit au Portugal. De là, l'Empire s'étendra vers l'Afrique et soumettra les peuples nègres au Christ-Roi. Vous régnez sur l'Europe, Sire. Laissez-moi l'Afrique !

– Le songe du Prêtre Jean a conduit vos ancêtres au désastre au royaume d'Éthiopie, dit Philippe. Vous souvenez-vous de cette utopie ? Pour rallier un roi chrétien d'Afrique dont nul ne garantissait l'existence, quatre cents Portugais ont été massacrés par les Somaliens. Vous semblez oublier l'Islam, mon neveu. Sur la totalité des côtes du sud de la Méditerranée. Aucun souverain musulman n'acceptera une alliance avec vous.

– Ce n'est pas vrai ! cria Sébastien en agrippant le genou de son oncle. La princesse Jasmine m'accepte pour époux. Nous avons échangé nos serments.

Philippe tressaillit.

– La princesse réside à Sintra, dans mon palais, poursuivit Sébastien. Ma Dame est vertueuse et j'éprouve pour elle les feux de l'amour le plus pur. La Madone n'a pas de plus beaux traits ! C'est mon enfant très chère, et je lui voue ma vie. Elle sera ma reine. Sire, je vous demande votre bénédiction.

– Je vois que vous êtes très épris, dit Philippe. Mais se marier, c'est une tout autre affaire ! Le mariage des rois conclut une alliance qui sert les intérêts des royaumes. J'y ai pensé pour vous. Voyez si je vous aime ! Je vous donne l'infante Isabelle, la fille que j'ai eue de mon épouse bien-aimée, feue la reine Élisabeth de Valois.

Sébastien sursauta et ses poings se serrèrent.

– Acceptez, mon neveu. Une fille d'Espagne pour un roi du Portugal.

– Mais je veux autre chose, murmura le jeune homme. Épouser ma cousine comme le fit mon père ! Non. Je préfère le lointain.

– Ne dites pas de bêtises. C'est la règle entre nos deux royaumes. Nos familles ont toujours fait ainsi.

Sébastien détourna la tête et se tut. Philippe eut pitié.

– L'amour vient par surcroît, dit-il avec douceur. J'ai

tendrement aimé la princesse de France, épousée par devoir et qui était si fraîche.

– N'était-elle pas promise à votre fils Carlos ? s'écria Sébastien, le feu aux joues. Vous avez pris sa place !

– Je ne vous laisserai pas... Mon Dieu ! Vous ne savez rien. Mon malheureux Carlos n'était pas en état, et vous...

Sébastien recula.

– Prenez femme en famille, mon neveu. Vous êtes un Aviz ! Faites votre devoir. Ensuite, vous pourrez garder votre Mauresque si elle se convertit.

– Sire, elle est pure comme l'aube !

– Taratata, dit Philippe en se levant de son fauteuil. Épousez Isabelle, vous aurez vos soldats. Neuf mille si vous voulez.

– Non ! cria Sébastien, les yeux exorbités. Vous êtes un méchant et personne ne vous aime !

Philippe s'arrêta. Sébastien trépignait comme un enfant.

– Vous aurez mille soldats pour votre expédition, dit-il froidement. Pas un de plus.

Sébastien se rassit, la main crispée sur son épée. Le roi d'Espagne lui tapota l'épaule en soupirant.

– La conférence commencera demain. Tâchez de dormir d'ici là, mon neveu.

Le fantôme de Juana

Sur le trajet du retour, de Guadalupe à Madrid, le cortège royal traversa les villages sans s'arrêter. Assis dans son carrosse, Philippe réfléchissait.

Il n'était plus question d'arrêter son neveu. L'affaire était sérieuse, mais le roi Philippe ne voyait pas comment la résoudre. Sébastien partirait, c'était inévitable. Gagnerait-il sa bataille du Maroc ? On ne pouvait l'exclure. S'il était victorieux, le roi du Portugal resterait au Maroc. Le fier chevalier serait trop heureux de céder aux délices des jets d'eau, des fontaines et des danses de putes aux longues jupes tournoyantes découvrant les pieds nus, l'indécence de l'Islam dans toute sa splendeur. Et c'en serait fini du pauvre Portugal.

Ou le fier chevalier mourrait dans le désert, le corps criblé de flèches infidèles. La meilleure hypothèse.

Depuis qu'il était né, Sébastien était voué à la mort. Le prince tant attendu portait en lui les germes d'un désastre. Pour sa venue au monde, sa mère avait accouché en grand deuil. Le nouveau-né avait une trop grosse tête, des yeux globuleux, une épaule surélevée, un doigt de pied informe. Éduqué par des vieux, faible du membre, tétant le rêve au sein de sa mère l'Église... Sébastien au Maroc y mourrait. C'était une évidence.

Prendre la succession à n'importe quel prix. À l'Espagne, ajouter le Portugal et que la péninsule ne soit qu'un seul pays.

Cela demandait réflexion. Au Portugal, depuis le Maître d'Aviz, fondateur de la dynastie, les rois étaient élus par acclamation. C'était ainsi depuis que le Maître s'était fait reconnaître par ses pairs. Depuis que régnait la dynastie d'Aviz, les nobles réunis en Cortès élisaient leur souverain. Une élection, pour un roi divin !

Mais le petit Portugal ne faisait rien comme tout le monde.

La succession de Sébastien ne serait pas aisée. Plutôt que l'Espagnol, les seigneurs portugais acclameraient n'importe quel chien coiffé.

Le bâtard de Dom Duarte, Antoine, mais sa mère était une Nouvelle Chrétienne, une fille née juive – personne n'en voudrait... Ou bien encore ce bâtard de Dom João, marié à Catherine de Bragance. Descendante directe d'un bâtard de João Ier, le fondateur de la dynastie régnante, Catherine de Bragance avait pour elle l'ancienneté du nom et la marque de famille du grand Maître d'Aviz. Une concurrente embarrassante.

Qui d'autre ? L'oncle de Sébastien, le Grand Inquisiteur et cardinal Henri. Un vieillard. Quand le petit royaume était mûr pour tomber dans l'escarcelle espagnole, il s'en échapperait par une simple acclamation ! Impossible. En parler à Juanita la morte. Philippe s'assoupit. Et elle lui apparut.

La très chère était en libellule. Ailes repliées, pattes à l'arrêt, voilée de noir, et posée dans le rêve comme l'insecte sur la feuille, parfaitement immobile.

– La santé de ton fils est bonne, dit-il en lui baisant la tête. De ce côté, je suis rassuré. Le roi t'envoie ses salutations.

– Ne mens pas, Felipe, soufflèrent les lèvres invisibles. Le roi du Portugal ne m'a jamais envoyé ses salutations.

– Mais Sa Majesté ton fils assure qu'il est guéri, dit Philippe.

– Tu es inquiet.

– Il est toujours très exalté, Juanita. Il s'est mis en tête de conquérir le Maroc et d'épouser la fille du sultan.

– Tsstt ! chuintèrent les lèvres sous le voile noir. Le Seigneur nous a envoyé la folie, que son saint nom soit béni.

– Tu as bien entendu ce que je viens de dire ? soupira Philippe. Ton fils va commander ses troupes au Maroc. Il n'y survivra pas. Juanita, ton devoir de mère exige que tu l'en dissuades.

La dame libellule vola de long en large en dépliant ses ailes.

– Cela dépend, Felipe, dit-elle en poursuivant sa déambulation. Mon devoir de mère est une chose, mais mon

devoir de reine en est une autre. Si mon fils peut procréer, c'est une chose. Mais s'il ne peut pas…

Elle s'arrêta, et releva son voile sur sa face de morte.

– Que mon malheureux fils poursuive le destin fixé
par le Seigneur, murmura Juana en rabattant son voile.
S'il est vraiment le soldat du Christ, le Christ vaincra.

– Mais dans le cas contraire, Juanita…

– Aïhi…, gémirent les lèvres noires. Je prierais, dans
ce cas.

– Le Portugal serait à prendre, dit Philippe.

Elle agita ses ailes et s'abattit sur un tabouret.

– Mais toi, Felipe, tu peux le sauver, n'est-ce pas?

– Il faudrait qu'il renonce à commander l'armée. Mais
tu sais comme il est entêté.

– Insiste, dit Juana. Ne lui donne pas de soldats.
Combien as-tu promis?

– Mille, dit Philippe. Simplement, il ne connaît rien
à la guerre.

Des ailes noires sortit une main tendue, dont un doigt
portait une bague gravée. Philippe recula.

– Felipe, tu connais cette bague, dit la voix. Au nom
de la Sainte Obéissance, je t'ordonne d'empêcher mon
fils d'aller se battre.

– Par le Christ! jura le roi. Ma très chère sœur, il me
semble que vous n'êtes pas le général de la Société. Vous
n'êtes qu'un soldat parmi les autres.

– Finissons-en, Felipe. Au nom de la Sainte Obéissance,
je suis prête à perdre mon fils et je vous soutiendrai
en cas de succession. C'est de cela dont vous vouliez

parler, Sire. Mais vous n'en déciderez pas. Courbe la tête devant ton Seigneur, roi Philippe! Courbe! Courr... be! Courrr... be!

Libellule-corbeau.

Quand Juanita croassait dans ses cauchemars, Philippe s'éveillait en sueur, rempli de la crainte de Dieu. Il ne jurait qu'en songe, et toujours avec elle.

Le récit du bada

Sébastien possédé

Plus le soleil chauffait, plus j'étais visité. Pedro ayant apporté des tapis devant mon enclos, les dames de la Cour venaient s'y installer en déployant leurs jupes. Les laquais leur versaient une eau rose qu'elles buvaient dans des verres qui tintaient, on aurait dit les grelots attachées aux pieds de nos danseuses. Il n'y avait pas d'hommes à leurs côtés, sauf, parfois, le vieux poète que j'avais vu crever de faim. Les dames lui proposaient leur boisson, mais il la refusait poliment.

Il venait tous les jours, le vieux. Pedro préparait à son intention une bouteille, qu'il dégustait sans hâte, au goulot, quand il était sûr d'être seul.

– Meilleur que l'eau rougie des dames, hein? disait Pedro.

Et l'autre émettait un clappement de langue. Tous les jours, une bouteille.

Dès la première fois, Pedro fixa les règles.

126

– Je vous ouvre une bouteille, seigneur Camoëns, mais il faut me promettre que vous n'en direz rien.

Le vieux s'était illuminé, mais Pedro ne s'en tint pas là.

– J'ai deux fils, dit-il, tenant bon la bouteille. Il ne faut pas qu'ils partent à la croisade. J'ai besoin d'une bonne intervention. Votre Seigneurie comprend-elle ? Si Votre Seigneurie comprend et que mes fils restent là, alors vous aurez à boire tous les jours.

Le vieux s'était fâché, mais Pedro ne céda pas. L'autre le traita de maître chanteur, mais il eut sa bouteille quotidienne.

– Vous avez dû en voir, des badas comme lui, disait Pedro. Avec tous les pays où vous êtes passé ! Une vie comme la vôtre, voilà ce que je veux pour mes garnements. Les Indes, les éléphants, les rubis, les femmes… L'aventure ! La gloire ! On n'en fait plus, des hommes comme vous. L'honneur du Portugal…

Le vieux bougonnait sans répondre. Soudain, il n'y tint plus.

– L'honneur du Portugal ! Sombre idiot, sais-tu pourquoi j'ai voyagé ? Pour sortir de prison, parce que j'avais tué un gentilhomme ! Pourquoi suis-je un miséreux alors que j'étais riche à crever ? Parce que j'ai joué ! Et ces pays, comme tu dis, ces pays, vois-tu, on n'y dort jamais bien tant il fait chaud la nuit, ou bien la tornade emporte la maison, on y a des boutons pleins de pus, les entrailles trouées par le piment, la peau qui démange, les narines remplies d'odeur de merde parce qu'on chie partout, ou bien le soleil brûle ou bien l'orage éclate, la vermine qui vole, les fourmis qui piquent, les veaux qui ont cinq pattes, les gens qui vont nus, la bouillie qu'on mange avec les mains, les enfants dont les yeux sont collés par les mouches, quoi encore? Veux-tu que je te raconte la corruption? Comment nos fonctionnaires s'en mettent plein les poches au lieu de ramasser l'impôt? Et nos inquisiteurs qui brûlent de pauvres gens qui croient à des millions de dieux? Que veux-tu savoir? Parle!

– Les... Les..., bredouilla Pedro.

– Les femmes, dit le vieux. Pour cela, oui. Parce qu'elles se lavent tous les jours au bassin. Leurs cheveux sentent bon, elles y mettent du jasmin. Il y a les femmes.

– Vous voyez! dit Pedro.

Mais il n'en tira rien de plus ce jour-là.

– Grande misère, marmonna Pedro en m'étrillant le cuir. Ça doit être vrai, ce qu'il dit. Ceux qui reviennent des Indes ont tous des saletés qu'ils ont prises là-bas. Crois-tu que le poète se soit déjà entremis pour mes fils, mon bada? Il va falloir que je vérifie ce coup-là.

Et lorsque le roi vint me visiter, Pedro l'entreprit bravement.

– J'ai deux fils, Votre Majesté. Deux garçons qui s'occupent de la ferme. Est-ce qu'ils vont partir à la guerre?

– Ne t'inquiète pas, répondit le roi. Je veillerai moi-même à ce qu'ils se battent héroïquement. Vaincre ou mourir, mon vieux Pedro! Tes fils reviendront en héros.

– Je préférerais pas, dit Pedro.

– Comment cela?

Mon Sébastien était blanc comme un linge.

– ... Je les préfère vivants, vois-tu. C'est dur à dire, mais je crains qu'ils ne reviennent pas. Toi, tu es roi, mais eux ? Ils vont se faire trouer la peau !

Le hurlement me perça les oreilles. J'eus beau cligner des yeux pour essayer d'y voir, je ne comprenais rien à ce qui se passait. Mon roi grognait comme un ours, et Pedro lui disait : « Calme-toi, calme-toi, tu vas faire une bêtise, rengaine ton arme, bon Dieu ! », mais sa peur l'empêtrait si fort qu'il finit par gueuler, lui aussi. Mes sensibles oreilles, blessées de toutes parts, exigeaient la violence et je chargeai, droit dans leur direction.

– Attention, le bada ! cria Pedro.

J'ai crevé la barrière, dévié ma trajectoire et me suis arrêté tant bien que mal. Plus un bruit. Je me suis retourné péniblement. Pedro s'était jeté devant son roi.

– Ça va aller, dit-il. Recule tout doucement, Majesté. Un pas après l'autre. Laisse ton épée tranquille. Le moins tu bougeras, le mieux ça sera. Je vais rentrer le bada, maintenant.

Je me suis laissé faire, mais en passant, j'ai vu le sang qui coulait sur le bras de Pedro. Sébastien est parti en laissant tomber sa grande épée. Pedro s'est fait un garrot avec son linge taché, et puis, torse nu, il a versé toutes les larmes de son corps.

Des colères comme celle-là, j'en avais déjà vues. Chez moi, en Inde, on met des chaînes aux pieds des possédés. Mais personne n'oserait enchaîner mon pauvre roi, qui, pour un mot de trop, aurait tué Pedro.

L'ambassadeur d'Autriche

L'œil crevé de la princesse

« C'est pour aujourd'hui ! J'en suis sûr. Aujourd'hui ! »
Il s'éveilla content comme un soir de Noël. Mais en
poussant le rideau, l'esclave lui envoya la lumière dans
l'œil et le rêve explosa.

Aujourd'hui quoi ?

Eboli ! Aujourd'hui, Anna lui donnerait sa taie en
échange des bottes. Hans avait un rendez-vous galant
avec la princesse borgne. Sept heures, déjà ! À peine le
temps de se faire beau.

« Beau si l'on veut. Le ventre... Bon, elle s'y fera. Ambre
ou santal sur les cheveux ? Je vais les asperger avec de
l'eau de rose. Tenue ? Et pourquoi pas le noir avec rubans
gris ? Et les bottes, adieu ! Je dois les lui donner. »

Il pesta contre les jarretières, trouva ses souliers
étriqués, boutonna son pourpoint et sauta à cheval,
en mâchonnant un bâton de réglisse. L'air était encore
frais, il avait plu la veille, le ciel exultait, c'était un jour
de joie sous le soleil de Dieu.

Lorsqu'il descendit de cheval, elle l'attendait, voilée, assise au flanc d'un mur de carreaux jaunes.

Il prit les bottes rouges dans ses fontes et les lui tendit sans un mot. Elle lui donna une taie de soie noire, un tout petit losange avec un long ruban. Il s'assit doucement à ses côtés et lui baisa la main.

– Relevez, dit-il. Anna, relevez votre voile.

– Savez-vous que cette blessure est affreuse ?

– Cela m'importe peu. Je vous aime.

– Vous n'êtes pas pervers à ce point.

– Parce que je désire voir le vrai visage de la femme dont je suis amoureux ?

Le voile se releva. L'orbite aplatissait la paupière froncée autour d'une zébrure. De son œil intact, Eboli le fixait.

– Les cils sont très courbés, dit-il en caressant du doigt la cicatrice. Comme c'est drôle ! Le ruban a laissé sur votre joue une marque. On dirait une fillette pleine d'égratignures. Je vous préfère ainsi. Toute nue.

Glissant jusqu'au menton, il l'approcha de lui pour un baiser. Eboli tenta de se dégager, mais il la tenait bien. Il força le baiser et lui ouvrit la bouche, suçant le palais enchanté en la surveillant du regard.

L'œil unique avait l'air douloureux, comme s'il souffrait du voisinage de l'autre.

– Qui vous a fait cela ? dit Hans.

– Oh ! J'apprenais l'escrime, j'avais quatorze ans.

– Vous m'avez donné votre taie, Anna, vous êtes à moi...

– Parce que vous croyez qu'il suffit d'une taie? Vous rêvez, ma parole! Vous êtes un habile homme, vous sentez la réglisse et vous embrassez bien. Mais je ne suis pas libre, ambassadeur. Pas le moins du monde.

Le Conseil du roi

Un à un, les conseillers arrivaient dans la cour du château. La montée étant rude, les conseillers ronchonnaient en descendant de leurs carrosses. Mais le roi ne voulait rien entendre : le Conseil se tiendrait chaque semaine au château Saint-Georges, sur les hauteurs de Lisbonne.

– On dirait le Maroc, grogna de Sousa. Un bassin, des cyprès, des paons blancs, il n'y manque plus qu'un harem !

– Ne rêvez pas, dit Mascarenhas sèchement. Demandez-vous plutôt comment le dissuader de partir.

– J'ai ici un billet anonyme trouvé sous le porche d'une église, murmura de Sousa. On l'y accuse de dilapider les richesses du royaume. On le traite de gamin mal élevé. On veut qu'il se marie.

– Si seulement nous pouvions corrompre l'un de ses favoris !

– Ou Simao Gomes, son jésuite, insinua de Sousa. Attention! Le voici.

Le roi était en sueur et la chemise ouverte, fourrageant ses cheveux courts. Ses chausses étaient brunes, et ses bottes sans apprêt. Pas la moindre dentelle, pas le moindre bijou. Même vêtus de noir, les conseillers avaient l'air de seigneurs à la fête. Ils le saluèrent en ôtant leurs toques de velours.

– C'est bon, messieurs. Je vous préviens que j'ai très peu de temps. Entrez!

« Toujours aussi brusque, songea Mascarenhas. Je parie qu'il revient de la chasse. Il a de l'herbe dans les cheveux. »

– L'humeur n'est pas bonne, observa de Sousa.

– L'avez-vous déjà vu autrement? grinça Mascarenhas. Il ne nous aime pas.

Le roi s'était assis, les mains sur la table. D'un regard assuré, il parcourut les rangs de ses conseillers. D'un côté, siégeaient les plus âgés; de l'autre, les favoris, qui préféraient s'appeler les aventuriers. Dix jeunes gens maniant la dague et l'épée avec grâce.

– Faisons le point, messieurs. Vous souhaitez connaître les recettes, je vous les donne. Retour au Trésor royal de la peine de confiscation pour les Nouveaux Chrétiens pendant dix ans: cette mesure rapporte deux cent cinquante mille cruzados. La Cruciade obtenue de feu le pape Grégoire avec imposition du tiers des rentes ecclésiastiques: cent cinquante mille cruzados. Autant pour le monopole du sel, de même pour l'impôt sur la valeur des propriétés. Ce qui donne sept cent mille cruzados. Il nous en faut le double. J'attends vos commentaires. Devant l'accablement des conseillers, les jeunes favoris prirent un air détaché.

– Sire, commença de Sousa, le cardinal inquisiteur m'a chargé de vous dire qu'il n'apprécie pas les mesures en faveur des Nouveaux Chrétiens, qu'il a en charge et qui rapportent beaucoup à la Sainte Église. Il souhaiterait...

– Nous en avons parlé, monsieur. Les Nouveaux Chrétiens ne seront plus brûlés, ils paieront, nous aurons moins d'autodafés, tant mieux! Ce sont de vilains spectacles.

– Inutile de préciser que le clergé...

– J'ai conclu avec le clergé un accord. Laissons cela. N'avez-vous pas d'idées pour trouver de l'argent? C'est la seule chose utile, messieurs.

Pâle de colère, Mascarenhas se leva.

– Les juifs ont payé, Sire, les propriétaires ont payé, le clergé a payé, nous avons tous payé! Où Votre Majesté veut-elle que nous trouvions encore des poches à fouiller? Le royaume est saigné à blanc!

Pensif, le roi tripota son encrier et baissa la tête d'un air coupable.

– Nous n'y parviendrons pas, Sire, poursuivit Mascarenhas avec espoir. Sept cent mille cruzados! Il serait plus raisonnable de surseoir. Je sais combien Votre Majesté est attachée à ce projet, je n'ignore pas qu'un renoncement lui arracherait le cœur, mais c'est à choisir:

ou le royaume, ou l'expédition. Ou le Portugal, ou sa disparition.

Le roi releva vivement la tête, mais ne dit rien. Soigneusement, il tailla la plume d'oie qu'il avait devant lui.

– La grandeur du pays s'appuie sur trois éléments, continua le conseiller. Les fidalgos, vos fidèles gentilshommes. Vous les avez durement taxés. Le clergé, qui est le meilleur soutien du Portugal depuis que le roi Dom Afonso reprit l'Algarve aux Maures. Vous l'avez ponctionné. Enfin, Sire, il y a le peuple. Savez-vous combien coûte l'exemption de la conscription ? Savez-vous combien une femme monnaye le salut de son fils ? Deux cruzados, Sire. Ou bien ses jupes. Parfois même, son honneur. Songez-y... Quand les femmes en sont là, le désastre menace. Vous aurez pour soldats des mendiants, des vauriens, mais les braves paysans se cachent pour ne pas partir !

Le roi leva une jambe, qu'il posa tranquillement sur le bras de sa chaise. Les aventuriers gloussèrent de plaisir.

– Votre Majesté ne me prend pas au sérieux, murmura Mascarenhas en s'appuyant sur le rebord de la table. Le Maroc est une terre brûlante sur laquelle nos chevaux se perdront. Nos armures sont trop lourdes... Et les Maures savent se servir des flèches. Si Votre Majesté veut partir, qu'elle emporte avec elle le linceul pour ensevelir le Portugal en terre infidèle !

Étouffant un rire, le roi fixa le conseiller avec

amusement. Sur leurs bancs, les aventuriers se turent
en entendant la fin de l'homélie.

– Voilà, Sire, ce que je voulais dire.

Il y eut un silence et des toussotements. Mascarenhas se
rassit. Le roi replia sa jambe sous son siège, et s'épongea
le front sans hâte.

– Fort bien! s'écria le roi. J'attends toujours vos propositions, messieurs.

– Vendre des charges, peut-être? lança Tavora, l'un des
aventuriers. Ou alors, emprunter? Quand on possède
l'État en garantie...

– Nous avons prévu cela, dit le roi. Nous emprunterons
quatre cent mille cruzados au banquier Konrad Rott,
qui siège à Augsbourg.

– En échange de quoi? demanda Mascarenhas.

– Presque rien. Huit pour cent d'intérêt et trois ans de
monopole sur le commerce du poivre. Et maintenant,
messieurs, l'essentiel.

Une étrange lumière envahit son visage. Ses traits se
détendirent, il semblait apaisé; son regard souriait en
fixant les fenêtres. Et il se mit debout, les mains jointes.

– Ce matin, messieurs, nous avons reçu de Sa Sainteté
le plus beau des messages. Le pape nous a envoyé une
flèche du martyre de saint Sébastien. Notre expédition
est bénie!

Les aventuriers se levèrent d'un bond et se mirent en
prière. Lentement, Martim de Sousa les imita. Mascarenhas ne bougea pas.

– Que Votre Majesté me pardonne, murmura-t-il.

Même avec une flèche de votre saint patron, je ne puis approuver la croisade.

– Alors retirez-vous. Vous êtes un vieux sot !

Mascarenhas partit à pas comptés. De Sousa plongea la tête dans ses mains.

– Et vous, de Sousa ?

– J'approuve vos décisions, dit-il. Elles sont de plein droit. Que Votre Majesté me permette d'aller secourir...

– Secourez, de Sousa, secourez...

De Sousa rattrapa le conseiller sous la voûte.

– Je veux être pendu si j'ai jamais vu un roi de cette nature ! s'écria de Sousa. On enchaîne les fous, pourquoi laisser celui-ci en liberté ?

Mascarenhas lui lança un regard de travers et avança plus vite, la main sur son épée. La rage qu'il avait contenue éclata et il se retourna, vif comme l'éclair.

– Vous n'avez rien dit, lâche ! cria-t-il. Vous m'avez laissé en rase campagne !

– Vous savez bien, ami, que si j'ouvre la bouche, il me cloue sur place avec les affaires... Enfin, celles des Indes, quand j'étais gouverneur... Il m'aurait traité de corrompu...

– Il aurait eu raison, bougonna Mascarenhas entre ses dents. Moi, j'ai parlé. J'ai le sentiment d'avoir fait mon devoir. Maintenant, je sais ce qu'il me reste à faire. Nous ne pouvons plus garder ce roi.

De Sousa courait derrière Mascarenhas. Une pensée terrible le traversa.

– Vous n'allez pas rallier le roi d'Espagne ?

– Peut-être bien, grogna Mascarenhas.

– Vous êtes en colère, Dom João. Réfléchissez.

– C'est tout réfléchi. Le roi trahit le Portugal, et moi, je décide de trahir le roi. Je préfère mon pays à ce fou. Advienne que pourra !

Abasourdi, Martim Afonso de Sousa contemplait ce combattant qui s'apprêtait à tourner casaque. Vendre le Portugal à l'Espagne ! Il n'était pas de pire sacrilège. Et si le roi revenait vainqueur de la croisade ?

– Attendez ! cria-t-il.

Mascarenhas monta dans son carrosse sans même le saluer. Seul dans les jardins, de Sousa regarda un paon blanc picorer. L'oiseau était stupide quand il mangeait. Secouant sa couronne, le paon, ayant fini, s'envola lourdement et se posa, superbe, sur un pilier. La traîne immaculée tombait sur les rosiers et il lança son cri « Eon ! », le cou gonflé.

De Sousa décida de rentrer en Conseil. « Les rois aussi ont droit à la stupidité, songea-t-il. L'instant d'après, ils sont superbes quand ils se posent. »

Belém,
un jour de plein soleil

Conformément aux ordres du roi, les tombeaux des souverains avaient été ouverts.

Sur le parvis de l'église, le prieur attendait.

Édifié au bord de l'Atlantique, le monastère de l'ordre des Hiéronymites avait été construit par le roi Manuel au retour de Vasco de Gama, avec l'argent des épices, les mines d'or d'Amérique et les richesses des Indes. Commencée dans un style gothique, la construction s'était ornée peu à peu d'ananas et de vrilles exubérantes, à l'image des possessions lointaines. Le monastère était la gloire du Portugal et le séjour des rois morts.

Bientôt, le soleil atteindrait son zénith et il serait midi. À l'intérieur, les moines avaient préparé des torches, au cas où l'éclairage naturel ne suffirait pas.

Les couvercles des tombes avaient été levés depuis l'aube, non sans difficulté. Personne n'avait prévu qu'un jeune souverain voudrait voir de ses yeux les restes de ses ancêtres, et les marbres avaient un peu souffert au passage.

Au fond des sarcophages, les armures gisaient, rouillées, et les étoffes avaient moisi. Il ne restait plus grand-chose autour des ossements, excepté un peu de matières liquides dans les orbites de Dom Afonso III, conquérant de l'Algarve, tout au sud du royaume.

Ce serait l'affaire d'une petite heure.

Après, le roi voudrait peut-être se confesser, ou bien se restaurer. Peut-être, avec un peu de chance, voudrait-il s'entretenir avec Jérôme de Rouen, maître d'œuvre des derniers travaux du chœur, qui peinait sur quelques détails.

Personne n'en savait rien. Le roi était imprévisible, et il était onze heures. Le prieur avait beau être jeune et solide, il regardait les ombres rétrécir, s'irritant d'attendre en plein soleil. Immobile, l'Atlantique semblait faire le gros dos ; il n'était même plus bleu. Au loin, une fille chantait et cette voix était belle.

Un tourbillon, des hennissements, le cortège du roi. Lui, c'était le plus grand du groupe de cavaliers. Ces aventuriers de malheur !

Mais le roi se dirigea seul vers le parvis.

Il s'inclina devant lui profondément. Il était rouge comme un homme en fièvre, l'œil rempli de fierté. Si fragile ! Le prieur fut saisi de crainte.

– Votre Majesté peut entrer dans le temple de Dieu, dit-il d'une voix forte. Elle y trouvera le repos. Pour le reste, quand Elle sera devant les sarcophages, que

141

Votre Majesté n'oublie pas les paroles de la Bible. Nos corps, nés de poussière, redeviendront poussière.

– Bénissez-moi, mon père, dit le roi. Je suis prêt.

Un murmure s'éleva quand on ferma les portes. À l'intérieur, les moines allumèrent les torches. Le roi était en sueur. D'un geste, il épongea ses cheveux roux, et, à genoux dans le chœur, se signa. Le soleil éclairait les volutes en étouffant les lueurs des cierges et des torches. La nef était d'une blancheur totale.

Le roi pria longtemps, puis, se relevant, il marcha à grands pas vers les tombeaux.

Il était midi pile.

Le premier sarcophage contenait les ossements du roi Pedro Ier. Le roi se pencha et vit, sous les gantelets, les mains squelettiques d'où s'échappait le sceptre.

– Aïhie! Roi Pedro, tu tiens mal le signe du pouvoir, gémit-il. Un souverain portugais doit savoir le garder jusqu'au tombeau, entends-tu? Mais je ne suis pas surpris.

Le prieur s'approcha discrètement.

– Lâche! cria le roi. Où étais-tu lorsqu'elle fut assassinée, la très chère Inès de Castro? Un vrai chevalier aurait volé à son secours. Dona Inès est morte et tu n'étais pas là, défends-toi!

– Sire! s'inquiéta le prieur.

– Quoi? jeta le roi en se retournant d'un seul bloc. Oui, j'insulte ce roi qui ne sut pas protéger son amour. Et alors? J'ai ce droit. Vous me direz qu'il fit revenir le corps d'Inès quand il fut roi. Qu'il assit sur le trône le cadavre

142

et força les assassins à lui baiser la main. Eh bien! Moi, je force son squelette à répondre, voyez-vous.

– Dom Pedro fit régner la justice, protesta le prieur. Et même s'il molesta les représentants de l'Église, je salue en lui un grand roi. Pourquoi lui reprocher la mort de madame Inès? On profita de son absence pour la tuer...

– Il n'aurait pas dû la quitter, trancha le roi. Je ne quitterai jamais la Dame que j'adore!

– Dom Afonso repose à quelques pas d'ici, coupa le père prieur précipitamment. Ne voulez-vous pas plutôt lui rendre hommage?

La cuve où se trouvaient les restes de Dom Afonso III était un peu plus loin. La lumière accrochait les maxillaires, faisant saillir les dents jaunies, les creux du nez. Le cadavre dégageait une vague puanteur.

Le roi se déganta et, allongeant le bras, atteignit de la main le crâne couronné.

– Miséricorde! s'exclama le père prieur. Votre Majesté ne devrait pas toucher le corps à main nue!

– J'enlève les salissures de la tête du roi, répondit Sébastien. Prenez dans ma poche gauche un mouchoir, mon père. Et donnez-le-moi. Voilà, très bien.

– Soyez prudent, Sire, chuchota-t-il. Ces matières portent des maladies...

– Silence!

La main royale revint avec, au bout des doigts, le mouchoir taché de pourriture. Le roi le porta à ses narines en plissant les paupières et le jeta par terre.

– Voici l'état que Notre Seigneur Jésus n'a pas connu, dit-il d'une voix perçante. C'est pour nous en sortir au jour du Jugement qu'il est mort et a ressuscité. Vous brûlerez ce mouchoir dignement, mon père. Pour pourrie qu'elle soit, cette matière est d'un roi.

– Vos mains, murmura le prieur. Il faut les laver, Sire. Si Votre Majesté veut bien me suivre...

Silencieux, le roi s'essuya les doigts sur ses chausses et ne répondit pas. Le soleil dardait droit ses rayons sur sa face.

– Sire, je vous en prie, insista le père prieur.

Mais le roi regardait fixement les entrelacs d'ananas sculptés sur les chapiteaux.

– Assez, mon fils, dit fermement le prieur. Maintenant suivez-moi.

– Oui, dit Sébastien dont les jambes tremblaient.

– Venez, dit-il en lui prenant le bras.

Comme le roi était lourd ! À plusieurs reprises, le prieur trébucha sous le poids de ce corps royal qui s'appuyait sur lui. Ensuite, il fallait parvenir au cloître et là, trouver de l'eau près du père économe.

Le roi resta debout pendant que les deux hommes frottaient les doigts salis. Pour plus de sûreté, l'économe versa une rasade d'eau-de-vie sur la peau.

– J'en prendrais bien un peu, dit Sébastien d'une voix éteinte. Non ! Pas au gobelet. Au goulot. Le cruchon, s'il vous plaît.

Il était très pâle, il titubait. Les moines le regardèrent avaler l'eau-de-vie avec inquiétude. Sa glotte montait et descendait au rythme des goulées, et en un rien de temps, le cruchon était vide.

– Votre Majesté a repris des couleurs, dit l'économe. Nous avons cru...

– C'est la chaleur, coupa Sébastien. Notre Seigneur a souffert bien davantage.

– Il y a aussi l'odeur, ajouta l'économe. Votre Majesté a bien du courage ! Moi, je n'aurais pas pu.

– Mais vous n'êtes pas roi, répondit Sébastien. Il faut savoir s'exposer aux affres de la mort quand on est investi par le Christ.

– Point trop n'en faut, mon fils, dit le père prieur. Notre Seigneur n'exige pas de ses sujets plus qu'ils ne peuvent donner, et c'est péché d'orgueil de vouloir se forcer.

– Péché d'orgueil ! s'écria Sébastien. Je suis roi, que je sache !

– Précisément. Nous allons retourner dans l'église et prier. Il faut laisser les morts enterrer les morts.

Le prieur le fixait avec sévérité. Sébastien poussa un gros soupir et reprit le bras du moine sans broncher.

Le soir même, le conseiller Mascarenhas rendit visite au prieur du monastère des Hiéronymites. Il semblait si voûté que, pour l'aider à descendre de son carrosse, il fallut deux esclaves, qui le portèrent jusque sur un fauteuil.

– Je suis perclus de douleurs aujourd'hui, dit-il en arrangeant sa cape.

– Votre Seigneurie n'a pas tardé, observa le prieur. C'est à propos de la visite d'aujourd'hui, j'imagine.

– Laissez ma Seigneurie au diable et racontez. Comment s'est-il comporté ?

– Bravement.

– Ça, je n'en doute pas. Aucun geste inconsidéré, aucun coup de folie ?

– Vous le connaissez bien, dit le prieur. Figurez-vous qu'il a tancé Dom Pedro vertement. Il lui reproche d'avoir laissé assassiner Dona Inès.

– Encore cette vieille histoire ! Il en est obsédé. Un de ces quatre matins, il voudra déloger Dom Pedro des Hiéronymites et l'exiler dans un couvent obscur. Quoi d'autre ?

– Eh bien, il a voulu racler le crâne d'Afonso III, soupira le prieur.

Mascarenhas fronça le sourcil sans comprendre.

– Il restait un peu de pourriture. Mais ce ne serait rien. Il l'a fait à mains nues. Nous avons dû lui verser de l'eau-de-vie sur la peau.

Mascarenhas le fixa et ses lèvres tremblèrent.

– Oui, n'est-ce pas ? Il a bu le reste du cruchon sans reprendre son souffle. Mais il ne s'est pas plaint. Cet homme-là a du cran !

– Mais cet homme-là est fou, grommela le conseiller. Que voulez-vous que je vous dise ? Nous ne savons plus par quel bout le prendre. L'expédition se fera, elle sera désastreuse, il ne veut rien entendre ! Il ira en Afrique. Je vous dis qu'il mourra.

146

– Dom João! Le roi est vaillant, son armée est énorme, les troupes du sultan Moumay Mahmad...

– Moulay Mohammed, soupira Dom Joao. Qui n'est pas bon à grand-chose, croyez-moi.

– Mais qui a, au Maroc, du répondant! Des soldats, une armée fraîche, des soutiens... Pourquoi voudriez-vous que nous soyons battus?

– Je vais vous dire, prieur. Parce que Dieu, dans sa grande sagesse, a déserté le Portugal. Nous avons conquis les Indes, avec quel résultat? La corruption morale. Les fumées des épices, des filles perdues, des esclaves dépravés, le luxe, la fièvre. Maintenant, la jeunesse veut aller en Afrique.

– Mais ce garçon qui est notre roi fait preuve d'une bravoure peu commune. L'exaltation n'a jamais fait perdre une bataille, il me semble.

Le prieur. Massif, presque chauve, visage expressif, avec, dans le regard, une imperceptible ironie. Mascarenhas, qui l'avait fait nommer aux Hiéronymites, s'aperçut qu'il ne savait presque rien de lui. Gentilhomme, assurément, et de bonne famille. Une réputation sans tache.

– Quel âge avez-vous donc?

– Bientôt trente ans.

– Vous êtes donc trop jeune pour vous souvenir des tragiques circonstances de sa naissance.

– Je connais les superstitions qui s'attachent à Dom Sébastien, dit lentement le prieur. Les signes qui sur son corps le marquent d'un destin divin. La peste qui éclata lorsqu'il eut deux ans.

– L'année de la peste, n'a-t-on pas cru que les collines de Lisbonne allaient se soulever pour n'en former plus qu'une ?

– Ça, je m'en souviens ! s'écria le prieur. C'était prévu pour le 10 juin... Mon père nous avait entassés dans son carrosse et nous avions fui sur les routes, mais il ne s'est rien passé. La terre n'a pas tremblé.

– Balivernes. L'année de la naissance de Dom Sébastien, nous avons dévalué le patacao à trois réaux. Beaucoup de paysans se pendirent de désespoir. Le pays était exsangue, et nous l'avons sauvé de justesse. Là-dessus, quand l'enfant devient roi, il se met à rêver de raser les murs de Constantinople !

– Constantinople ? Ce n'est pas en Afrique !

– Eh non, dit Mascarenhas. Dans l'esprit du jeune roi, Constantinople a précédé le califat d'Égypte et la libération de Jérusalem, puis nous en sommes venus au Maroc cette année. Puisque je vous dis que c'est un fou. En Conseil, il m'a traité de vieux sot. Moi !

– Vous n'empêcherez pas le peuple de l'aimer, Dom João.

Frileusement, Mascarenhas replia sur lui les pans de sa cape et regarda la cheminée.

– J'ai froid, murmura-t-il. Et nous sommes en mai. Vous a-t-il fait quelque confidence ?

– Que rien n'était plus sacré à ses yeux que l'adoration de la Dame qu'il fallait secourir.

– La Sainte Vierge, sans doute. La seule femme qui trouve grâce à ses yeux. Nous avons un roi mystique et

148

sodomite. Oh! Pas la peine de froncer le sourcil. Tout le monde le dit.

– Je ne pense pas qu'il s'agisse de la Vierge, dit le prieur. Il venait d'évoquer Dona Inès et donc…

– Ah ça! Mais vous rêvez! Le roi refuse de se marier, c'est donc qu'il hait les femmes, voyons! Ne voyez-vous pas qu'il est fou?

– Si l'obéissance à un appel de Dieu est folie, alors le roi est fou, monseigneur. Mais chrétien.

– Est-il chrétien de mettre en danger son pays? Je ne sais ce qui me retient de…

Il s'arrêta. Excepté de Sousa qu'on pouvait rallier, personne ne devait connaître sa décision.

– Voyez-vous autre chose?

– Avant de partir, il veut aller se recueillir sur la tombe de Dom João II à Batalha.

Mascarenhas fut pris d'une quinte de toux.

– Appelez mes esclaves, hoqueta-t-il. Et priez le Seigneur qu'il me rappelle à lui avant le désastre final.

L'ambassadeur,
comte Khevenhüller

Tout est perdu, tout est sauvé

Assis sur son lit, il relisait le billet, le repliait, l'ouvrait et le relisait.

Ce qu'il venait d'apprendre n'était pas de son ressort. Sa Majesté d'Espagne pourrait lui reprocher d'intervenir dans des affaires de rois alors qu'il n'était rien, un simple ambassadeur. Ne pas bouger. Attendre la fraîcheur du soir.

Et si au contraire il manquait l'occasion de rendre service au roi?

Il attendit un peu. Se leva de méchante humeur, enfila ses bottes et sa chemise, son pourpoint de cuir et sa fraise, glissa la taie noire d'Eboli dans ses chausses et partit demander une audience.

Par les grandes chaleurs, le roi ne chassait pas. Mais il ne donnait pas d'audience sans protocole.

– Alors qu'il lise ceci! dit Hans.

Du bout des doigts, le chambellan prit le billet.

Nerveux, Hans attendit. Le roi parut, le billet à la main.

– Qu'y a-t-il là-dedans ? Le message est codé !

– Ce billet que l'on m'a envoyé d'Allemagne me vient d'un de mes amis banquiers. Les choses ont changé, Sire. Le roi votre neveu a l'argent nécessaire. Il emprunte à Augsbourg.

– L'expédition d'Afrique ?

– Oui, Sire. Quatre cent mille cruzados contre le monopole du poivre pendant trois ans.

– Ainsi donc, la croisade va partir !

– Oui, Sire. La conscription est faite. C'est une affaire de temps.

– De mois ou de semaines ?

– De jours, Sire. Les vaisseaux sont au port et les soldats sont prêts.

– Le Seigneur nous protège, dit Philippe. Perez ! Perez ! Mais que fait-il ?

Le ministre du roi apparut, l'air inquiet.

– Levez mille soldats pour mon neveu, dit le roi.

– Mais il a mille soldats, Sire. Ils sont déjà partis...

– J'en veux mille de plus et qu'on ne tarde pas ! Il ne sera pas dit que nous avons laissé notre neveu partir... Allez, Perez, vite !

Le ministre sortit de mauvaise grâce.

– Rien n'est encore perdu, dit Khevenhüller. Si Dieu est avec lui, Sa Majesté votre neveu pourrait gagner sa guerre.

– Ses officiers, les avez-vous vus ?

– Ils sont braves, Majesté. Pour commander, le roi aura un plumet rouge.

– Combien de vaisseaux?

– Oh! Beaucoup. Il y aura des femmes et des esclaves. Beaucoup de femmes, Majesté. Beaucoup trop. Et d'ici une semaine, il va faire très chaud au Maroc.

– Il est perdu, dit Philippe. Ou alors il faut qu'il attaque par surprise.

– Une telle flotte ne peut aborder au Maroc par surprise, reprit Khevenhüller. Il sera attendu.

– Que pensent ses conseillers?

Khevenhüller serra fortement la taie noire dans sa poche.

– Je vous ai posé une question, ambassadeur.

– C'est que je ne sais si je dois répondre, Sire.

– Faites!

– Ses conseillers préparent déjà la succession.

– Ah! dit Philippe. Alors?

– Le premier dans l'ordre de succession est l'oncle du roi, Sire, le cardinal Inquisiteur. Il est entreprenant. Il croque des clous de girofle et soigne son apparence. Il s'est laissé convaincre qu'il pourrait procréer. Il prépare des démarches auprès de Sa Sainteté pour être relevé de ses vœux à seule fin d'épouser...

– Ah, le terrible vieux! cria Philippe. Pour les autres, nous savons. La duchesse de Bragance, qui descend du grand Maître d'Aviz. Et Don Antonio, le prieur de Crato.

– Mais il est embarqué, Sire. Il part en croisade.

– Bien, dit Philippe. Autre chose, comte ?

– J'ai vu le bada du roi, Majesté. Et j'aimerais...

– Croyez-vous que ce soit le moment ? dit Philippe. Retirez-vous.

– Non, Sire. Oui, Sire.

Khevenhüller se mit en devoir de reculer sans tourner le dos au roi, mais il heurta un meuble et trébucha. Le roi tendit la main.

– Allons, relevez-vous, dit-il. Quelque chose est tombé de votre poche. Mais qu'est-ce que cela ?

Le roi tournait en tous sens le losange de soie noire attaché au ruban.

– C'est un cadeau ! dit Khevenhüller en rougissant.

– Il n'est qu'une seule femme qui porte cette taie, dit froidement Philippe. Le cadeau vient-il d'elle ?

– Oui, Sire, dit Khevenhüller, tête basse.

Philippe porta furtivement la taie à ses lèvres et la baisa.

– Oubliez cette femme, murmura-t-il. Elle n'est pas pour vous.

En quittant le palais, Khevenhüller surprit un rire étouffé derrière une porte ouverte. Il s'approcha. Eboli était dans les bras du ministre du roi.

– Enfer ! Je n'ai pas rêvé, j'ai vu le roi baiser la taie d'Eboli. Et voilà qu'elle le trompe avec Perez ! La garce. Je le dirai à l'empereur. Le roi d'Espagne cocu !

La croisade au départ

Lisbonne, 22 juin 1578

Sur le quai attendaient les officiers à cheval et, derrière eux, les femmes étouffant sous leurs voiles.

On embarqua des tonneaux, de la paille, des jambons, de la viande salée, des moutons, des lances, des esclaves dans les soutes, on fit monter sur le pont les truchements, les chapelains, les moines, les valets, les cuistots, les trompettes, et aussi les quinze mille cinq cents soldats qui parlaient l'allemand, l'italien, le français, l'espagnol et surtout le portugais.

On fit monter les servantes craintives et les prostituées, toute une armée de filles, autant que de soldats, point trop décolletées, dégageant leurs cheveux sitôt sur les navires, à cause de la chaleur, mais riant de fierté d'être de la croisade. Chacun connaissait le danger de l'Atlantique, le risque de naufrage, le mal de mer, les attachements furtifs, la tristesse des morts qu'on laisserait sur le champ de bataille.

Forcément, disaient les vieux en reste sur le quai. Il y a toujours des morts quand on part pour la guerre. Forcément ! pensaient les jeunes officiers en piaffant d'impatience. Il est beau de mourir pour la gloire du Christ. C'est ce que nous voulons. Victoire et sacrifice.

Mais chacun refusait d'écouter ces gens-là. Chaque soldat portugais avait emporté sa guitare, chaque fille de joie, ses fards et ses secrets. Une fois sur le pont, les chansons commencèrent. Oui, c'était un beau jour écrasant de lumière, le lendemain de la Saint-Jean, le début de l'été. Le soleil dans sa gloire allait prêter secours au Désiré.

Lorsque la nuit tomba, le chargement n'était pas terminé. Et comme sur le pont les guitares résonnaient de notes en guirlandes, les officiers défirent les bandoulières retenant leurs instruments et sur le quai aussi, les guitares mêlèrent leurs accords aux cris des portefaix. On alluma des torches, on poussa les chevaux hennissant de frayeur. Leurs maîtres les suivirent, mille cinq cents cavaliers frémissant d'enthousiasme et ivres de musique.

Le navire royal attendait à l'écart. Les fanfares étaient prêtes. Le poète du roi serait sur une estrade et dirait quelques vers, sans doute de ses *Lusiades*.

À l'aube, on partirait.

À Marrakech, le Maluco apprit que l'armée des Croisés embarquait le lendemain. Il proclama une levée en

155

masse et partit vers le nord avec trente mille soldats sans perdre une seconde.

Le 23 juin, le roi passa la première partie de la nuit en prière. Vers deux heures, il sortit de sa chapelle et s'en fut vers l'enclos du bada.

Le récit du bada

Adieux de Sébastien

L'odeur me réveilla. Brûlante et suffocante, piquant les yeux. Je vis une lueur enflammée et dedans, mon roi luisant dans l'ombre. Pedro tenait la torche, mon roi, une poignée d'herbe. Il avait des écailles sur le corps. Quand il se pencha avec sa poignée d'herbe, les écailles en glissant grincèrent bizarrement. Je me hissai sur mes pattes endormies et je tendis les lèvres pour attraper mon herbe.

– C'est pour toi, mon bada, mange! Je m'en vais. J'aurais préféré t'emmener, mais tu aurais souffert de sécheresse et il n'y a pas d'herbe fraîche là-bas en été. Garde-toi bien!

– Il faut toucher la corne, Sire, ça porte bonheur, dit Pedro en levant haut sa torche. Voyez, il comprend, il relève la tête.

Mon roi ôta son gantelet, tendit son bras de métal, caressa ma corne dont il n'avait pas peur et éclata de rire.

157

– Le Christ me protège et toi aussi, bada ! Pedro, veille à ce qu'il ne manque de rien.

– Veille sur mes fils ! gronda Pedro.

– Tu feras attention aussi à mon poète, je ne veux pas qu'il ait faim, dit le roi en remettant son gantelet.

– Ton bada, ton poète, ton royaume tant qu'à faire ! Il ne reste plus personne, sauf nous autres les parents.

– Ne grogne pas ! C'est l'heure.

Pedro mit un genou en terre et je vis qu'il pleurait. Mon roi ne le savait pas.

Pedro baissait la tête et la torche trembla dans sa main. J'eus peur, je sifflai.

– Tu effraies mon bada, dit mon roi. Relève-toi et approche.

Et le voilà soudain qui embrasse Pedro comme il ferait d'un père, le pauvre Pedro qui tenait la torche à bout de bras pour éviter de brûler les mèches de son roi.

Quand ils se séparèrent, Sébastien me quitta. Mes yeux n'étaient pas assez bons pour le voir disparaître, mais j'entendais le bruit de ses écailles.

C'est la dernière fois que je l'ai vu vivant.

En Afrique

1578

Le 24 juin, la fabuleuse armée du roi Sébastien descendit l'Atlantique. Le voyage commençait. On longea le Portugal, et l'on aborda l'Espagne à Cadix, où les guitares chantèrent la Grande Journée d'Afrique. Les filles se fardèrent et remplirent leur office ; les servantes essayaient de rester à l'écart. On but jusqu'à plus soif de la manzanilla, on mangea au cas où, par précaution de ventre. On demeura longtemps avant de repartir en direction de Tanger. De là, on naviguerait jusqu'au fort d'Arzilah où la houle était grosse.

Ce fut le 15 juillet. En mettant le pied sur la terre d'Afrique, le roi remercia Dieu à genoux, puis il se releva pour aider la princesse Jasmine, suivie du sultan son père. Une troupe de partisans l'attendait. Moulay Mohammed leva son sabre et cria : « Allahouakbar ! » Une clameur répondit, les armes étincelèrent. « Allahouakbar ! Allahouakbar ! »

Les partisans n'étaient pas très nombreux.

Surpris, les officiers du roi Sébastien songèrent pour la première fois qu'il leur faudrait combattre aux côtés d'Infidèles qui imploraient Allah.

– C'est égal, pendant des siècles on s'est fichtrement entre-tués, disaient les soldats portugais en rangeant leurs guitares.

Mais le ciel était clair. Sous le soleil de juillet, les filles débarquèrent, leurs cheveux pleins de sel et le cœur à l'envers ; puis les chevaux, leurs maîtres, les soldats, les valets, les esclaves, les porteurs, les truchements, les religieux, les cuistots chargés de préparer la caravane qui devait les conduire près de Fès, capitale du royaume du Maroc.

Le roi Sébastien décida qu'on prendrait du repos. Le campement chrétien s'établit sur la plage ; on organiserait la grande expédition avec mules et chevaux, les filles sur des chameaux, les esclaves à pied. On sortit les guitares, on chanta. On but du vin.

Plus loin, les Infidèles priaient selon leur habitude, prosternés en direction de La Mecque, et les guitares gênèrent leurs prières. Inquiet de la confrontation des prières et du chant, le sultan voulait qu'on reparte au plus vite, mais le chef des armées ne l'entendait pas ainsi.

Le roi voulait de l'ordre et de la discipline, et lui seul aux commandes.

Ses officiers ne lui firent pas admettre qu'il pouvait déléguer un peu son commandement. Le roi voulait tout faire. Vérifier les armes, placer les mulets devant les chameaux ou l'inverse, surveiller la distribution d'eau, ranger les tentes, hisser les paquets sur le bât des animaux, panser les chevaux, réconforter les faibles, châtier les paresseux, arbitrer les bagarres. Joyeux, infatigable, Sébastien en chemise organisait son monde avec jubilation.

Il laissa le sultan à la tête de ses troupes, mille hommes tout au plus.

Fin juillet, le cortège partit vers le sud en désordre. Chaque soir, éclataient des rixes entre soldats. Vieux routiers des combats, les mercenaires allemands avaient leurs propres règles, leur espace, leur tambouille. Les Portugais apprenaient tant bien que mal l'usage de leurs armes et les femmes, écrasées de chaleur, n'avaient pas assez d'eau pour se laver la tête.

Juillet se termina. La poussière s'insinua dans la bouche et les yeux, les femmes s'emmitouflèrent dans des tissus trop lourds, les soldats transpiraient tout le jour, et la nuit, ils ne trouvaient pas le sommeil.

Au matin, le roi mettait son casque orné d'un plumet rouge, signe de son commandement. Il donnait le signal. On repartait, on s'arrêtait, on avait égaré une cantine ou des chevaux, des mules s'échappaient, et puis les diarrhées. Le roi endurait.

Il redonnait le signal. À force d'égarements et de bêtes perdues, on prit beaucoup de retard.

– Retard sur quoi ? disaient les fantassins. On n'est pas si pressés !

Les mercenaires allemands avaient au cœur une sourde

inquiétude. Les soldats du sultan trouvaient que le Maluco allait livrer bataille au plus mauvais moment pour l'armée des Croisés.

– Quel mauvais moment? disaient les officiers. Il n'y a pas de mauvais moment!

– Quand Vos Seigneuries auront vu un orage...

Le temps devenait lourd. On ne respirait plus. La lumière n'était plus éclatante, mais poudreuse. Pas de pluie. On aurait tant aimé une averse pour se laver l'esprit!

Pas une goutte d'eau et chaque nuit, des éclairs. Si fréquents qu'on aurait dit une longue journée au lieu d'une seule nuit. On ne dormait plus. Au matin, le rouge du plumet du roi semblait gris de poussière.

Le 2 août, des estafettes avertirent que l'armée du Maluco approchait.

Le roi mit son armée en place dans la plaine. Le 3 août, il pria son Christ sous sa tente et le 4, il sortit avant l'aube. Jasmine était debout et son père, endormi.

Le roi n'avait pas vu Jasmine en tête à tête depuis Arzilah.

– Ma Dame, c'est aujourd'hui, lui dit-il à voix basse. Que je meure...

– Non! Ne mourez pas, dit-elle. Je vous l'interdis. Mais où est votre armure?

– Jésus me protégera, répondit Sébastien. J'ai donné mon armure à mon favori. La mienne, c'est la croix.

– Fou de Dieu! dit Jasmine. Je veux que vous restiez en vie.

Elle lui tendit la main, mais il n'en voulut pas. Elle ne voyait pas son visage dans le noir. Il était à deux pas, immobile.

Jasmine s'inquiéta.

– Laissez-moi vous toucher, Sire, murmura Jasmine. Votre main.

– Dieu me veut pur, ma Dame, dit-il en reculant. Si je vous touche, je ne pourrai pas lancer le Santiago.

Le Santiago ! Jasmine manqua de souffle. Le Santiago était le cri de guerre des chrétiens, cet appel à saint Jacques qui donnait la victoire. Saint Jacques le Matamore, le grand tueur de Maures.

– Sire, mon chevalier, n'invoquez pas le tueur de Maures en présence de mon père ! Je vous supplie. Pas le Santiago pour lancer l'assaut.

Elle le sentit frémir.

Avait-il entendu ? La lueur grise du jour découvrit le visage du roi. Radieux, inaccessible. Il ne la regardait pas, il était en lui-même, l'œil fixant le soleil à venir.

Quand l'aube se leva, il fit un pas vers elle, lui sourit et mit son casque à plumet rouge.

Le 4 août 1578

La rumeur se rapproche. Inquiet, le médecin se lève et, sans faire de bruit, soulève le bord de la tente. La houle des casques portugais avance. Moins de flèches dans l'air étouffant, l'affaire tourne mal. Le temps de refermer la lourde toile, son patient se redresse.

– Nous reculons, dit le vieux souverain d'une voix faible. Je n'entends plus nos flèches. On ne tire plus, on se sauve. Nous perdons.

– Rien n'est sûr, monseigneur, murmura le médecin. Calmez-vous !

– Les Portugais connaissent mon état, dit le sultan. Ils savent que je vais mourir. C'est pourquoi ils attaquent. Il faut retourner au combat.

Vous ne pouvez pas, seigneur.

– Je commanderai l'armée ! Aidez-moi.

– Ne vous agitez plus ainsi, vous risquez des douleurs. Agrippez-vous à mon poignet... Et buvez. Une gorgée après l'autre. Encore...

Quand il a terminé, le Maluco écarte son médecin et s'assied, grimaçant.

– Aidez-moi à botter ces fichues jambes, dit-il. Non! Pas un mot. Je connais vos théories par cœur, Isaac Amato. Mettez-moi debout. Débrouillez-vous!

Résigné, le médecin tend la première botte. Le vieil homme y pousse son pied gonflé en gémissant, puis, les lèvres crispées, il s'enfonce.

– La deuxième, médicastre. Celle-là sera pire.

Il faut lui serrer le pied dans une bande pour le chausser. Le Maluco est très pâle, lèvres mauves.

– Prenez appui d'une main sur votre couche, murmure le médecin. Posez l'autre sur mon épaule. Attention... Vous êtes debout.

Il ramasse la cuirasse, mais le sultan n'en veut pas.

– Casque, souffle-t-il. Sabre. Gantelets. Burnous. Non! Pas celui-ci. Donnez-moi le burnous de cérémonie.

– Le brocart d'or? Mais il est trop pesant!

– Donnez!

Le sultan s'enveloppe dans le brocart doré et s'ébranle. Trois pas douloureux, avant de s'arrêter. Il lève son sabre, à peine.

– Trop lourd, dit-il en dégantant sa main. Il faudra me l'attacher. Approchez ma jument, appelez mes valets. Ils me mettront dessus.

Le médecin sort en hâte et appelle. Quand il revient, le sultan n'a pas flanché. Il est debout, le bras tendu. Les valets attachent la poignée du sabre à sa main nue avec des liens de cuir qui remontent jusqu'au coude.

165

– Pour ce qui reste à faire, j'aurai assez de vie, dit-il dans un souffle. Prêtez-moi votre épaule une dernière fois.

Les valets n'osent pas un geste. Leur sultan est mourant.

– Eh bien? crie le médecin. Prenez-le, placez-le sur la jument, allez!

À quatre, ils hissent sur la selle le sultan au ventre douloureux. Il faut lui placer les rênes en mains et ce n'est pas assez. Le médecin le fait arrimer à la selle avec de grosses courroies qui lui enserrent les hanches, puis il dispose le burnous d'or pour les cacher. Le voici ligoté au bras et à la taille, mais personne ne le saura.

Le vieux sultan se laisse faire sans un mot, jette un dernier regard sur son médecin juif, puis soudain, immobile, il fixe l'horizon.

Le Portugal avance et le Maroc recule.

Maintenant. Sa poitrine se soulève, il respire. Une dernière fois. Allons!

Droit sur sa selle, sabre à la main, le Maluco crie «Allahouakbar!» en lançant sa jument au galop.

Ses soldats lui répondent, la plaine invoque Allah, la victoire change de camp. Les archers se reprennent, se mettent en place et tirent. Les fantassins se remettent à courir, et lui, la bouche ouverte, poursuit son galop en criant «Allahouakbar!» au cœur de son armée.

Il n'y voit plus, il fonce vers la poussière épaisse. D'habitude, l'odeur de la bataille emplit ses narines de sang chaud, fer brisé, sable humide, entrailles. Cette fois, rien. Poussière jaune, cris lointains, tourbillon, il suffoque. Les pieds de sa jument cognent le long de son cœur, bruit effrayant, intime, deux secondes et le vide. Le sabre lui échappe, les rênes glissent, plus de doigts, plus de corps, il crie, il veut crier « Allahou… ». Plus un son. À la place de sa voix, une larme sur la joue. La lumière se déchire et le vieux Maluco voit le sable s'ouvrir.

À cet instant, personne ne le sait. La jument l'emporte encore un peu plus loin et déjà, il enfonce les armées portugaises. Derrière lui, la bataille qu'il vient de gagner continue. Lorsque la jument s'arrête, il bascule, le sabre pendant au bout de la main droite, une jambe coincée dans les courroies. Trois officiers se précipitent et le découvrent inerte, bouche ouverte sur le cri d'Allah.

Le sultan du Maroc est mort en donnant l'assaut.

On ne déclare pas la mort d'un sultan lorsqu'il est au combat.

Les officiers le remirent sur la jument, détachèrent son sabre et le guidèrent ainsi, la tête sur l'encolure, les bras ballants, jusqu'à sa tente. Les valets s'emparèrent du cadavre qu'ils assirent sur un siège en maintenant le dos caché par le burnous. Nul ne devait savoir la vérité. Un cavalier se posta à l'entrée de la tente et fit mine de s'adresser à lui. Un autre montait la garde.

Le troisième surveillait le sort de la bataille.

De là, il voyait nettement le roi du Portugal, reconnaissable aux plumes rouges sur son casque. Rude gaillard, et qui ne chômait pas. Son épée taillait en tous sens les soldats, mais les siens étaient loin, il n'allait pas tenir.

– Aux jambes…, murmura dans ses dents l'officier marocain. Taillez-moi son cheval, et vite! Mais qu'est-ce qu'ils me fabriquent, ces fils de soixante mille catins!

Le Portugais tentait de s'échapper. Soudain, il vacilla. Son cheval s'écroula, le jarret tranché.

Encerclé de toutes parts dans un fracas d'épées, le plumet rouge plongea dans la mêlée.

– Attention, notre roi! À l'aide! Au roi, vite! Le roi! Sauvez le roi!

Des cavaliers portugais refluèrent, leurs chevaux se cabraient. Ils étaient trop haut, et leur roi trop à terre. De loin, on entendait sa voix aiguë crier des prières, des injures, mais de moins en moins fort, de moins en moins souvent; puis on ne l'entendit plus. Devant la tente du sultan mort, l'officier qui veillait se redressa. Le nœud d'hommes emmêlés se dénoua. À terre gisait le plumet rouge.

– Allahouakbar! cria l'officier marocain au sommet de la dune. On a eu le Portugais!

Les cavaliers portugais s'étaient repliés en désordre et personne ne se porta au secours du plumet rouge. Un fantassin marocain revint sur ses pas et leva la visière du casque.

– Il est mort, Sébastien! hurla le Marocain.

– Et le traître? demanda une voix.

Le traître.

Où était-il, ce Moulay Mohammed? Perdu dans le flux

du combat qui, déjà, s'étirait sur la plaine. Par paquets, les cavaliers portugais étaient cernés. Les mercenaires allemands reculaient en bon ordre ; certains déposaient les armes. Partout, des traînées de poussière signalaient le sillage de fuyards que l'armée marocaine poursuivait. Il n'y avait plus de centre, ni de front.

Au loin, un cheval galopait, portant deux cavaliers en burnous noir.

– Allah est grand ! cria le Marocain en dévalant la dune. Le sultan a gagné !

La poussière retombait lentement sur les arbres. Et le tonnerre gronda.

L'averse s'abattit sur le sable, les feuillages, les blessés et les morts, les chevaux éventrés, les plaies, les entrailles, les vivants. Une clameur vibrante salua la pluie d'orage. Droit sur son siège, le cadavre du sultan triomphait.

– Allah soit béni, dit l'un des cavaliers. La pluie nous purifie.

– Notre sultan de même, dit l'autre en désignant le corps. Qu'il repose en paix. Il est temps désormais.

D'une main qui ne tremblait pas, Isaac Amato ferma les yeux du mort et lui posa un baiser sur le front, furtivement. Les valets firent la toilette à l'écart, rapidement. En un instant, le Maluco reposait nu dans son linceul, la tête découverte pour qu'on le reconnût. Puis les valets ouvrirent largement les deux pans de la tente à cause de la chaleur.

Il y eut un léger répit, un moment où le monde sembla

se recueillir, puis, dans un fracas de sabots et de sabres, ses officiers arrivèrent au galop. Ils parlèrent à voix basse, debout devant la tente.

Leur chef avait obtenu au combat la plus glorieuse des morts, réservée aux élus d'Allah. Ils firent brièvement son éloge. L'urgence n'était pas de rendre hommage au Maluco.

Le nouveau sultan du Maroc s'appelait Moulay Ahmad et c'était le frère du Maluco. Un par un, les officiers baisèrent la main du mort et partirent à cheval chercher Moulay Ahmad.

Sabre au poing, il chevauchait à travers les soldats ennemis, coupant une tête, taillant un bras, achevant les mercenaires allemands qui ne s'étaient pas rendus. Les officiers arrêtèrent leurs montures et le saluèrent, dressés sur leurs étriers.

– Comment va le sultan ? cria-t-il.

– Il n'est plus d'autre sultan que vous, dit un officier.

– Mon frère est mort ! Le sait-on ?

– Non, Lumière de Dieu sur terre.

– Qu'il en soit ainsi ! cria Moulay Ahmad.

Et il piqua des deux vers la tente où des femmes pleuraient en silence.

– Elles savent ! cria-t-il. Qui leur a dit ?

C'était l'heure des femmes. Filles de joie en jupons de l'armée portugaise, elles traînaient d'un corps l'autre avant d'être emmenées par leurs vainqueurs. Les autres étaient en noir et poussèrent des youyous avant d'être regroupées par les valets ; quand elles furent devant la tente ouverte, le long hululement des pleureuses commença. Les soldats marocains s'arrêtèrent aussitôt.

Mort, notre sultan? Peut-on vaincre et mourir dans la même journée?

La nuit vint. Les vaincus entassés dans la boue dormaient sous bonne garde. De temps en temps, résonnait dans le noir une corde pincée, le son d'une guitare qu'une main effleurait. Près des lumières des feux, les vainqueurs déchiraient leurs vêtements et pleuraient sans réserve, ô nuit au goût amer! Le groupe des officiers n'était pas revenu et le camp attendait, vide de tous ses rois.

On avait un cadavre, celui du Maluco. Personne ne savait où étaient les deux autres, le roi portugais et le traître marocain. Alors, faute de réponse sur la terre, on se mit à prier. Le ciel se dégageait, des étoiles naquirent et une lune monta, aiguë comme une faucille.

Sous la tente, Moulay Ahmad donnait ses instructions.

– Puisque mon frère n'est plus, il faut que ce soit moi. Vous m'entendez, vous tous? Je serai le vainqueur de la bataille d'Alkacer-Kébir. Appelez-moi *Al Mansour*, le Vainqueur.

– Mais le sultan est mort en donnant l'assaut, dit un officier.

– L'avez-vous vu? Vu de vos yeux?

– Oui! dit l'officier. Oui, Lumière de Dieu sur terre. Il s'est dressé, il a crié « Allahouakbar! » et il est retombé. Je l'ai vu de mes yeux!

171

– Eh bien! Un vainqueur mort n'a pas lieu d'être. Je serai Al Mansour.

– Qu'Allah exalte Al Mansour! cria l'officier.

Ils reprirent tous le cri et vinrent prêter serment en lui baisant la main. Le nouveau sultan sauta sur son cheval et fit le tour des armées, acclamé par ses troupes. Il n'y avait qu'un vainqueur.

Quand le jour se leva, on retrouva deux corps, dont l'un dans les flots de la rivière gonflée par la marée.

Le noyé blême était Moulay Mohammed, le traître. Le nouveau sultan ordonna qu'il soit écorché et que sa peau, bourrée de paille, aille orner les remparts de la ville. On le promènerait ensuite à Fès, à Marrakech et en tous lieux du royaume chérifien du Maroc. Il changerait de nom. À jamais, il serait l'Écorché.

Le second corps était celui d'un homme blanc qui n'avait presque plus de visage. Entaillé de cinq coups de sabre, il était méconnaissable. Les officiers déposèrent le corps au pied du nouveau sultan.

– Est-ce le Portugais?

– Il semblerait que oui, dit un officier.

– Mais il faut en être sûr!

– Nous avons des témoins, dit l'officier en poussant devant lui trois hommes échevelés.

– Êtes-vous de la suite du roi du Portugal?

Les hommes baissèrent la tête.

– Le reconnaissez-vous?

– On ne peut pas, Majesté, dit l'un d'eux. Il est trop abîmé.

– Sa cuirasse ! La reconnaissez-vous ?

– Notre roi ne portait pas l'armure de son rang, dit l'autre. Sa cuirasse, il la faisait porter à son favori.

Le nouveau sultan se jeta sur le corps et ouvrit une paupière.

– Un œil jaune, dit-il. Forcément, c'est lui. Dites-moi que c'est lui !

– Notre roi avait les yeux bl...

– Jaunes ! cria le jeune sultan. Qu'on prenne le corps du roi Sébastien, qu'on lui rende les honneurs et qu'on le porte à Fès !

Le corps au visage détruit fut enroulé dans une toile solide et chargé sur un cheval.

L'autre séchait au soleil, entièrement nu, pendant que le chirurgien apprêtait ses couteaux.

Les prisonniers portugais furent soigneusement triés : les nobles eurent un cheval, et les manants des chaînes. Les catins se mirent en file et le cortège se fit. En tête, le nouveau sultan en burnous de brocart d'or précédé de trompettes et de tambours. Derrière lui, désarmés, innombrables, les chevaliers portugais. Ensuite venaient les troupes marocaines, puis l'immense troupeau des vaincus, des esclaves.

Sur le champ de bataille où pourrissaient les morts, des paysans trouvèrent dix mille guitares.

Apprenant la nouvelle de la grande victoire, les rabbins du Maroc décidèrent d'instituer un Pourim en souvenir. Comme autrefois dans le Livre d'Esther, Mardochée confond le méchant Aman qui voulait exterminer les

173

juifs, le roi du Portugal, ce chrétien perfide, le nouvel Aman, avait été défait par l'Éternel.

Une victoire du roi Sébastien les aurait contraints à la conversion comme leurs frères du Portugal et d'Espagne. Mais puisque sa perte leur assurait la liberté du culte, on appela cette fête nouvelle le Pourim des chrétiens. Quatre siècles plus tard, en 1978, à l'occasion du Pourim des chrétiens, le Conseil des communautés israélites du Maroc ferait lire dans toutes les synagogues une lettre célébrant le quatrième centenaire de la victoire d'Alkacer-Kébir.

Al Mansour fit solennellement enterrer le cadavre mutilé par des chevaliers chrétiens et son règne commença.

Au lendemain de la bataille, après avoir galopé tout le jour et la nuit, les deux cavaliers en burnous s'arrêtèrent dans un petit ermitage où vivait un saint de l'Islam. Le premier cavalier descendit du cheval et poussa un soupir.

– C'est ici, dit Jasmine d'une voix étouffée. Ne craignez rien. Il faut que l'on vous soigne. Je vais vous aider à descendre, mon roi.

Le récit du bada

Lisbonne, 22 août 1578

Pedro me donnait des nouvelles à mesure.

Ils étaient à Cadix, chez madame l'Espagne, pour cette fois bienveillante. Ils étaient en Afrique, à Tanger. Ils venaient d'aborder au fort d'Arzilah, tout allait pour le mieux, Pedro était content.

Puis ils étaient partis vers l'intérieur des terres et on ne sut plus rien.

Je n'avais plus de boue, je me grattais au tronc des arbres. Les herbes étaient sèches. Ils appelaient cela l'été.

Pedro disait :

– Bon ! La bataille est proche, ils vont revenir. Encore un mois ou deux, ils seront là.

Il ajoutait :

– Si Dieu le veut, bada, si Dieu le veut.

Il était moins jovial.

Ce soir-là, mes oreilles entendirent de longs hulu- lements, quelqu'un était mort au palais. Puis le chien accourut, hors d'haleine.

– Roi mort… Roi mort… Roi mort…, disait-il.

Mais il n'y avait aucun roi au palais. Je clignai des yeux pour le réconforter, mais un long gémissement jaillit de son museau. Mes oreilles se dressèrent.

Je vis venir Pedro, il marchait à pas lents, tête basse. Pedro était en état de souffrance et cette fois, je compris.

– Pauvre Patrocle, dit Pedro. Hélas! Tu as raison. Le cardinal Henri vient de le faire savoir. On dit que notre roi a perdu sa bataille d'Afrique. Camoëns en est mort de chagrin et j'ai perdu mes fils. Où sont-ils? Le roi est prisonnier, comme dix-sept mille des nôtres. Dix-sept mille! Comment va-t-on racheter ces gens-là?

Patrocle leva des yeux abattus.

– … pas la vérité… Cadavre dans la poussière… plus de maître… Toi non plus… Il faut hurler, mon frère… Hurler…

Je chargeai et ma corne fit éclater le bois. Je ne pouvais faire mieux.

Toute la nuit, les femmes hurlèrent comme le chien et cela ne s'arrêta plus. Des jours et des nuits à gémir, à pleurer.

– C'est fait, dit Pedro. Le cardinal est notre nouveau roi. Les funérailles de notre Sébastien auront lieu dès demain. Tout le monde en noir, bannières noires. On cassera son écusson. Pas question que j'y aille! Pour moi, il n'est pas mort. On a un cercueil vide. Drôles de funérailles! Moi, j'attends pour savoir.

Je le sentais moins triste. Le roi-cardinal Inquisiteur rassemblait l'argent pour les rançons et jurait solennellement de racheter les prisonniers. Mais les nobles d'abord.

– Le prieur de Crato est revenu, dit Pedro. Ce malin de Don Antonio s'est fait passer pour un clerc pour éviter une rançon de roi. On l'a racheté pas cher, alors il est là. Les nobles reviendront, le cardinal le veut. Tu vas voir qu'il va laisser tomber les petits ! Sébastien n'aurait pas fait cela. Il détestait les nobles, il préférait le peuple. Tandis que ce méchant vieux !

Il y eut une pluie d'été pour calmer ma colère. Je me vautrai dans la boue, j'avais moins de vermine. Les femmes ne criaient plus. Le palais se taisait.

Je ne voyais plus le chien Patrocle.

Un matin de septembre, Pedro avait l'œil vif.

– Tu sais ce qu'on m'a dit, bada ? C'est un soldat qui s'est échappé de la bataille. Il m'a tout raconté. Notre roi s'est battu à pied, comme saint Jacques. Mais pas de Santiago.

Il s'arrêta net et se mit à tousser.

– Sais-tu que le roi Sébastien n'a pas voulu lancer le Santiago ? C'est bizarre. Tu comprends ça, bada ? Est-ce que tu sais seulement ce qu'est le Santiago ?

Je levai une oreille. Une arme ? Un fanion ?

– Il n'a pas lancé le Santiago, mais il a tué le Maluco qui était à cheval. Et le plus beau…

Il regarda autour, il n'y avait personne. Il se pencha vers moi et parla à voix basse.

177

– Il paraît que notre Sébastien n'est pas mort. Parole que c'est vrai ! Le soldat me l'a dit. Le type qu'ils ont ramassé portait son armure, mais ce n'était pas lui. Il s'est sauvé à cheval ! Et personne ne le sait. Enfin, quand je dis personne…

Il éclata de rire.

– Pour la deuxième fois, le roi Henri vient de faire célébrer les funérailles de notre Sébastien dans l'église des Hiéronymites à Belém. Mais il l'a déjà fait ! Pourquoi recommencer ? Je te parie qu'il sait. Il veut faire croire. Dire que le chien Patrocle s'est laissé mourir de chagrin. Mais si notre pauvre Sébastien est vraiment mort, à quoi cela ressemble d'enterrer deux fois de suite un cercueil vide ?

Des histoires comme celle-là, j'en connaissais beaucoup. Des sultans afghans conduisant des batailles et qu'on croyait vivants alors qu'ils étaient morts, et leurs chiens qui hurlaient. Des rajahs disparus qui réapparaissaient sous la forme d'ermites au pied d'un arbre.

Cette affaire ne me disait rien qui vaille.

Je n'avais plus de maître. De cela, j'étais sûr. Je n'intéressais pas le roi-cardinal. Je n'avais plus que Pedro et le chien était mort. Plus de visites, plus rien. J'étais un bada à l'abandon.

En Afrique

Le cheikh Tidjane Abdallah

– Maître! Venez vite, il ne respire plus!

Sans hâte, le cheikh posa son bol, déplia son long corps et s'avança dans la salle où gisait le blessé.

Le cheikh Tidjane Abdallah venait du Sud. Il était immense, il avait la peau noire, le nez aquilin, le front haut et les cheveux crépus. Nul ne savait comment il était arrivé, ni pourquoi il s'était installé dans ce coin reculé, pas très loin de l'Atlas. Ses dons de guérisseur étaient si renommés que Jasmine avait su tout de suite où transporter le blessé à la fin de la bataille.

Le jeune homme d'Occident qu'il avait recueilli aurait dû mourir. Sa jambe droite était si cruellement brisée que le fémur avait transpercé la cuisse. On voyait la tête de l'os. Son visage n'était plus qu'une bouillie saignante. Le nez avait été tranché d'un coup, un œil sortait de l'orbite, la pommette gauche était écrasée. Le blessé avait des côtes cassées, ce qui n'était rien au regard du bras gauche.

Avant d'opérer le blessé, le cheikh lui avait administré de l'opium, non sans difficulté, car la bouche ne se fermait plus. Puis il avait lavé le sang, désinfecté avec de l'urine, cautérisé les plaies au fer rouge, remis l'œil dans l'orbite, recousu avec du fil et des épines, et réduit de son mieux les fractures du visage. Le bras ne valait plus rien et le cheikh l'amputa. Pour remettre le fémur en place, la femme l'avait aidé. À deux, ils avaient poussé la tête de l'os jusqu'à ce qu'elle s'emboîte dans la cavité, et replié fortement la cuisse pour arrêter les saignements. Le cheikh avait ensuite bandé le torse du blessé qui souffrait abominablement.

L'infection s'était déclarée le lendemain. La cuisse était gonflée, très rouge, la peau brûlante ; l'homme avait de la fièvre et le cheikh confectionna pour lui une amulette contenant de l'encre avec laquelle il avait écrit des versets du Coran. La gangrène s'y serait mise, l'homme eût été perdu. Mais les prières du cheikh furent plus fortes que la mort et la fièvre tomba.

Le visage s'infecta à son tour. Le jeune homme avait du mal à respirer, il était difficile à nourrir, mais il était robuste et il se rétablit. Les plaies de son visage étaient saines ; désormais, il n'y avait plus de danger. Mais le bras amputé lui causait d'indicibles douleurs et les lèvres déchirées ne se refermaient pas. Depuis son arrivée dans l'ermitage, le blessé n'avait presque pas dormi.

Et voici qu'il gisait étendu de tout son long, sans convulsions ni tremblements, calme pour la première fois.

Le cheikh posa sa tête sur la poitrine de l'homme et se releva en souriant.

– Il n'est pas mort, ma fille, dit-il avec douceur. C'est simplement qu'il dort. Il respire si tranquillement que tu ne l'entends pas. Viens avec moi.

Ils sortirent dans la petite cour et s'assirent à l'ombre d'un palmier. Elle non plus n'avait pas réussi à trouver le sommeil.

– Tes cheveux sont sales, dit le cheikh. Tes vêtements aussi. Tu vas prendre un manteau et chercher l'eau au puits. Je pars pour la journée. Quand je reviendrai, j'entends que tu sois propre. Tu ne peux rester en cet état. Ensuite, tu dormiras.

Elle ouvrit la bouche pour poser une question, mais le cheikh leva la main droite avec autorité.

– Tais-toi et lave-toi, dit-il en se redressant.

– Vous ne demandez même pas qui est cet homme! cria-t-elle en fureur.

Le cheikh ne se retourna pas.

Le roi Henri

Lisbonne, 1579

Le roi-cardinal avait deux grands soucis.

Le premier concernait la dynastie d'Aviz. S'il n'avait pas de fils, la lignée s'éteindrait. Le roi du Portugal étant un bon chrétien, il lui fallait l'accord de Sa Sainteté le pape pour être relevé de ses vœux de célibat. À soixante-six ans, c'était encore possible.

Le second touchait le sort des prisonniers. Le roi-cardinal ne ménageait pas sa peine pour rassembler l'argent de leurs rançons, ensuite l'acheminer et négocier au mieux avec Al Mansour. L'affaire était urgente.

Il n'y avait plus de doutes : certains prisonniers pauvres avaient préféré se convertir à l'Islam plutôt que de rester dans les geôles du sultan. Pauvres ! Ils ne l'étaient pas tous. Quelques nobles aussi avaient abjuré.

Le peuple pleurait ses morts et l'attente était rude pour ceux qui espéraient.

À l'été finissant, l'ambassadeur Khevenhüller demanda une audience au nouveau roi. C'était la belle saison, l'époque des vendanges, qui seraient difficiles, faute de vignerons.

Enveloppé dans un manteau fourré, le vieux roi grelottait. Il toussait, il crachait et deux méchantes taches rouges marbraient ses joues flétries. « Les poumons, songea Hans. Il n'ira pas très loin. »

Puis il fit sa demande. Sa Majesté Rodolphe proposait d'acheter le bada de Sébastien, proposition qu'il avait déjà faite plusieurs fois vainement du vivant du roi disparu. Pour être agréable au nouveau roi, l'empereur en donnerait un bon prix.

– Tant que cela ? dit le roi Henri.

– Sire, le bada de feu le roi est un animal rare que nombre de souverains rêvent de posséder. Il est jeune, fougueux, et en parfait état. Même Sa Sainteté n'en a pas de pareil ! Votre Grâce se souvient sans doute du naufrage qui perdit le bada destiné à un précédent pape...

– Me défaire du bada de mon neveu ! Vous demandez... vous... demandez l'impossible, monsieur, dit le roi Henri en étouffant une toux.

– Mais Votre Grâce n'est pas comme feu son neveu ! Le roi Sébastien voyait dans son bada le symbole de la chevalerie tandis que Votre Éminence représente le Pape...

– Il n'y a donc aucun rhinocéros à Rome ?

– Non, en effet, Sire.

– Alors je sais quoi faire, dit le roi Henri.

Khevenhüller comprit à cet instant le sort que le vieux cardinal réservait au bada.

Il écrivit en hâte :

> J'ai vu le roi, je connais ses desseins. Je ferai tous mes efforts pour que Votre Majesté reçoive le rhinocéros, car ce serait un cadeau bien plus approprié pour Votre Majesté impériale que pour le pape. Sa Sainteté Grégoire serait bien plus heureuse et satisfaite de se voir offrir un bézoard ou quelque chose d'autre que le rhinocéros !

Hans avait son idée.

L'empereur Rodolphe, disposant de plusieurs bézoards, accepterait peut-être de troquer une de ces petites boules de déjections calcaires contre son cher bada, car tout le monde savait que les papes croyaient avec ferveur aux pouvoirs magiques du bézoard, Grégoire comme les autres.

Mais il n'eut pas de réponse. Le roi Henri commença les préparatifs de l'embarquement du bada pour un très long voyage de Lisbonne à Ostie ; de là, il gagnerait Rome.

Hans courut voir Pedro et lui mit le marché en main.

– De l'or, monseigneur ? murmura Pedro en soupesant la bourse. Pour quoi faire ?

– Racheter tes fils, mon bon Pedro.

– Et c'est tout, monseigneur ? Dites-moi la vérité.

– Le roi veut faire cadeau du bada à Sa Sainteté.

– Au pape ? Ah ! C'est pour obtenir sa licence de mariage. Remarquez, ce n'est pas une mauvaise idée. Que deviendra le Portugal s'il n'a pas d'héritier ?

– Mais le bada partirait sur la mer ! Sais-tu que le
précédent vaisseau transportant un bada a coulé ? Quelle
imprudence, Pedro ! Il suffirait que tu l'excites un peu
et qu'il soit déclaré dangereux...

– Ensuite ? dit Pedro, méfiant.

– Ensuite je l'achète, et tu viens avec nous.

– Là-bas dans vos forêts ?

– Dans un palais superbe où tu serais bien traité, avec
une bonne solde, de quoi pourvoir tes fils...

Pedro se donna le temps de réfléchir.

Inquiet, Hans envoya une lettre pour se couvrir :

> Votre Majesté aura compris, dans sa haute bien-
> veillance, que j'ai tout essayé pour obtenir le rhino-
> céros. Mais comme le roi Henri a l'intention d'en faire
> présent au pape, Votre Majesté impériale le recevra
> sans doute plus aisément de là-bas que d'ici.

L'argument était faible. Le jour même, Pedro se
décida.

Le bada chargea si puissamment que les poteaux de
son enclos furent réduits en miettes.

Le lendemain, il chargea les artisans posant des
poteaux neufs.

– Doucement, mon bada, murmurait Pedro.

Le roi-cardinal apprit que le bada était devenu féroce
et renonça à l'offrir à Sa Sainteté.

– Tu as gagné, bada, dit Pedro. Maintenant, tu
t'arrêtes.

Le bada se calma dans les jours qui suivirent, mais le roi n'en sut rien.

L'ambassadeur Khevenhüller n'osa pas réitérer ses propositions, car le roi-cardinal s'était mis à cracher du sang. Il suffirait d'attendre.

Un an plus tard, le roi Henri mourut tuberculeux sans s'être marié.

On était en janvier. Trois prétendants se disputaient le trône.

Antoine, le très populaire prieur de Crato, bâtard de roi, fils de juive convertie, à la tête d'une solide armée.

La duchesse de Bragance, mais elle avait pour époux un duc appuyé par des nobles qui ne plaisaient pas au peuple.

Le troisième prétendant était le roi Philippe II d'Espagne qui avait confié son armée au duc d'Albe, un vieux soldat austère et efficace.

En juin, le duc d'Albe envahit le Portugal et une escadre croisa le long des côtes. En août, il défit les sept mille hommes du prieur de Crato. En décembre, le roi Philippe d'Espagne entra dans Lisbonne. En avril 1581, il fut élu roi par acclamation et proclamé roi du Portugal sous le nom de Philippe Ier.

En Afrique

Convalescence du roi

– Il faut rentrer, mon roi, dit Jasmine. C'est l'heure
des chacals.

– Il n'y a pas de chacal! répondit l'infirme. Laissez-
moi. Je rentrerai seul.

– Vous ne pouvez pas encore, dit-elle.

– Je veux essayer, dit-il avec force. Sans vous.

Les mâchoires serrées pour éviter de pleurer, Jasmine
partit en claudiquant et se retourna quand elle fut sur
le haut de la butte. Le jeune homme béquillait tant
bien que mal, courbé sous l'effort, appuyé sur son bras
unique. Soudain, son masque tomba. Jasmine redescendit la butte en courant.

– Ne me regardez pas! gémit l'infirme en baissant la
tête.

– Je suis obligée, dit-elle. Il faut bien, pour le rattacher.
Courage, mon roi.

Elle n'avait jamais eu de répugnance pour ce visage
détruit.

Le pire, c'était les trous sanglants à la place du nez, les premiers jours. Les cicatrices n'étaient rien à côté. Le cheikh avait recousu les chairs et pour cacher les béances des os, il avait confectionné une sorte de nez très large, en cuir fauve, attaché derrière les oreilles avec des rubans de coton. Mais l'œil blessé était redevenu presque normal et le regard bleu n'avait rien perdu de son éclat.

Il portait une barbe sous ses lèvres abîmées. Une barbe très blonde, frisée et très fournie. Il était presque beau sous son grand burnous noir.

Elle rattacha le masque et l'aida à marcher.

– Vous réussirez, mon roi, vous réussirez demain.

Et ils revinrent à l'ermitage, la boiteuse et le manchot appuyés l'un sur l'autre, avançant dans le sable à pas lents.

Philippe Ier, roi du Portugal

Des bouquets de roses
pour les infantes

Lisbonne l'enchanta.

De l'Atlantique, Philippe n'avait connu que de rares traversées vers l'Angleterre, quand il était l'époux de Mary Tudor. Son mariage avec la Reine sanglante lui avait laissé de mauvais souvenirs : une femme âgée et terne, une capitale boueuse, un royaume sans soleil. Passe pour un trône ! Mais la reine Mary s'était crue grosse alors que, dans son ventre, elle couvait une tumeur qui accoucherait de sa mort.

Installé à Lisbonne, le roi Philippe laissait à Madrid ses filles et ses amours.

Ses amours ! Cruelles comme Eboli. Qu'elle eût été la maîtresse de Perez, c'était humiliant, mais il y avait eu pire. Deux ans auparavant, pendant que le vieux cardinal se faisait acclamer comme roi du Portugal par les Cortès, un de ses conseillers avait trouvé les amants au lit. Au lieu de cacher sa honte, Eboli s'était dressée toute nue et elle avait lancé des mots abominables :

– Allez dire au roi Philippe que je préfère Perez à son gros cul !

Des mots à lui crever le cœur. Et puis la vérité. Perez et Eboli complotaient contre lui.

Quand Philippe avait appris la trahison de Perez, il avait expédié Eboli au couvent qu'elle avait fait construire – elle n'en sortirait plus. Perez avait fait de la prison et s'était échappé. L'affaire n'était pas terminée ; Perez avait trouvé des appuis en France, mais il n'était plus là. Le souvenir d'Anna restait vif et cuisant, mais Philippe avait appris à l'oublier et il était parti pour le Portugal.

L'Atlantique à Lisbonne était clair, lumineux. Le mouvement des bateaux dans le port, les voiles claquant au vent, le soleil jouant sur les pierres blanches de la tour de Belém et les fleurs, tant de fleurs au bord de l'océan ! Philippe décida de rester à Lisbonne. Chaque semaine, le jardinier apportait un bouquet de roses et de fleurs d'oranger que le roi Philippe envoyait à ses filles, l'infante Isabelle et l'infante Catherine, fleurs de son cœur meurtri, demeurées à Madrid.

Une éléphante arriva des Indes orientales et le roi annonça qu'elle serait pour l'infant. L'animal rejoindrait Madrid par la route en passant par Tolède.

Inhumé dans le château du caïd d'Alkacer-Kébir, non loin du champ de bataille, le corps méconnaissable déclaré corps du roi Sébastien fut déterré à la fin de l'année 1578 et inhumé de nouveau à Ceuta, en terre chrétienne.

Philippe n'accorda aucune attention à son rhinocéros.

– Que veux-tu, mon bada, disait Pedro. Ce n'est pas pour rien qu'on appelle Philippe le Roi prudent. Tu lui fais peur. Sais-tu ce que je pense ? Tu lui rappelles notre roi bien-aimé. Philippe n'a pas de goût pour la chevalerie. Alors tu comprends, toi, avec ton armure, tu ne peux pas lui plaire.

Les rumeurs continuaient. Deux officiers juraient qu'un jeune homme inconnu s'était fait soigner dans un monastère à quelques lieues de Lisbonne, qu'il masquait son visage sous un taffetas blanc et qu'une de ses épaules était plus haute que l'autre. Forcément, c'était lui, c'était le Désiré. Blessé, défiguré, mutilé peut-être, mais vivant. Le peuple l'appela le Roi caché.

– Moi, j'y crois, disait Pedro. Tel que je connais mon roi, il a honte d'avoir perdu la bataille. Sûr qu'il se cache ! Il veut expier ses fautes. Quand il aura fini, il réapparaîtra.

Un an plus tard, en 1582, le roi Philippe fit transférer le corps mutilé de Ceuta à Lisbonne. Précédé d'une grande croix dorée, le cercueil fut couvert d'un drap d'or, promené par les grands du royaume à travers les villes, transporté dans la cathédrale d'Evora où on exhuma deux infants pour l'accompagner au tombeau.

Belém,
monastère des Hiéronymites

10 décembre 1582

Le roi Philippe attend Sébastien dans l'église des Hiéronymites. Vêtu de noir, coiffé de noir, debout sur le seuil, la main sur le pommeau d'ivoire de sa canne.

– Je sais que tu ne seras pas là, mon neveu. Ce n'est pas toi sous ce drap d'or. Où t'es-tu enfui ? Quand ma sœur Juanita m'affole avec ses ailes noires, je rêve que tu vis. Le peuple se tait et pleure, mais il rêve, lui aussi. Que tu as disparu, donc que tu n'es pas mort. On m'a dit que tu avais levé un drapeau blanc pour te rendre. Que les soldats du Maluco ne connaissaient pas ce signal, et qu'ils t'ont écrasé sous leur nombre. Je n'en crois rien ! Tu étais beaucoup trop fou pour te rendre ! On m'a dit qu'on avait retrouvé ton casque à plumet rouge. Est-ce que cela suffit ? Non.

Il regarde au loin les vagues ruminantes et sa pensée s'égare.

– L'Atlantique m'attire… Non le pont des vaisseaux où

l'on glisse, mais leurs voiles gonflées. Le vent qui les fait vivre comme mamelles de mer. Je n'embarquerai pas comme toi, neveu. Mais une armée de navires voguant sur l'océan en mon nom, voilà ce que je veux. Je n'irai pas au sud qui t'a perdu. Mais au nord. En Angleterre. Je prendrai la Reine vierge.

Au loin, on entend les piétinements des chevaux, les roulements des tambours. Philippe est tourmenté.

– On m'a dit que ceux de tes officiers qui avaient vu ta dépouille ne l'ont pas reconnue. Que ce diable de Mansour avait pris le premier corps un peu trop abîmé pour dire que c'était toi. Mais on ne t'a pas retrouvé et tu es enterré ! Quatre fois enterré, dix messes de Requiem, est-ce que ce n'est pas assez pour un seul roi ?

Les tambours se rapprochent et la croix étincelle. Derrière la croix, le dais, sous le dais, le cercueil. Le roi Philippe se redresse, il a les larmes aux yeux.

– Le voici, ce cercueil sans sa charge de roi ! Il ne te suffisait pas d'être noble, d'être beau, d'être un lion courageux, non ! Il fallait encore que tu t'absentes. Et si tu revenais ? Tu aurais vingt-huit ans. Ces roulements de tambour cognent dans ma poitrine, rran, rran, comme un vieux cœur, ah non ! Que tu sois mort ou vif, c'est toi que l'on enterre.

Le cortège s'arrête.

– Le roi mort est enfin de retour au Portugal ! crie Philippe d'une voix forte. Saluons notre neveu bien-aimé. Entre, roi Désiré ! Voici ta dernière demeure.

193

Il lui restait un an à vivre au Portugal.

La guerre le reprit ; Madrid le demandait. Le roi Philippe quitterait Lisbonne à regret.

À la veille du départ pour l'Espagne, l'ambassadeur de l'empereur Rodolphe, venu tout exprès de Madrid, lui demanda une audience.

– Pour avoir fait ce long chemin, il faut qu'une affaire importante vous amène, dit Philippe. Comment va mon neveu d'Autriche ?

– Le mieux du monde. Sa Majesté impériale a décidé que la ville de Prague serait sa capitale, et le Château son palais.

– Cette vieille forteresse ?

– Mais il l'agrandit. Il veut y placer ses collections. Et pour ses collections, il voudrait...

– Je refuse, dit Philippe. Mon neveu veut m'acheter le bada de Sébastien, et moi, je ne veux pas le vendre. Le rhinocéros fait partie de mes trésors.

– Votre Majesté le connaît-il ?

– Il suffit que je sache qu'il est là, dit Philippe.

– Mais puisque vous partez, Sire...

– Je l'emmènerai !

Le roi est en colère. Sa bouche frémit, ses poings se serrent.

Khevenhüller recule.

– C'est décidé, comte. Le bada nous suivra à Madrid. Vous transmettrez à mon neveu d'Autriche.

En Afrique

L'emploi du temps d'un roi

Le cheikh attendait l'infirme sur le banc de pierre, à la place habituelle. Quelle que soit la saison, il était toujours levé avant lui. Ce matin-là, il avait l'air furieux.

Le jeune homme s'assit à ses côtés.

– Maître, que se passe-t-il ?

– Quelqu'un se fait passer pour toi, dit le cheikh. On me dit que chez toi, dans ton pays, un homme, blessé au visage, se cache sous un tissu blanc et prétend qu'il est le roi du Portugal.

– Mensonge, dit l'infirme. Il sera condamné.

– Et c'est tout ? Quand décideras-tu de rentrer dans ton pays ? Tu dois le faire, mon fils !

Le cheikh parlait avec sa douceur ordinaire, mais ses yeux étincelaient.

– Vous voulez me chasser, dit l'infirme.

– Tu sais bien que non, dit le cheikh. Mais tu es roi.

L'infirme se leva. Secouant sa crinière rousse, il rabattit sa capuche sur son masque et sortit.

Depuis deux ans, il n'avait plus de béquille. Il pouvait même courir, pas longtemps. Les douleurs lancinantes de son bras amputé le faisaient encore souffrir la nuit, mais il s'était habitué à son état. Chaque matin, il était surpris de s'éveiller vivant.

L'ermitage était fort bien organisé. Une cellule pour le cheikh, une petite mosquée avec quelques tapis sur la terre battue, des chambres de passage pour les visiteurs, et pour les malades un dortoir de six lits. Certains, ne sachant pas que le cheikh guérissait, croyaient se trouver dans un caravansérail ordinaire, mais ils comprenaient vite que le lieu était saint. Nuitées et soins gratuits. La sainteté du cheikh était dans sa bonté, ses pratiques, et sa foi capable de venir à bout de tous les maux.

À l'aube, l'infirme secouait son tapis, rangeait l'oreiller de peau de chameau, et trouvait le cheikh toujours à la même place, assis sous le palmier. Le jeune homme faisait chauffer de l'eau et y jetait les feuilles.

Des cavaliers venaient tous les ans apporter au cheikh de gros sacs remplis de feuilles sèches qui, bouillies dans l'eau, devenaient une boisson amère et stimulante. Le cheikh disait qu'elles venaient de Chine et qu'il aurait du mal à s'en passer. Le jeune homme y prit goût.

Ensuite il allait s'occuper des animaux, nourrir les montures des visiteurs, jeter du grain aux poules des sacrifices, recueillir les œufs, nettoyer l'enclos, libérer les chèvres et le bouc qui s'en iraient grimper dans les arganiers.

196

Jasmine allait au puits très tôt. L'une des cruches était pour l'usage domestique, l'autre pour le jardin des simples où poussaient l'hysope, la menthe, la coriandre, le cumin et l'ail en quantité. Le soir, elle allait puiser de l'eau pour l'orge et les courges, une autre cruche encore pour le citronnier et le grenadier.

Elle avait embelli. Caressée par le soleil, sa peau était dorée ; à force de tirer de l'eau, ses bras s'étaient musclés. Elle boitait davantage, mais elle était à lui. Cette façon qu'elle avait de dire en plaisantant qu'ils étaient désormais deux à boiter ensemble !

Le désir le poignait, mais il n'osait pas.

Pas sans l'accord du maître.

Le récit du bada

Magdalena

Les feuilles avaient mis leur vert de printemps; l'hiver était fini. Plus de neige, plus de glace. J'allais retrouver le goût de l'herbe fraîche. Quand Pedro arriva, je l'entendis renifler. Un malheur?

Pedro pleurait de joie.

– Bonnes nouvelles, mon bada! D'abord, tu ne vas pas le croire, mes fils sont revenus. L'aîné, une jambe en moins, le cadet, maigrichon, on ne lui voit plus que la peau sur les os, mais enfin, ils sont là. Ah ça! Le Roi Prudent est vraiment un brave homme. J'avais un peu d'or, et il a mis le reste. Il les a rachetés. Sais-tu pourquoi? Parce qu'il voulait que je t'accompagne à Madrid. Alors j'ai marchandé. J'ai dit, moi je veux bien, beau Sire, mais alors vous rachèterez mes fils prisonniers à Fès. Il a dit oui. Faut-il qu'il ait envie de te voir en Espagne! On va partir tous les deux...

Partir? Remonter sur l'estomac marin? Voguer sur les eaux noires impures? Jamais!

– Arrête de siffler, bon Dieu! Tout doux.

Pedro me tendit de l'herbe.

– Je ne te dis pas que ce sera une partie de plaisir, grommela mon vieil ami. Ta cage est grande, très grande, mais elle a des barreaux. Tu seras tiré par une vingtaine de bœufs. On en a pour deux mois, ce sera vite passé. Je vais te bichonner.

La route, pas l'océan. Je souffrirais moins. Je mâchonnai mon herbe quand j'entendis des pas se rapprocher.

Une puissante odeur de musc et d'oranger entra dans mes narines. Mes oreilles se dressèrent. Mon nouveau maître approchait.

– Sainte Vierge! souffla Pedro. C'est le roi en personne. Tiens-toi bien, mon bada.

Je vis un homme en noir à la figure très blanche et aux poils blanchissants qui avaient été roux.

À ses côtés se tenait une petite créature au visage ridé comme une mangue trop mûre, des yeux comme des boules noires, les cheveux enserrés dans une coiffe.

Sa fille? Non! Elle était plus âgée que l'homme en noir. La vieille minuscule portait une robe brillante et marchait de travers, accrochée à la main de son roi. Elle sentait comme les arbres, une odeur de feuillage. Et lui, attentif, la guidait pas à pas.

Je ne distinguais pas ses traits mais quand il approcha, je le crus de retour. Oui! C'était le portrait de mon roi bien-aimé, vieilli par les épreuves, le dos droit, mais l'âme agenouillée. Il avait une canne, l'âge venant, sans doute. Mais c'était son menton proéminent, et ses yeux en amande, étirés vers l'arrière. Mon roi, mon Sébastien !

Puis il ouvrit la bouche et je découvris ses lèvres, gercées, saignantes. Je compris mon erreur. C'était bien le roi Philippe.

– Voici donc mon bada, dit-il d'une voix égale. Regarde, Magdalena. Quel bizarre animal ! Si nous ne savions pas que dans sa toute-puissance, Notre Seigneur a créé toute chose, nous le croirions volontiers œuvre du diable.

La petite créature émit un rire perçant qui me fit mal aux oreilles. Puis, horreur, elle chanta d'une voix suraiguë.

– Oui, Magdalena, dit le roi en se penchant vers elle. L'animal est bizarre. Mais toi aussi, ma fille.

– Feu notre roi avait pour le bada un grand attachement, dit Pedro avec humilité. Il l'appelait son preux chevalier en armure.

– Vraiment ? dit mon maître avec indifférence. Et d'où vient-il ?

– De nos Indes orientales, Majesté. Pour venir à Lisbonne, ce bada a fait un long voyage.

– Il en fera un autre, comme mon éléphante, dit le roi avec calme. Il sera l'ornement de la Cour de Madrid.

Cet homme avait au cœur une grande souffrance qu'il ne voulait pas montrer. Je sentis son chagrin et je levai ma corne.

– Ooh ! Il vous salue, Sire, dit Pedro. Il ne fait pas cela souvent !

Le roi posa sa canne et ôta son chapeau qu'il tendit à Pedro. Penché sur la barrière, il me tendit une main baguée et parfumée. J'avais de la compassion pour lui ; je le léchai et il se laissa faire avec amusement.

– Que sa langue est râpeuse ! dit le roi. J'ai promis à mes filles, mes infantes bien-aimées, qu'il ne souffrirait pas de son voyage. Il partira demain, Pedro, et toi aussi. Mon chapeau et ma canne. Magdalena ! Où est passée ma naine ?

La petite créature avait disparu.

– Il faut retrouver Magdalena, dit le roi. Ne l'appelle pas, ne crie pas, Pedro. Elle prendrait peur. C'est une pauvre âme… Il lui arrive de boire trop de vin. As-tu quelque part une gourde ?

Pedro se frappa le front et se mit à courir. Sa gourde était toujours suspendue à la branche d'un mûrier. Je n'y voyais pas, mais je reniflais l'odeur de la petite vieille, une puanteur de vinasse sous le mûrier, tout près. Bientôt, Pedro revint, la vieille endormie dans les bras.

– Donne-la-moi, dit le roi. J'ai l'habitude. Elle est légère comme son cerveau. Je ne peux pas l'empêcher de s'enivrer ! Et je l'aime telle qu'elle est. Difforme et sans cervelle. Toi, tu as ton bada et moi, Magdalena. C'est mon enfant chérie.

Pedro le regarda s'éloigner en hochant la tête.

– C'est un homme qui est veuf, dit-il à voix basse. Il a perdu quatre femmes ! Je souhaite bien du bonheur à la cinquième. Et son fils était fou. Il est mort bizarrement. Alors Philippe est triste. C'est un roi malheureux qui ne veut pas qu'on le sache. Imagine notre Sébastien dans ce cas ! Il aurait rugi de douleur, oui, rugi ! Dirait-on, à le voir, que sa quatrième femme vient tout juste de passer ? En couches, comme les autres. Pauvre reine Anne. Mais le Roi Prudent ne lâche jamais rien. Ni soupir ni sanglots. Va falloir s'ajuster, mon bada ! Plus de fantaisies.

Le voyage à Madrid

Pour la première fois depuis presque six ans, je quittai mon enclos. Je reconnus la rampe de bois glissant, je vis l'ombre de ma cage et les roues de mon chariot. Et les lances des soldats, leurs cris comme autrefois.

– N'allez pas me le piquer! cria Pedro. Vous allez vous faire tuer. Reculez! Reculez, je vous dis!

Pedro avait raison, je chargeai. Un soldat trébucha, je lui cassai un pied, il hurla.

– Et voilà! maugréa Pedro. Laissez-moi faire.

Il m'amadoua si bien que je cédai. Mes pattes arrière glissaient. Pedro me retenait. Tantôt devant moi, me caressant la corne pour m'encourager, tantôt derrière, poussant mon cul énorme. Je faisais de mon mieux, mais vraiment, c'était dur. Pedro ne voulut personne pour l'aider.

– Un petit effort, bada, chuchotait-il. Ta patte. L'autre. Avance. On n'a pas le choix, mon vieux.

Finalement j'entrai. Ma nouvelle cage était plus

confortable que le vaisseau de mon exode. Je pouvais me tourner, me retourner, me coucher, et ma corne ne touchait aucun barreau. J'avais de la paille dans un coin, et dans l'autre Pedro.

Cela ne dura pas, à cause de mes crottes. Il avait décidé de dormir avec moi, mais j'avais beau m'agiter pour prévenir, mon pauvre Pedro ne voyait rien arriver et il fut inondé d'urine et d'excréments. Les soldats se moquèrent.

– Tu ne vas pas continuer comme ça ! disaient-ils. En voilà une idée. On s'arrête. Prends ton temps !

Pedro passa une journée au bord d'un étang à laver ses vêtements qui séchèrent au soleil. Je n'avais jamais vu Pedro tout nu, ventre blanc, figure rouge, dos blanc, mollets rouges. Un soldat le poussa dans l'eau et Pedro se mit à rire, éclaboussant les rives avec ses mains. J'avais beau être un bada en cage, mon âme riait aussi. Ensoleillée par le bain de Pedro, la route de Lisbonne à Badajoz fut joyeuse.

J'étais accueilli dans les villes comme un prince. Badajoz, Caceres, Tolède, soldats devant, hallebardes sur l'épaule, escorte de cavaliers, lance et fanion en main ; derrière venait Pedro sur une mule blanche, et, tiré par des bœufs, moi dans ma cage, moi que les gens venaient voir.

À la première halte, un enfant me lança une pierre, je sifflai de colère, Pedro se précipita et le plaqua contre les barreaux de ma cage, juste en face de ma tête.

– Petit crétin ! Sais-tu que s'il sort de sa cage, le bada du roi pourrait te dévorer ?

Terrorisé, l'enfant ne bougeait plus. Je tendis mes longues lèvres et je suçai ses joues. Solidement maintenu par mon Pedro, le petit était secoué de sanglots. Puis Pedro le lâcha.

– Va! lui dit-il en lui flanquant un coup de pied au derrière. Et sache que le bada royal ne mange que de l'herbe.

À la deuxième halte, les soldats me protégèrent. Les femmes portaient un mouchoir à leurs lèvres, ou alors un pan de leur fichu. Elles sentaient un mélange d'urine et de foin; parfois l'odeur de leur sang attirait mes narines. Quand je pissais un coup, elles s'écartaient d'un bond et les hommes s'approchaient.

Ceux-là ne connaissaient rien des mystères de mes glands, des pouvoirs de ma corne. Non, ils étaient curieux. Mais lorsque je bandais, ils étaient médusés. Et ça recommençait, le jacassin des hommes. Qu'est-ce qu'il nous fait là? Il a plusieurs bites! On dirait que ça n'en finit pas. Alors, c'est pour ça qu'il est si fameux et tant considéré! Moi, je crois que les rois ont besoin des badas pour leur petite affaire, voilà à quoi ils servent, ces drôles d'animaux.

Il se trouvait toujours un malin pour clamer qu'il était tout aussi membré que moi. Et les femmes se taisaient, riant sous cape.

Lorsque j'avais fini, je relevais ma corne, histoire de leur faire peur. Les hommes reculaient en jurant des «Bon Dieu!», et les femmes revenaient en silence avec leur senteur de foin mouillé d'urine.

C'était divertissant.

Au moment de franchir la sierra, les bœufs ne suffirent plus ; les soldats durent pousser et tirer le chariot. Les fouets claquaient sur le dos des bêtes, les hommes poussaient des ooh, des aaah ! Des cris affreux. Je détestais ce bruit et ces montagnes. L'air se rafraîchit. Pedro me posa sur le dos une couverture qui ne sentait pas bon. Je me couchai et je dormis longtemps, des jours et des nuits pour oublier le grincement des roues du chariot.

Un matin, à l'heure où l'oiseau aurait dû se percher pour ôter la vermine sur mon dos, j'ouvris les yeux sur une mer dorée ondulant au soleil.

– Enfin tu te réveilles, dit Pedro. Il était temps ! Nous sommes dans un champ de blé en Espagne, mon bada.

Il y eut encore des haltes dans les villes et, nouveauté, des hommes en longue robe de dentelle avec manteau brodé, coiffés d'or, gantés d'or, portant à la main une grande perche achevée par un serpent enroulé sur lui-même. Pedro disait :

– L'évêque est venu en chape avec sa crosse. Salue monseigneur l'évêque, mon bada.

Il y eut à nouveau des femmes silencieuses et des hommes jacassants, des enfants pétrifiés, des fillettes insolentes qui me lorgnaient sous la corne. Je mangeais dans le creux de leurs mains.

Il y eut des fontaines où coulait de l'eau fraîche et des pentes caillouteuses sans arbres, sans herbe, sans fleurs. La mule blanche de Pedro mourut d'épuisement. On lui donna un cheval un peu vif qu'il eut du mal à maîtriser.

Mon entrée dans Madrid attira beaucoup de monde ; je demeurai une semaine au milieu d'une place entourée de maisons très hautes et très ornées, car de chaque fenêtre pendait du velours rouge avec des broderies comme dans mon ancienne vie. La fatigue affectait sérieusement l'humeur de mon Pedro ; il ne laissa plus personne m'approcher.

– Pas question qu'on t'abîme si près du but, grognait-il. Tu n'es pas la propriété des Espagnols ! Tu appartiens au roi. Reculez, vous autres ! Écartez les enfants !

Enfin mon chariot roula sur une allée de sable très tendre à ma carcasse. Au loin se dressait une bâtisse d'allure carrée, hérissée de toits pointus.

– L'Hôpital Général, dit Pedro. Nous sommes arrivés.

On nettoya ma cage, mais on ne m'en sortit pas. Chaque jour Pedro lavait mon cuir, chaque jour les gens venaient me voir contre un peu de monnaie qu'ils appelaient un demi-réal et Pedro remerciait en disant :

– Pour les pauvres, monsieur, madame, pour les pauvres.

L'hiver passa ; on me rentra dans une sorte d'écurie où je faillis devenir fou. Je ne voyais pas le ciel ! Je n'avais que Pedro. Puis le printemps venu, enfin, j'eus un étang.

On me fit descendre au fond d'un vaste creux plein d'herbe près d'une mare. J'avais enfin de l'eau et de la boue, et comme, le soir venu, je me roulais dans la vase avec entrain, je vis des yeux verts phosphorescents s'allumer dans la nuit. Des fauves !

– Tout doux ! cria Pedro juché sur la rambarde. Aie pas peur, mon bada. Tu es plus fort qu'eux. Ne va pas les attaquer ! Ce sont les lions du roi.

J'étais privé de sauvagerie depuis tant d'années que j'avais oublié son odeur. Je ne connaissais pas ce genre d'animaux. Les lions ne bougeaient pas, mais les lionnes qui sentaient la viande fraîche vinrent rôder, leur longue queue fouettant parfois mes pattes.

– Ici, tu n'es pas chez toi mais chez nous, disaient-elles. On ne te connaît pas, alors sois poli. Si tu nous laisses en paix, nous aussi.

Dans mon marais natal, personne ne s'effleurait. Mais dans ce creux herbeux privé de liberté, nous étions prisonniers ensemble, les lions, l'éléphante, les flamants roses et moi, les uns déchiquetant le corps des chèvres mortes, les autres picorant des lombrics rouges et nous autres gens de l'herbe, l'éléphante partageant avec moi le goût des feuilles. Et l'été commença.

– Méfie-toi de l'éléphante, dit Pedro. C'est une jeune. Elle est plus grosse que toi et elle a deux défenses. Toi, tu n'as qu'une corne. Il paraît que, parfois, les rois organisent un combat entre un éléphant et un rhinocéros. Il est rare qu'ils survivent. Pourvu que le roi Philippe n'ait pas cette idée !

L'éléphante n'était pas amicale avec moi. Elle bougeait ses oreilles comme étendards au vent et d'une voix d'enfant, me défiait.

– Minable bête à vermine à toute petite corne incapable de courir !

Incapable de courir, moi ? Tu vas voir. Je chargeai, histoire de lui montrer la vitesse de mes pattes, elle leva la
trompe en poussant de grands cris.

– Toi, le gros scarabée, je t'aurai, sale bête pleine de
boue, monstre sorti du marais, je veux ta mort !

Pedro avait raison. L'éléphante était jeune, trop jeune,
et batailleuse.

À la fin de l'automne, on nous fit tous rentrer dans
un enclos couvert. L'éléphante eut sa place, son foin,
sa paille ; j'eus une stalle plus large avec un creux plein
d'eau pour me faire de la boue. Les lions dormirent
beaucoup. Il se mit à faire froid. Pour la première fois,
Pedro porta des gants et une pelisse fourrée.

– Ça recommence, me disait-il en se frappant le dos
pour se réchauffer. Notre roi. Il n'arrête pas de revenir,
tu sais. Sébastien se repent. Il vit en ermite à Penamacor
et quand on va le voir, il donne sur la bataille des détails
si précis que… personne ne pourrait les inventer. Des
gens l'ont reconnu. Et la preuve que c'est bien notre roi,
c'est que deux de ses favoris sont avec lui, oui ! Nous
allons repartir, mon bada…

Au dégel, Pedro m'apporta les premières primevères. Il
n'était pas content. L'ermite de Penamacor venait d'être
condamné aux galères et les deux favoris, pendus.

– On ne meurt pas des galères, ronchonnait Pedro. Il
s'échappera ! Si cela se trouve, on l'a mis à l'abri.

209

Et lorsque vint l'été, le roi Sébastien fit son grand retour. Pedro avait appris par cœur les paroles de l'ermite revenu des galères. « Portugal, Portugal, quel deuil t'environne ! Las ! Moi seul suis la cause de ton accablement. Malheureux Sébastien ! Une vie de pénitence sera-t-elle suffisante pour expier tes fautes ? »

– J'ai des nouvelles fraîches, répétait-il chaque jour. Il a une barbe rousse, l'âge qu'il faut et il lève des troupes ! C'est lui. C'est lui sous le nom de Mathieu Alvares, il a eu bien raison de se déguiser. Il se fera reconnaître, il battra l'Espagnol, et cette fois, oh, cette fois…

Pedro eut le cœur en fête pendant une belle année. Puis l'ermite fut repris. À l'été, Pedro m'annonça en pleurant que Mathieu Alvares avait eu la main tranchée avant d'être pendu.

– L'Espagnol n'a pas de cœur ! sanglotait mon ami. On a coupé mon roi en petits morceaux pour les exposer aux portes de Lisbonne. Et sa tête, bada ! Au pilori, comme celle d'un criminel. Tous ceux qui l'ont suivi sont déjà aux galères. Cette fois, c'est bien fini. Misère de misère, Portugal, Portugal ! Quel deuil t'environne…

En Afrique

Les noces de Sébastien

– Voilà que cela recommence, dit le cheikh. Un deuxième imposteur s'est fait passer pour toi.

– Encore! dit l'infirme. Comment s'appelle-t-il cette fois?

– Mathieu Alvares, mais il est mort, mon fils. Pendu, sa tête au pilori, le corps découpé en morceaux. Il faut que tu agisses.

– Non, murmura l'infirme. Maître, regardez-moi. Croyez-vous que le peuple accepterait un roi manchot, avec un masque de cuir à la place du nez?

– Oui, dit le cheikh. Les signes sur ton corps n'ont pas tous disparu. Tu te feras reconnaître, ils t'aimeront.

– Avec Jasmine? Nous ne sommes pas mariés, maître. Et je ne veux pas la perdre.

Le cheikh resta un instant silencieux. Puis il se leva, prit sa mule et disparut pendant une semaine.

Quand il revint, il avait avec lui deux moines en robe noire, qu'il installa dans la troisième chambre. Puis il alla trouver Jasmine près du puits.

Le lendemain à l'aube, le cheikh réveilla les moines.

– Il faut que je lui parle, dit-il.

– Vous ne lui avez rien dit ? s'étonnèrent les deux hommes.

– Je vais le faire maintenant. Laissez-moi une heure.

Puis il emmena l'infirme en promenade.

C'était inhabituel.

Ils s'assirent à l'ombre du palmier.

– Maître, s'inquiéta le jeune homme. Parlez-moi.

– J'y viens, dit le cheikh. Veux-tu épouser ta princesse ?

Le jeune homme sursauta et voulut se lever, mais le cheikh le retint.

– Il y a là-bas deux moines catholiques, dit-il. Ils sont prêts.

Le jeune homme détacha son masque et pleura.

– Jasmine est musulmane, maître, elle ne peut pas.

– Mon fils, il y a deux possibilités. Ou tu te convertis, ou elle se convertit. Mais toi, tu ne peux pas, car tu es roi.

– Elle n'acceptera pas !

– Elle accepte, dit le cheikh. Je lui ai parlé. Regarde-moi.

Le jeune homme releva la tête. Ses yeux brillaient de larmes.

– Allons, dit le cheikh. Les moines nous attendent.

– Si vite! dit le jeune homme. Je n'ai pas prié Dieu depuis si longtemps...

Les moines étaient prêts. Le plus âgé avait passé son étole et sorti de son sac un calice et une croix dont il posa le support au milieu du banc, entre deux chandeliers. Le plus jeune portait une écuelle remplie d'eau d'une main, et un pot de sel de l'autre. Et Jasmine était là, pieds nus, voilée de blanc, en djellaba couleur de ciel d'orage.

Jasmine releva son voile et reçut le baptême.

Puis le plus vieux des moines unit devant le Dieu des chrétiens le jeune roi infirme et la princesse Jasmine, fille de l'Écorché.

Sa voix ne trembla pas. Celle du roi, un peu.

Il y eut même un banquet. Le cheikh avait égorgé un mouton et les moines avaient apporté un cruchon de vin doux pour les nouveaux époux.

Ils avaient aussi un présent nuptial, un présent d'un prix inestimable. Une guitare enrubannée de bleu.

Le bada va mourir

Madrid, 1584

Je m'habituai aux Espagnols, gens de castes et d'honneur comme dans mon ancienne vie. J'appris à reconnaître leurs orgueilleux brahmanes, et le chapeau qu'ils ne retiraient pas devant leur souverain. Je n'avais plus l'ardente fraternité de mon roi portugais, mais j'avais grandement gagné en hiérarchie.

Un jour, Pedro reçut l'ordre de me laver à grande eau. L'éléphante et moi serions présentés le lendemain à de nobles étrangers. On me sortit de l'enclos de la ménagerie, on me fit monter dans un chariot dont les barreaux étaient ornés de fleurs, et je me retrouvai dans l'enceinte du palais. Qu'il était grand ! Plus grand que le temple de notre dieu Shiva. Où que je tournasse les yeux, je ne voyais que hauts murs. Pas un morceau de ciel.

Et du silence.

Inquiet, je grattai le plancher de ma cage avec mes ongles.

– Calme, mon bada, dit Pedro. Ils vont arriver. Ce sont

des... Je ne sais pas comme on dit, yabouni, yabona, quelque chose comme cela. Il paraît que ce sont des chrétiens à peau jaune.

Je reniflai leur odeur et j'entendis leurs pas. Ils sentaient la peau propre et le miel d'orchidée, ils marchaient sans faire crisser le gravier. Le roi Philippe posa sur l'un de mes barreaux sa longue main osseuse.

— Messieurs les délégués, voici notre rhinocéros qui vient de nos Indes orientales.

Je vis ces hommes ployer le dos tous ensemble et se relever pour m'observer de plus près. Leur peau était d'une blancheur de chandelle et leurs yeux, bridés comme ceux des Tibétains que j'avais connus dans ma vie de brahmane. Noirs ! Noirs et brillants. Ils portaient des manteaux rayés avec une grande ceinture et un sabre courbe comme celui des rajahs. Même leur coiffure me rappelait mon pays. Le haut du crâne rasé. De longs cheveux bien tirés vers l'arrière et roulés en chignon retenu par un peigne. Si proches et si lointains.

— Nous n'avons pas de ces animaux au Japon, dit l'un d'eux d'une voix aux accents de cailloux. C'est un vrai samouraï !

— Comment dites-vous ?

— Majesté, un samouraï est un guerrier qui engage ses armes et son honneur auprès d'un suzerain, dit l'homme à peau de chandelle. Votre animal possède une armure et une arme.

— Je le croyais créature du diable, murmura Philippe. Voilà pourquoi mon pauvre neveu s'en était entiché.

215

Je ne revis jamais le roi Philippe.

Le soleil avait chauffé mon dos plaisamment quand je vis arriver, à la tombée du jour, deux demoiselles au visage rond, en jupons et corselet. Elles avaient sagement relevé leurs cheveux blonds et ne portaient pas de collerette au cou. Leurs seins étaient petits et leurs mains étaient fines.

– Les infantes, murmura Pedro. Sans leurs duègnes ! Elles se seront échappées, attention ! Pas de bêtises.

L'une avait le regard bleu et le visage fermé, mais l'autre, ah, l'autre ! Elle avait les yeux noirs. Si gracieuse ! Je ne pus me retenir et Pedro s'agita.

– Qu'a-t-il ? demanda la blonde à l'œil noir. Est-il malade ?

– En quelque sorte, Altesse. Peut-être il vaudrait mieux que vous vous éloigniez, ne croyez-vous pas ?

Mais les infantes voulaient me voir éclore et comme les paysannes sur les routes d'Espagne, elles aussi se taisaient, émues et troublées. Comme j'aurais voulu retrouver ma peau d'homme !

– Altesses, il faut partir, supplia Pedro. Si l'on sait que vous êtes venues ici sans vos duègnes, je serai puni.

– Toi ? Mais tu ne comptes pas ! dit la blonde aux yeux bleus.

– Isabelle, c'est fini, le bada s'est replié. Viens !

– Non ! dit l'œil bleu, buté. Je veux voir l'éléphante.

216

– Il est trop tard, rentrons, dit l'œil noir. Et puis cette éléphante n'a aucun intérêt.

Elles se disputèrent encore un peu, puis l'œil noir l'emporta et les infantes s'en furent dans la nuit.

Le lendemain, l'éléphante m'attaqua.

Elle manquait d'expérience et j'enfonçai ma corne dans son ventre. Elle poussa de longs barrissements, m'appela au secours quand ses entrailles sortirent et mourut en deux jours.

On m'enferma dans une cage à l'écart. Tout pâle, Pedro avait son air de catastrophe.

– Le roi a décidé qu'on couperait ta corne, dit-il en caressant mon front. Ils disent que tu es devenu dangereux.

Ma corne fut sciée.

On m'avait ligoté, mais je ne résistai pas.

Ma vie de rhinocéros allait bientôt finir. Il était grand temps de retrouver la voie de ma nouvelle vie. Libre de ce corps armé !

Et Pedro sanglotait.

– Tout ça, c'est du prétexte ! Le roi est juste un homme. Il ne veut pas te punir ! Il veut de l'aphrodisiaque. On dit qu'il veut se remarier pour la cinquième fois et comme il est trop vieux, alors ! Il veut ta corne. Pauvre bada.

Je perdis l'équilibre, je trébuchai souvent. Un jour que je chargeai pour me désennuyer, je reçus un éclat de bois qui me creva un œil. Je demeurai stupide, immobile, sans joie. Voyant que j'étais calme, on vint souvent me voir. Et je revis le grand gaillard allemand qui voulait m'acheter à Lisbonne, pour son empereur.

Il avait avec lui un homme à moustache qui portait un trépied et une boîte sous le bras.

– C'est pour faire ton portrait, dit Pedro. Tu as de la chance, bada! Même la corne tranchée, on t'admire, c'est bien.

– Le bada a changé, dit le gaillard allemand.

– Ah, monseigneur, il a perdu un œil à cause d'une écharde et cela le fait souffrir. Restez bien en arrière, ce sera plus prudent. C'est qu'il peut s'énerver quand on ne lui plaît pas...

L'homme au trépied sortit ses fusains, dessina et je restai tranquille. Puis il prit des cailloux poudreux qu'il broya avant de les mélanger avec d'étranges liqueurs qui sentaient comme de l'huile, une mauvaise odeur acide et puissante. Il demeura longtemps, appliquant des pinceaux sur un panneau de bois. Derrière lui, Pedro commentait.

– Voilà que tu es gris, mon bada. Ah! Ta petite queue. Il n'y a pas à dire, c'est ressemblant. Et le bas de la corne? N'oubliez pas sa corne, monsieur!

L'homme au trépied lui demanda de se taire et Pedro se tint coi. Lorsque ce fut fini, l'homme appela un valet qui l'aida à me présenter mon portrait.

Là-dessus, une jeune servante portant un panier de linge s'approcha, curieuse.

Je n'y voyais plus guère, mais je sais ce que je vis sur le bois où était mon portrait.

J'étais une bête borgne, l'œil triste, la corne mutilée.

Tant de monde inconnu pour voir mon malheur! Je détestai la femme qui fit la moue, le laquais dont les mains tremblaient, le peintre qui m'avait fait tel que j'étais. Fini.

Et je sifflai.

– Attention! dit Pedro. Vite, reculez, vous tous!

Je chargeai sans ma corne, de toute ma masse, et j'écrasai le monde sous mon poids.

– Bada, non, arrête! hurlait Pedro.

Le valet et la femme moururent sur le coup, et le peintre eut le dos brisé. Je connaissais la suite.

Pedro obtint de m'abattre lui-même et passa ma dernière nuit couché à mes côtés. Il me dit des mots tendres, des adieux murmurés, je léchai son visage et ses mains.

Quand mon corps de bada s'apprêta à mourir, j'en conçus de l'espoir. Où irais-je renaître?

À l'aube, Pedro sortit un pistolet et le pointa sur l'arrière de ma tête.

L'heure est venue, mon bon compagnon. N'hésite pas, tire! Tu me délivreras.

– Adieu, mon bada! cria Pedro.

La détonation dévasta mes oreilles.

Il n'y eut pas d'ouragan; à peine un léger pet.

Mais je ne m'échappai pas. Maudit jusqu'aux atomes.

Emprisonné, j'étais. Chacune des parcelles de mon corps de bada gardait un peu de mon esprit.

J'étais mort et entier quand Pedro me veilla, essuyant le sang qui coulait sur mes yeux. Puis on m'écorcha.

Ma peau était lucide, mes chairs étaient lucides, les ongles de mes pattes gardaient de la conscience et j'étais insensible, dispersé en esprit et en corps.

On jeta ma chair aux lions, coupée en gros morceaux, et je suivis le chemin de leurs crocs jusqu'aux ventres qui m'expulsèrent enfin. Je devins excrément de lion.

On me décharna avec un couteau, on ôta de ma carcasse les nerfs et le sang, on trancha mes tendons que les mouches attaquaient. Leurs pattes me chatouillaient, leurs trompes me suçaient, m'aspiraient dans le cosmos, j'avais une nouvelle vie piquetée animale.

On nettoya mes os, on les lava, on sécha au soleil, et on remit le tout dans un coffre. Mes os privés de clarté murmuraient entre eux, cherchant à se réunir.

On voulut me tanner. Je fus trempé trois semaines dans les cendres, gratté, dégraissé, rincé au vinaigre, imprégné de cervelle de bœuf et de savon, graissé au suif. Le sel me fit du mal et le vinaigre me piqua, mais c'était préférable à la profanation que ma peau dut subir avec le jus du bœuf. Moi! Moi le pur, frotté avec de la graisse interdite de notre mère la Vache!

Et quand ce fut fini, on me déplia. Il fallut quatre personnes pour me tenir debout, un valet par patte, et Pedro pour la tête. Je flottais dans les airs, et j'étais enfin propre. Je me sentais léger.

– On te reconnaît bien, mon bada, dit Pedro. C'est toi moins la corne.

Mais lorsqu'il dit ce mot, « la corne », la tempête se leva. Un vent tourbillonnant emporta mon esprit vers mon reste de corne.

J'étais enfermé dans un sac.

– Parfait, dit la voix du gaillard allemand. Repliez la dépouille, placez-la sur les os, juste à côté du sac. Faites attention, la corne est là-dedans.

– Tu vas encore partir, mon bada, dit Pedro. À Prague, chez l'empereur Rodolphe.

– Vous lui parlez encore !

– Pour moi, il n'est pas mort, dit Pedro. Le bada est comme le roi Sébastien. Il ne mourra jamais.

– Soyez prudent, dit l'Allemand. Savez-vous ce qu'on fait chez vous à ceux qui croient que votre défunt roi reviendra ?

– Oui, dit Pedro. On les met en prison ou bien on les pend. Mais cela ne fait rien, le roi ne mourra jamais. Voyez notre bada. Est-ce qu'il n'est pas encore un petit peu vivant ? Si je pouvais le suivre...

– *Sehr gut,* dit la voix. Suivez-le. Vous prendrez soin de lui, c'est une chose entendue. Du suif sur la peau, de la cire sur la corne. Tous les jours, camarade. Jamais d'exposition au soleil, jamais d'eau. Laissez les os tranquilles, ils sont propres. Mon empereur a pour votre bada les plus grands projets.

221

Ma peau fut pliée et rangée. Les excréments de lion nourrirent les scarabées. Je n'étais qu'un esprit logé dans une corne. Je ne jouirais plus que par procuration, exercice où j'excellais jadis, dans ma vie d'homme. J'étais enfin ascète et parfaitement pur.

Une mouche demeura sur ma peau dans le coffre et y pondit ses œufs. Au travail au travail et la trompe pompait. Elle me tint compagnie et puis elle rendit l'âme, mais je ne restai pas seul. Des vers sortirent des œufs.

En Afrique

Un tout petit Empire

Dès qu'elle l'aperçut, Jasmine courut vers lui et le serra dans ses bras, si fort qu'il faillit tomber.

Il allait se fâcher, mais il la vit si belle, les joues rouges, les yeux si brillants qu'il comprit aussitôt.

– Est-ce vrai cette fois? demanda-t-il. Pour de bon?

– Pour de bon, dit-elle avec un grand sourire. C'est pour le mois d'août.

Était-ce cela, le bonheur? La tête d'une femme posée sur sa poitrine, les lèvres d'une femme annonçant une naissance, une maison dans la plaine, un maître musulman, un royaume minuscule au milieu de nulle part, pouvait-il être heureux sans nez, un bras en moins?

La réponse était oui. Pour connaître le bonheur, il fallait se briser. Songeant à son sexe indocile, à ses écoulements d'autrefois, il éclata de rire.

– Tu trouves que c'est drôle! s'indigna Jasmine.

– Il naîtra le 4 août, dit-il, reprenant son sérieux. La date de la bataille où je suis né à la vie.

Deuxième partie

L'ALCHIMISTE

Rodolphe de Habsbourg

Au cœur des guerres de Dieu

Fils aîné de Maximilien II, empereur élu du Saint-Empire romain germanique, roi de Bohême et de Hongrie, Rodolphe avait passé son adolescence à Madrid avec son frère Ernest sur injonction de sa mère, l'impératrice Marie, fille de Charles Quint.

L'impératrice Marie. Vraie princesse d'Espagne, elle n'approuvait pas son impérial époux, réputé pour son charme et son intelligence, ce bel homme qui l'avait épousée avec indifférence et qui l'avait engrossée seize fois. Non, elle ne l'approuvait pas. Maximilien avait l'esprit ouvert. Tendre aux hérétiques, prêt à la paix religieuse par souci d'unité de ses peuples.

Ses peuples ! Mais ses peuples étaient seulement les sujets de l'Empire et trop de sang avait déjà coulé sur les terres de Bohême.

Par la faute de l'université. Maudite cité de Prague. Riche de ses mines d'argent, elle avait fondé son université et s'était affranchie de l'autorité naturelle de

227

l'Église. Et il avait fallu qu'un professeur, un prêtre tchèque, s'entiche de l'hérésie !

– Pourquoi parler de Jan Huss, madame ? soupirait Maximilien, son magnifique époux. Voilà plus d'un siècle qu'il a disparu.

Au quinzième siècle, les idées voyageaient en Europe comme l'argent des banquiers d'Allemagne. Celles de John Wycliff l'anglais avaient semé leurs graines détestables dans l'esprit de Jérôme de Prague, un perturbateur allant d'université en université. Jérôme de Prague était l'ami de Jan Huss, professeur à l'université Charles, et voilà comment les troubles commencèrent.

Maudites idées ! Selon ces professeurs, l'Église n'était plus soumise à Rome. La Sainte Église n'était plus que l'assemblée des chrétiens en état de grâce, et la grâce ! Elle dépendait de l'autorité de Dieu, disaient-ils. De lui seul. Pas du clergé. Chacun pouvait recevoir la grâce sans l'entremise d'un prêtre.

– Mais les prêtres avaient beaucoup fauté, répondait Maximilien. Tout le monde le sait. Ne faites pas la naïve, madame.

Un concile s'était réuni à Constance en 1414. Convoqué, Jan Huss s'était présenté devant ses juges avec une imprudente sincérité. Mis au cachot, répondant inébranlablement que Dieu et sa conscience étaient ses seuls témoins, il avait été jugé hérétique. Expulsé de l'Église, Jan Huss était mort sur le bûcher, mais son âme flambait toujours en Bohême.

Ses disciples, les hussites, avaient condensé les idées hérétiques en quatre articles insolemment appelés les articles de Prague.

D'abord, la communion; ils la voulaient pour tous sous les deux espèces, le pain et le vin. Le calice n'était plus réservé à l'officiant, non, tous les chrétiens pouvaient boire le sang du Christ. Impudence, impudence.

Ensuite, tout péché devait être puni sans égard pour le rang de la personne; désormais, les rois n'auraient plus de pouvoir divin. L'impératrice Marie haïssait cette idée, mais Maximilien laissa faire.

Le troisième article était lourd de désordres : confiscation des biens de l'Église.

Et le dernier article était le pire de tous. En affirmant la liberté de croyance, le dernier des quatre articles de Prague dévastait l'Église apostolique et romaine. La fin du monde.

– La fin du monde, n'est-ce pas un peu trop fort ? souriait l'empereur Maximilien. D'ailleurs, c'est une affaire en voie de règlement.

Ce qui n'était pas vrai. Les hussites s'étaient divisés en deux factions. Les utraquistes se contentaient d'en tenir pour la communion sous les deux espèces, mais les taborites voulaient s'affranchir des pouvoirs. Quels pouvoirs ? Tous !

« En ces temps, il n'y aura sur terre ni roi, ni seigneur, ni sujet, et toutes les redevances et impôts seront abolis, aucun n'obligera un autre à faire quelque chose, car tous seront égaux, frères et sœurs », proclamaient sans honte ces insensés.

Les utraquistes étaient des nobles et des bourgeois, mais les taborites étaient des paysans, des rustres tout juste capables de se battre avec des chariots plein de piques et de rocs, assemblés en carrés. Comment s'appelait-il déjà, le chef qui leur apprit ces manières éhontées ?

– Jan le Borgne, répondait l'empereur Maximilien. Il faut apprendre à respecter les paysans, madame. Jan le Borgne était un courageux qui tint tête cinq ans aux armées impériales. Avec son Wagenburg...

– Ah oui, le Wagenburg, répétait l'impératrice Marie. J'avais oublié le nom de cet engin. Mais c'est fini, n'est-ce pas ?

– Vous savez bien que non. Nous en avons fini avec les taborites, mais les utraquistes sont encore très puissants. N'oubliez pas que la paix d'Augsbourg ne s'applique pas au royaume de Bohême ! Votre oncle Ferdinand, frère de feu l'empereur Charles, a bien signé le compromis souhaité. Les sujets d'un État doivent suivre la religion de leurs princes, c'est vrai, mais seulement si ces princes sont catholiques ou luthériens. Tel n'est pas le cas de la Bohême. Nous avons chez nous toutes sortes d'Églises, utraquistes, frères moraves, nous devons composer.

L'impératrice Marie n'approuvait pas non plus le compromis d'Augsbourg. Charles Quint avait passé sa vie à combattre la Réforme et voici que son frère puis son gendre avaient baissé les bras !

– Madame, je respecte la mémoire de feu l'empereur votre père, même lorsqu'il laissa saccager Rome, la Ville sainte. Si, madame! Vous savez que je dis vrai. Maintenant, pour placer notre fils à la tête de l'Empire, j'ai approuvé la confession tchèque et je suis fatigué de ces guerres civiles. Ils ont la liberté religieuse, je n'y reviendrai plus. Nous sommes tolérants parce qu'ils nous tolèrent, songez-y bien.

– Pourtant, il faudra bien les exterminer tous, disait l'impératrice, fille de Charles Quint. Le roi Philippe mon frère y pourvoira.

Voilà pourquoi ses deux premiers fils, Rodolphe et Ernest de Habsbourg, étaient partis recevoir à la Cour de Madrid une bonne éducation. Les suivants, Matthias, Maximilien, Albert et Wenceslas, attendraient leur tour.

C'est en Espagne que les fils aînés de Marie comprendraient la force de l'engagement dans la foi catholique, les moyens de la faire respecter en suivant l'exemple de leur oncle, et sa fermeté d'âme impitoyable. À la Réforme, il fallait opposer une Contre-Réforme exaltant la grandeur de la foi véritable.

Donc, Rodolphe et Ernest avaient reçu un enseignement religieux solide, dispensé par le roi d'Espagne en personne. Philippe passait chaque jour une demi-heure avec les jeunes gens, sans menaces ni punitions, mais avec une inflexible persuasion.

Les jeunes princes avaient également un précepteur,

et l'intendant de la Cour se chargeait de les former aux divertissements de leur rang, danses, tournois, équitation, jeux de balle, chasses.

Ils devinrent de parfaits gentilshommes espagnols avec de la tenue, de l'élégance, de la rigueur. Ne jamais sourire en public, toujours respecter son rang, ne pas se mêler à la populace comme le faisait trop souvent leur cousin Sébastien, qui ne dédaignait pas de boire à la régalade avec les paysans de son royaume.

En 1571, les jeunes princes d'Autriche avaient quitté Madrid pour Vienne dans un état d'excitation mêlée d'espoir, mais la résidence impériale était d'une tristesse infinie, la ville était sale, les rues étroites, la population déconcertante.

Les Viennois aimaient la familiarité, la bonne humeur, un sourire sur les lèvres et qu'on sache s'amuser. Mais les princes n'avaient pas appris ces manières à Madrid et les Viennois les jugèrent arrogants.

Pas de laisser-aller. Trop polis. C'étaient des Espagnols et on les détesta.

Leur père s'en aperçut et voulut leur apprendre comment se faire aimer des Viennois, mais Rodolphe, son futur successeur, était si timide qu'il ne parlait presque pas.

On le disait couard; il n'était que craintif, effrayé à l'idée de prononcer une phrase, un mot qui déplairaient. Il avait de bons yeux pleins de douceur pour qui faisait l'effort de s'en apercevoir. Il observait son père.

En 1575, l'empereur Maximilien parvint à faire élire son fils Rodolphe au trône de Bohême et de Hongrie, malgré l'air espagnol qu'il ne pouvait masquer.

Un an plus tard, Maximilien mourut et Rodolphe fut élu empereur.

Il quitta Vienne pour Prague, où il vécut souvent avant d'y transférer la résidence impériale en 1586. À Prague, il était seul et il se sentait libre.

Loin de sa mère l'impératrice Marie, qui fourre son long nez dans les affaires de l'État, lui reproche sans cesse d'être un chrétien médiocre et de ne pas chasser la Réforme assez vite.

Loin de son frère Matthias qui lui désobéit et s'en va quémander dans la ville d'Anvers le poste de gouverneur général avant de s'en faire chasser honteusement, couvert de dettes.

Loin de son jeune frère Maximilien qui rêve de devenir roi de Pologne.

Rodolphe veut la paix entre tous les chrétiens. Qu'ils cessent de s'entre-tuer ! Papistes, utraquistes, luthériens, calvinistes, il ne choisira pas. Son ennemi, c'est le Turc. Ses amis, les artistes. Ses alliés, les savants.

Il a une grande idée, faire le portrait du monde.

Avoir dans ses coffres une tige de chaque herbe, une aile par papillon, une antenne par insecte, des coquillages venus de tous les océans, des mandragores, des coraux en forme de crucifix, des crânes anonymes ou illustres, et des monstres admirables comme la famille velue dont son oncle Ferdinand, comte du Tyrol, conserve les portraits dans son château d'Ambras.

Son oncle du Tyrol ne se satisfait pas de rubis, de diamants ou de montres précieuses, signes ostentatoires de richesse tape-à-l'œil. Non. Son oncle a au cœur le désir d'absolu.

Ferdinand du Tyrol a conclu un mariage secret. Il a refusé l'héritage, et tout sacrifié à son amour pour Philippine Welser, fille d'un simple commerçant d'Augsbourg, qu'il a épousée clandestinement.

Comme il a eu raison! Voilà bien une femme pour remplir des bras d'homme, limpide comme une pucelle et savante comme un moine, capable de composer un herbier et des livres de recettes, belle et pure comme un matin d'hiver. Les Habsbourg s'étaient scandalisés, mais Rodolphe a retenu la leçon. Les roturières savent aimer.

Le comte son époux collectionne pour elle, leur vie semble parfaite et leurs esprits mêlés. C'est le rêve de Rodolphe.

Et aucun de ces mariages dont la Maison d'Autriche a fait sa loi. *Tu, felix Austria, nube.* Toi, heureuse Autriche, marie-toi, épouse! Avec des alliances, on évitait les guerres, mais la vie était triste.

Rodolphe a sans mot dire accepté des fiançailles avec l'infante Isabelle, sa cousine d'Espagne, une fillette qu'il ne pourra épouser avant de longues années. Il a dit oui, mais il gagne du temps. Il n'est pas pressé de conclure.

Rodolphe a trouvé l'amour d'une roturière. Il ne l'épousera pas non plus.

Rodolphe collectionne.

Il possède un bestiaire pour les animaux morts qu'il reconstitue et qu'ensuite ses artistes reproduisent.

Le plus illustre est milanais. Invité par l'empereur Maximilien, Giuseppe Arcimboldo a été le portraitiste officiel de la Cour d'Autriche – Rodolphe conserve précieusement le portrait de famille le représentant, gamin, tenant un casque à plumets noirs aux côtés de son père bien-aimé et de sa terrible mère, double menton revêche, nattes rousses au-dessus des oreilles.

Arcimboldo savait tout dessiner, costumes, arcs de triomphe, fontaines, bijoux, armures. Arcimboldo a inventé des figures tout en fleurs, tout en fruits, en oiseaux, en bois sec, en gibier, fabriquant une barbe avec une queue de poisson, une épaule avec une gueule de lion, une chevelure avec les feuilles d'un livre ouvert.

Mais le peintre officiel vieillit à vue d'œil et il veut repartir à Milan chez les siens.

– Non, Giuseppe, dit Rodolphe. Tu dois d'abord faire mon portrait. Et j'attends la dépouille de mon rhinocéros, tu le peindras aussi.

– Majesté, mon petit, regardez-moi. Je suis fatigué. Vous me connaissez depuis si longtemps que vous ne m'avez pas vu vieillir.

– Non ! crie l'empereur en balayant la table. Je refuse. Tu n'es pas vieux, voyons ! Maudit Giuseppe, je ne sais pas ce qui me retient...

– Ne va pas te mettre en colère, monseigneur! Feu ton père n'aimait pas cela chez toi. Je te laisse ce dessin, tu y réfléchiras.

Arcimboldo parti, Rodolphe prend le dessin. C'est un autoportrait de Giuseppe. Des yeux clairs, une barbe blanche, un front qui se ride, une tristesse à mourir, une gravité qu'il ne connaît pas. Est-ce vraiment Giuseppe, ce visage creusé? Déjà?

Le cortège du bada arriva le lendemain.

En Afrique

Apparition des djinns

Le cheikh tomba malade. Les poumons étaient pris.

– Il faut éloigner la petite, dit-il entre deux quintes de toux. Faites-la dormir sous la tente, avec vous.

– Non ! dit l'infirme. Je vais vous soigner. Jasmine, va dresser la tente.

Jasmine prit dans ses bras la petite qui dormait et l'approcha de son père.

– Embrasse ton infante, dit-elle. N'aie pas peur, je veillerai sur elle.

L'infirme posa un baiser sur la tête de Mariame et les accompagna jusqu'à la porte.

Puis il prépara la tisane. Si le cheikh se refusait à le laisser voir ce qu'il faisait de la poule en lui tranchant le cou, il lui avait appris l'art des remèdes. Pour la toux, miel dilué dans l'eau chaude avec du gingembre écrasé et le jus d'un citron.

L'infirme s'assit au chevet de son maître et attendit.

La nuit fut difficile. Le cheikh respirait mal, toussait à

fendre l'âme, ses pommettes étaient rouges de fièvre. Le jeune homme bassina ses tempes, le fit boire beaucoup, lui releva la tête, l'obligea à cracher. Au matin, le cheikh était pâle, et la fièvre tombée.

– Vous allez mieux, maître, dit le jeune homme.

– Peut-être, dit le cheikh. Si je devais mourir, je veux que tu me fasses une promesse. Tu as une héritière, tu dois aller là-bas. Fais-toi reconnaître et abdique. Mariame sera reine.

– Quel entêté vous faites, dit le jeune homme. Pourquoi ?

– Le Seigneur ne t'a pas sauvé pour rester au désert, murmura le cheikh. Il veut que tu sois le roi de la paix, mon fils. Il veut…

Une violente quinte de toux lui coupa la parole.

– Vous feriez mieux de dormir, dit le jeune homme, inquiet.

Le cheikh ne mourut pas.

L'infirme ne savait rien sur le passé du cheikh. Mais sorti du danger, il se livra un peu. Né sur le fleuve Niger à Gao, dans l'Empire songhaï, sous le règne d'Askia Daoud Ier, il était le dernier fils de la deuxième épouse d'un père bozo, un peuple de pêcheurs. Très jeune, il avait été pris de crises si violentes qu'on l'avait déclaré possédé. Prisonnière d'une vengeance familiale, son âme ne voulait pas demeurer chez les vivants.

Les cérémonies pour le délivrer avaient arrêté les crises de convulsions, mais elles avaient déterminé sa vocation. Au loin, et guérisseur. Il demeurait fragile. Ses djinns n'avaient pas disparu. En guérissant les autres, il les apprivoisait, mais les djinns avaient régulièrement besoin de chair souffrante et les crises revenaient parfois sous d'autres formes. Attaques, suffocations, auxquelles il résistait.

Une fois rétabli, il partit pour la ville et revint avec un grand sac de vêtements.

Le Château

De loin, le Château émergeait à peine du brouillard. Le comte Khevenhüller n'avait pas revu Prague depuis presque cinq ans. Noyée dans les brumes, l'énorme citadelle paraissait inchangée. Pendant que le cortège avançait lentement à travers les sentiers, les mules chargées de coffres gravissant la colline, Khevenhüller s'émut d'entendre les premiers oiseaux, le son feutré des cloches, les gronderies des femmes, le rugissement du tigre dans sa cage. La brume se dissipait par endroits, laissant voir de nouvelles constructions gigantesques sur le flanc de la vieille citadelle. D'autres formes apparurent, quadrillées par des échafaudages montant à l'assaut des nuages. L'empereur bâtissait un château moderne sur le bord de l'ancien. Il n'avait rien détruit ; non, il couvrait sa colline d'ailes neuves, de jardins, de parcs et d'enclos.

Comment serait Rodolphe ? Enthousiaste ou triste ? On ne savait jamais d'avance comment serait l'empereur. Hans l'avait vu excité et joyeux, plein d'entrain pendant de longues semaines, et puis, d'un jour à l'autre, il tombait en détresse. Ne mangeait plus. Ne sortait plus de son lit. Les traits figés, pesants, l'œil privé de vie. Cela durait des mois. Soudain, sans prévenir, l'empereur renaissait, actif, entreprenant, d'une folle gaieté, prêt à manger du Turc.

Les médecins évoquaient la mélancolie.

Le meilleur d'entre eux, un protestant, l'avait guéri une fois dans sa jeunesse. Rodolphe respectait et aimait Crato von Crafftheim, cet homme digne à qui l'impératrice sa mère avait barré l'accès à la chambre de Maximilien mourant, ce savant qui aurait guéri son père bien-aimé et qu'elle avait chassé à cause de son hérésie.

C'était l'une des raisons qui avaient fait de Rodolphe un empereur respectant la religion des autres.

Le printemps n'était pas sa plus mauvaise saison. Hans avait de l'espoir. La brume se dissipa, éclairant les toits verts. Le cortège n'était plus qu'à cent mètres des portes. Le bada était en bon état, rangé dans deux coffres, peau, ossements et corne. Mission accomplie.

Hans voulut se présenter devant son empereur sans changer de costume. Outre qu'il apportait la dépouille du bada, l'ambassadeur crotté voulait communiquer des informations en urgence.

Premièrement, que la reine d'Écosse restait emprisonnée par la reine d'Angleterre, en attente de procès pour conspiration.

Deuxièmement, que Francis Drake, le fidèle corsaire

de Sa Majesté vierge la reine Élisabeth, harcelait les navires de son oncle d'Espagne.

Troisièmement, et c'était là l'épine, que le roi Philippe II envisageait d'envahir l'Angleterre avec une flotte immense pour sortir la reine catholique des griffes de la reine hérétique.

Faust couronné

Rodolphe était dans l'un de ses bons jours. Il le reçut en tenue de travail, une longue blouse fourrée, avec des gants marqués par des brûlures, le front protégé par une visière en cuir. Enjoué, l'œil vif et sans mélancolie.

Rodolphe avait grossi, il s'était empâté. La terrible galoche de la famille Habsbourg semblait happer le vide. Le blanc de l'œil avait viré au jaune et la peau de ses joues était couperosée. « Il est foutu, songea Khevenhüller, c'est la bile. Oh, Rodolphe, tu es mort. »

– Entre, mon bon, dit Rodolphe joyeusement. Tel que tu me vois, je suis sur la voie de la belle fabrique.

– De l'or, Majesté ?

– Je me soucie bien de l'or ! Non, je taille des diamants pour comprendre leur éclat. Alors, Hans, est-il là ?

– Intact et dans ces coffres. Ici, les ossements. Là, la peau et la corne.

– La corne d'abord !

Hans fit ouvrir le coffre et dévoila la corne. L'empereur s'en empara et la fit pivoter.

– T'ai-je assez attendu, toi le plus rare au monde ! Voici que je t'ai dans la main. Mais la corne est trop courte, Hans.

– On a dû la trancher. Je t'ai envoyé une lettre à ce sujet, je l'ai encore en tête. « Comme il devient féroce, et bien qu'ils lui aient coupé la corne qu'il porte sur l'os, il n'arrête pas de donner des coups et de maltraiter les gens. » Il a tué deux personnes !

– Ah oui, je m'en souviens, bougonna l'empereur.

– Et je t'ai envoyé son portrait avant qu'on ne l'abatte.

– Un rhinocéros coupable de férocité, dit Rodolphe, assombri. Absurde ! Il est de la nature de l'animal d'être féroce. Je n'aurai que sa corne, mais la matière est belle. J'en ferai une coupe.

– Un bon contrepoison, dit Hans. Et pas seulement ! La corne du bada est très appréciée pour la virilité et d'ailleurs…

– Tu ne devrais pas croire à ces sornettes, coupa Rodolphe. Ce sont des superstitions d'un autre temps. La corne n'aide pas la verge et ne fait rien au poison. C'est le bézoard qui compte ! Il est plein de substances mystérieuses. Oui, j'y incrusterai sans doute un de mes bézoards. N'empêche, la corne est courte. Compare avec l'autre ! Regarde.

La salle était voûtée, petite, encombrée. Le long des murs et par rangées entières, les tableaux s'entassaient à côté des ramures de cerfs, d'élans, de rennes. Sur trois tables s'étalaient des objets inconnus, du poil, de l'ivoire, de la plume.

– Regarder où ? demanda Hans déconcerté. Il y en a partout.

Rodolphe enleva sa visière et éclata de rire.

– Mon pauvre Hans, il y a trop longtemps que tu n'es venu ici. Là. Sur cette table.

L'objet était pointu, interminable, cerclé d'or, de rubis et de perles. Très noir, acéré. On aurait dit une arme.

– C'est pourtant toi qui me l'as envoyée de la part de ma mère ! Une corne de rhinocéros d'Afrique, mon bon. Quatre fois plus longue que celle de ton bada !

– Mais il n'y a pas de bada en Afrique, Majesté. L'impératrice disait que c'était une corne de licorne…

– L'impératrice ma mère n'y connaît rien, coupa l'empereur. Il existe des rhinocéros en Afrique. Et la corne de licorne n'est pas noire, mais jaune, striée, longue comme mes bras tendus. La seule que l'on connaisse, tu sais où elle est ! Ose dire que tu ne sais pas.

Hans le savait par cœur.

Les trésors des Habsbourg, symboles de leur puissance, étaient au nombre de deux. Le Graal, coupe d'agate d'un seul bloc, verte comme l'algue, striée du sang du Christ. Et une corne de licorne marine pure comme l'océan à son premier matin.

Par testament, l'empereur Maximilien les avait légués à l'aîné des Habsbourg et ce n'était pas Rodolphe. C'était son vieil oncle Ferdinand du Tyrol. Il avait proposé de les prêter à Rodolphe, mais les objets magiques ne protégeaient que leurs propriétaires.

Rodolphe avait refusé. Il préférait attendre l'héritage du vieil oncle.

– Je ne l'ai pas et je n'ai pas le Graal, mais j'ai le reste, dit Rodolphe. Je vais te montrer.

Et prenant son ami par le bras, il l'entraîna vers une table couverte d'un tapis vert.

– Mes trésors les plus chers, je les montre aux esprits éclairés. Es-tu un esprit éclairé ? Tu as beaucoup œuvré, maintenant il faut comprendre. Vois-tu cette petite flèche en pierre ? C'est une dent de vipère de Malte – le serpent ! Essentiel, le serpent. Le serpent, c'est le Turc. Ici, deux crocs de loup, mon ennemi saturnien. Et là, le croc du lion – le lion solaire, c'est moi. Ah ! Voici ma petite femme, ma mandragore femelle avec ses longs cheveux. N'est-ce pas qu'elle est gentille ? Il me manque une chose. Une seule.

– Un morceau de la croix du Christ ? dit Hans avec espoir.

– Une fausse relique ? dit Rodolphe. Tu veux rire. Non, il me manque une griffe de léopard. Pour le signe de Mars, comprends-tu ? Il faut que tu comprennes !

Le soleil, les planètes, la mandragore, Saturne... Un attirail païen. Hans comprit subitement et rougit.

– Je suis un bon chrétien, dit-il en plantant son regard dans celui de son empereur. Je ne vais pas au-delà. Avec la mandragore, vous faites de la magie. Je n'aime pas trop cela. Que vous vous protégiez du poison avec un bézoard, ce n'est pas de la magie, c'est de la bonne médecine. Mais une mandragore femme ! Ce sont des diableries.

Il s'épongea le front. Son ami le fixait avec sérénité.

– Non pas diableries, mais science et connaissance, dit gravement Rodolphe. Je veux connaître le monde.

– Tu n'es pas un savant !

– Je les rassemblerai. Je deviendrai comme eux. Sais-tu que j'étudie ? C'est le sens de ma vie. L'empereur élu du Saint-Empire, garant de la religion romaine universelle, a le devoir d'être aussi le garant de toute la Création. Suis-moi et apprends.

Hans suivit son empereur. Sur les tables se dressaient des statues de bronze, d'ivoire, d'argent et de corail, des ramures, andouillers, œufs d'autruche montés sur pied d'or, noix de coco gigantesque montée en aiguière, une patte d'épervier à douze serres, des poissons aux pattes palmées, des hures de sanglier aux défenses emmêlées, des scarabées géants.

– Là, que vois-tu ? dit Rodolphe en soulevant un bocal de verre contenant un léger squelette.

– Un merle.

– Un merle avec des dents ?

Hans regarda de plus près. Le bec portait des dents, le dos avait des ailes et il n'y avait que deux pattes avec ongles rétractiles. Un chat avec des ailes ? Un chat à deux pattes ?

– Un dragon, Hans, un véritable squelette de dragon ! À côté, un diable prisonnier dans un morceau de cristal, c'est étonnant, regarde, on l'a trouvé ainsi. Merveilles de la Création divine ! Je les ai presque toutes rassemblées. Et les monstres, ces prodiges de l'invention de Dieu ? J'ai leurs portraits. Un lièvre avec deux corps, une oie à trois pattes, un pigeon à deux têtes et Petrus Gonsalvus...

– Lui, je le connais, dit Hans avec soulagement. C'est l'Homme velu que nous avons vu à Augsbourg. Sa femme n'a pas de pelage, mais leurs enfants, si.

– Tu progresses, dit Rodolphe. Maintenant, mes automates.

Stupéfait, Hans vit un petit Bacchus couronné de pampres lever et baisser ses bras d'argent sur un arc de triomphe tiré par deux faunes pendant qu'un musicien soufflait de la cornemuse.

– Ce n'est pas Dieu possible, murmura-t-il. Il y a de la sorcellerie !

– De la science mécanique, dit Rodolphe. Attends, le perroquet va battre des ailes. Et tu n'as pas tout vu !

Il mit une clé dans le socle d'une nef d'or. Dans un roulement de tambour accompagné d'un orgue, la nef se mit en marche et tira au canon. Et quand ce fut fini, Rodolphe mit en branle un centaure enlevant une femme éplorée dont la tête s'agitait. Le centaure roula de petits yeux terribles, banda son arc et décocha une minuscule flèche d'or.

– Il me donne l'heure, dit Rodolphe. Ce centaure a sur le ventre une petite horloge. Sa flèche mesure le temps, je ne sais rien de plus parfait. Mais c'est une merveille construite de main d'homme sous le regard de Dieu.

– Quels hommes font cela ? dit Hans épouvanté.

– Des ingénieurs ! Réveille-toi, Khevenhüller. Le monde change, la connaissance s'ouvre, l'avenir appartient aux chercheurs. Ceux qui savent lire dans les astres déchiffrent la langue du ciel, Hans. J'ai eu en résidence ici un astrologue anglais qui m'a fait un miroir en charbon lumineux, si tu savais !

– En charbon lumineux ? demanda Hans. Je ne vois pas ce que c'est.

– Ah ! C'est un grand mystère, dit Rodolphe. Le charbon réfléchit mon image par magie. Voilà à quoi sert la recherche. L'astrologue ne recule devant aucune audace.

– Est-ce ce John Dee que la reine d'Angleterre a fini par chasser de sa Cour ?

– Mais elle ne l'a pas chassé ! s'indigna Rodolphe. Cet homme est un génie qui aime se déplacer. Je n'ai pas pu le garder, mais avant de partir, il m'a fabriqué deux clochettes pour convoquer les anges... Ne me regarde pas ainsi !

– Tu crois un magicien ?

– Non pas magicien, mais mage, dit Rodolphe. L'un d'eux vient de s'installer à Prague. Tu vas être étonné, c'est un rabbin. Non ! Pas un mot, tu dirais des bêtises comme celles qu'on raconte en Espagne sur les juifs. Certains rabbins sont d'immenses savants. On me dit que c'est le cas. Il s'appelle Lœwe, rabbi Lœwe, le Lion.

– Je comprends, dit Hans. Le lion est ton emblème et voici un lion juif...

– Oui! s'écria Rodolphe avec exaltation. Et ce lion est un homme de science. Il y a déjà longtemps que les savants rabbins transmettent leurs trouvailles aux savants chrétiens. Seul, je ne trouverai pas. Avec d'autres, je connaîtrai la langue de l'univers. Ce que tu vois ici est le théâtre du monde et le point de vue de Dieu.

– Le point de vue de Dieu! Orgueil, Majesté. Orgueil!

À d'autres, l'empereur n'aurait jamais pardonné cette insulte. Mais Hans était son plus cher ami, une âme ingénue.

– Comte, tu resteras ici le temps nécessaire pour apprendre. Nul ne peut me servir s'il ne comprend mes desseins, qui sont ceux de Notre Seigneur Dieu.

Hans baissa la tête. Il parlait le latin, il lisait les antiques, Virgile, Platon, Aristote, il avait lu Érasme et Thomas More, mais c'était l'ancien temps. Du monde nouveau, Hans ne savait rien. L'homme pouvait-il vraiment braver le ciel au point de tout connaître? Un souverain catholique avait-il le droit de vouloir égaler Dieu?

Hérétique, hérétique. Un vertige le saisit. Le fantôme d'Eboli traversa sa mémoire – une bouche comme une fraise d'Aranjuez. Une taie noire l'éblouit, il faillit tomber.

– Tu es fatigué, dit Rodolphe. Retournons à tes coffres. En chemin, tu verras la peau d'un faon suspendue aux voûtes. C'est ainsi que j'exposerai la peau de notre rhinocéros.

Mais quand le coffre s'ouvrit, la peau était vivante,

animée par les vers qui grouillaient par centaines. Hans en aurait pleuré.

– Il reste un morceau, dit Rodolphe en enfilant ses gants de travail. Je vais le découper. Mets des gants, tiens la peau, secoue-la.

Les vers tombèrent en masse et le couteau trancha dans l'épiderme un épais morceau de bada noir et sec que l'empereur posa sur sa table aux trésors. Au sol, les vers s'éparpillaient.

Par chance, les ossements n'avaient pas souffert et Rodolphe s'accroupit pour les assembler. C'était le bon moment.

Hans en profita pour délivrer ses informations, êtres de mots sans chair et monstres de paroles. Il parla long-temps. L'empereur questionnait, concentré sur les os.

La reine Marie Stuart risquait-elle de mourir dans l'année ? Oui, elle pouvait être exécutée demain.

L'oncle Philippe pouvait-il conquérir l'Angleterre ? Non, car les bateaux anglais étaient mieux conçus, plus rapides et plus vifs que les lourdes caraques espa-gnoles.

Et la reine hérétique, l'abominable bête, allait-elle se marier ?

– Certainement pas, dit Hans. Et toi ?

– Hors sujet, grommela Rodolphe. La reine Élisabeth est-elle moins puissante parce qu'elle est restée vierge ?

– Elle n'est pas vierge du tout !

– Eh bien, moi non plus, conclut Rodolphe. Et j'ai de beaux enfants. Moi, je veux d'abord gagner contre le Turc. Toute ma collection rassemblée, ces monstres, cette science, tout ceci servira à combattre le Turc.

« Cet homme est un génie, songea Khevenhüller. Mais c'est un fou aussi. Pourquoi les Habsbourg sont-ils tous pris de folie ? Des ramures de cerf, un diable dans un cristal, une mandragore femelle pour vaincre la Sublime Porte ! Il y a de quoi rire. »

Il ne posa pas de questions sur la mère des enfants de l'empereur, la douce Italienne Caterina Strada, fille du directeur des collections impériales, fine comme une gazelle avec un cou très long et des yeux en amande, marchant comme une Vénus surgie des flots. Caterina Strada vivait au palais et sa seule présence expliquait le peu d'appétence de Rodolphe pour le mariage.

Or c'était une sérieuse affaire diplomatique.

– Majesté, mon Rodophe, il est de mon devoir d'évoquer maintenant un sujet…

– Ma fiancée, je parie, grogna Rodolphe. Tu m'embêtes.

– L'infante ne peut attendre ! Ton oncle perd patience.

– Trop jeune, coupa l'empereur.

– Vingt ans ! Que te faut-il de plus ?

– La liberté ! tonna Rodolphe. Veux-tu que je me retrouve sous la coupe de mon oncle ? J'ai trop à connaître.

– Tu n'y échapperas pas, murmura Hans.

– Non, dit Rodolphe. J'y pense. Mais je suis bien tranquille. On ne mariera pas ma cousine Isabelle avec un prétendant qui ne serait pas empereur.

– Et si tu te trompais ?

D'un geste, Rodolphe envoya les ossements à travers la salle. Les veines se gonflèrent sur son front et le bleu de ses yeux vira au ciel d'orage.

Hans recula. Les accès de Rodolphe étaient épouvantables. Il pouvait le frapper, il l'avait déjà fait. Il allait le frapper comme la colère de Dieu.

Rodolphe se redressa. Et il ouvrit les bras.

– Approche, imbécile, dit-il. Une fois pour toutes, fiche-moi la paix avec ce mariage ! Je suis l'empereur élu. Mon oncle n'est qu'un roi. J'épouserai ma cousine une fois ma guerre gagnée. C'est dit.

En Afrique

Fripes royales

— Là. Qu'est-ce que je vous disais ! s'exclama le jeune infirme avec dépit. J'ai l'air d'un épouvantail.

Le cheikh avait fait des efforts. Les vêtements qu'il avait achetés à la ville à un prisonnier chrétien n'étaient pas taillés pour un colosse, et ils n'étaient pas abîmés comme la première fois.

L'infirme, de son côté, avait voulu honorer son vieux maître.

Il avait enfilé les chausses de velours noir et passé le pourpoint, trop étroit mais convenable. La chemise était à peine usée ; quelques trous dans le dos, qui ne se verraient pas. Mais la fraise retombait lamentablement et il n'y avait ni bas ni souliers.

Un épouvantail.

— Alors tu partiras en tunique, dit le cheikh, avec un burnous blanc. Je le ferai broder d'or. Tu auras l'air royal.

— En sandales ?

– Oui, dit le cheikh. J'irai t'acheter un bel étalon blanc.

– Et Jasmine ? Et ma fille ?

Le cheikh tortilla sa barbe, embarrassé.

– J'achèterai un chameau, dit-il. Avec son équipement. Elles y seront bien.

– Et vous, maître ?

– Moi, je prie le Prophète, dit le cheikh.

L'infirme déboutonna le pourpoint et fit tomber les chausses.

– Nu je suis arrivé entre vos mains, mon maître, dit-il. Je vous dois la vie, je vous dois ma famille. Si vous venez avec nous, j'accepte de partir. À cette seule condition.

– Ne sois pas en colère, dit le cheikh. Tu sais que j'ai raison.

Le récit de la corne

Arcimboldo à l'œuvre

Je n'avais plus de corps, je n'avais plus d'orifices. Donc, plus d'odorat. Plus de sexe. Aucune des sensations délicieuses du désir. Sans bouche, je n'avais plus sur la langue la joie de l'eau, je n'avais plus de dents, et je ne crottais plus. Je ne regrettais rien. La kératine durcie où j'étais réfugié m'apportait une certaine paix.

Je voyais, j'entendais, c'était considérable.

Le long voyage m'avait laissé indifférent. Du point de vue du sac où j'étais enfermé, nuit et jour se valaient ; à peine si j'entendais à travers le bois du coffre les cris des palefreniers et, vaguement, ceux de Pedro. Aux haltes, cela buvait et ensuite, cela chantait. C'était la vie des hommes et j'étais une chose. Un jour, cela finirait.

J'étais encore capable d'étonnement. Le rugissement du tigre me chavira l'esprit. Où y avait-il des tigres sinon dans mon pays ? Étions-nous au Bengale ? Mais les palefreniers se plaignaient du grand froid et évoquaient la neige qui n'allait pas tarder. Ce n'était pas le Bengale.

256

Nous étions en Europe. J'en déduisis qu'un de mes frères animaux avait été capturé comme moi. Pour qui ?

Mon nouveau maître était l'empereur d'Autriche.

Quand il me prit en main, j'eus un choc. L'empereur d'Autriche était l'exacte caricature de mon roi bien-aimé. Semblable, le bleu de l'œil, mais la forme élargie était celle d'un poisson à tête plate. Le nez tombait plus bas. Les joues paraissaient cuites, rougies par la chaleur. Le menton qui, déjà chez mon cher Sébastien, se portait vers l'avant était démesuré. Cet homme mangeait beaucoup et il était énorme.

Il dit ses premiers mots : « T'ai-je assez attendu, toi le plus rare au monde ! », et je fus très surpris.

Il avait la voix enfantine de mon roi, les mêmes inflexions, folle gaieté et faiblesse, une dangereuse énergie. Celui-là aussi pouvait lever une armée et lancer une croisade.

Il m'approcha de ses yeux, sourcils froncés. Il était attentif, patient, concentré. J'eus une sensation d'intelligence extrême. C'était un grand esprit.

Le géant roux ne comprenait pas grand-chose. L'autre lui expliquait, Hans n'y entendait rien. Le point de vue de Dieu ne m'était pas inconnu, car les yogis, chez nous, en sont capables. Cet empereur avait un talent spirituel caché dans un gros corps.

Les objets sur la table m'accueillirent sans égards, la mandragore surtout. L'étrange créature !

– Ne me prends pas pour ta femme, espèce de phallus à corne ! Je suis née d'un pendu, je suis racine sorcière.

257

J'évoque, moi. Vois mes jambes bien serrées, elles savent comment faire jouir. Je suis fille de sperme ! Une créature germée sous les dernières gouttes d'un homme qui se meurt en lançant sa semence. Toi, tu es naturel. Tu n'as rien de magique. Tu n'es qu'une pauvre bête ! criait-elle en bougeant ses cheveux d'herbe.

Crocs et griffes se contentaient de grogner, mais elle, la bavarde, était pleine de mots. Seule la dent de vipère montra de l'amabilité, mais c'était une pierre, avec un esprit simple.

Je ne voyais pas tout dans ce grand tamasha de cornes, de poils, de plumes poussiéreuses. J'entendais une rumeur immense, chaque ramure mâle regrettant ses femelles, chaque plume ses ailes, chaque poil ses frissons. Tout ce qui dans cette salle avait été vivant me parlait de son passé animal. Des centaines de bêtes mortes étaient là, rassemblées sans savoir pourquoi. Un murmure s'élevait des dépouilles :

– Que veut-il de nous ? Que veut-il ?

Il fit venir un homme pour me sculpter et des copeaux de moi s'envolèrent dans les airs. Je pris forme. Je devins une coupe montée sur pied d'ébène et ornée d'un couvercle avec une pointe d'or. Je trouvai cela drôle. Rodolphe m'intéressait.

L'homme scella au fond de moi un bézoard à l'aspect crémeux, bizarrement rayé de veinules d'un beau vert, mon compagnon pour l'immortalité. Une vieille chèvre du Cachemire l'avait abrité dans son rein, après avoir donné naissance à tant de chevreaux que son ventre, disait-il, tombait jusque par terre. Le bézoard n'avait aucune illusion sur ses pouvoirs.

– Sont-ils bêtes, tu ne crois pas ? Penser qu'une maladie de ma mère la chèvre peut les protéger du poison ! C'est comme toi, pauvre corne. On t'a coupée pour rien.

Une nuit, Rodolphe me but d'un trait pour la première fois. J'entendis sa gorge déglutir ; je suivis en esprit le cheminement du vin. Il me reposa avec un « Aah ! » satisfait et me remplit de nouveau et de nouveau encore. Je ne m'étais pas trompé. Cet homme-là buvait trop.

Le bézoard était de mon avis et trouvait dégoûtantes les gorgées de Rodolphe.

– Il ne respire même pas ! Il engloutit ! Avant, il me caressait, il aimait mes couleurs, et maintenant qu'il boit, il ne me voit même plus...

Mon maître impérial buvait et travaillait, alignant des calculs sur des parchemins, traçant des figures avec un compas tandis qu'on assemblait mes ossements avec des ligaments métalliques et des clous. Ce travail prit des mois. Peu à peu, mon squelette apparut, mais ce n'était plus moi. Rodolphe était content et moi, indifférent.

Un soir de soleil rose, Rodolphe s'entretenait avec son ami Hans quand soudain, une aigle traversa en volant la salle voûtée.

– Perdue, je suis perdue, où est le ciel, le ciel ! disait l'aigle effrayée en planant de son mieux. Qui me viendra en aide ? Je cherche mon nid, mes œufs, ma montagne, où aller, où sortir ?

Quelque chose frissonna dans le dur de ma corne. Je n'avais plus vu d'animal vivant depuis longtemps et quand l'aigle frémissait, je voyais son corps tiède palpiter sous les plumes de son ventre. Mon esprit s'envola. J'allai lui venir en aide.

– Tout droit, tout droit ! La fenêtre est au fond, vole, elle est ouverte, tout droit, ma belle !

Ses ailes déployées effleurèrent l'empereur, elle trouva la croisée et l'oiselle repartit comme elle était venue, apparition vivante dans ce temple des morts.

– Adieu ! lança-t-elle plaintivement. Adieu, bête morte !

– Hans ! Hans ! Tu as vu, c'est l'aigle impérial ! Mon aigle est venu, je suis béni de Dieu, criait Rodolphe avec enthousiasme.

– C'est juste un jeune oiseau qui s'est trompé de route, tempéra le bon géant.

– Ne vois-tu pas que l'aigle est un symbole vivant ? Il s'agit d'un miracle ! Il faut que cela se sache !

Le lendemain, il fit venir un vieil homme au teint pâle avec une voix douce. Il l'appelait Giuseppe. Giuseppe ferait le portrait de mon maître.

Un peintre ! Je n'aimais pas cela. J'avais quitté mon corps animal pour avoir écrasé un peintre.

Rodolphe s'assit et le peintre s'installa. Il fit une esquisse sur papier. Et puis il commença. Je n'en croyais pas mes yeux. Traçant sur le front des courbes autour d'un centre, posant des billes noires sur les yeux bleus, ajoutant une fleur blanche au cou, deux boules rouges sur les lèvres, Giuseppe transformait son esquisse en un monstre.

– En quoi veux-tu me peindre, Giuseppe ? dit Rodolphe.

– En Vertumne, répondit le peintre. C'est le dieu des Jardins qui a son temple à Rome.

– Plus d'animaux, alors ?

– Ici, ils sont tous morts, dit le peintre. Ta majesté exige quelque chose de vivant. Des fruits et des légumes de toutes les saisons.

Et il fit apporter sur une table de bois sombre des épis, une courge, des oignons, et des fruits dont j'ignorais le nom, sauf peut-être les cerises que l'on mange en Espagne et le fruit du grenadier comme autrefois chez moi.

Rodolphe le harcelait de questions.

– Pourquoi les pommes rouges ? Et le melon ? Que vas-tu faire des nèfles et des raisins ? Des olives, de la civette, du maïs ?

Ça n'en finissait pas.

– Les pommes seront tes joues, le melon sera ton front, les nèfles vont se placer au-dessus des pommes pour figurer les cernes sous tes yeux, les raisins feront tes cheveux et le reste, tu verras. Laisse-moi travailler, Majesté !

Le visage de Rodolphe devint coloré, rougeoyant, éclatant de lumière, furieux, intelligent, fulgurant comme une divinité.

– J'ai fini, dit le peintre. Tu peux regarder.

Rodolphe s'approcha et éclata de rire.

– Tu aurais pu choisir des pommes plus petites et moins rouges ! Regarde comme je suis fait. On dirait une tronche d'ivrogne mal embouché.

– Mais c'est toi, Majesté. Recule, tu verras.

– La bogue de châtaigne pour la barbe est bien, dit-il en clignant des yeux pour mieux voir. Les abricots pour le menton aussi. Non, vraiment, cela me plaît. Les cosses de petits pois en paupières, quelle trouvaille ! Où déniches-tu tes idées, Giuseppe ?

– Je pense aux fruits de la nature et à toi, c'est simple, dit le peintre. Elle est exubérante, nourricière, généreuse et ses formes varient à l'infini. Tu es ainsi.

– Un peu terrible, murmura Rodolphe.

– Tu es parfois terrible, Majesté.

– Donc tu pars, dit l'empereur.

– Je me suis acquitté de ma promesse, dit le peintre d'une voix lasse. Avec ta permission, je désire quitter Prague au plus vite. Je veux mourir chez moi, à Milan.

– Mais tu ne vas pas mourir tout de suite !

– Si Dieu le veut, dit Giacomo.

– J'aimerais que tu m'envoies un autoportrait, grommela Rodolphe.

– Un dessin ?

– Non. Un portrait en nature, comme tu as fait le mien.

– Alors en vieille souche d'arbre ! dit Arcimboldo. Avec des cerises accrochées aux branchettes en guise de boucles d'oreilles... Et des gerbes de blé simulant les dentelles. Un portrait de mon hiver, est-ce là ton désir ?

– Alors longue vie à toi, dit Rodolphe.

Je ne revis plus le peintre à la voix douce. Le portrait de Vertumne, dressé sur un chevalet, trôna devant la table aux trésors.

La mandragore détesta ces racines qu'on mange et ces fruits pleins de vie.

– Je suis fille de pendu, répétait la bavarde, je suis la puissance et voilà qu'on m'insulte avec des navets !

En Afrique

Issa, prince héritier

Pour finir, le cheikh avait accepté de partir avec eux. Ils quitteraient la plaine et la paix de l'ermitage, en traversant le désert pour rejoindre la ville et ses dangers.

Le principe était acquis. Le cheikh accumulait les dons, mais le cheval coûterait les yeux de la tête. Le cheikh pensait qu'en six mois, il aurait rassemblé la somme nécessaire.

Mariame avait six ans et déjà, elle jouait de la guitare. Elle pourrait se tenir à l'aise sur le dromadaire. Mais en contemplant de loin Jasmine allant au puits, l'infirme trouva qu'elle marchait à pas lents, et qu'elle paraissait épuisée. Elle se tenait les reins et relevait ses cheveux d'un air machinal. Soudain, elle s'effondra.

L'infirme la rattrapa. Il courait sans effort désormais.

Jasmine était pâle, mais consciente.

– Je suis enceinte, dit-elle avec un pauvre sourire.

Un autre enfant! Un fils peut-être! L'infirme la serra sur son cœur.

– Il fait trop chaud, gémit-elle. Je ne pourrai plus tirer de l'eau au puits.

Le cheikh admit que le départ attendrait.

L'enfant naquit en mars, à la saison des fleurs de grenadier. Avec l'aide d'une matrone appelée par le cheikh, Jasmine accoucha en respirant le parfum entêtant des orangers fleuris, suffoquant et riant de plaisir, car elle donnait un fils à son époux. Le nouveau-né était robuste et bien membré, un vrai prince héritier.

Sur les conseils du cheikh, ses parents lui donnèrent un prénom qu'on trouvait également dans la Bible et le Coran. Sa sœur s'appelait Mariame et il s'appela Issa.

Pedro mélancolique

L'automne finissait, et il pleuvait sur Prague. Hans s'inquiéta de la santé de Pedro, qu'il n'avait pas revu depuis quelques semaines. Sur décision de l'empereur, le Portugais avait été logé dans une maisonnette au milieu de la ruelle des marchands, sur les remparts. L'ambassadeur traversa le Château sous une pluie battante en évitant de glisser sur les pavés.

Avec ses volets bleus et son toit bas, la maison de Pedro était si petite qu'on aurait cru une maison de conte de fées. Le palefrenier se tenait près du poêle, enroulé dans une couverture. Quand Hans poussa la porte, il sauta sur ses pieds et courut l'embrasser.

– Mon bon seigneur, chère Excellence, c'est vous, c'est vraiment vous, quelle joie, j'ai cru...

Et il pleurait.

– Là, Pedro, tout va bien, disait Khevenhüller embarrassé en lui tapotant l'épaule. Calme-toi, mon ami. Que se passe-t-il?

Pedro se moucha bruyamment et s'arrêta de pleurer.

– Il se passe que je m'ennuie. Je suis bien logé, bien nourri, mais je n'ai rien à faire. Toute la journée j'entends les fauves qui rugissent et moi, je suis inutile !

– Est-ce que je comprends bien ? dit Hans. Tu voudrais travailler à la ménagerie ?

– Oui, monsieur, en effet. J'aimerais m'occuper des bêtes de l'autre côté du mur. Je crois que je saurais.

– Pas toutes les bêtes quand même ! dit Hans. Il faut choisir.

– Alors un beau félin avec de bonnes griffes, dit Pedro. Un animal qui me rappellerait mon bada. Tout le monde le croyait dangereux, mais pas moi. Est-ce que c'est possible ?

– J'en parlerai à l'empereur, dit Hans.

Et Pedro se remit à pleurer d'émotion.

– Comment va mon bada ? demanda-t-il d'une voix mouillée de larmes. Il me manque.

– Ton bada est maintenant une superbe coupe dans laquelle l'empereur boit son vin tous les jours.

– Vous parlez de sa corne, dit Pedro. Mais le reste ?

Khevenhüller entreprit d'éclairer son ami sur la peau et les os.

– J'ai appris pour la peau, dit Pedro. Cela n'a rien d'étonnant. J'étais là quand ces Espagnols ont tanné mon bada. Savez-vous ce qu'ils ont fait ? Ces abrutis ont oublié de la sécher le premier jour. Alors forcément, une mouche s'y est mise.

– Mais le squelette est superbe, dit Hans. Veux-tu que je demande à l'empereur de te le montrer ?

Le visage de Pedro s'éclaira.

Une semaine plus tard, le palefrenier portugais fut nommé gardien officiel des guépards impériaux. On le vit à la Cour, habillé de drap rouge, flanqué de deux animaux qu'il tenait en laisse et qu'il raccompagnait, le soir, dans leur cage.

Lorsqu'il croisait Hans, il lui demandait fort respectueusement si l'empereur le laisserait voir un jour la coupe et le squelette, mais la question demeurait sans réponse. L'empereur n'était pas disposé à ce qu'un simple palefrenier pénétrât dans le cabinet des merveilles.

– Il faut attendre, Pedro, disait Hans. Il se décidera.

– Oui, mais quand ? répondait Pedro d'un air désolé. Il faudra bien qu'un jour je reparte dans mon pays !

Les mois et les années passèrent. Pedro semblait heureux avec ses deux guépards. Il ne posait plus de questions, il n'attendait plus rien. Hans, un jour, s'étonna.

– Tu ne me demandes plus quand tu verras le bada, dit-il. As-tu perdu espoir ?

– Non, dit Pedro. J'ai réfléchi. L'empereur n'admettra jamais un ignorant dans la Chambre aux merveilles. Alors j'étudie.

– Toi ? dit Hans. Mais comment ?

– J'ai appris à lire, Excellence. L'espagnol, et puis le latin. Mon voisin astrologue me prête des livres et voilà. Je me débrouille.

Le soir même, Hans apprit à l'empereur comment un palefrenier portugais, gardien officiel des guépards impériaux, avait appris le latin pour revoir la corne du bada qu'il avait tant soigné.

– Bien, cela, dit Rodolphe. Je trouverai le moment pour qu'il voie son ami à la corne tranchée. Si ce qu'il dit est vrai, et s'il sait le latin, peut-être même ferai-je de ce brave un gentilhomme.

La ménagerie accueillant fort souvent de nouveaux pensionnaires, Hans allait voir Pedro à peu près tous les jours. L'hiver était rude pour les fauves ; même isolés du froid dans leur bâtiment, les lions dormaient les uns contre les autres. Les lionnes résistaient mieux, mais leurs mâles, les rois, perdaient leurs poils et leur crinière noire se déplumait. Les oiseaux rares mouraient plus que de raison, surtout les grues couronnées. Seul l'ours ne craignait pas le gel du mois de février.

– Les lions sont fatigués, disait Hans. Attention, Pedro ! Le lion est l'emblème personnel de l'empereur ! Surveille son préféré !

– Je ne suis pas le gardien des lions ! répondait Pedro, irrité.

– Mais tu es le plus expérimenté de la ménagerie et l'empereur le sait. S'il arrive un malheur...

– Je serai tenu pour responsable, merci ! disait Pedro. Croyez-vous que je ne le sache pas ? Je porte moi-même à César sa portion de bidoche quotidienne. Je la lui mets sous le nez, j'attends qu'il ouvre la gueule, je ne peux pas faire plus.

— Lequel est César ?

Pedro désigna un jeune lion assoupi à la crinière rousse.

— Si j'étais toi, dit Hans, je lui mettrais une laisse et je le conduirais devant notre empereur.

— Vous en avez de bonnes, dit Pedro en se grattant la tête. Il ne faut pas qu'il ait froid et puis on ne sait jamais ! Je connais mes guépards, mais un lion...

— Ce sont les lionnes qui chassent, dit Hans. Pas leur lion. Apprivoise-le.

Deux mois plus tard, le dos couvert d'une pelisse de velours, le lion César trottait derrière Pedro qui détacha la laisse et se mit à courir vers le Château.

— Va, mon César ! Va saluer ton empereur ! Tu ne cours pas, là, tu traînes ! Plus vite ! Ho, César, ho !

Le lion trottait toujours. Soudain, il se déplia et bondit droit devant lui, renversant Pedro au passage. Puis il se retourna et attendit.

— Va, mon beau, murmura Pedro tout étourdi. Cours ! Ne t'arrête pas ! Je te suis. Avance !

Quand Pedro fut debout, César avança une patte puis une autre et se remit à courir en secouant son manteau. Et c'est ainsi qu'ils arrivèrent dans la Chambre aux merveilles.

Debout devant une table couverte de papiers, Rodolphe calculait l'orbite des planètes. Deux astrologues étaient à ses côtés, l'un avec un compas, l'autre avec une loupe.

Derrière eux, Khevenhüller se penchait pour tenter de comprendre.

– Et je te dis que non! criait l'empereur. Vénus n'est pas ici, mais là, c'est évident! Et toi, qu'est-ce que tu fais? Au lieu de bayer aux corneilles, Hans...

– Derrière vous, Majesté, murmura l'astrologue terrifié. Ne bougez surtout pas.

Rodolphe se retourna.

– Qu'est-ce que... Ma parole, c'est mon lion, c'est César! Qui diable t'a attifé de ce manteau grotesque? Et toi, l'homme, qui es-tu?

– Je m'appelle da Silva, Majesté, dit Pedro. Le gardien des guépards. J'ai pris la liberté de vous amener César qui se languit de vous. Et pour qu'il n'ait pas froid, je lui ai confectionné de mes mains une pelisse de velours.

Rodophe éclata de rire et se mit à genoux, au plus près de César qui recula en grondant.

– Attention, Majesté, dit Pedro à voix basse. Vous lui faites peur, il pourrait...

Mais Rodolphe, sans crainte, fourrageait dans la crinière rousse et le lion se coucha à ses pieds. « Là, César, murmurait l'empereur à l'oreille du fauve, là, mon lion, oui, c'est bien et maintenant, ronronne... »

– Vous voyez, bande de pleutres, dit Rodolphe. Un lion ne peut pas m'attaquer. Lui et moi sommes frères. Tant que César est en vie, rien ne peut m'arriver. Et toi, da Silva, tu as bien fait de lui ôter sa laisse. Voilà un acte qui mérite récompense. Que veux-tu?

271

– Voir la corne du bada, dit Pedro d'une voix claironnante. Votre Majesté sait que je l'ai soigné de son vivant...

– Tu étais donc le frère de mon rhinocéros! dit l'empereur. Comme moi celui du lion. Eh bien, voici ma coupe. C'est ton bada.

Pedro saisit la coupe avec précaution, la porta pieusement à ses lèvres, la huma, et l'examina à la lumière.

– C'est beau, dit-il en reposant l'objet. Il traîne encore un peu de son odeur. Votre Majesté a bien de la chance de boire dans une corne qui a tant souffert. Mais quand je l'ai connu, mon bada n'avait pas cette vilaine excroissance, on dirait un caillou. Est-ce qu'il aurait poussé après sa mort?

– Non! dit Rodolphe en riant. J'ai fait incruster ce bézoard.

– Alors c'est ça? Je croyais que le bézoard était un reptile avec une queue de dragon...

Les deux astrologues s'esclaffèrent. Rodolphe les fit taire.

– Pedro, il faut partir, dit Khevenhüller. Tu ennuies l'empereur.

– Pas du tout! protesta Rodolphe. D'ailleurs Pedro n'a pas tort. Le bézoard a beau se trouver dans l'estomac d'une chèvre, rien ne dit qu'il ne s'agit pas d'un serpent. *Homo semper scire vult quae non potest.*

– *Ut mirabilia intelligat*, répliqua Pedro.

– *Nonne latine loqui scis?* dit l'empereur, abasourdi.

– *Conatus sum*, dit Pedro. Je m'efforce.

– Tu me l'avais dit, Hans, mais je ne t'ai pas cru. Eh bien, Pedro da Silva, je t'invite à revenir ici un de ces jours, au milieu de mes savants.

En Afrique

Deuxième attaque des djinns

Lorsque Issa eut trois ans, les catastrophes s'accumulèrent.

Un ouragan détruisit le toit de l'ermitage et abattit les barrières de l'enclos. Les bêtes s'éparpillèrent.

Un visiteur de passage, assommé par une poutre, fut grièvement blessé. Le cheikh le soigna sous une pluie battante. L'homme ne survécut pas.

Mariame avait reçu une pierre sur la tête et demeura inconsciente pendant une semaine. Le cheikh la veilla jour et nuit.

Quand elle ouvrit les yeux, le cheikh glissa sur le sol sous le coup de l'émotion. L'infirme releva le long corps émacié et fut épouvanté.

Le cheikh était paralysé du côté droit et son visage était tordu par une étrange grimace. Il ne pouvait plus parler.

– Il se remettra, dit Jasmine. Le maître a l'air fragile,

274

mais il est solide. Et puis il n'est pas vieux! Tout ira bien.

Le cheikh demeura ainsi presque six mois, à l'abri sous la tente, pendant que l'infirme reconstruisait l'ermitage, parfois avec les visiteurs.

La parole revint tout de suite. La jambe, assez facilement. Le bras fut plus long à guérir. Pour faire marcher ses doigts, le cheikh dut se résoudre à porter une attelle.

– Nous voilà bien, mon maître, dit l'infirme. Deux manchots, une femme qui boite, et moi avec mon masque! Que faire?

– Comme d'habitude, dit le cheikh. Prier, accueillir. Tu iras acheter des chèvres, des poules, un coq, un bouc, la vie continuera sous le regard d'Allah.

– Vous avez l'air soucieux. Que se passe-t-il?

– Je n'aime pas les guerres, dit le cheikh.

Il avait appris que le sultan Al Mansour venait de lancer une expédition militaire contre l'empire du Songhaï, vers le sud, là où il était né. Avec un peu de chance, les troupes éviteraient l'ermitage, mais rien n'était certain.

Le cheikh ne parlait plus de départ ni de royauté.

Le toit de la petite mosquée était fini, un bulbe en pisé chaulé de blanc, juché sur une salle basse. L'infirme prit l'échelle et entreprit de le repeindre en bleu.

Le lion juif

Prague, 23 février 1592

Le grand rabbin de Prague enfila sa houppelande et posa sur sa tête son haut bonnet fourré. Le temps était glacial et il avait neigé, mais la nuit serait claire. Son frère Sina et son gendre Isaac, ses assistants, vérifièrent que leur maître avait chaussé ses bottes, ganté ses mains ; il lui arrivait parfois d'être distrait. À pied, aller au Château aurait pris une bonne heure dans la neige et le froid, mais le carrosse impérial attendait au coin de la rue. Les trois hommes le rejoignirent, et montèrent dans la lourde voiture, s'emmitouflant sous des châles de laine.

L'événement était d'importance. Lorsqu'ils les convoquaient, les souverains catholiques s'en prenaient à leurs banquiers juifs, marranes le plus souvent. Mais il n'y avait plus de banquiers juifs en Europe depuis que Dona Gracia Nasi, dite la Senora, s'était réfugiée à Istamboul trente ans auparavant pour fuir l'Inquisition. Le sultan ottoman l'avait accueillie comme une reine,

276

lui avait fait cadeau de la Galilée, avait accepté qu'elle recueille d'autres juifs en créant des réseaux clandestins en Europe, mais la chère Senora, protectrice des juifs persécutés, était morte depuis longtemps et ces temps n'étaient plus.

Jamais le chef suprême du Saint-Empire romain germanique n'avait reçu un juif et voilà que, soudain, l'empereur Rodolphe invitait au Château Yehudah Lœwe ben Bezalel, grand rabbin de Prague.

Que voulait-il au juste ? Réglementer la communauté ? Mais il n'avait pas besoin de le voir pour en informer le grand rabbin. Était-ce une menace ?

– Je ne pense pas, dit rabbi Lœwe. La lettre que j'ai reçue est une invitation. Pas une convocation.

– Alors que vous veut-il ?

– Parler de la Kabbale, répondit le rabbi en montrant les livres qu'il avait sous le bras. Cet empereur est aussi un savant.

– Mais il n'y connaît rien !

– Les savants chrétiens connaissent la Kabbale ! protesta le rabbi. Imparfaitement, sans doute. Peut-être que justement, notre empereur veut être éclairé.

– Et s'il parle du Golem ?

– Tais-toi, dit le Maharal en serrant la main de son frère.

– Compris, dit Sina. Je ne dirai pas un mot. Quand même, méfiez-vous.

– Je ne me méfierai pas, dit le grand rabbin. Il n'y a pas de différence entre les nations. Nous allons rencontrer un homme qui veut savoir et je ne vois pas pourquoi je ne lui répondrais pas.

– Pourtant, vous frissonnez, dit son gendre.

– Ce n'est pas de peur, c'est de froid, dit le grand rabbin. Cela suffit! Il me faut des esprits ouverts.

Le carrosse franchit les portes du Château où se tenaient des porteurs de torches immobiles, alignés tout le long des allées. Le chemin était long et le carrosse, très lent.

Isaac s'inquiéta.

– Où allons-nous ainsi? C'est un piège!

– Du calme! dit le rabbi. Rien ne presse. La lettre d'invitation précise que nous sommes attendus au lever de la lune. Il est encore trop tôt.

Quand la lune apparut dans sa plénitude, le carrosse s'immobilisa devant un escalier brillamment éclairé; les trois hommes descendirent. En haut des marches, l'empereur les attendait. Vêtu de noir, campé sur ses jambes, coiffé de plumes.

– Tant d'honneur, Majesté! dit le grand rabbin de Prague en s'inclinant profondément.

– Je ne suis pas l'empereur, dit le valet, réprimant un mauvais sourire. Je suis chargé de vous accompagner jusqu'à la Chambre aux merveilles. C'est là que l'empereur vous attend.

– Très bien, excusez, dit le rabbi. J'aurais dû me douter...

– L'empereur vous recevra derrière une tenture, précisa le valet d'un ton autoritaire. Vous l'entendrez, mais vous ne le verrez pas. Décision de l'empereur. On ne discute pas, on obéit. Maintenant, en route. Pressons!

– Ces goyim nous méprisent, ils ne changeront jamais, murmura Sina. Tel valet, tel maître.

– Silence! dit le rabbi. Faisons ce qu'il nous dit.

Le valet leva sa torche et les trois hommes suivirent. Lueurs sur les ramures dont les bois dessinèrent des ombres fantastiques. L'odeur était chargée d'ambre et de musc. La torche jeta d'étranges clartés sur les nautiles et les branches de corail, allumant des reflets sur la nacre et le rouge. À la quatrième salle, le valet s'arrêta.

La pièce était petite, chauffée par un grand poêle de faïence montant jusqu'au ciel. Le rabbi aperçut sur une table au milieu de la pièce les trésors de l'empereur, clochettes et mandragore. Au fond, on murmurait derrière une tenture.

– Vos juifs sont arrivés! cria le valet.

Il se fit un silence. Puis une voix s'éleva.

– Tu es prié de prendre un autre ton, dit la voix. Ce n'est pas ainsi qu'on annonce l'illustre Maharal.

– Majesté, pardonnez, mais ces sorciers, ici...

– Sors! cria la voix. Je ne veux plus te voir.

La flamme de la torche vacilla et le valet s'en fut. Derrière la tenture, les murmures s'étaient tus, mais il y eut un bâillement animal et bruyant.

– Prenez un siège, rabbi, reprit la voix. Nous sommes ici avec nos conseillers, Barthélémy Spranger, Hans von Aachen, Pierre Stevens de Malines, qui sont peintres, Christoph Zelinsky, notre vice-chancelier aux affaires ecclésiastiques, Pedro da Silva, qui nous vient de Lisbonne, madame Westonia, notre Anglaise catholique, et le comte Khevenhüller, notre ambassadeur à la Cour de Madrid. Dites-nous qui sont les vôtres.

– Majesté, je le ferais volontiers s'il n'y avait votre tenture, dit le rabbi. Elle rend impossible l'échange des regards nécessaire à la réflexion.

Les murmures reprirent, la tenture s'agita, une main la retint.

– Assez! dit la voix. Cet homme-là a raison.

Et Rodolphe apparut. Massif, sa lourde tête posée sur une fraise, habillé de velours noir, sans aucun ornement, mordillant ses lèvres gonflées. En houppelande fourrée, les conseillers regardaient les trois visiteurs avec curiosité. Un peu à l'écart, un homme simplement vêtu tenait deux guépards en laisse.

– Tant d'honneur, Majesté, dit le grand rabbin de Prague en s'inclinant. Voici mes conseillers, Sina, qui est mon frère, et Isaac, mon gendre.

– Qu'ils prennent place, dit Rodolphe. Asseyez-vous, rabbi. Tirez-moi cette tenture, que je ne la voie plus. Christoph, servez les vins.

– Nous ne prendrons pas de vin! dit vivement le rabbi. Pardonnez, Majesté, mais nous ne pouvons boire que du vin consacré.

– Et vous parlez d'échange! Mais que partagez-vous?

– Le savoir, dit le rabbi avec un sourire. Et l'eau qui est la vie.

Rodolphe éclata d'un rire tonitruant. Les guépards rugirent. Le Maharal se dressa sur son siège, aux aguets.

– N'ayez crainte ! dit l'empereur. Mes guépards ne sont pas dangereux. Voulez-vous les caresser, rabbi ?

– Peut-être un peu plus tard, Majesté, dit le grand rabbin.

– Alors buvons !

Christoph Zelinsky lui versa du vin jaune dans la coupe de corne.

– Votre Majesté a là une bien belle coupe, observa le rabbi. Est-ce d'un rhinocéros ?

– Avec un bézoard, dit Rodolphe. J'y tiens, il me protège. Cette corne est magique. Pensez-vous comme moi ?

– Les commandements de Moïse ne comportent qu'une corne, et elle est de bélier, dit prudemment le rabbin. Coupée au bout, cela fait une trompe qui résonne pendant nos offices. C'est la voix de l'Éternel.

– Ce Dieu que vous ne nommez pas et qui est sans visage !

Le rabbi toussota. Il crut entendre dans le ton de Rodolphe une sorte de colère qui soudain l'effraya. Puis sa toux redoubla, il manqua s'étouffer.

– De l'eau pour le Maharal ! ordonna l'empereur. Vite, Christoph ! Il pâme.

Rodolphe se pencha et versa un peu d'eau sur les lèvres du rabbi. Le Maharal croisa le regard de l'empereur et sa crainte s'évanouit. Les yeux clairs de Rodolphe étaient pleins de bonté.

– Vous voilà revenu, dit-il. Vous m'avez fait peur, Maharal. Reposez-vous un peu. Nous avons toute la nuit…

Le grand rabbin se redressa d'un coup.

– Non, je vais vous répondre maintenant. Je dois le faire. Quand l'Éternel apparut à Moïse sur le mont Sinaï, le prophète vit un nuage plein de feu. Tel est l'Éternel. Le nuage peut être sombre, ou il peut être clair. Une flamme est en lui, et une voix qui nous parle. Il n'a pas de visage parce qu'il n'est pas homme.

– Scandale ! dit Christoph Zelinsky. Le Christ a un visage parce qu'il est Dieu fait homme. Cette vérité nous sépare à jamais.

– Je ne dirais pas cela, monsieur le chancelier, répondit le Maharal. Nous avons en commun la quête du savoir. Il y a deux connaissances. Celle de l'intelligence scientifique est pour nous un devoir religieux impératif. L'autre est la connaissance révélée que nous appelons Tora et que Moïse reçut sur le mont Sinaï. Nous partageons sans réserve la première connaissance. N'est-ce pas, messeigneurs ?

Le Maharal parlait d'une voix profonde et douce, avec un accent polonais mélodieux réchauffant la langue espagnole de la Cour. Les conseillers se détendirent et Christoph Zelinsky cessa de froncer le sourcil. L'empereur souriait.

– C'est vrai, dit-il. Mais je ne vois pas bien la relation entre les deux genres de connaissance. Ni pourquoi vous refusez de nommer votre Dieu.

– Deux questions sans rapport, Majesté. À la première, je réponds que la connaissance par l'intellect humain permet de comprendre l'étendue de la puissance du

Créateur. Je crois savoir que Votre Majesté partage cette pensée, qui ne sépare en rien l'Éternel de ses créatures. À la seconde question, je réponds que chaque lettre du Nom béni est une porte ouverte sur la connaissance. Chaque lettre porte un calcul de l'Intellect divin. On ne peut pas Le nommer, mais à partir de Lui, on peut déduire.

– Nous sommes dans la Kabbale, murmura l'empereur. À ce propos, rabbi, comment interpréter la rencontre entre mon signe et votre nom ? Lœwe, c'est le lion. Et je suis Lion, comme vous. Quelle astrologie pratiquez-vous ?

– J'étudie la Tora. Les destins des humains sont en effet inscrits dans le patrimoine d'Adam, le Premier Être, qui s'est divisé en deux, masculin, féminin, et...

– Trop obscur, dit l'empereur. L'astrologie ! Je veux savoir ce que vous en pensez.

– D'un point de vue scientifique, poursuivit le rabbi, la position des astres dans le ciel correspond à la position des êtres dans la Création. Chaque étoile a sa réplique dans la nature, chaque planète aura son répondant sur terre. L'humanité commence à comprendre le cosmos, le grand savant Tycho Brahé l'a montré. Je pense comme lui que le mouvement des planètes n'a pas la terre pour centre. Nous sommes à la veille d'un nouveau commencement fondé sur la science, et non sur la croyance.

– Vous voyez ! s'écria l'empereur triomphant. Je vous avais bien dit qu'il pensait comme nous !

– L'Église romaine n'admettra pas cela, dit doucement le rabbi.

Il se fit un silence.

– *Iste vir diabolicus*, murmura Christoph Zelinsky.

– Assez! fit l'empereur. *Quos perdere vult Fortuna dementat.*

Le récit de la corne

Animal, Golem, enfant fou

Moi, pauvre corne pleine de vin, j'écoutais le nouveau venu. L'étrange personnage ! Chétif et majestueux, doux et pourtant terrible. Je n'avais jamais vu de juif, mais mes maîtres en parlaient. Toujours pour de l'argent. Ils en avaient beaucoup. Il fallait le leur prendre et pour cela, les brûler. Et voilà que l'un d'eux était reçu comme chez nous les gourous !

Il avait ce regard qui transperce les corps et, s'adressant à l'âme, remue le cœur des hommes. Je connaissais ces yeux lumineux. Dans ma vie de brahmane, j'eus pour maître un ascète dont le regard me transperçait ainsi. À l'époque, le Gange, notre fleuve sacré, vivait sous la loi des Moghols, oppressante parfois et souvent sacrilège ; mais ils avaient les armes, la discipline, la richesse, et nous, pour nous défendre, nous n'avions que nos dieux.

Vivant nu, la peau couverte d'une fine couche de cendres, cet ascète m'apprit la puissance de la méditation, comment toucher l'extase et choisir la matrice de sa prochaine existence. Tant qu'il fut en vie, je ne m'éloignai pas de mes devoirs sacrés. Mais une fois qu'il eut quitté son corps et qu'on l'eut immergé dans le fleuve, je m'épris de la pariah et je devins bada. Oui, je connaissais les pouvoirs des gourous, leur façon subtile de convaincre. Cet homme était l'un d'eux. Un yogi.

Le yogi juif parlait en maître et se faisait écouter. Si je ne pouvais plus sentir ses odeurs, je voyais bien pourtant qu'il avait peur. Cet homme qui avait l'air d'un roi parlait avec humilité. Parmi les yogis, il en est de deux sortes. Les uns sont arrogants, sûrs de leurs savoirs. Les autres sont les vrais. Parce qu'ils ont atteint l'indifférence, ils s'expriment avec une douceur extrême. Cet homme avait la douceur extrême des inspirés. Que craignait-il ?

Je plongeai dans son cœur et je vis qu'il pensait à un chaudron de fer. Des tenailles rougies écartaient les chairs vives, des cordes étiraient les bras suspendus. Je vis des humains au bûcher, des vrilles de cheveux carbonisés, des corps en flammes dont la peau éclatait. Chez moi, personne ne redoute le bûcher sur lequel brûlera la dépouille mortelle, enveloppe que l'âme abandonne sans frayeur. Mais ce que je voyais était redoutable, effrayant, à donner le frisson, même à une vieille corne.

Brusquement me revint le souvenir de ces prêtres chrétiens qui punissaient les gens en les brûlant tout vifs. Il n'y avait pas ce genre de tribunal dans ma région, mais de l'autre côté de mon pays natal, sur la rive océane, les chrétiens l'appelaient l'Inquisition. J'ignorais le sens de ce mot, mais je le vis en toutes lettres dans la pensée de ce yogi juif. Sortirait-il vivant du palais impérial? Il n'en était pas sûr.

– Cet homme-là nous craint, soupira la mère guéparde en se léchant la patte, il nous a entendus feuler. Mais nous n'avons pas faim de cette chair d'homme. N'essaie pas, fils.

Le mâle, un jeune impertinent, n'était pas de cet avis. Il voulait jouer. Je le vis ouvrir la gueule, dérouler sa longue langue, découvrir ses crocs. Pedro lui flanqua une tape sur le museau. Il rugit.

– Je te l'avais dit, fils, mais tu n'écoutes rien, gronda la guéparde.

Le yogi juif déroula devant mon empereur de très savants propos sur des lettres sacrées. Rodolphe l'écoutait avec attention. Et pendant qu'il parlait, je vis le regard de l'homme s'attarder sur la table aux trésors.

– Je vois que vous regardez ma mandragore, dit Rodolphe. C'est une petite créature féminine très utile à la magie. Vous pouvez la prendre dans vos mains.

– Je remercie Votre Majesté, dit le yogi juif avec un geste de refus. Nous n'utilisons pas ces racines.

– Moi, une racine? hurla la mandragore de sa voix de crécelle. Il ne sait pas qui je suis! Je ne suis pas un simple végétal, je suis fille de pendu, dame d'honneur de Satan, et je suis née d'une goutte de...

La demoiselle était horripilante et je lui dis de la boucler. En vain. Elle poursuivait sa sempiternelle généalogie quand Rodolphe posa une étrange question.

– Vous ne vous servez pas de mandragore parce que vous avez des secrets plus puissants. Dites-moi, Maharal, est-il vrai que vous avez fabriqué un être de toutes pièces ?

– Je ne vois pas ce dont parle Votre Majesté, répondit-il, crispé.

– Je parle de votre Golem, dit Rodolphe. On l'a vu dans le quartier juif. Il marche pesamment, il ne parle presque pas, il ne regarde personne et ce n'est pas un humain.

– Oh, je vois maintenant, dit le yogi avec un grand sourire. C'est un pauvre idiot comme il y en a beaucoup. Un être humain difforme. Nous prenons soin de lui, voilà pourquoi.

– Ne mentez pas ! cria Rodolphe. Pouvez-vous fabriquer un homme artificiel ? Je veux savoir.

J'avais beau n'être qu'une corne transformée en gobelet, j'étais abasourdi. Dans la pensée du yogi juif, je vis l'être de glaise qu'il avait fabriqué. C'était vrai ! L'être était massif, trapu, court sur pattes, avec des traits informes, une bouche sans lèvres, deux fentes pour les yeux et d'étranges caractères gravés sur le front. Et cet humain terreux transportait sur son dos de lourdes charges de bois qu'un éléphant n'aurait pas réussi à tirer.

De toutes ses forces, le yogi juif voulait barrer la route à mon empereur et lui dissimuler la vérité.

– La Bible ne mentionne qu'une fois le terme « golem », commença le yogi juif. Psaume 139, verset 16, « mon embryon, tes yeux l'ont vu ». « Embryon » se dit en hébreu *golmi*, Majesté. C'est tout.

– Cela ne me suffit pas ! tonna l'empereur. Il y a d'autres textes !

Le yogi juif tremblait dans son cœur et regardait les guépards dont la queue frémissait quand Rodolphe criait.

– C'est vrai, dit-il. Selon le Séfer Yetsira...

– Qu'est-ce que c'est ? dit Rodolphe.

– Le premier livre des textes de la Kabbale, Majesté. Rédigé par Abraham en personne. Le prophète Jérémie méditait sur ce livre quand une voix du ciel lui dit : « Choisis-toi un associé. » Son fils Sira et lui étudièrent le livre pendant trois ans, puis combinèrent les lettres de l'alphabet selon les principes de la Kabbale. Il est possible qu'ils aient créé un homme.

– Ah ! Je le savais, s'écria Rodolphe. Comment était-il, cet homme ?

– Il portait sur le front quatre lettres, YHWH, et Jérémie avait un couteau à la main. Avec ce couteau, il effaça une lettre et...

– Je ne vous suis pas, dit doucement Rodolphe. Que signifient ces lettres dans votre langue ?

Le rabbi hésita.

– Les lettres, Maharal ! Les lettres ! cria Rodolphe et les veines sur ses tempes se gonflèrent dangereusement.

– Très bien, dit le yogi. Les lettres signifient que Dieu est vérité. En effaçant l'une de ces quatre lettres, la signification changeait. Les trois lettres restantes voulaient dire « mort ». Changer le message divin était un grand blasphème ! Anéanti, le prophète Jérémie déchira ses vêtements, car c'est ainsi, dans notre tradition, que les prophètes expriment leur désespoir.

Lui qui avait si peur s'essuya le visage et plia son mouchoir avec le plus grand calme.

— Et l'homme créé mourut ? demanda Rodolphe.

— Il fallait bien. Car le Golem leur avait dit ceci : « Dieu vous a créés à son image. Mais maintenant que vous avez créé un homme, les gens diront qu'il n'y a pas de Dieu dans ce monde en dehors de Jérémie et son fils Sira. » Or c'était sacrilège.

— Donc, ils ont été forcés de tuer leur Golem, conclut Rodolphe.

— Ils ne l'ont pas tué, ils l'ont détruit, dit gravement le yogi. Il suffisait d'écrire sur son front les lettres à l'envers.

— Mais quand on les écrit à l'endroit, on crée un homme, n'est-ce pas ? dit Rodolphe.

— On ne peut pas, Majesté, répondit-il. On ne peut pas créer un homme artificiel. Jérémie s'était trompé. Sinon, il n'aurait pas déchiré ses vêtements.

— Un prophète peut se tromper ? s'étonna l'empereur.

— Oui ! cria le yogi. Votre Majesté comprend bien qu'il s'agit d'une interprétation…

— Non, je ne comprends pas, bougonna l'empereur. Je pense que vous dissimulez. On peut créer un homme en manipulant les lettres de votre alphabet et vous, vous l'avez fait, voilà ce que je crois.

– C'est votre interprétation, Sire, dit le yogi juif.

– Pourquoi cachez-vous cette grande découverte ? Créer un homme quand on est homme, est-ce que ce n'est pas la merveille des merveilles ?

– Ce serait, Majesté, dit le yogi. Peut-être ce serait.

Je voyais que les aides du yogi avaient l'air furieusement inquiet. Leur maître frôlait la vérité. Il la disait en l'entortillant comme chez nous les brahmanes quand ils mentent. De son côté, mon maître l'empereur ne voulait pas céder. Il voulait le secret que l'autre lui refusait.

– Rabbi, vous allez fabriquer un Golem devant nous, déclara l'empereur. Ici même et ce soir.

– Sire, c'est impossible, dit le yogi juif d'une voix faible. Le voudrais-je que je ne pourrais pas.

– Vous manque-t-il quelque chose ?

– Sire, les lettres ne suffisent pas, dit-il. Il faut les graver sur quelque chose. Une matière inerte et je n'en vois pas ici.

– De l'or ? Ou de l'argent ? Je vous en trouverai.

Mais le yogi secouait la tête.

– Du pain ? De la poussière ? Ah, vous m'exaspérez ! Pourquoi refusez-vous ?

– Sire, je ne saurais me livrer devant Votre Majesté Très Chrétienne à un acte que seule la Kabbale explique, murmura le yogi.

– Parce que nous sommes chrétiens ! s'exclama Christoph Zelinsky avec colère. Vous entendez, vous autres ? Voilà un juif qui nous reproche de ne pas être juifs !

– Ce n'est pas ce que j'entends, dit Hans Khevenhüller.

291

– Si! reprit Zelinsky. Et c'est intolérable! Notre Dieu l'emporte sur les autres et le rabbi doit obéir!

L'empereur se taisait. Mais ses conseillers se lancèrent dans l'une de ces querelles sur la puissance comparée des dieux, exercice que j'avais pratiqué moi-même dans ma vie d'homme quand les partisans de Vishnou s'opposaient à ceux de Shiva, les armes à la main.

– Paix! hurla soudain Pedro, faisant taire les bavards.

– De quoi te mêles-tu? lui cria l'empereur.

– C'est que vos guépards n'aiment pas trop qu'on se dispute, dit Pedro. Et vous les excitez.

Il disait vrai.

– Quand l'homme crie, danger, attention, mon fils, attaque, attaque! grognait la mère guépard en agitant furieusement sa queue.

– Tous des couards, suffit de montrer les dents et s'ils ne se taisent pas, alors je mords dedans…, répondit le fils guépard, rugissant un bon coup.

Avec deux-trois caresses, Pedro apaisa les guépards. Impassible, Rodolphe reprit ses questions comme si de rien n'était.

– Maharal, je peux devant vous me livrer à un acte de magie. Pourquoi pas vous?

– La magie de Votre Majesté n'entretient pas de rapport avec sa religion, répondit le yogi. Elle relève de la première connaissance, celle qui nous est commune. Tandis que la fabrique d'un Golem relève de la seconde connaissance, qui n'appartient qu'aux juifs. Ce n'est pas faire offense à Votre Majesté impériale que de lui rappeler humblement qu'elle n'est pas de religion juive...

– Mais c'est moi qui commande, rabbi.

Le yogi juif s'apprêtait à répondre quand une porte s'ouvrit.

En sortit un enfant d'une dizaine d'années, un ange aux cheveux d'or poursuivant une grande chienne avec une badine. Et derrière lui courait une jeune femme hors d'haleine qui criait :

– Giulio ! Giulio ! Reviens !

La femme avait des cheveux presque blancs, un gros ventre et les traits d'une enfant. Tout en elle était clair, les yeux, la peau, la chevelure. Une servante ? Non, elle portait un manteau de velours doublé d'hermine. La maîtresse de l'empereur, grosse de six ou sept mois.

La chienne poussait de petits gémissements en appelant à l'aide.

– Ne me laissez pas, frères animaux ! Le petit homme fait si mal. Toi, le cerf, plante-lui tes pointes dans le corps ! Viens ! Quitte ce mur ! Revis !

– Don Giulio, arrêtez ! cria l'empereur Rodolphe. Votre mère vous appelle, vous devez obéir !

– Non ! dit le gamin en continuant sa course. Le chien m'a mordu, je veux qu'il soit battu.

– Comment s'appelle ton chien ?

– Sais pas, dit l'enfant en levant sa badine.

– Si, tu le sais, gronda l'empereur. Ton chien est une chienne qui s'appelle Cassiopée.

– M'en fiche !

Rodolphe se leva d'un bond, courut vers son fils et l'emprisonna dans ses bras. La jeune femme s'empara de la badine.

– Sire, pardonnez-moi, dit-elle. Notre fils m'a encore échappé.

– La morsure, est-ce vrai ? dit-il à voix basse.

Elle acquiesça.

– Qu'a-t-il fait à la chienne ?

– Brûlé la queue, souffla-t-elle. Il la torture, Rodolphe. Il m'épuise.

– Petit démon, dit l'empereur en serrant son fils de toutes ses forces. Je ne veux plus que vous fassiez du mal aux animaux, vous m'entendez ? Jamais plus, Don Giulio. Promis ?

– Vous me serrez trop fort, père ! dit l'enfant.

– Allez, dit Rodolphe en libérant son fils.

La jeune femme enceinte saisit sa robe à deux mains et s'agenouilla devant l'empereur avec la grâce d'une apsara, une de nos nymphes célestes venues des eaux. Les conseillers en avaient le souffle coupé. Puis, se relevant, elle prit son fils par la main et tous deux disparurent. Rodolphe revint à pas lents, soucieux.

– Où en étions-nous, messieurs ? dit-il à la cantonade.

Personne ne répondit. Le yogi se leva lentement, s'approcha de l'empereur, posa les mains sur les siennes. Rodolphe le laissa faire.

– Cet enfant aurait besoin de soins, murmura le yogi

juif. Je ne saurais fabriquer un Golem devant Votre Majesté, mais je sais comment délivrer cet enfant.

– Mon fils n'est pas malade, répondit l'empereur.

– Je crois que si, insista le rabbi. Avec l'accord de Votre Majesté, je pourrais essayer.

– Avec de la sorcellerie juive ?

– En quelque sorte. Avec l'aide de l'Éternel tout-puissant. Votre Majesté possède des amulettes, n'est-ce pas ? Votre anneau.

Rodolphe cacha vivement l'anneau à son annulaire droit avec son autre main.

– L'émeraude pour Mercure et Vénus, le saphir pour Jupiter et Saturne, le diamant pour Mars et le rubis pour le Soleil, chuchota le yogi juif. Sans oublier quatre signes du Zodiaque. L'émail blanc pour le Cancer, le vert pour la Balance et le Verseau, le bleu pour le Capricorne.

– Vous avez vu tout cela ? dit Rodolphe, stupéfait.

– À l'intérieur sont gravés quatre noms, poursuivit le yogi juif sans s'émouvoir. Anaël, l'ange de Vénus. Gabriel, l'ange de la Lune. Michael, l'ange du Soleil. Uriel, l'ange de la Lumière. Est-ce que je me trompe, Majesté ?

– Vous êtes le diable !

– Nullement, Majesté. Ce sont les composants sacrés des quatre lettres qui forment le nom de l'Éternel selon le Séfer Yetsira. S'y ajoute le premier de ces noms, Agla, que portait l'anneau du roi Salomon. Je n'ai pas vu de mes yeux, mais je sais.

– Comment ?

– Il n'existe qu'un seul homme qui porte l'anneau

de la Kabbale. Cet homme peut invoquer les anges. Il pourrait aisément fabriquer un Golem! Il a sur lui les quatre lettres sacrées.

– Vous me faites peur, rabbi, murmura l'empereur.

– Mais non. Simplement, cet homme ne sait pas protéger son enfant, alors que moi, je sais. Nous aussi, nous savons comment confectionner des protections.

– Pour un enfant chrétien? Je ne vous crois pas, Maharal.

– Pour n'importe quel enfant, dit le yogi avec un bon sourire. Il faut chasser l'être de méchanceté.

– Soit, dit l'empereur avec émotion. Quel sera votre prix?

– Ne plus me demander de fabriquer un Golem devant vos conseillers, répondit le yogi juif. C'est un prix élevé.

L'empereur opina d'un mouvement de tête et le yogi juif s'écarta.

– Bien! dit l'empereur à voix haute en frappant ses deux mains pour attirer l'attention. Messieurs les conseillers, madame, nous allons reprendre notre colloque. Veuillez vous rapprocher. Passons à la nature de Dieu. On me dit que selon la Kabbale, votre Dieu aurait également une nature féminine. Est-ce vrai, Maharal?

Le yogi poussa un soupir de soulagement et s'empressa de répondre. De ce que j'entendis et qui dura longtemps, je retins que la nature du Dieu des juifs ressemblait étrangement à celle du dieu Shiva sous la figure d'Ardha-narishvara, moitié homme d'un côté et moitié femme de l'autre. On ne représentait pas l'Éternel, mais la part féminine qui en était issue avait un nom et un visage, et s'appelait la Shekhina. Délivré de sa peur, le yogi juif s'exprimait avec une grande aisance et les conseillers, partagés entre l'émerveillement et l'indignation, finirent par l'écouter autant que l'empereur.

Les guépards s'étaient assoupis. Seule la chienne Cassiopée gémissait de douleur en se léchant la queue.

– Fils d'empereur cœur de singe, ne sait que torturer, oh, il finira mal ! Que faire pour éteindre le feu qui me brûle ? J'aurais dû l'égorger, mais ça, je n'ai pas pu. Un si petit enfant. Je l'ai à peine mordu, et lui, il veut me battre, qui me délivrera ?

Pedro, qui l'entendit, nettoya sa plaie, déchira sa chemise et lui fit un bandage.

– C'est pas des manières pour un gosse, il doit être possédé, ce gamin, bougonnait-il pendant que le rabbi dévidait ses histoires.

Il rapprocha son siège de celui de l'empereur. Leur conversation se fit plus secrète. Le yogi juif expliqua l'amour de l'Éternel, identique à l'amour du prochain, et que toutes créatures sont égales devant le regard divin. L'empereur approuvait en silence, levant parfois un doigt quand il ne comprenait pas. Leurs voix devinrent murmures. Les conseillers ne pouvant plus entendre, ils s'assoupirent.

L'empereur demanda au yogi juif de convoquer pour lui l'ange Anaël. Alors le Maharal joignit leurs mains et je vis s'élever une brume verte au-dessus de la table où j'étais. Elle était indistincte et se mit à briller, avec une telle intensité que je perdis conscience.

Le jour se lève

Quand l'aube s'approcha, les conseillers dormaient profondément. Les aides du Maharal n'avaient pas résisté, non plus que les guépards. Seuls restaient éveillés le grand rabbin, l'empereur et, dans un coin, Pedro et la chienne Cassiopée.

— Voici le jour, dit le Maharal. Il est temps de saluer l'arrivée du soleil.

— Hier, il neigeait, dit Rodolphe.

— Le ciel sera clair et le soleil éclatant, dit le Maharal en se levant. Regardez, Majesté.

Un faible rayon d'or éclaira les trésors. Les deux hommes allèrent à la fenêtre et l'empereur l'ouvrit. Un air froid glissa dans la Chambre aux merveilles.

Les conseillers ne se réveillèrent pas. Madame Westonia, sa robe relevée, ronflait dans son fauteuil, la bouche ouverte.

— Ils dorment, dit l'empereur. Ils dorment quand le soleil se lève.

– Les hommes dorment la nuit, observa le Maharal.

– Alors que sommes-nous ? dit Rodolphe avec un sourire. Des dieux ?

– Ne blasphémons pas. Nous sommes juste un peu plus éveillés.

– Comment ferez-vous pour Don Giulio, mon fils ?

– Avec la permission de Votre Majesté, j'irai le voir maintenant, répondit le Maharal.

– Allons-y, dit Rodolphe.

Et l'empereur guida le grand rabbin de Prague, ouvrant pour lui la porte, le prenant par la main.

– C'est égal, dit Pedro, le rabbin a bon cœur. J'espère qu'il va vraiment guérir ce diablotin. Pas vrai, la chienne ? Ah ! Tu vas mieux maintenant, tu me lèches la main. On va tranquillement attendre que les autres s'éveillent et quand je repartirai avec mes guépards, je vais t'emmener aussi.

Le soleil finit par éclairer vivement la Chambre aux merveilles, réveillant les conseillers. Ils cherchèrent en vain l'empereur et le rabbin, puis ils partirent, furieux de ne pas avoir résisté au sommeil. Les aides du Maharal coururent vers la sortie. Khevenhüller s'attarda.

– Tu les as vus sortir, Pedro ? Toi, tu n'as pas dormi.

– Moi ? Bien sûr que non, dit Pedro. Je gardais mes guépards.

– Alors, où sont-ils ?

Pedro sourit et fit un large geste embrassant toute la salle.

– Partis avec le soleil, dit-il, épanoui. Je serais toi, Excellence, je n'irais pas les chercher. Allez, les guépards, on s'en va. Tu viens, la chienne?

En Afrique

Le chrétien d'Allah

Ce visiteur n'était pas comme les autres.

D'abord, il était arrivé au début de la nuit, ce qui n'était pas l'usage. Il avait avec lui une troupe d'une dizaine de soldats qu'il fallut entasser dans la petite cour. Les nourrir ne fut pas une mince affaire.

Ensuite ce visiteur montait un superbe étalon, blanc comme lys et queue noire, exactement celui dont avait rêvé le cheikh pour son fils l'infirme. L'homme était très jeune, luxueusement vêtu et portait une dague avec un fourreau d'or. Un dignitaire de la Cour, sans doute un proche du sultan. Jamais l'ermitage n'avait reçu un homme aussi puissant.

Au petit matin, le cheikh vit le visiteur faire sa première prière sur un tapis précieux, bien en vue.

Quand il se releva, le cheikh s'aperçut que son hôte avait les yeux gris, une barbe blonde, et des joues parsemées de taches de rousseur. Plein d'inquiétude, il voulut en savoir davantage.

– Repartirez-vous tout à l'heure ? dit-il brutalement, et l'autre sursauta.

– En général, on me donne mon titre, dit-il d'un ton sec.

– Je ne le connais pas, mais vous allez me le dire, dit le cheikh avec un large sourire.

– Le sultan Al Mansour, qu'Allah le protège, a fait de moi un caïd, de sorte que, si l'on s'adresse à moi, on dit « Votre Seigneurie ». Et je tiens à vous faire savoir que je suis un bon musulman.

Le cheikh se demanda pourquoi le visiteur tenait si fort à cette profession de foi. Puis la lumière se fit.

– Votre Seigneurie a certainement un excellent barbier, dit-il avec une feinte admiration. Quelle belle teinture !

– Ah ! Vous avez remarqué la couleur de ma barbe ? Mais je n'ai pas de teinture. Je suis né blond.

– D'une mère chrétienne, peut-être ?

Le caïd prit l'air outragé.

– Que Votre Seigneurie me pardonne, dit le cheikh, mais il n'y a pas de mal à naître d'un ventre chrétien.

– Je repartirai demain matin, coupa le caïd. Et j'aimerais me restaurer.

Le cheikh fit venir Jasmine et gagna l'enclos où l'infirme prenait soin des bêtes.

– Nous avons avec nous un chrétien d'Allah, murmura-t-il. Peut-être un de tes anciens chevaliers qui se sera converti.

– Il me semble bien jeune, dit l'infirme. Mais je vais voir.

– Sois prudent!

L'infirme rabattit sa capuche, s'assit sans mot dire et regarda le caïd. Son visage lui était inconnu.

– Où vous êtes-vous fait cela? demanda le caïd en désignant la manche vide.

– À la guerre, dit l'infirme.

– Pendant la bataille des Trois Rois? s'écria le caïd. Ce ne peut être que cela! J'y étais, moi aussi! J'avais tout juste onze ans, et j'étais page au service du roi. Êtes-vous portugais? Vous aviez, quoi, vingt-cinq ans?

– Oui, répondit l'infirme en baissant la tête.

– Quelle belle victoire pour nous! s'exclama le jeune homme.

– Nous? s'étonna l'infirme.

– Je suis au sultan et j'en suis fier! dit le jeune homme. Comme vous, j'ai embrassé l'Islam. Nous avons très bien fait, croyez-moi!

L'infirme le fixa.

– Je suis bien heureux que le roi chrétien soit mort, poursuivit le caïd. Ce chien le méritait! Il ne s'est pas battu. Fou, lâche, débauché, je crache sur le nom de Sébastien!

Et il cracha par terre.

L'infirme sauta sur lui et le prit à la gorge.

– Retire ce que tu as dit! Tu n'étais pas à Alkacer-Kébir, je ne te connais pas, tu mens! Je vais te tuer!

L'autre étouffa, essayant vainement de desserrer l'étau de la terrible main. L'infirme le renversa et se coucha sur lui pour l'immobiliser. Le caïd se débattait en vain.

303

Le cheikh accourut et referma les battants de la porte. L'infirme hurlait en cognant sa victime.

– Regarde-moi, fumier, je suis Sébastien, ton roi que tu as trahi ! Tu dis que je ne me suis pas battu, eh bien, tu vas mourir de la main qui me reste !

– Mon fils, non ! cria le cheikh. Pas cela !

– Maître, cet homme m'insulte !

– Je t'ai dit d'arrêter ! dit le cheikh.

L'infirme parut se réveiller et lâcha le jeune homme.

– Lève-toi et soigne-le, ordonna le cheikh.

Hagard, l'infirme se leva, prit une écuelle pleine d'eau et la jeta sur le visage meurtri. Le cheikh releva le caïd.

– Votre Seigneurie n'a pas le nez cassé, dit-il en le palpant. Je ne vois rien de grave, sauf les bleus. Une pommade fera l'affaire. Souffrez-vous ?

– Beaucoup ! cria le caïd. Il faut punir cet homme !

– Avez-vous remarqué qu'il a les yeux bleus ? dit doucement le cheikh. C'est un Portugais comme vous. Gravement blessé pendant la fameuse bataille. On me l'a amené à la fin de la deuxième nuit.

Le jeune homme se tut et son regard devint fixe.

– Les yeux bleus, dit-il. Les cheveux roux. Une quarantaine d'années. Qu'Allah nous protège ! Ce pourrait être lui.

– Lui qui ? interrogea le cheikh d'un ton candide.

– Lui, répéta le blessé.

Il ne revit pas l'infirme de la journée.

Quand il arriva, le caïd l'attendait et lui fit un signe de la main. L'infirme hésita, puis s'assit près de lui.

— Vous m'avez flanqué une belle raclée, dit le caïd.

— J'en demande pardon à Votre Seigneurie, dit l'infirme d'un ton neutre.

Ils se taisaient, côte à côte sous les dernières lueurs du jour.

— La première étoile, dit le caïd.

— La plus brillante, poursuivit l'infirme. La plus fidèle aussi.

— Votre masque?

— Je n'ai plus de nez, coupa vivement l'infirme.

— Je m'appelle Francisco de Villarte, murmura le caïd.

— Villarte! dit l'infirme dans un souffle. Page au service de nuit, sous la tente du roi. Vous délaciez son armure chaque soir. Vous n'aviez pas onze ans, mais dix.

— Et vous, où étiez-vous?

— Oh, moi...

Le caïd le fixa avec attention.

— Le roi avait sur la jambe gauche une envie en forme d'étoile, un signe du ciel. Montrez-moi votre jambe.

— Je ne reçois pas d'ordre!

Le caïd se baissa vivement, examina la jambe et se redressa, très pâle.

— Je vous en supplie, dit l'infirme. Au nom du Christ, ne dites rien à personne.

— Vous ici, comme un pauvre!

— La pauvreté me convient, dit l'infirme. J'aime cette vie-là. Ne me trahissez pas une seconde fois.

— Je vous en fais le serment, Sire, dit le caïd. Au nom du Christ.

305

L'infirme sourit et lui tendit la main. Furtivement, le caïd la baisa. Les deux hommes s'étreignirent.

Jasmine venait d'entrer en boitillant, une cruche sur la tête.

– Voici mon épouse, ma Jasmine, dit l'infirme. La fille de celui que vous appelez l'Écorché. Elle est chrétienne maintenant. Vous voyez que je vous fais confiance.

Le caïd se leva. Rien ne l'étonnait plus.

– Que les bénédictions accompagnent la princesse, dit le caïd en portant la main à son front.

– Vous êtes un noble cœur, Francisco de Villarte, murmura l'infirme.

Le caïd repartit le lendemain à l'aube et il se demandait, profondément troublé, s'il terminerait sa vie au Maroc, dans l'Islam.

Le Golem

Prague, février 1592

Le grand rabbin de Prague arriva dans le quartier juif vers midi. Lorsqu'il descendit du carrosse impérial, les gens se précipitèrent, les pieds dans la boue neigeuse. Que voulait l'empereur? Qu'avait-il ordonné? Est-ce que tout allait bien? Rien de cassé, Maharal? Était-il violent? Généreux? Pourquoi toute une nuit?

— Avez-vous soupé, Maharal? demanda une femme.

— C'est vrai, je n'y pensais plus, dit le grand rabbin. Il me semble que j'ai faim. Je mangerais bien une soupe chaude et du pain.

— Tout de suite, rabbi, dit-elle.

— Du pain, j'en ai ici! dit une autre. Prenez-le, Maharal.

— Le mien sort du four! Bénissez-moi, rabbi.

Pressé de toutes parts, il leva les mains.

— Mes enfants, s'il vous plaît, laissez-moi rentrer chez moi. Je vous en prie. S'il vous plaît...

Son gendre ouvrit la porte.

307

– Laissez passer le Maharal, poussez-vous un peu, allons, écartez-vous !

Et comme rien ne bougeait, il cria :

– Place ! Place ! Vous l'étouffez !

Il fallut que son son frère se mît à jouer des coudes pour que le Maharal puisse franchir le seuil de sa maison.

Sa femme lui ôta sa houppelande et le rabbin s'assit pesamment.

– La nuit a été longue, Rivka, dit-il en fermant les yeux. Donne-moi à boire.

Elle lui versa de l'eau. Il grimaça.

– Trop froid.

Elle posa sur le feu une casserole de vin, versa du sucre candi avec de la girofle et il tendit les mains devant la cheminée. Son gendre et son frère se tenaient devant lui, craintifs et respectueux. Le Maharal avait les traits tirés.

– Où étiez-vous, rabbi ? dit Sina.

Il éluda la réponse d'un geste.

– Nous vous avons cherché, dit son gendre. Que s'est-il passé ?

– Je vous le dirai, bougonna-t-il. Laissez-moi me réchauffer !

– Le vin est prêt, Yehudah, dit sa femme.

Il but à petits coups et reprit des couleurs.

– Dites-moi où il est, murmura-t-il. Dites-moi qu'il n'a pas fait de dégâts.

– Tout va bien, Maharal, il est dans le grenier, répondit son gendre.

– Je dois aller le voir, dit le grand rabbin.

Rivka eut beau lui dire qu'il était épuisé, qu'il devrait se coucher dans un lit bassiné, que ce n'était pas une vie, le Maharal monta dans le grenier.

L'être était là. Debout, massif, le front marqué. De sa bouche sans lèvres sortaient des mots sans suite.

– Dehors, travailler, porter du bois, rabbi, dehors, obéir, obéir...

Ses yeux bombés fixaient le Maharal avec espoir.

Il lui tendit les bras comme un enfant.

– Oui, mon petit, oui, tu as bien obéi.

– Embrasser, dit le Golem d'une voix rocailleuse.

Le rabbin soupira et le prit par la main.

– Je veux bien t'embrasser, mais tu ne serres pas fort, tu m'entends ? Pas fort.

Le Golem l'attrapa et le serra dans ses bras.

– Non ! Tu serres trop ! Lâche-moi ! J'ai dit : « Lâche-moi ! » Obéis, obé...

– Obéir, dit le Golem en le lâchant d'un coup. Content ?

Le rabbin massa son cou douloureux et reprit ses esprits. « Il faut que je m'y résolve, songea-t-il. Un jour, il m'étouffera. Ma pauvre créature ! Je ne lui veux pas de mal pourtant. Je dois le faire maintenant. »

– Dehors ? Travailler ? demanda le Golem.

– Non, dit le rabbin. Pas aujourd'hui. Viens là et assieds-toi. Ah ! Ce n'est pas facile. Je dois te dire adieu.

– Adieu ? dit le Golem joyeusement.

– Reste tranquille.

Puis il se mit en devoir de détruire le Golem avec les gestes par lesquels il l'avait mis au jour. Sept tours autour de lui, de l'eau jetée sur lui. Le Golem avait l'air enchanté. Le Maharal souffrait de tout son cœur.

– Dehors ? redemanda le Golem d'un air ravi.

– Ne bouge pas, mon petit.

L'instant était venu. D'une main tremblante, le rabbin effaça sur le front du Golem une seule lettre et recula d'un bond.

Sans un cri, le Golem s'affaissa sur le sol du grenier. Il ne restait rien de l'être.

Le rabbin tomba à genoux devant le tas de glaise, écarta les vêtements et pleura.

– Je t'ai donné la vie avec quatre lettres, gémissait-il, je t'ai donné la mort en t'en reprenant une. Va dans la paix de l'Éternel, mon petit.

Il ôta sa houppelande, la secoua pour faire tomber la glaise et un objet tomba de la poche. La coupe en corne de rhinocéros, que l'empereur avait offerte en récompense pour les soins prodigués à son fils, Don Giulio.

Quand il redescendit, il était épuisé. Son frère vit le manteau taché et bondit.

– Tu l'as fait, Yehudah ! Il n'est plus ? dit-il épouvanté.

– Pas encore, dit le rabbin. Nous devons ramasser la glaise et la remettre où nous l'avons trouvée. Nous le ferons cette nuit.

– Et en attendant ?

– Je veux que personne ne monte dans le grenier, murmura le Maharal. Rivka, tu m'entends ? Je ne veux pas que tu y ailles. Ne sois pas triste.

– Je l'aimais bien, dit-elle. C'était un bon gars.

– Moi aussi, je l'aimais. Mais il n'y a plus rien à voir là-haut.

– On devrait l'inhumer ! protesta-t-elle.

– Rivka, je te rappelle que ce n'était pas un homme !

– Je crois que si, dit-elle, les larmes aux yeux.

Elle ne s'arrêtait pas.

– Il était comme un petit enfant. Il était serviable, il portait mes paniers. On devrait l'inhumer. Faire un homme et le détruire, ce n'est pas bien, Yehudah...

– Paix ! dit-il en bâillant. J'ai besoin de dormir. Range cette coupe et souhaite-moi le bonsoir.

Rivka examina la coupe. Légèrement translucide, reflétant la lueur des flammes, parfaitement taillée, montée sur pied d'ébène. Elle souleva le couvercle et vit, serti au fond, un caillou blanc veiné de vert.

– Mais qu'est-ce que c'est que ça ? grommela-t-elle. Encore de la magie ! D'où tient-il cette coupe ? Un présent de l'empereur ?

– Oui ! s'exclama Sina. Je la reconnais, il buvait son vin dedans. C'est sa fameuse coupe en corne de rhinocéros.

D'étonnement, Rivka laissa tomber le couvercle de la coupe dont le haut se brisa. Elle se précipita, ramassa le morceau et voulut le recoller avec sa salive, mais rien à faire.

– Pour réparer de la corne, il faut du fer brûlant, lui dit son beau-frère. Je vais m'en occuper. Qu'est-ce qui t'a pris ?

Rivka avait eu peur, peur du rhinocéros, la grande bête inconnue qu'on croyait licorne, un animal du diable. Et elle ne savait pas non plus ce qu'était le caillou veiné.

– Il l'a dit, attends, « bézoard », ils ont parlé de ça, poursuivit Sina. C'est un contrepoison.

– Ah bon ! dit Rivka, rassurée. Pour une fois que Yehudah rapporte quelque chose d'utile...

Sina fit chauffer au feu la lame d'un couteau et voulut réparer le couvercle, mais il manquait de sommeil et il brûla le morceau à rajuster. Rivka resta seule devant la cheminée et se servit du vin dans la coupe impériale.

En fin d'après-midi, le rabbin s'éveilla. Il appela ses aides. La nuit était tombée.

Ils montèrent au grenier avec trois grands sacs et y mirent la terre. Puis, chacun portant sur son dos sa part de Golem, ils partirent vers le fleuve à pas comptés, en essayant de ne pas glisser dans la neige.

Ils s'arrêtèrent au bord de la Moldau dont les eaux étaient grosses, animées par des vagues menaçantes.

– On jette les sacs à l'eau, dit Sina.

– Non, dit le Maharal. On disperse la terre là où on

l'a trouvée. On va le faire pieusement, de nos mains.
C'est ainsi que nous inhumerons le Golem.

Il déposa son sac, s'agenouilla, l'ouvrit et répandit
la terre. Ses aides firent de même. Le froid était vif et
le sol gelé.

– Une prière, Maharal, dit son gendre.

– Pas de Kaddish, dit le rabbin. Souvenons-nous de
lui en silence.

Leurs doigts pleins de terre se couvrirent d'engelures.
Ils quittèrent la place avec le cœur serré.

Au retour, le Maharal découvrit le couvercle brisé
et entra dans une profonde méditation. Puis il ouvrit
les yeux et reprit sa houppelande.

– Je dois rendre la coupe, dit-il. Elle n'est pas pour nous.

– Un cadeau de l'empereur ? Tu n'y penses pas, dit
Sina.

– La corne, dit le Maharal d'un ton grave, est celle d'un
animal appelé rhinocéros et je ne suis pas certain qu'il
soit pur. Sa carapace ressemble à des écailles et je ne
sais rien de ses sabots. Je crains qu'il ne soit impur.

– L'empereur sera furieux ! protesta son frère.

– Pourquoi te l'a-t-il donnée ? dit le gendre.

– Partons, répondit le Maharal. Je veux être au Château
avant midi.

Pas de carrosse. Ils marchèrent dans la boue, ils tré-
buchèrent sur les mottes gelées, ils gravirent le chemin
qui montait au Château, le Maharal se fit connaître, ils
traversèrent les cours peuplées de courtisans.

– Je suis le grand rabbin, dit le Maharal. Puis-je voir l'empereur?

Ils attendirent dans le froid et le vent. Au bout d'une heure, un laquais les fit enfin entrer dans le palais.

L'empereur allait venir. Quand? On ne savait pas. Aucun siège. Ils s'assirent sur le sol. Ils avaient soif. Découragé, le Maharal décida de repartir quand Rodolphe surgit, prêt pour la chasse, flanqué de son ami Khevenhüller.

– Vous! Mais on ne m'a rien dit! s'exclama-t-il. On vous aura servi du bouillon, j'espère? Que veut le Maharal?

– Rendre ceci à Votre Majesté, dit le grand rabbin en montrant la coupe. Il est arrivé un malheur. Mon épouse a brisé le couvercle.

– Faites voir, dit l'empereur. Bon! On la réparera. Mais pourquoi me la rendre?

– J'ai vu là un signe du ciel, Majesté, dit le Maharal d'une voix forte. Certainement, l'objet vient de votre famille. La corne. N'est-ce pas celle de l'animal de votre oncle d'Espagne?

– Oui, dit l'empereur. Et de mon cousin le roi du Portugal. Mais je suis libre de vous en faire cadeau! Je n'aime pas cela du tout, rabbi.

– Votre Majesté! s'écria le Maharal avec agitation. Réfléchissons un peu. Ce n'est pas moi qu'on risque d'empoisonner. Je veux que Votre Majesté soit raisonnable.

– Vous voulez? dit l'empereur en fronçant le sourcil.

– Oui, Majesté, dit le Maharal en le fixant avec intensité.

314

L'empereur se mordit les lèvres et se tut. Puis, d'un geste furieux, il prit la coupe.

– Au diable le cadeau ! Attendez. Je ne peux pas la laisser ici. Hans, viens avec moi.

Ils partirent à grands pas, la coupe à la main. Mais à leur retour, le Maharal et ses aides avaient disparu.

Les laquais ne les avaient pas vus s'éloigner.

– Ils étaient là, emmitouflés et puis l'instant d'après, ils n'y étaient plus, dit le premier.

– On allait justement leur chercher du bouillon et on ne les a plus vus, dit le deuxième.

– Il y avait comme une brume qui les a avalés, dit le troisième laquais. On dit que le Maharal fait souvent des miracles, alors...

En Afrique

Controverse sur l'esclavage

La troisième grossesse de Jasmine ne se passa pas comme les deux premières. La jeune femme avait du mal à respirer sans qu'on sache pourquoi. Elle marchait avec difficulté, elle vomissait souvent. Le cheikh finit par engager une servante pour l'aider, une fille de quinze ans, une noiraude que l'infirme acheta à la ville.

Adama était une captive razziée dans le Sud extrême où vivaient les hommes bleus. Elle ne disait pas un mot et tremblait de tous ses membres. Elle portait aux chevilles de lourds anneaux de bronze qui l'empêchaient de marcher.

– Enlève-lui cela tout de suite, dit le cheikh. Le Coran interdit l'esclavage.

L'infirme resta interloqué.

– Enlève ces anneaux ! dit le cheikh. Il n'y aura pas d'esclaves sous mon toit.

L'infirme argumenta. La Bible mentionnait expressément l'existence des esclaves sans la condamner. Les

Rois Très Chrétiens pratiquaient l'esclavage depuis près d'un siècle, et le pape ne les condamnait pas.

– Ce n'est pas parce que les chrétiens se conduisent comme des porcs que je vais en faire autant ! dit le cheikh en tapant son bâton sur le sol. Pas d'esclave chez moi.

Pour la première fois, ils se disputèrent. L'infirme ôta son masque et le jeta par terre dans un geste de colère.

Mariame poussa un cri. Elle n'avait jamais vu le visage de son père. Elle partit en courant.

Les yeux inexpressifs, Adama la regarda courir et se couvrit la tête avec un pan de son voile.

– Le Seigneur te punit, soupira le vieux cheikh. Enlève les anneaux à cette pauvre fille. Et donne-lui à manger, elle a faim.

Délivrée, Adama resta longtemps sur le sol sans manger ni boire.

– Elle veut mourir, dit le cheikh. C'est ta faute, mon fils. Je vais la soigner. Cette fille a besoin de bonté.

Il lui fallut un jour entier pour la faire boire, et autant pour qu'elle accepte un peu de gruau d'orge.

L'éternelle fiancée

Prague, 10 août 1589

L'empereur allait lentement, pensif, indifférent aux aboiements des chiens.

– À ce rythme, nous ne verrons pas le cerf, observa son ami. Allons, au galop !

– C'est vrai, dit l'empereur qui poussa son cheval.

Mais cinq minutes plus tard, il revenait au pas.

– Bon, dit Hans. Tu n'as pas envie de chasser aujourd'hui. Veux-tu que l'on s'arrête ?

– Non, dit l'empereur. Enfin si. Je n'ai pas la tête au cerf.

Ils attachèrent les chevaux, s'assirent sur un tronc d'arbre. Hans avait rarement cette liberté-là. Les tête-à-tête avec l'ami d'enfance étaient exceptionnels, toujours dus au hasard. Hans se dit qu'il allait profiter de cette aubaine.

– Tu penses au Maharal, commença-t-il.

– C'est un être généreux, dit Rodolphe. À toi, mon ami,

318

je peux dire la vérité. Le Maharal a passé une partie de la nuit à soigner Don Giulio.

– Avec des amulettes, je parie, dit Hans.

– Je me fiche de tes préjugés, rétorqua Rodolphe. Le Maharal a des dons de guérisseur. Tu as vu mon fils, n'est-ce pas?

Hans comprenait très bien. La folie des Habsbourg.

– Et si c'était une punition divine? dit-il soudain. Une parole non tenue?

– Ah! J'y suis, dit Rodolphe. Mon mariage.

– Oui, Rodolphe, ton mariage. L'infante a presque vingt-cinq ans, tu sais.

– Et mon oncle est furieux, dit Rodolphe. Je connais le sermon.

– Pas cette fois! cria Hans.

Interloqué, Rodolphe le fixa.

– Il faut que je te dise, poursuivit Hans avec gêne. Ton oncle revendique le trône de France pour ta cousine Isabelle.

Rodolphe resta bouche bée.

– D'où tiens-tu cette information? demanda-t-il après un long silence.

– De Paris. La ville est occupée par les troupes espagnoles que les Ligueurs ont appelées à l'aide. La guerre civile fait rage, le sang coule.

– Les Ligueurs sont de foutus salauds de catholiques intégristes, dit l'empereur.

– Mais le roi de Navarre assiège la capitale et il est protestant, rétorqua Hans.

– Ma cousine Isabelle ne fera pas l'affaire. Elle n'est pas légitime.

– Fille d'une princesse de France, petite-fille d'Henri II! Elle sera élue par le Parlement. Épouse-la, Rodolphe!

– Tu oublies que les lys de France ne filent ni ne tissent, fit observer l'empereur. Il n'y aura pas de réunion des États généraux, pas d'élection ni de femme assise sur le trône de France. Tu vas voir que le roi de Navarre reviendra à l'Église catholique.

– Lui? s'écria Hans indigné. Jamais de la vie! C'est un protestant furieux!

– Mais avant de mourir, le fils de la Médicis l'a reconnu comme son héritier. Navarre est légitime, il se convertira. Il sera roi de France et cela ne me plaît pas.

– À cause du sultan, dit Hans.

– La France est l'alliée du Turc! Non, je n'aime pas cela.

– Rodolphe, sois raisonnable, dit Hans. Laisse-moi annoncer à ton oncle que le mariage est décidé. Suppose que l'infante soit élue.

– Vas-y, grommela l'empereur sans enthousiasme.

– Donc, je pars pour Madrid, demanda Hans. Quand?

– Mais tout de suite si tu veux!

Sans broncher, Hans détacha son cheval et l'enfourcha.

– Où vas-tu? cria l'empereur.

– Où tu m'as dit d'aller, voyons!

– Attends, dit l'empereur avec un regard suppliant. Je dois… Il faut préparer la cérémonie. Ne t'en va pas comme ça, Hans.

En Afrique

Naissance des jumeaux

Au septième mois, Jasmine était si grosse qu'elle ne pouvait plus marcher. Le cheikh était anxieux. Il lui palpait le ventre chaque jour et sentait d'étranges mouvements, des formes inhabituelles.

– Reste allongée, ma fille, lui dit-il. Adama se chargera du puits.

Au commencement du huitième mois, Jasmine connut les premières contractions.

– C'est trop tôt! gémit-elle. La matrone n'aura pas le temps d'arriver. Maître, comment va-t-on faire?

– Nous avons Adama, dit le cheikh. Ne crains rien.

Le cheikh fit préparer une grande quantité d'eau bouillie, un couteau passé au feu, des linges propres, un panier neuf pour coucher le nouveau-né.

Il appela Adama, mais elle tremblait si fort qu'il la poussa de côté.

– Je veux que tu m'assistes, dit-il à l'infirme. Cet enfant m'a tout l'air d'un géant, et elle risque de souffrir.

Le soir même, Jasmine perdit les eaux.

Contrairement aux inquiétudes du cheikh, l'accouchement se déroula sans difficulté. L'enfant était minuscule.

Le cheikh venait à peine de le langer quand Jasmine ressentit de violentes douleurs.

– C'est le délivre, ma fille. Pousse fort!

Jasmine s'arc-bouta. Pas de délivre.

Les contractions redoublèrent et le cheikh dut se résoudre à regarder de près. Il posa le nouveau-né dans les bras de son père, se lava les mains et releva la robe ensanglantée.

– Je vois le dessus d'une tête! cria-t-il. Il y a un autre enfant!

Le second était à peine plus gros que le premier.

Ils étaient si petits qu'ils tenaient tous les deux dans le panier. Le cheikh les entoura de boules de coton et les couvrit d'un chaud burnous de laine. Toute la nuit, il les alimenta avec le bout de son index trempé dans l'eau sucrée. À l'aube, les seins de Jasmine avaient de quoi commencer à nourrir les nouveau-nés.

Comme il l'avait fait pour les aînés, le cheikh enterra discrètement les placentas au pied d'un arbre, pour préserver l'âme double des nouveaux-nés. Il fit très attention de choisir un palmier tout proche d'une mare, car les naissances des jumeaux pouvaient attirer le malheur si on ne veillait pas à les placer au bord de l'eau.

L'infirme appela le garçon Yusuf.

Mariame étant le seul prénom féminin du Coran, il fut dans l'embarras pour le nom de la jumelle.

– Pourquoi ne pas donner à cette petite fille le prénom de ta mère? dit le cheikh.

– La reine Juana ma mère m'a précipité dans le monde et puis elle m'a laissé, dit l'infirme. Juana de Castille, mon arrière-grand-mère, est morte dans la folie. C'est un prénom maudit!

– Alors appelle-la Nour, la lumière, dit le cheikh.

Le récit de la corne

Le pâtissier de Madrigal

J'étais donc revenu dans la Chambre aux merveilles, sur la table où m'attendait cette folle de mandragore. Elle me fit une scène. Je l'avais abandonnée, elle, ma fidèle amante. Cette racine échevelée, mon amante ? Comme j'aurais préféré la maison du yogi !

J'étais bien dans la poche de sa houppelande. Quand il m'en a sorti, sa main était chaude. La maisonnée respirait l'harmonie. La femme à ses côtés me plaisait. Ronde, fessue, moelleuse. Le feu brûlait gaiement sans crépiter. Chez le rabbin, il n'y avait pas de courants d'air comme dans cette salle voûtée où le froid me glaçait.

Sur le mur étaient peintes deux colonnes où s'enroulait une vigne avec des feuilles vert tendre, et, trônant sur chacune des colonnes, deux lions dorés, superbes, la patte levée. Le lion et la vigne, c'était certainement lui, l'homme le plus sage que j'aurai jamais vu dans ce monde qui n'était pas le mien.

Je n'ai pas bien compris pourquoi il m'a rendu. Il me croyait impur! Par tous les dieux de mon pays, si quelqu'un était pur sous son toit, c'était moi. Mais il s'embarqua dans une longue méditation au sujet de mes écailles – des écailles, moi! Le rabbin ignorait ce qu'est une carapace. Il ne savait rien de moi. Et il retourna au Château pour me rendre.

Ce qui me consola fut de retrouver l'empereur et ses foucades. J'admirais le yogi juif, mais Rodolphe m'enchantait. Pas de risque d'ennui avec cet homme-là.

Il me fit réparer par un de ses artisans. Je noircis un peu, mais le couvercle s'ajusta de nouveau sur la coupe.

Un mois plus tard, le dégel commençait et, une fois de plus, l'ami Hans revint presser l'empereur pour le mariage espagnol, mais Rodolphe se renfrogna.

– Tu veux que j'épouse une femme que je n'ai jamais vue! dit-il avec irritation.

– Tu as de nombreux portraits, répondit Hans.

– Oh ça! J'ai vu les peintres à l'œuvre, je n'y crois pas.

Hans se mit en devoir d'expliquer que la belle n'avait pas forcément un très joli visage, mais qu'elle était gracieuse et pleine d'esprit.

– Allons, Hans, entre nous, dit Rodolphe. Ferais-tu des galipettes avec cette fiancée-là?

Hans décida de mentir en souvenir d'Eboli.

– Oui! dit-il avec force. S'il le fallait, oui!

– Tu me prends pour un âne.

– Mais pas du tout! dit Hans avec un air d'innocence.

– Tu connais ma Caterina, dit Rodolphe. Comment la comparer avec…

Il n'acheva pas. Et je le comprenais. Quoiqu'un peu trop maigre, la mère du petit Giulio était incomparable.

– Que dois-je dire à ton oncle ? dit Hans.

– Rien ! dit Rodolphe. Henri de Navarre vient de se convertir. Il sera roi de France, et mon oncle a rêvé.

Puis le Turc attaqua, au printemps. Une ville fut assiégée, loin de Prague, une ville chrétienne. Rodolphe sortit son armure d'acier et d'or, la fit solennellement poser devant lui, coiffa son casque et, chaque soir, consulta sa boule de cristal en caressant sa mandragore femelle. Et le Turc recula.

Pour fêter sa victoire, Rodolphe fit chanter au Château un hymne au dieu chrétien, accompagné par un tonnerre étrange dont les vibrations me donnèrent des secousses. De loin, j'entendais les voix des cantors et l'orage grondant dans les tuyaux d'acier. Je trouvais cela horriblement barbare, mais à ce qu'il paraissait, c'était de la musique. En revanche, ma voisine mandragore était dans tous ses états.

– C'est pour moi ! J'ai vaincu ! À moi toute la gloire ! Je suis fille du sperme…

Mais le Turc reprit la guerre en plein été, et cette fois, il ne recula pas. Mon empereur partit chercher de l'argent auprès de ses sujets et revint, mais trop tard. Le Turc avait dévasté la Hongrie.

Rodolphe plongea dans la mélancolie. Il s'asseyait,

prenait la mandragore, caressait ses cheveux et la reposait avec un soupir. Ou bien il me prenait, versait son vin préféré et ne le buvait pas. Ou encore il buvait coup sur coup dix fois de suite et tombait assommé, la tête sur notre table. J'avais pitié de lui. Souvent, il sanglotait. Il n'acceptait personne auprès de lui. Ni ses mages ni Caterina. Ni aucun de ses médecins.

Hans venait tous les jours et se faisait chasser.

Un soir, il insista.

– J'ai deux histoires pour toi.

– Laisse-moi! gémit Rodolphe.

– Non, tu vas écouter. La première concerne ton cousin Sébastien. On dit qu'il est revenu et cette fois, c'est sérieux.

Rodolphe leva un œil.

À quelques centimètres de sa main, je frémis. Sébastien serait vivant! Était-ce possible?

– Tu es sûr? dit Rodolphe.

– On dirait. Il s'agit d'un pâtissier de Madrigal...

– Va au diable, dit Rodolphe. Un pâtissier, vraiment.

– Écoute-moi! insista Khevenhüller. Il s'appelle Gabriel de Espinoza. On l'a mis en prison pour vol à Valladolid. Et c'est à n'y pas croire, le pâtissier avait sur lui un portrait de Dona Anna, tu sais, la fille du vainqueur de Lépante.

– Le bâtard, dit Rodolphe. J'avais oublié que Don Juan d'Autriche avait une fille.

Ce nom ne m'était pas tout à fait inconnu. À Madrid, on parlait souvent de ce Don Juan d'Autriche, grand seigneur et bel homme, fils d'un empereur fameux et d'une pute de Bamberg. Maintenant, quel empereur fameux, je ne m'en souviens plus guère. Un Charles quelque chose, quatre ou cinq, je crois. Dans mon souvenir, le roi Philippe n'aimait guère son demi-frère Don Juan.

— Le portrait qu'avait le pâtissier contenait une mèche des cheveux de la belle et une montre en or. Mais sais-tu le plus fort ? C'est que, de son couvent, Dona Anna confirme qu'elle les lui a donnés parce qu'il est le roi Sébastien. Elle veut l'épouser. Son confesseur la soutient. Alors, que dis-tu de cela ?

— Depuis combien de temps est-elle dans son couvent ?

— Depuis qu'elle a six ans, dit Hans. Tu vas me dire qu'elle ne l'a jamais vu.

— Encore un imposteur, soupira Rodolphe.

Moi, j'y crus, pour une fois. Mon cœur de corne s'émut à l'idée de revoir mon roi bien-aimé. Puis je songeai à Pedro. Savait-il ?

— C'est aussi ce que pense le gardien de tes guépards. Le bon Pedro dit que par deux fois, on lui a fait le coup et qu'on ne l'aura pas une troisième fois.

— Tu vois, dit Rodolphe d'un ton morne. Et la deuxième histoire ?

— Ta fiancée va épouser ton frère, dit Hans.

Cette fois, Rodolphe sortit de ses gonds.

— Mon frère ! Lequel ? Tu mens ! Dis-moi lequel !

— L'archiduc Albert…

— Jamais ! Je ne veux pas !

Il attrapa une urne de cristal et la brisa sur la marqueterie.

Puis, hors de lui, il marcha rugissant comme son lion favori en cassant tout sur son passage, une statuette de marbre, une de ses horloges, un coquillage géant. C'était un spectacle incroyable. Ce qu'il aimait le plus, il le détruisait. Je pris peur quand il revint vers nous.

Mais il ne me toucha pas. La mandragore, si.

– Espèce de femelle ! Maudite ! Salope, catin ! Toutes les mêmes, chiennes du diable !

Elle crïait, la pauvrette, elle couinait plaintivement, que ce n'était pas sa faute, qu'elle n'était pas une femme, mais une simple racine, rien à faire. Il lui arracha les cheveux. Il venait d'empoigner une épée quand Hans le désarma et le força à s'asseoir.

Rodolphe soufflait la fureur comme un buffle en colère.

– Pourquoi mon frère cadet ? Qu'a-t-il de plus que moi ?

– C'est un pieux catholique et toi, tu ne l'es pas. Il a toujours obéi à ton oncle et toi, presque jamais.

– Il n'est pas l'empereur ! Mon oncle est devenu fou. Tu vas aller lui dire que j'épouse ma cousine !

– Le roi Philippe se meurt, dit Hans. Les fiançailles ont eu lieu.

– Par le diable, Hans, les miennes aussi !

– Oui, il y a vingt ans. Te souviens-tu que tu voulais m'envoyer à Madrid il y a deux ans ? Ensuite tu m'as demandé de rester.

– Et alors ? N'était-elle pas toujours ma promise ?

– Non, dit Hans. Elle avait renoncé à t'épouser.

Rodolphe se versa une rasade de vin et l'avala d'un

coup. Je sentais sa main trembler. Une autre coupe. Une autre encore.

– Elle va voir, cette infante, gronda-t-il. Je trouverai sans effort une autre fille digne de mon rang. L'infante regrettera, oh oui !

Il consulta ses conseillers et son choix se porta sur une fille de la même contrée que Caterina Strada. Elle s'appelait Marie. Les portraits qui vinrent de Florence montraient une fille aux gros seins, à la taille empâtée et aux joues écarlates.

Rodolphe marchait de long en large devant les portraits de sa future, en se mordant la moustache.

– Quel âge a-t-elle déjà ? dit-il d'un ton chagrin. Ah oui, vingt-trois ans. À trente, ce sera un tonneau. Personne ne voudra d'elle.

– Une voyante a prédit à la petite Médicis qu'elle serait reine de France, dit Hans.

– Absurde, dit l'empereur. Henri de Navarre est déjà marié. La grosse Médicis m'épousera.

En quoi il se trompait. Plus tard, l'Italienne potelée allait bel et bien épouser Henri de Navarre, dont le premier mariage avait été dissous. À cette occasion, j'appris que dans ces pays, le pape, si mystérieux, pouvait rompre un mariage et faire comme s'il n'avait jamais été. Réparait-il aussi les hymens rompus par la défloration ? Sans doute.

Pendant que mon empereur rêvait de la Médicis, le roi Philippe approchait de sa mort.

Rodolphe avait envoyé Hans à Madrid. Chaque jour,

il recevait les nouvelles de son oncle et chaque jour, il s'épouvantait des lettres de Khevenhüller. Le corps dévoré par les poux, des abcès au genou, à la poitrine, à l'aine, le dos couvert d'escarres et d'excréments, Philippe résistait.

La dernière lettre de Hans fit sangloter l'empereur. Philippe avait convoqué son fils et l'infante Isabelle en demandant qu'on découvre son corps souillé devant eux pour qu'ils s'imprègnent des vanités humaines. Cinquante-trois jours après être entré en agonie, le roi d'Espagne rendit enfin son dernier souffle.

Khevenhüller revint un mois plus tard bouleversé.

– Le roi ton oncle a eu une sainte mort, disait-il. Rodolphe, il faut que tu te réconcilies avec le pape. Sois un grand empereur! Cesse de protéger les hérétiques!

Mais au lieu de se réconcilier avec ce grand homme qu'ils appelaient le pape, Rodolphe s'en fut visiter le Maharal dans sa maison.

Il revint apaisé. Mais ses conseillers, non. Je les entendais murmurer dans son dos. À les entendre, le yogi juif possédait un palais illuminé de mille chandeliers, avec des vaisselles d'or. L'empereur était entré sur un tapis de pétales de roses alors que ce n'était pas la saison, et tout cela sentait la sorcellerie juive.

Un palais, cette maison! Elle n'était pas grande. Je n'avais pas vu de vaisselle d'or. Il y avait bien quelques chandeliers, mais pas plus que cela. Quant aux roses, je soupçonnais fortement ces imbéciles de confondre les pétales avec les motifs du tapis que j'avais vu sous la table. Le karma du rabbin n'était pas la richesse.

Puis, malgré l'amitié que lui prodiguait le Maharal, Rodolphe plongea dans le désespoir. Le monde lui échappait. Pas de mariage, pas d'impératrice et le Turc à ses portes. Les partisans du pape le pressaient d'agir contre les hérétiques et son frère Matthias devenait un rival menaçant.

La même année, mon roi bien-aimé revint une quatrième fois.

Quand il sut qu'un Portugais réfugié à Venise serait peut-être le roi Sébastien, Rodolphe traita la nouvelle par le mépris. Et cette fois, j'approuvais. Quatre résurrections ! On ne m'y prendrait plus.

Un an plus tard, le Portugais fut condamné à la prison à vie, et je m'en crus délivré, mais l'affaire n'en était qu'à ses débuts.

À Paris, un noble portugais rassembla ses compatriotes émigrés, collecta des subsides et se rendit à Venise. Comment il s'y prit pour faire élargir le prisonnier, je ne sais pas. Mais les Portugais rassemblés le reconnurent pour mon roi.

C'était infiniment troublant. À ce que disait Hans, le prisonnier libéré avait les neuf marques du ciel sur son corps et même, il en avait seize, ce qui était encore mieux. Il avait reçu des flèches dans les cuisses et une dans la poitrine, dont il avait guéri.

Deux choses semblaient certaines. Le Portugais de Venise avait sur le corps les signes de Dieu, et il avait participé à la bataille.

C'est alors qu'on apprit une nouvelle incroyable. Le

fameux homme qu'ils appelaient le pape sommait le
roi d'Espagne de rendre le Portugal au roi Sébastien
revenu du Maroc.

Si le pape s'en mêlait, cela devenait sérieux. Rodolphe
fit venir le gardien de ses guépards.

Je n'avais pas revu Pedro depuis un an. Quand il ôta
son bonnet devant l'empereur, je vis que ses cheveux
étaient gris et son front, plein de rides. Son allure était
bonne. Pedro avait vieilli, il avait de l'embonpoint, mais
il se tenait droit et son regard reflétait toujours la même
franchise.

— Qu'en penses-tu, Pedro da Silva ? Tu as vu mon cousin
de près pendant des années, et je te fais confiance.

— Il faudrait que je le voie, dit Pedro. Les signes, cela se
fabrique. Si c'était de la teinture ? Et les flèches. C'est bien
joli, les flèches, mais le roi Sébastien a eu la tête écrasée,
à ce que l'on disait. De là à le reconnaître, franchement…

— On dit que son visage a changé, dit l'empereur. Vas-y
et rends-moi compte.

Pedro recula, tout pâle.

— Je préférerais pas, Majesté, dit-il. Je suis portugais
de naissance. Si ce n'était pas lui, c'est un coup à finir
au gibet.

— Je te protégerai ! insista l'empereur.

— Voulez-vous que je vous dise ? Ce n'est pas lui. Je le
sens dans mon cœur.

Pedro fut dispensé de partir pour Venise, mais Rodolphe
demanda une enquête. J'avais le cœur plein d'espoir.

Hélas ! Le prisonnier libéré se fit reprendre à Naples
par les Espagnols. Il fut jugé. Un témoin affirma que

333

ce n'était pas Sébastien, mais Marco Tullio Catizone, natif du même village, quatrième imposteur de la vie éternelle de mon malheureux roi.

– Il y a là un mystère, disait Rodolphe. Pourquoi mon pauvre cousin ne cesse-t-il de revenir sous des traits différents ? Quelle force pousse ces gens à se faire passer pour lui ?

– Mais c'était peut-être lui, disait Tycho Brahé, le dernier savant arrivé à la Cour.

– Ah ! Vous croyez, vraiment ? Dans ce cas, espérons…

D'un astrologue comme Tycho Brahé, Rodolphe acceptait tout, même l'impossible.

Il avait mis plus de dix ans à le convaincre de venir le rejoindre au Château. Il l'avait accueilli tête nue, comme un prince, avant de le pensionner en le logeant dans la demeure de son choix.

L'astrologue officiel était un drôle de personnage. Il voyait un chat noir et tombait aussitôt en pâmoison. Il ne supportait pas de croiser une vieille femme. Il avait établi une liste des jours néfastes pendant lesquels il convenait de ne rien faire du tout. Et quand il fit le thème astral de l'empereur, il lui prédit qu'il mourrait assassiné.

Quand le seizième siècle devint le dix-septième, Marco Tullio Catizone fut condamné aux galères. Un jour, il fut pendu, mais l'affaire rebondit.

On disait que ce n'était pas lui qu'on avait pendu, mais un autre.

En Afrique

Le renoncement du roi Sébastien

– Non, dit l'infirme. Je ne veux pas mettre ma famille en danger. Voulez-vous que je sois pendu à mon tour?

– Mais toi, tu es le vrai Sébastien, répliqua le cheikh. Les Portugais t'attendent. Il y a ce cordonnier dont on m'a parlé, ce Bandarra de chez toi avec ses prophéties.

– Les *Trovas*? Maître, vous n'allez pas prendre au sérieux un cordonnier! Quand j'étais roi, j'avais pour prophète un poète qui s'appelait Camoëns, un vieil aventurier inspiré. Mais un cordonnier, non!

– Pourquoi pas? dit le cheikh. Ce qui compte, c'est qu'il soit écouté. Or il l'est. Il a prophétisé ton retour. C'est une chose que tu ne peux nier.

L'infirme recommença sa démonstration.

À cause de ses blessures, il n'avait plus toutes les marques distinctives qu'il avait reçues du ciel à sa naissance. Il en manquait deux. Les Portugais espéraient son retour, cela n'était pas douteux, mais le Portugal était maintenant soumis à l'Espagne et le malheureux Marco Tullio Catizone avait été pendu par les Espagnols.

Comment leur échapper ? Qui en Europe soutiendrait le retour d'un vieux roi infirme ?

– Le pape, dit le cheikh.

– Oui, s'il me reconnaît !

Et il n'avait pas le moindre moyen de prouver son identité.

– Tu plaisantes ! dit le cheikh. Regarde Villarte. Ne t'a-t-il pas reconnu ?

– Son remords et la honte, dit l'infirme. Et je l'avais assommé, il n'était plus lui-même.

– J'ai gardé ton casque, dit le cheikh.

– On dira que je l'ai volé !

– Le pape...

– Maître, le pape a soutenu le Portugais de Venise. Croyez-vous qu'il accepterait de reconnaître un autre Sébastien ?

– Les papes meurent beaucoup, dit le cheikh.

– Je ne veux pas retourner à mon destin royal, murmura l'infirme. Combien de fois faudra-t-il vous le dire ?

Le récit de la corne

Des astres sur une couronne

Un an après le tournant du siècle, l'astronome mourut d'un éclatement de vessie. C'est ce qu'on disait, mais moi, je crois plutôt qu'il mourut de jalousie.

Tycho Brahé avait fait venir à ses côtés un aide nommé Johannes Kepler, plus jeune et plus savant que lui. Tycho menait grand train et Kepler vivait chichement. Quand ils discutaient du cosmos dans la Chambre aux merveilles, le ton était aigre-doux.

Rodolphe les écoutait avec passion. Vint un jour où Kepler apporta ses conclusions sur la planète Mars. Elle décrivait une orbite elliptique ; le Soleil était l'un des foyers de l'ellipse et sa vitesse variait selon sa distance.

– Non, coupa Tycho Brahé. Vous avez dû vous tromper, Johannes. Sinon, cela voudrait dire que le Soleil ne tourne pas autour de la Terre.

– Étonnant ! dit Rodolphe.

Tycho Brahé faillit tomber à la renverse.

– Hé, Majesté ! s'exclama-t-il. Giordano Bruno pensait

337

aussi cela. Vous savez ce qui lui est arrivé ? Il vient d'être brûlé à Rome en place publique. Ce sont des pensées hérétiques et surtout, croyez-moi, des imaginations.

– Je ne trouve pas, dit Rodolphe. Poursuivez, monsieur Kepler.

On peut dire ce qu'on veut de mon empereur, mais sur le sujet de la science, il ne manquait pas de courage. Pour moi, à cette époque, je pensais comme Tycho. Quiconque considérait que la Terre n'est pas le centre du monde était un fou. C'est ce que je croyais quand j'avais juste un siècle.

Tycho mourut un mois plus tard. Rodolphe fit à son astronome officiel des funérailles splendides, et Kepler fut nommé astrologue et mathématicien impérial. C'était un esprit clair. Il n'était pas obsédé par les chats noirs ni par les vieilles femmes croisées sur son chemin. Il rêvait d'harmonie universelle et de paix.

La paix ! Elle s'éloignait.

Rodolphe connut le malheur.

Son ami Hans mourut d'un accident de chasse, blessé par un sanglier qui lui coupa l'artère de la cuisse. Je partageai le chagrin de l'empereur. Je ne verrais plus le grand gaillard allemand dont le destin s'accommodait au mien depuis que la caraque qui m'avait transporté s'était arrimée sur les quais de Lisbonne. Je perdais un ami, et Rodolphe, son meilleur confident.

Don Giulio, son fils, fit une fugue. Puis l'impératrice

mère mourut. Rodolphe se déclara en grand deuil et se mura au Château.

Il avait de temps en temps les crises de fureur qu'il avait léguées à son malheureux fils. Une fois, il faillit poignarder un ministre qu'il soupçonnait de trahison et comme l'autre avait réussi à s'échapper, Rodolphe voulut tourner contre lui le poignard.

Horrible souvenir ! Les serviteurs l'avaient à peine désarmé que mon empereur se lança tête baissée contre une vitre qu'il brisa. Ensuite, tout alla très vite. Avec un éclat de verre, il se coupa la gorge. Son sang coula sur moi.

Il s'en fallut de peu. Les serviteurs lui arrachèrent le morceau de vitre et Rodolphe en fut quitte pour un simple pansement.

Il renvoya le ministre, ses serviteurs et toute la maisonnée, sauf Caterina. Et il fit garder sa porte par deux jeunes capitaines. À compter de cet instant, la folie des Habsbourg l'obséda.

Rodolphe voulut avoir une couronne. Bizarrement, il n'en avait pas. La couronne impériale était dans une autre ville qu'il appelait Nuremberg et il n'avait pas le droit de s'en saisir. Elle n'était pas à lui, mais à l'Empire.

Donc, il voulut la sienne. Le travail commença après la mort de l'impératrice mère. Les sculpteurs s'affairèrent sur une calotte d'or partagée en son milieu et gravèrent d'un côté le couronnement de Rodolphe. De l'autre côté, une figure de Rodolphe couronné de lauriers après sa victoire sur le Turc. Ensuite, les joailliers incrustèrent les pierres symboliques qu'il avait déjà sur son anneau.

Je me souviens du jour où les joailliers terminèrent la couronne impériale. Rodolphe avait sorti de ses trésors un énorme saphir venu du Cachemire. La pierre était considérable, mais informe. Le plus vieux des joailliers entreprit de la tailler et les éclats de saphir s'envolèrent sous sa meule. Peu à peu, la couleur apparut.

Le saphir était bleu comme un ciel sans nuages et il avait la forme d'une mangue. Le joaillier l'ajusta sur le toit de la couronne. Elle était achevée.

Rodolphe connut un bref moment de bonheur. Il la prit, la fit pivoter, la leva au-dessus de sa tête et puis la reposa sur la table, le regard extatique.

– C'est mon cadeau au monde, dit-il. Ô Hans, pourquoi m'as-tu quitté?

Après la couronne, il y eut des portraits et des bustes, des bustes et des portraits couronnés de lauriers. Ah! Le temps n'était plus au jovial Vertumne au nez en forme de poire! Non. Nous en étions à la gloire impériale et, pendant ce temps-là, Rodolphe ne gouvernait plus.

En Afrique

Mariage mixte

Le cheikh et l'infirme s'asseyaient tous les soirs un long moment. Absorbée par les jumeaux, Jasmine n'allait plus tirer de l'eau au puits. Mariame la remplaçait et, chaque soir, les deux hommes la regardaient rentrer avec adoration.

Mariame était blonde, très gaie, avec le regard noir de sa mère. Elle jouait de la guitare à la perfection, mais n'osait pas chanter, trouvant sa voix trop rauque, comme celle de sa mère.

– Notre Mariame est une femme maintenant, dit le cheikh. Il faudrait la marier.

– Avec qui ? dit l'infirme. Il n'y a pas d'hommes ici, sauf vous et moi.

– Il viendra bien quelqu'un, dit le cheikh.

– Vous n'allez pas la marier à un visiteur de passage ! s'indigna l'infirme. N'oubliez pas qui elle est !

– Ah ! Maintenant tu te souviens que tu es roi ! dit le cheikh.

341

– Mais cela ne nous dit pas comment trouver un mari digne d'elle, soupira l'infirme.

– Allah y pourvoira, dit le cheikh.

Un mois plus tard, Francisco de Villarte fit son apparition, porteur de nombreux présents pour la princesse Jasmine et sa fille. Il n'avait pas d'escorte

L'infirme prit le cheikh à part.

– Vous avez comploté, avouez-le !

– Oui, dit le cheikh. Villarte est de votre pays et c'est un noble cœur.

– Il est musulman ! Cela ne se peut.

– Mais si, dit le cheikh. Le Coran autorise les musulmans à prendre des épouses chrétiennes. Et si tu hésites, mon fils, rassure-toi. Villarte n'est pas tout à fait musulman. Il est secrètement chrétien.

Villarte fit sa demande à genoux.

– Jurez de ne pas la forcer à se convertir à l'Islam, dit l'infirme.

– Je le jure, dit Francisco.

– Acceptez-vous une bénédiction par le Christ ?

Francisco accepta.

– Avez-vous déjà d'autres épouses ? demanda le cheikh.

– Non ! mentit Villarte, qui rougit brusquement.

– Le Coran autorise le divorce, dit le cheikh. Veillez à ce qu'une fois divorcées, vos épouses ne manquent de rien.

– Ce sera fait, dit Villarte avec empressement. Mariame sera mon unique épouse.

– Vous pouvez courtiser ma fille, dit l'infirme.

Villarte dut apprivoiser Mariame.

Il l'accompagna au puits, porta les cruches, relevant son voile quand elle le laissait tomber en tirant la corde. Elle ne disait pas un mot. De loin, l'infirme et le cheikh voyaient Villarte lui parler, faire des gestes, et elle, silencieuse, se drapait dans son voile sans bouger. Un matin très tôt, elle éclata de rire et cela s'entendit jusque dans l'ermitage.

L'infirme et le cheikh échangèrent un sourire.

Mariame rentra le voile chiffonné. Jasmine la gronda pour la forme. Villarte semblait rêveur.

– Ce serait trop beau ! dit l'infirme.

– Tu vois, j'avais raison, dit le cheikh. Elle s'ennuyait ici.

Mariame épousa Villarte une semaine plus tard, en présence d'un frère capucin venu tout exprès d'un lointain monastère. Les époux partirent à cheval, Mariame en croupe dans un grand voile bleu sombre, sa guitare attachée dans le dos.

Le récit de la corne

Prague, février 1608

Du fond de sa réclusion, Rodolphe cherchait une femme.

Les portraits arrivèrent de partout. La princesse de ceci, l'archiduchesse de cela, avec le même sourire, les mains croisées sur le satin de leurs jupes, tantôt avec une fraise, tantôt décolletées. Une galerie de dames posées sur chevalets, des femmes qui ne parlaient pas et qui se laissaient lorgner. Rodolphe allait de long en large et les contemplait tour à tour.

Choisir ? Comment choisir une figure peinte alors qu'on était sûr qu'elle était arrangée ?

Il fit tourner les portraits contre le mur et revint à l'arbre généalogique des Habsbourg.

Et il se décida pour l'archiduchesse Anne, fille de son oncle Ferdinand le Tyrolien dont il avait si longuement jalousé les trésors. Le Graal d'agate et la corne de licorne étaient désormais dans la Chambre aux merveilles, et il n'y manquait plus que la fille de Ferdinand, demoiselle au menton Habsbourg avec des lèvres proéminentes.

Sur son portrait, la nouvelle fiancée ne souriait pas.

Rodolphe traîna. Et de même qu'il s'était fait voler sa première fiancée, il se fit voler la seconde. Son frère Matthias finit par lui demander l'autorisation d'épouser l'archiduchesse Anne.

Furieux, Rodolphe rusa, acceptant des fiançailles. Cela ne signifiait rien. Dans son esprit, les fiançailles pouvaient durer vingt ans.

Puis la catastrophe arriva.

Son fils, Don Giulio, était devenu si bizarre que son père l'avait relégué dans un de ses châteaux. Don Giulio chassait. Ensuite, il traitait les peaux, si mal qu'elles pourrissaient. On disait qu'il vivait dans cette puanteur et qu'il aimait le goût du sang. Il s'éprit un beau jour de la fille du barbier du village.

Rodolphe ne parlait jamais de son fils. Mais ses serviteurs glosaient volontiers sur la folie du bâtard, ce sauvage à tête d'assassin. Le savoir amoureux ne les rassurait pas.

Un jour, on retrouva Don Giulio tout nu, serrant contre lui la fille du barbier. Il lui avait crevé les yeux, il lui avait coupé les oreilles, il l'avait lardée de coups de couteau et il avait chié sur le cadavre.

Rodolphe se retrouva dans la même situation que son oncle Philippe quand il avait fallu enfermer Don Carlos. Et il fit poser des barreaux aux fenêtres des appartements de son fils, revenu au Château sous surveillance.

Je l'ai vu surgir une nuit, nu et plein d'excréments, hurlant qu'il était prince, héritier de l'empereur. Comment

345

il s'était échappé, je ne sais pas. Il n'était pas armé, mais Rodolphe recula, épouvanté. Il n'essaya même pas de lui parler.

Non. Il ne tenta rien pour calmer son fils, car c'était impossible. Rodolphe appela les gardes.

Don Giulio mourut un mois plus tard derrière les barreaux de sa chambre. On disait que l'empereur avait ordonné sa mort, mais je sais bien que non. Il sanglotait trop. Parfois, Caterina venait pleurer avec lui, et je voyais qu'elle n'avait pas de rancœur contre le père de son enfant.

Rodolphe vieillit en quelques jours. Il maigrit, lui si gros, et perdit jusqu'au goût de la vie. Il voulut rendre visite à son vieil ami le Maharal, mais pour cela, il aurait dû sortir du Château.

La mort cachée
dans une rose

Le Maharal attendait la visite de l'empereur. Le consoler, il ne le pourrait pas. Mais il saurait lui expliquer les raisons de la catastrophe et pourquoi, en éloignant son fils, l'empereur l'avait précipité dans la folie. Il l'avait alerté en vain. Il aurait voulu prendre soin de Don Giulio, mais l'empereur s'était mis en colère et le jeune homme avait été laissé à l'abandon. Hélas! Qu'il était loin, le temps où il avait calmé l'enfant en prononçant les paroles qui guérissent!

La veille, le Maharal s'était rendu au cimetière pour vérifier l'état des tombes, empilées les unes sur les autres depuis tant d'années que, parfois, les ossements affleuraient. C'était le seul endroit du quartier juif où des arbres poussaient. Du lierre aussi, et un rosier.

En l'an 1609, la peste rôdait dans Prague. Il fallait être prudent. En circulant entre les tombes, si serrées que sa houppelande s'accrochait parfois à une stèle, il aperçut

347

une vieille voilée de noir. Comme il s'avançait pour la saluer, elle lui tendit un feuillet sans dire un mot.

Le feuillet portait le nom du Maharal et des prières dans une langue inconnue.

– D'où venez-vous ? dit-il avec douceur. Ne craignez rien. De Pologne ? Je suis polonais moi aussi. Non ? Des terres du tsar ?

Mais la femme rajusta son voile et s'enfuit avec la légèreté d'une fille de quinze ans.

La rumeur naquit le lendemain. Au cimetière, le Maharal avait croisé la Mort, elle lui avait tendu un feuillet où était inscrite la date de son dernier soupir et il avait repoussé la Camarde.

– Ne soyez pas stupides, dit le Maharal. Trouvez-moi quelqu'un qui connaisse cette langue et dénichez-moi cette vieille, que je lui parle.

L'empereur tardait à venir et le Maharal se faisait du souci. Les bruits venant du Château n'étaient pas rassurants. L'empereur alternait des crises de fureur et de mélancolie.

– J'irai le voir, dit le Maharal. Après le jour de mon anniversaire. Avez-vous trouvé quelle est cette langue inconnue ?

Le jour de ses quatre-vingt-dix ans, le Maharal reçut de nombreuses visites. En l'absence de Rivka, morte deux ans plus tôt, sa fille Rachel jouait la maîtresse de maison. Et parmi ses nombreux petits-enfants, le Maharal chérissait singulièrement la fille de Rachel, qui s'appelait Rivka, comme sa grand-mère.

La petite Rivka était allée cueillir au cimetière la plus belle des roses du rosier. Un bouton de rose blanche commençant à s'ouvrir.

Rachel poussa sa fille en avant.

– Va l'offrir à ton grand-père, dit-elle à l'oreille de la petite.

En rougissant, l'enfant tendit la rose au Maharal, qui la prit et poussa un léger cri. Il s'était piqué avec une épine.

– Merci, dit-il en embrassant la petite. C'est la plus belle rose que j'aie jamais vue.

D'autres visiteurs arrivaient, les bras chargés de cadeaux. Le lendemain, le doigt avait beaucoup gonflé.

– Il faut inciser, dit-il. Une lame passée au feu, Rachel.

Rachel passa le scalpel dans la flamme un peu trop vite. Le Maharal incisa, mais le mal était fait. Il eut une forte fièvre et on le mit au lit.

L'infection se généralisa. Le Maharal gardait toute sa tête et demandait sans cesse si l'on avait trouvé la vieille du cimetière et quelle était la langue inconnue.

Au matin de son dernier jour, Rachel fit entrer la vieille qu'on venait de retrouver.

Derrière son voile noir, elle parlait la langue inconnue d'une voix suraiguë, et ses mains voltigeaient dans les airs. Soudain, sa voix s'éteignit et son dos s'affaissa.

– D'où viens-tu, ma fille ? murmura le Maharal. Quelle ville ? *Katta* ?

– Samarkand ! dit-elle d'une voix faible.

– Le voile, dit le Maharal avec effort. *Panim*. Visage.

349

La vieille ôta son voile et c'était une jeune fille au visage décharné, à demi morte de faim.

– Rachel, donne-lui du pain, dit le Maharal. J'ai compris d'où vient cette jeune fille et quelle est la langue inconnue. De l'ouzbek.

La jeune fille se précipita au pied du lit avec des paroles confuses.

– Oui, dit le Maharal en posant ses mains sur la tête de la fille. Visage de ma mort, je te bénis.

– Dehors ! cria Rachel en poussant la jeune fille.

Le Maharal mourut le soir même, la tête tournée contre le mur.

Le récit de la corne

La mort du vieux Pedro

La mort du Maharal ajouta le chagrin au chagrin.

– Je pleure un ami, répétait mon Rodolphe. Le monde perd un génie. Mourir d'une piqûre de rose, n'est-ce pas incroyable? Et si l'épine avait été empoisonnée? Mon pauvre Maharal. Il aurait dû devenir centenaire et une simple rose...

Il redoubla de précautions et fit goûter deux fois les plats qu'on lui servait.

Quand il apprit que son frère Matthias revendiquait la couronne de Hongrie, il résista un temps, puis fut contraint de céder. Il perdit la Hongrie et l'Autriche, mais garda la Bohême.

Il était le chef élu du Saint-Empire romain et germanique, roi de Bohême, mais il n'avait plus aucun pouvoir.

Il était plaint et respecté, mais tellement affaibli que les utraquistes et les frères moraves lui redemandèrent solennellement la liberté religieuse pleine et entière, puisqu'il la leur avait accordée au début de son règne.

Les disputes entre chrétiens, mon empereur n'avait connu que cela. Tout cela était sans intérêt pour lui au regard de la connaissance, je le savais. Il signa la Lettre de Majesté, trois documents accordant la pleine liberté de religion. À la Cour, on disait que le pape ne serait pas content, mais je commençais à me demander si le pape existait pour de bon. Rodolphe s'en fichait éperdument.

Là-dessus, Henri de Navarre, roi de France, mourut assassiné au moment où il rassemblait des troupes pour envahir l'Allemagne. Rodolphe était content. D'abord, Henri de Navarre ne menaçait plus l'Empire, ensuite, selon la rumeur, sa propre femme avait armé la main de l'assassin. Cette femme, c'était l'Italienne que Rodolphe avait demandée en mariage autrefois.

– Tu vois que j'ai eu raison ! disait-il en levant sa coupe. La Médicis était une punaise. Imagine que je l'aie épousée, je serais mort, pas vrai ?

À qui parlait-il ? Il n'y avait plus personne. Je finis par me persuader qu'il me parlait. Mon pauvre empereur !

Son frère Matthias réclama la couronne de Bohême et l'obtint. Puis il finit par épouser l'archiduchesse Anne, à laquelle Rodolphe, dans sa folie, n'avait pas renoncé.

Il ne lui restait plus que son titre d'empereur, et le Château où il s'était enfermé.

Les mois passèrent. Son lion César mourut de vieillesse, dans sa cage.

– Cette fois, je suis perdu, me dit-il. Le lion est mon emblème et César, c'était un peu de moi. Il est mort, maintenant c'est mon tour. Je ne suis pas triste, tu sais. Je vais voir ma patrie céleste.

Je n'avais pas les mots pour le bercer. Je n'avais que le vin.

Il venait tous les jours contempler ses trésors et il m'utilisa pendant des heures. Il vint même avec ses lourdes bottes alors que ses jambes venaient brusquement de gonfler tellement il avait bu.

Il les garda deux jours. Quand on coupa les bottes, les jambes étaient noires et ce fut le début de la mort de Rodolphe.

Je ne le revis pas, mais j'entendis ses cris jusqu'au jour où je ne les entendis plus.

Dans la ville, les cloches se mirent en branle avec des sons lourds et lents. Les serviteurs passaient en murmurant et quelques-uns pleuraient. Sa houppelande d'alchimiste fut secouée et pliée. Il fut enterré le lendemain dans un cercueil de plomb dépourvu d'ornements.

La Chambre aux merveilles fut fermée. Il n'y eut plus de magie. Privée de ses cheveux, la mandragore s'était transformée en une petite vieille ânonnant sa pauvre ritournelle. J'avais pour compagnons les âmes des ramures, celles des coquillages et, parfois, quelques chats.

Matthias devint empereur et il n'eut pas d'enfants. Il avait à son tour fort à faire pour éviter la guerre entre les catholiques et les protestants. Je ne le vis pas une

seule fois. Matthias avait transféré le siège de l'Empire
à Vienne.

En hiver, des souris venaient me distraire de mon
ennui, mais elles rongeaient avec une telle ardeur
qu'elles n'avaient aucune conversation. J'en fus réduit
à tendre l'oreille aux murmures des animaux morts qui
souffraient comme moi de n'être plus visités.

Mais une fois par mois, les serviteurs ouvraient la
Chambre aux merveilles et époussetaient les trésors impériaux. C'est par eux que j'appris la suite des événements.

Matthias avait choisi comme successeur l'un de ses
neveux, Ferdinand de Styrie, un fieffé catholique. Le
nouvel empereur lui avait cédé la couronne de Bohême,
et l'assurance qu'il serait élu après sa mort.

Mais ce Ferdinand-là n'était pas tolérant.

La Lettre de Majesté qu'avait signée Rodolphe, le roi
Ferdinand refusa de l'appliquer. La liberté religieuse
n'existait plus en Bohême. Tout le monde devait être
catholique. Dans un pays où presque tout le monde était
protestant ! Les serviteurs pensaient généralement que
ce n'était pas une bonne idée.

– Il y aura du grabuge, disaient-ils en hochant la tête.
Cela ne va pas se passer comme ça.

Et grabuge il y eut.

Furieux, les utraquistes vinrent au Château réclamer
l'application de leurs droits.

Le roi Ferdinand avait dépêché deux nobles catholiques
pour recevoir les protestants. L'affaire tourna mal.

Les serviteurs qui venaient nous épousseter n'étaient

pas capables de se mettre d'accord sur ce qui s'était passé.

– Quoi, ce n'est rien du tout! disait l'un. Les utraquistes ont flanqué par la fenêtre deux catholiques, on ne va pas en faire un monde, tout de même!

– Parle pour toi! répondait l'autre. Messieurs les émissaires du nouveau roi de Bohême, des nobles éminents, brutalisés par des canailles hérétiques, et comment que c'est grave! Défenestrés, non mais tu te rends compte?

– Ils sont tombés sur du fumier, ils ne se sont rien cassé, tu exagères!

– Justement, le fumier. C'est pire! Vous avez voulu les humilier, bande de suppôts du diable!

– Répète un peu pour voir?

Un coup de poing partit. La bagarre éclata. La mandragore servit de matraque et tomba sur le sol en criant. Quelle pitié! Du temps de ma vie d'homme, on ne se servait pas d'une racine pour se battre. On y allait franc jeu avec le trident de Shiva.

Matthias mourut l'année suivante. Les peuples de Bohême chassèrent le roi Ferdinand et élirent à sa place l'Électeur Frédéric, un fieffé protestant qui régnait sur le Palatinat. Pendant ce temps, le Ferdinand chassé se faisait élire empereur. Ce tamasha de têtes couronnées qui s'étripaient pour le même dieu unique ne me disait rien qui vaille.

Le Château tomba dans l'abandon.

Un soir, j'entendis une clé tourner dans la serrure. On s'affairait derrière la porte, on pestait. Un voleur?

La porte s'ouvrit et je vis avancer une sorte de fantôme, un vieillard qui marchait avec difficulté, appuyé sur une canne, la tête et les mains agitées de tremblements. Pedro!

Il s'assit sur le fauteuil de Rodolphe, laissant tomber sa canne dans un bruit d'enfer. Puis il sortit de son manteau une fiasque de vin et le versa dans ma corne, éclaboussant la table.

– À ta santé, bada! dit-il en levant la coupe. Tu vois, je ne t'ai pas oublié. On est de vieilles bêtes, mais on a survécu.

Il voulut boire, et sa main tremblait tant que le vin s'échappa.

– Si j'arrive à le goûter, ce porto, j'aurai de la chance, tu as vu dans quel état je suis? Oh! Je n'ai pas à me plaindre. J'avais gardé cette fiasque soigneusement pour le jour où j'en aurais besoin. J'ai toujours ma petite maison sur les remparts, je touche ma paye une fois tous les six mois. Il reste encore deux, trois animaux, une lionne, un guépard et l'ours, qui ne risque rien. Un de ces quatre matins je vais le libérer. Il ira faire la guerre avec les autres. Parce que tu sais, bada...

Il se pencha vers moi et se resservit.

– Ça va mal, dit-il. Dans toute la Bohême, des bandes de soldats volent les pauvres gens. Après, ils les tuent et ils brûlent les granges. Tu les verrais, les poils tout hérissés! C'est la guerre, mon bada. Je ne sors plus de chez moi. Alors j'ai un peu faim. Tu n'aurais pas quelque chose pour le vieux Pedro ?

Il rit, comme un sac de noix qui s'éparpillent. Ses yeux larmoyaient, il me faisait pitié.

– Je n'ai rien mangé depuis près d'une semaine, dit-il. Je vais boire avec toi ma fiasque de porto jusqu'à la dernière goutte, et vogue la galère ! Dieu me pardonnera de rendre l'âme sans confession.

Il porta la coupe à ses lèvres et parvint à l'avaler d'un coup. Il tremblait moins.

– Vivat ! cria-t-il. Le porto n'est pas trop mauvais. La prochaine, je la bois à la santé de mon roi. Mon seul et unique roi, tu me comprends, toi. Nous savons tous les deux qu'il vit quelque part dans un coin et qu'il ne reviendra pas. Hein, bada ?

Vidant coupe sur coupe, Pedro finit par s'affaisser, la tête sur la table et la main sur ma corne, murmurant des « bada, bada » à n'en plus finir.

C'est ainsi qu'il mourut au milieu des trésors. La porte était restée ouverte. Un garde le trouva et le traîna par les pieds.

J'étais encore rempli. Le vin mit longtemps à sécher et je gardai l'odeur du porto avec lequel Pedro avait fini sa vie.

En Afrique

Le quatrième fils du roi Sébastien

Quand Jasmine fut enceinte pour la quatrième fois, le cheikh parla sérieusement à l'infirme.

– Il faut l'allonger, dit-il. Et il faut l'isoler. Trop de malades viennent ici. Prends tes fils et construisez une petite maison près du citronnier. Une pièce suffira. Bien aérée, c'est important. Tu iras lui porter ses repas, personne d'autre. Tu comprends ?

– Pas du tout, répondit l'infirme. Elle est en pleine santé !

– Je vais t'expliquer, dit le cheikh. Jasmine a quarante ans. L'âge qu'avait ma mère quand je naquis. Elle est morte en couches. J'étais l'enfant de trop.

– Est-ce que vous voulez dire...

– Oui, dit le cheikh. C'est votre dernier enfant.

– Chez nous, les reines en ont beaucoup plus !

– Ici aussi, dit le cheikh. Mais elles en meurent.

L'infirme tapa du pied avec emportement.

– Du calme ! dit le cheikh. Tu es au mitan de ta vie,

mon fils. Bientôt, demain peut-être, tu verras arriver Mariame, ses petits dans les bras. Il faut apprendre à changer d'âge.

– Les rois ne vieillissent pas ! Et je suis de droit divin !

– Voyez-vous ça, dit le cheikh. Eh bien, voilà ce que tu vas faire. Tu vas apprendre à lire le Coran. Tu en auras besoin pour me succéder.

Saisi, l'infirme fixa son maître.

– Les herbes, tu les connais. Tu m'as vu guérir les malades, tu m'as souvent aidé, tu sauras. Mais tu ne sais pas fabriquer une enveloppe pour protéger des djinns. Il faut que je t'apprenne. Et pour cela, il faut connaître le Coran.

– Maître, vous m'avez permis de rester catholique et maintenant, vous voulez que je lise le Coran ?

– Et alors ? dit le cheikh. Je ne te demande pas de devenir musulman ! Sois simple. Les gens d'ici guérissent par le Coran. Ils absorbent, tu l'as vu, de l'encre des versets diluée dans l'eau. Si tu ne peux pas les écrire de ta main, comment guériras-tu tous ces gens qui espèrent ?

– C'est vrai, admit l'infirme. Mais je n'y croirai pas.

– Il suffit que tu apprennes la langue de mon Dieu, dit le cheikh.

Issa et Yusuf bâtirent sous le citronnier une maisonnette en crépi, chaulée de bleu, blanche à l'intérieur. Au troisième mois, Jasmine s'y installa et demeura couchée jusqu'à son terme. Personne ne vint la voir, excepté son mari.

Le reste du temps, il apprenait les versets du Coran, non sans mal. Après tant d'années passées dans l'ermitage parmi les visiteurs, c'était la première fois qu'il se confrontait à l'écriture arabe. Quand Jasmine accoucha, il savait écrire.

Ce fut encore un fils, qu'il appela Moussa, un gros gaillard à la voix puissante. Le cheikh était content. Jasmine était sauve et l'infirme connaissait à peu près le Coran.

Troisième partie

LA BARBARE

Mademoiselle
la Toute-Puissante Princesse
et demoiselle Christine, reine de Suède

Stockholm, 1636

– Le Palatinat, dit l'enfant en secouant ses boucles sombres. Où est-ce? Je ne le vois pas sur la carte, montrez-moi.

– Ici, Votre Altesse, dit le précepteur en pointant le bâton sur la carte.

– Ah oui. Et vous dites que l'Électeur a perdu son Palatinat?

Le précepteur soupira. La fillette tombait de sommeil et avait le plus grand mal à garder les paupières ouvertes.

– Je crois qu'il est temps d'aller dormir, dit-il avec douceur. Il est presque neuf heures.

– Non! Je veux comprendre, dit l'enfant en fronçant ses sourcils noirs. Madame ma mère est-elle couchée?

Johann Matthiae lui caressa les cheveux pensivement.

Depuis la mort du roi Gustave-Adolphe, la reine douairière se comportait de façon extravagante. Elle avait fait embaumer le corps de son époux alors qu'il l'avait expressément interdit, puis une fois ramené à Stockholm, elle avait installé le cercueil dans le hall du palais, cachant sous de longs voiles noirs sa face ravagée, poussant des soupirs et des cris de la même façon qu'autrefois, du vivant de son mari, elle l'avait pourchassé de ses éternelles lamentations amoureuses. À la Cour, on connaissait la froideur glaciale de la reine sous les oripeaux de la passion.

À la naissance de la petite princesse, elle avait manifesté une grande répulsion pour l'enfant qu'elle trouvait velue, une espèce d'oursonne née coiffée de la tête aux genoux dans l'enveloppe matricielle. Sa mère l'aimait si peu qu'elle déclara la préférer morte que vive, tant et si bien que deux de ses dames d'honneur précipitèrent la nourrissonne par terre. Elle en avait gardé une infirmité. La petite avait une épaule sensiblement plus haute que l'autre.

Lorsque la reine douairière voulut l'engloutir dans son deuil passionné, la fillette la repoussa violemment. Marie-Éléonore ne pouvait plus, disait-elle, se passer de sa fille adorée et avait prétendu la priver de ses études pour la garder près d'elle. Mais Christine était reine et la veuve éplorée dut rendre sa fille au royaume de Suède.

Chaque soir, la fillette redoutait de voir surgir les voiles noirs de sa mère.

– Mais votre mère ne vit plus ici, dit patiemment Johann Matthiae. Je l'ai dit plusieurs fois à Votre Altesse. La reine douairière s'est retirée au château de Gripsholm pour y pleurer son mari.

– Elle ne l'aimait pas! cria la fillette. Moi, j'aimais mon père.

– Oui, dit Johann. C'est pourquoi il faut vous montrer digne de sa grandeur, ma chère enfant. Demain matin, grec et latin...

– Ah non! Pas de latin!

– Vous vous êtes engagée, mademoiselle! s'irrita le précepteur. Vous avez promis par écrit de parler latin avec moi!

– Oui, mon père.

Le précepteur tressaillit.

– Ne m'appelez pas ainsi, dit-il d'un ton sec.

– Vous êtes mon deuxième père, répondit-elle en lui caressant le bras. Le premier est mort. Je veux vous appeler mon père.

– Non, murmura le précepteur, ému. C'est incorrect.

– Dites oui! Je ferai du latin.

– Petite peste, dit le précepteur. Soit, mais entre nous seulement.

Elle lui sauta au cou et l'embrassa. «Tellement imprévisible! songea Johann, la serrant dans ses bras. Orgueilleuse, cassante et l'instant d'après, affectueuse. Elle sera une grande reine. Quel dommage qu'elle soit laide!»

– Brisons là, mademoiselle, dit-il en l'écartant. Demain,

365

nous examinerons la question du Palatinat, puisqu'elle vous préoccupe. Allez, vos dames d'honneur vous attendent.

– Combien sont-elles ce soir ?

– Trois, je crois.

– Trois chauffeuses de lit ! Je n'aurai pas froid.

La petite reine se leva et fit la révérence.

– Je souhaite le bonsoir à Votre Altesse, dit Johann.

Été comme hiver, Christine se levait avant cinq heures du matin. Ses dames d'honneur avaient le plus grand mal à la débarbouiller, car elle n'aimait pas le contact de l'eau sur la peau. En deux minutes, elle était habillée, avalait un bol de soupe aux choux et courait rejoindre son précepteur.

À dix ans, elle était exceptionnellement curieuse et éveillée, avide de connaître et jamais satisfaite. De son père, elle savait qu'il était un grand roi et comme, tout enfant – elle n'avait pas deux ans –, il l'avait prise avec lui pendant une opération militaire, elle n'avait pas besoin qu'on lui apprenne que feu le roi de Suède était un grand soldat. Elle avait raffolé des salves tirées en l'honneur de son père, riant et battant des mains au grand scandale de sa mère qui la tenait sur ses genoux. L'épisode était devenu légendaire.

Elle n'avait aucun souvenir des salves de canon, mais elle était très fière de sa légende.

Ce qu'elle voulait comprendre, c'était la raison de la guerre où son père était mort. Et pourquoi cette guerre qui durait depuis près de vingt ans n'était pas terminée.

— Prête, mademoiselle ? dit Johann.

— Oui, dit-elle, les yeux pétillants d'allégresse. Parlez-moi de la guerre allemande.

— En 1618, l'empereur du Saint-Empire romain et germanique s'appelait alors Ferdinand le Deuxième, commença le précepteur. Il était également roi de Bohême, ardemment catholique, et persécutait cruellement ceux de ses sujets qui refusaient le pape.

— Comme nous en Suède, par exemple ?

— Oui. Ils ne tardèrent pas à se révolter et chassèrent Ferdinand du trône de Bohême.

— Par Dieu, bien fait pour lui ! dit la petite reine.

— Ne jurez pas ! s'offusqua le précepteur. C'est contraire à notre religion.

— Oui, mais elle m'embête, dit l'enfant. Je la trouve triste.

— C'est du luthérianisme que vous parlez ?

Elle acquiesça avec un grand sourire.

— Altesse, vous êtes la garante du luthérianisme en Suède, dit Johann d'une voix solennelle. Vous n'avez pas à le juger.

— Tant pis, soupira l'enfant. Poursuivez, monsieur.

— Les nobles de Bohême qui venaient de chasser l'empereur offrirent la couronne à l'Électeur palatin, qui s'appelait Frédéric V. Malheureusement, Altesse, le nouveau roi de Bohême était aussi un persécuteur.

— Des papistes ? demanda Christine.

– Les papistes et nous! Nous autres, les Suédois, sommes luthériens, mais Frédéric était un calviniste. Il nous persécuta, ainsi que les utraquistes.

– Les utra quoi? dit Christine.

– Utraquistes, Altesse. Ce sont des gens qui communient avec le pain et le vin. Les calvinistes n'admettent pas cela. L'Électeur palatin roi de Bohême se comporta si mal que la guerre éclata.

– Pourquoi? demanda Christine, le sourcil froncé.

– Parce que d'un côté, vous aviez la Ligue catholique avec les rois d'Espagne, de Pologne et un peu le roi de France...

– Comment cela, un peu?

– Si vous m'interrompez tout le temps, vous ne comprendrez pas, mademoiselle! s'irrita le précepteur. Donc, la Ligue catholique et de l'autre côté, vous aviez l'Union évangélique avec le roi de Bohême, les protestants anglais, que vous appellerez plutôt les puritains, et ceux des Pays-Bas. Notez bien que le roi d'Angleterre ne soutenait pas le Palatin et que le roi des Pays-Bas, qui était un papiste, soutenait la Ligue catholique.

– Je n'y comprends rien, dit Christine. Des sujets peuvent prendre un autre parti que leur roi?

– Non, mais si, dit le précepteur avec embarras. C'est compliqué, Altesse. Il vous suffit de savoir que la guerre était inévitable entre les protestants et les papistes.

– Je ne vois pas pourquoi, dit la petite reine. On peut croire différemment sans se battre, bon Dieu!

Le précepteur soupira. Il n'y avait pas de réponse à cette question-là.

– Donc la guerre éclata, reprit Johann. Mais en 1620, le Palatin Frédéric perdit presque aussitôt une grande bataille à la Montagne Blanche.

– Racontez la bataille! s'écria Christine.

– La Montagne Blanche, commença-t-il en fixant la petite reine, est située non loin de Prague, capitale de la Bohême. Du côté protestant, vous aviez l'Union évangélique commandée par un piètre général, une armée composée de mercenaires allemands et hongrois, ainsi que de bataillons tchèques et moraves peu aguerris. De l'autre côté, pour la Ligue catholique, vous aviez Bucquoy et Tilly, deux bons chefs de guerre, une armée disciplinée et le frère Dominique de Jésus-Marie, un dominicain espagnol exhortant les soldats à venger la mutilation d'une image de la naissance du Christ.

– Un dominicain, répéta Christine. Pour pousser les soldats à tuer des gens?

– Eh bien, oui, dit Johann. Je n'aime pas cela non plus, mademoiselle. La Ligue catholique enfonça le centre du dispositif de l'Union et les trois mille cavaliers envoyés par le prince de Transylvanie pour secourir les protestants arrivèrent trop tard. Après la bataille, l'empereur Ferdinand déposa Frédéric, récupéra le trône de Bohême et persécuta terriblement. Le protestantisme fut tout simplement interdit. L'empereur triomphait.

– Bon, alors la guerre s'arrêta? dit Christine.

– Non, parce que les protestants des autres pays d'Europe n'acceptaient pas cette façon de voir. Le roi de Danemark, qui était protestant, engagea vingt mille soldats et continua à se battre. Il fut vaincu, et l'empereur exigea la cession du Jutland. Regardez sur la carte. Où se trouve le Jutland ?

– Sur la Baltique ! dit Christine. Près de chez nous !

– Oui, dit Johann. C'est ainsi que la Suède entra dans la guerre. Il faut que vous sachiez que l'empereur Ferdinand était de la Maison des Habsbourg, comme son allié le roi d'Espagne. Feu votre père pensait que les Habsbourg voulaient conquérir toute l'Europe, y compris la Suède.

– Sont-ils anciens ?

– Les Habsbourg ? Oh oui, ils sont anciens. Même le roi de France, qui s'appelle Louis XIII et qui est papiste, trouve les Habsbourg dangereux. Feu votre père s'allia au roi de France.

– Un roi papiste avec feu mon père ? Mon père n'était-il pas luthérien comme nous tous ?

– Oui, mademoiselle, mais l'alliance était plus importante que les divergences religieuses. Feu votre père engagea la guerre allemande en 1625 avec l'appui de la France. Il faut maintenant que je vous parle de Richelieu.

– Un roi ?

– Un ministre français plus puissant que son roi, dit Johann. Cela peut arriver. Le cardinal de Richelieu finança la campagne du roi de Suède. En échange, votre père accepta de maintenir le culte papiste dans les pays conquis et d'épargner Maximilien de Bavière, chef de la Ligue catholique.

– De la gadoue! dit Christine. Pourquoi le Bavarois a-t-il fait une alliance avec mon père?

– Contre les Habsbourg, mademoiselle! Et pour une autre raison. En 1631, les troupes catholiques massacrèrent tous les habitants de Magdebourg. Ils étaient vingt mille.

– Vingt mille! s'écria la fillette.

– Retenez bien cette date, mai 1631. Feu votre père ne l'accepta pas. Il attaqua l'armée papiste et en 1632, ce fut la victoire de Breitenfeld. L'empereur était vaincu.

– Et la guerre s'arrêta, conclut Christine.

Le précepteur toussota. Il détestait cette guerre interminable, il haïssait les querelles religieuses.

– Non, mademoiselle, la guerre ne s'arrêta pas. L'empereur reprit un chef de guerre habile qu'il avait limogé. Il s'appelait Albrecht von Wallenstein, un entrepreneur de guerre autrefois protestant, qui s'était converti à la religion catholique. Il attaqua les troupes suédoises et c'est là que votre père perdit la vie. Altesse. À Lützen.

– Je croyais qu'il avait gagné, murmura la petite.

– C'est vrai, dit Johann. Il fut victorieux. On peut gagner une bataille et y mourir. C'est ce qui arriva.

– Et maintenant? demanda Christine en relevant la tête.

– L'empereur Ferdinand a signé la paix de Prague il y a un an, soupira le précepteur. Il a enfin compris qu'il devait garantir le culte luthérien dans certains de

371

ses pays. Mais ce n'est pas fini. Le roi de France a déclaré la guerre au roi d'Espagne, et l'empereur a déclaré la guerre au roi de France. Nous en sommes là.

– C'est tout ? dit Christine.

– À peu près tout, dit Johann. Nous sommes toujours alliés avec la France, et la Suède est en guerre.

– Quand je serai majeure, je ferai la paix, dit Christine d'un ton déterminé. Et je ne persécuterai aucune religion.

– Attention, Votre Altesse…

– Quoi ?

– Vous avez le devoir de protéger le culte luthérien, dit Johann. Aucun autre culte.

– Je ne persécuterai personne ! dit Christine, les yeux étincelants.

Johann Matthiae n'osa pas lui dire la vérité. Au début de son règne, Gustave-Adolphe s'était juré de ne persécuter personne. Mais à la fin, le roi de Suède avait fait brûler vifs des catholiques et Johann détestait cette idée de tout son cœur.

En Afrique

La première épouse
du chrétien d'Allah

Le royaume du Maroc connut une longue paix.

Le cheikh était très vieux, peut-être centenaire, mais il ne connaissait pas l'année de sa naissance. Il ne pouvait plus se lever, il tremblait beaucoup, il n'y voyait plus guère, mais en dépit de quelques trous de mémoire, l'esprit avait gardé toute sa vigueur.

– Depuis combien de temps n'avons-nous pas vu de guerre? disait le cheikh. La dernière fois, c'était l'expédition du sultan contre l'empire du Songhaï, quand, t'en souviens-tu, mon fils?

– 1591, il y a plus de trente ans, répondit l'infirme. Mariame était née.

– Mariame! Je ne l'ai pas vue depuis deux jours. Va-t-elle bien?

Villarte n'avait pas donné de nouvelles pendant une bonne année. Puis un soir, il était arrivé entre chien et loup. Sans Mariame.

Après leur mariage, Francisco n'avait pas tenu sa promesse. Il n'avait pas réussi à divorcer de sa première épouse, une lointaine parente du sultan. Son premier mariage lui avait assuré la fortune et une position. S'il divorçait, Dieu sait ce que le sultan pourrait faire ! Villarte n'avait même pas osé évoquer la situation.

C'est cela qu'il était venu avouer au roi son beau-père et au maître qui l'avait sauvé.

L'infirme entra dans une violente colère et maudit Francisco. Le cheikh ne disait mot. Quand l'infirme eut fini de déverser ses malédictions, le maître posa des questions.

– Quel est le nom de ta première épouse ?

– Zaynab, dit Villarte. Fille d'un des cousins du gendre du sultan.

– Son âge ?

– Quinze ans de plus que moi, dit-il. Il paraît qu'elle a été très belle.

– Zaynab pourrait donc être la mère de Mariame, dit le cheikh. Souffre-t-elle d'avoir une coépouse ?

– Non ! dit Villarte. Elle a pris Mariame sous son aile.

– Mariame souffre-t-elle d'être la seconde épouse ?

– Il me semble que non, hésita Villarte.

L'infirme éclata en reproches, mais d'un geste impérieux le cheikh le fit taire.

– Maintenant, Francisco, dis-moi la vérité. Pourquoi es-tu ici ?

– Zaynab est très malade, murmura Villarte. Mariame a pensé que tu pourrais la soigner.

– Non! dit l'infirme.

– Mais bien sûr que si, dit le cheikh. Va et ramène-la.

– Jasmine n'acceptera pas! cria l'infirme.

Mais Jasmine approuva la décision du cheikh et l'infirme ravala sa colère.

– Quelque chose sortira de cette situation, dit Jasmine. Je ne sais pas encore quoi, mais le maître a son idée.

La caravane arriva deux semaines plus tard, dix chameaux lourdement chargés, vingt chevaux et Zaynab en litière. Dès qu'elle l'aperçut, Mariame courut se jeter aux pieds du maître.

– Vous êtes bon, lui dit-elle. Pouvez-vous la guérir?

Le cheikh l'examina. Une tumeur effrayante poussait dans le sein gauche. Zaynab était perdue.

– Que la volonté d'Allah soit faite! dit le cheikh.

Puis Mariame vit son père et plia le genou.

Le cheikh fit renvoyer les chameliers, confia les bêtes à Villarte et garda la malade à l'ermitage.

Zaynab mit six mois à mourir. Le cheikh prit soin de lui éviter de trop grandes souffrances et Zaynab s'éteignit paisiblement. Villarte l'enterra dans un enclos qui allait devenir le cimetière.

Ensuite, il demanda s'il pourrait rester à l'ermitage.

Francisco de Villarte voulait revenir à son Dieu et le cheikh n'y fit pas objection. Six mois plus tard, Mariame accouchait d'un garçon.

Il y avait des années de cela.

De leur côté, l'infirme et son épouse avaient refusé d'écouter les conseils de prudence du vieux cheikh. Un dernier enfant était né. Il s'appelait Luis, en l'honneur de Camoëns.

Luis était différent. Ses aînés avaient les yeux noirs ou bruns, pailletés de vert comme ceux d'Issa, ou jaune doré comme ceux de Nour. Mais Luis avait des yeux bleus très clairs, presque transparents.

Francisco avait construit une minuscule chapelle où, parfois, des moines célébraient discrètement la messe. Il était d'un grand secours pour l'ermitage, désormais augmenté d'un troupeau de chameaux et d'un élevage de chevaux.

C'est à peu près à cette époque qu'avec un long retard, l'infirme apprit que le Portugal avait secoué le joug espagnol et s'était libéré.

Le nouveau roi s'appelait João le Quatrième et c'était un Bragance, descendant de Catherine de Bragance, jadis prétendante légitime à la succession du roi Sébastien.

À la demande du peuple portugais, Don João avait promis de lui restituer son trône s'il revenait un jour du Maroc.

Et Francisco rêvait. De retrouver la mer océane, le port, la douceur. De faire valoir les droits de son épouse, fille du Désiré. Un jour, ils partiraient.

Mariame rêvait du pays de son père, des vagues bleu

marine qu'elle ne connaissait pas, de la forêt de Sintra, du palais de la Pena. Ils partiraient.

Le cheikh ne voulait pas voir ça. Il aimait trop Mariame, la fille de son âme.

Les misères de la guerre

Stockholm, 1648

Quatre ans plus tôt, Mademoiselle la Toute-Puissante Princesse avait eu dix-huit ans et le régent-chancelier, Axel Oxenstiern, lui avait remis le pouvoir royal. La guerre d'Allemagne n'étant pas terminée, le sacre attendrait.

L'empereur Ferdinand II avait envahi la France et ses alliés croates avaient même pris Pontoise, à quelques lieues de Paris. L'année suivante, en 1637, l'empereur était mort et Ferdinand III lui avait succédé.

Jusqu'en 1643, la guerre s'enlisa avec son lot de massacres, si terribles qu'un graveur lorrain du nom de Jacques Callot avait diffusé une série de dix-huit eaux-fortes, avec souvent des arbres dont les branches portaient d'innombrables pendus. La série s'appelait *Les Misères de la guerre*.

La guerre ! Elle s'empiffrait. Depuis que l'entrepreneur de guerre Albrecht von Wallenstein avait proclamé que la guerre devait se nourrir de la guerre, le pillage était

la règle. Des villages entiers furent détruits, d'autres
abandonnés. Les récoltes nourrissaient les soldats et les
paysans souffraient de la famine. Des affamés mangèrent
des morts, et d'autres, leurs enfants. Des épidémies se
déclarèrent. Le Palatinat de Frédéric V perdit plus de
la moitié de sa population. L'Europe se dépeupla.

La reine adolescente s'enthousiasma quand un jeune
général français de vingt-deux ans, Louis de Bourbon,
premier prince du sang, svelte et fougueux, vainquit les
Espagnols à Rocroi.

– Voilà un homme! avait-elle répété à qui voulait
l'entendre.

Mais le futur Grand Condé était déjà marié.

– Il faut négocier, avait dit Christine. J'y suis prête.
Je vous le dis, 1643 sera l'année de la paix.

Mais les chefs militaires ne l'entendaient pas ainsi. La
soldatesque avait des exigences et la guerre continua.

Mise à mal par plusieurs défaites, l'Espagne finit par
entamer des négociations séparées avec les Pays-Bas
en 1647. Puis, battu par la Suède, le nouvel empereur
signa avec les princes, renonçant à l'autorité absolue
sur l'Allemagne.

La guerre était finie. Christine en était sûre.

1648 serait l'année de la paix.

Ou presque.

Christine venait de nommer son cousin Charles-
Gustave commandant en chef des armées suédoises
quand le comte de Kœnigsmark, l'un de ses généraux,
prit le Château de Prague.

Les soldats suédois entrèrent sans effort en passant par Mala Strana et fracassèrent les portes du palais que n'habitait plus aucune tête couronnée.

La guerre se nourrit de la guerre. Les soldats suédois pillèrent salle par salle les collections de l'empereur Rodolphe. Avec méthode, ils empilèrent les toiles dans des chariots et raflèrent un à un les trésors de la Chambre aux merveilles. Il y eut quelques larcins, mais pour l'essentiel, le trésor de Rodolphe arriva à Stockholm.

Ce fut le plus grand pillage de la guerre de Trente Ans.

Debout dans le grand hall, la reine de Suède contemplait le déballage.

Christine avait son éternel justaucorps de drap brun sous lequel passait une chemise, ses chausses et ses souliers d'homme, en cuir noir.

Les serviteurs apportaient des tableaux empaquetés dans de gros sacs de toile et d'autres coupaient les cordes. Peu à peu apparurent des visages de Madone, des scènes de victoire, des anges enrubannés penchés sur Rodolphe en armure. Christine fit la moue.

Elle s'anima un peu devant les Arcimboldo, mais personne n'était là pour lui dire que la tête composée de légumes et de fruits représentait l'empereur Rodolphe de Habsbourg. Elle trouva l'homme du portrait vilain, avec son nez de poire.

Les horloges lui plurent, ainsi que les automates.

Elle dédaigna les monstres en bocaux, les tableaux

représentant le lièvre à deux corps, l'éléphant, le rhino-céros, le pigeon à deux têtes, s'esclaffa devant le diablotin enfermé dans une prison de cristal et se tapa sur les cuisses en voyant le squelette du dragon.

Les serviteurs alignèrent les trésors sur une table et la reine s'approcha.

– Une clochette, je n'en veux pas, dit-elle. Rangez-la. La carotte desséchée avec toutes ses racines, quelle horreur! Flanquez-moi ça au feu. La boule de cristal, je garde. La corne de narval et la coupe d'agate, pas mal.

– Altesse, je crois que ce sont les insignes sacrés des Habsbourg, dit Johann.

– Qu'ont-ils de sacré, bon Dieu! dit la reine.

– Les Habsbourg pensent que la corne est celle d'une licorne, dit le chancelier. Et la coupe serait le Graal.

– Le Graal?

– La coupe dans laquelle Joseph d'Arimathie recueillit le sang du Christ, dit Johann. Une superstition.

– Tiens donc, dit la reine, songeuse. Les Habsbourg possèdent des amulettes? Comme c'est intéressant. Je les garderai ici. Et ça?

C'était une coupe translucide montée sur pied d'ébène, avec un couvercle noirci sur le côté.

– Rodolphe de Habsbourg était un alchimiste, dit Johann. C'est peut-être une coupe pour la magie.

Elle souleva le couvercle. Au fond de la coupe, il y avait un caillou blanc veiné de vert.

– Regardez, dit-elle. Un bézoard. Si je ne me trompe, la coupe doit être sculptée dans la corne d'un rhinocéros.

– Ah ! Peut-être, dit Johann. En ce temps-là, on croyait que ce genre de coupe faisait bouillir le liquide s'il avait été empoisonné.

– Et que la corne était un aphrodisiaque ! dit-elle en jubilant. Vous pensiez que je ne le savais pas ! Touchez-la. Allez !

Johann hésita.

– Non, ma reine. Cette coupe…

– Vous avez peur qu'elle vous fasse bander ? lui dit-elle, ironique. Je la prends. Dans ma chambre à coucher.

La guerre s'arrêta. La Baltique était à la reine de Suède, et une partie de l'Allemagne.

Il était grand temps de la marier.

Le récit de la corne

Christine et sa Belle

Quand on m'extirpa du sac où j'étais enfermé, on me posa sur une table sans ménagement; l'écho renvoya le léger choc de mon pied sur le bois. La salle était immense, d'une froideur glaciale, entourée de hautes colonnes. Des serviteurs déposaient les ballots, ôtaient les emballages, d'autres prenaient les objets volés au Château et les alignaient à mes côtés.

Devant la table, se tenait un jeune cavalier coiffé d'une perruque à boucles brunes. Un bossu. Malgré un nez très long, le visage du garçon n'était pas déplaisant; les lèvres étaient très rouges et les yeux me semblèrent grands, animés d'un feu liquide intense.

Le jeune homme m'examina en silence. Son compagnon, un vieil homme en manteau noir, lui parla de mon défunt maître sans beaucoup de respect. Le garçon souleva mon couvercle et j'entendis sa voix. Grave, un peu voilée.

Le cavalier était un jeune savant. Il reconnut le bézoard

sans hésiter. J'attendais la légende de mes pouvoirs aphrodisiaques et cela ne manqua pas. Puis vint la surprise.

Le vieux l'appela « ma reine ».

Je revis le cavalier dans sa chambre le soir même. Trois femmes l'attendaient, qui firent une révérence en l'appelant « Altesse ». Le garçon était donc un jeune souverain.

Il jeta sa perruque sur une chaise et je vis sur son crâne de courts cheveux très noirs, frisés comme l'agneau d'Astrakhan dont les nababs se faisaient confectionner des toques dans mon pays.

Les dames lui ôtèrent ses vêtements, et quand le garçon n'eut plus rien sur le dos, je vis que c'était une fille.

Maigrichonne, avec de petits seins, des hanches étroites, une épaule beaucoup plus haute que l'autre, ce qui la rendait bossue. Mais une fille. Pudique, cachant de sa main sa petite touffe noire. Ce qu'elle ne pouvait pas cacher, la pauvrette, c'est qu'elle avait des poils un peu partout, sur les bras et les jambes, les épaules et la cambrure des reins.

– Vite, j'ai froid, Belle ! dit-elle en levant les bras au-dessus de sa tête.

La dame qu'elle appelait Belle lui passa une robe de laine brune tachée d'encre. Et la fille lui posa un baiser sur les lèvres.

Les deux autres dames commençaient à se déshabiller, mais la fille velue les arrêta d'un geste.

– Je ne garde que Belle, dit-elle. Vous pouvez partir.

Elle grimpa dans son lit et Belle la rejoignit.

De tous les maîtres que j'ai eus, aucun n'était plus extravagant que la reine qui m'avait acquis dans un pillage.

Le lendemain, les servantes s'en donnaient à cœur joie.

— Je te dis qu'elle la saute! disait la jeune servante. Deux filles dans le même lit, qu'est-ce que tu crois! C'est honteux.

— C'est une chauffeuse de lit tout ce qu'il y a de normal, grinchait la vieille. Madame Ebba dort de son côté, notre reine de l'autre.

— Tu parles! Normalement, comme tu dis, il y a deux chauffeuses. Tout le monde sait ce qui se passe quand il n'y en a qu'une.

— Gare! dit la vieille. Tu accuses la reine de perversion! Nos pasteurs t'enverront au bûcher.

— Je sais ce que je sais, insista la jeune. Broute-minou et compagnie.

Pendant combien d'années ai-je entendu ces mots? À Stockholm, à Anvers, à Paris, à Innsbruck. Il n'y a guère qu'à Rome qu'on n'ait pas dit cela, mais Rome était un cas particulier.

Moi, on m'avait posé sur une console face au lit. J'y ai vu côte à côte ma reine et sa Belle des nuits entières. Avant de s'endormir, la fille au pelage noir prenait Belle dans ses bras et la tenait embrassée en lui racontant sa journée. Puis elle lui posait un baiser de moineau sur les lèvres et lui tournait le dos. Belle se lovait contre la fille pour lui tenir chaud et s'endormait.

L'une tendait une jambe, l'autre soupirait en rêvant. Parfois, la velue s'éveillait et poussait l'autre qui tenait trop de place, « Belle, nom de Dieu, ôte-toi de là », et c'était tout. Des bécots, il y en eut beaucoup. Des caresses, aussi. La bouche de Christine trouvait le sein de Belle et ses doigts plongeaient dans le yoni. Elles gémissaient, heureuses, car Sushutra le dit : « Quand une femme et une autre femme font l'amour ensemble, et émettent du sperme dans l'autre, un enfant naît sans os. » Tout pour le plaisir. Parfois, elle se mettait sur Belle et, à ma grande surprise, je voyais ses petites fesses actives s'agiter à la façon des hommes. Belle criait « Vous me faites mal ! » et la reine s'écartait, contente. Elle aimait Belle.

La grande bataille entre elles touchait la propreté.

– S'il vous plaît, ma reine, laissez-moi vous laver, suppliait Belle. Je ferai cela tout doucement.

– Tu sais bien que j'ai horreur de l'eau, disait Christine presque tous les matins.

– Il y a un peu de crasse sur votre chute de reins ! disait Belle, indignée.

– Fous-moi la paix !

C'était une chose connue, paraît-il, en Europe : la reine de Suède était sale à faire peur.

Je ne dirai pas cela. Négligée, peut-être. Mais sale, certainement pas. Je l'ai vue s'inonder les bras, le ventre et les cuisses avec de l'eau de la reine de Hongrie à base de romarin.

Il fallait qu'elle fût seule. Ma reine était une fille honteuse d'être velue.

Amoureuse, elle le fut. Tellement souvent que je ne suis pas sûr d'avoir encore en tête les noms de ceux qu'elle préféra.

Son cousin Charles-Gustave quand ils étaient petits, mais je n'étais pas là, et quand je vis le bonhomme, il avait un gros ventre et des joues comme des courges. Il l'aimait, sa cousine, même, il l'adorait. Il l'avait demandée en mariage je ne sais combien de fois et elle lui disait non, et encore non. Fait comme il était, je la comprends.

Il y en eut d'autres, Magnus le Suédois, Pimentel l'Espagnol, Tott, Steinbergh, Dohna...

Magnus! Il était charmant, celui-là. Mais un soir qu'elle l'avait admis dans sa chambre, il la prit dans ses bras et voulut l'embrasser.

Vlan, vlan! Aller-retour. Magnus se tenait debout, les bras ballants, les joues embrasées, s'excusant tant et plus et elle! Étincelante de fureur. Les narines palpitantes. Elle marchait de long en large comme une lionne à la chasse.

Elle était tout en noir ce soir-là, magnifique. La colère l'embellissait beaucoup. Elle montra ses petits crocs blancs, elle gronda. On aurait dit la déesse Kâli, la noire, la terrible, celle à la langue tirée. Elle le mit dehors brutalement.

– Va te faire foutre, Magnus!

Elle jurait et sacrait comme un soldat, mais Rodolphe également et j'étais habitué.

Don Antonio avait la cinquantaine et lui faisait la cour. Ce Pimentel étant l'ambassadeur du roi d'Espagne, et moi, de mon côté, habitué que j'étais aux manières de Madrid, je pensais qu'il avait d'autres buts que de séduire ma reine.

Elle adorait les fêtes, elle adorait danser. Elle revenait au petit matin excitée, dans un état d'épuisement heureux. Elle se jetait sur le lit sans se déshabiller. Ses jupes se relevaient sur ses cuissardes rouges et elle s'endormait, nichée contre sa Belle.

Ce soir-là, pour un bal déguisé, elle portait une large jupe noire, avec un corselet lacé. Ses femmes lui avaient appliqué sur la peau du visage une décoction qui l'avait noircie. Sur ses cheveux courts, une toque et un voile blanc qui tombait jusqu'aux pieds. Aux oreilles, des anneaux ; aux poignets, des bracelets cliquetants. Et elle avait une broche avec un gros diamant sur le masque qu'elle tenait à la main.

Sans ses souliers d'homme et ce gros diamant, elle aurait ressemblé à certaines filles d'Espagne que j'avais vues pieds nus pendant mon long voyage de Lisbonne à Madrid et qui me rappelaient les danseuses de chez moi qui font danser leurs mains, des grelots aux chevilles. Ma reine était donc capable d'avoir l'air d'une fille.

Elle rentra à l'aube, suivie de Pimentel qui verrouilla

la porte. Il avait le diamant qu'elle lui avait offert et il le brandissait comme un trophée.

— Une femme ne donne pas un diamant à un homme sans raison ! Vous m'aimez, madame.

— Les souverains n'ont pas de sentiments, dit-elle lentement. Ce diamant est une preuve de l'estime que je vous porte. Maintenant, sortez, monsieur.

— Non ! Il y a trop longtemps que je languis, je n'en peux plus. Ma reine, soyez à moi.

Elle suffoqua et la colère la prit.

— Croyez-vous que je ne sache pas ce que vous avez en tête, Pimentel ? Vous voulez un changement d'alliance pour gagner votre guerre ! Et que je quitte la France pour l'Espagne ! Pour qui me prenez-vous ? La Suède restera l'alliée de la France. Je ne changerai pas ma politique.

Elle demeurait polie. Pimentel aurait dû saluer et sortir. Mais non, il insista, le bougre.

— Ma chère, ma douce reine, mon désir est si lourd, tâtez-le...

Alors ce fut terrible.

— Dégage, Espagnol de mes fesses ! Tu ne t'es pas regardé ! Vieil imbécile qui croit que je ne comprends rien ! Dehors !

Sidéré, l'Espagnol lui tendit le diamant.

— Quand un roi donne, il ne reprend pas, dit-elle avec hauteur.

Quelle superbe furie, par Shiva ! Moi qui avais passé tant d'années à l'abandon à m'ennuyer en compagnie de bêtes empaillées, je redevins vivant. Elle me titillait quasiment tous les jours.

Cette fille qui était reine était exceptionnelle. Mais à la vérité, Christine était un roi né dans un corps de femme.

J'appris par les servantes l'affaire de son mariage.

– Elle a refusé!

– Encore? Qui, cette fois?

– Le bâtard d'Espagne. Un beau gars, à ce qu'on dit.

– Elle n'aime pas les hommes, je te dis!

– Ni les femmes, grognait la vieille. Elle les méprise. Je l'ai entendue dire qu'une femme était trop faible d'esprit pour régner.

– Mais alors, et elle?

– Va savoir, bougonnait la vieille. Peut-être que régner ne l'amuse pas.

Elle organisait des colloques dans sa chambre. C'est là qu'elle travaillait. Seule, elle écrivait avec une vilaine plume blanche qu'elle avait tachée d'encre. Dès que la chauffeuse de lit était levée, ma reine lisait si tôt qu'il faisait encore nuit. Elle lisait à en perdre la vue. Un vieux poète grec, des juristes anglais, des chroniqueurs bataves, un philosophe français, et le tout en latin.

Tout le monde savait que la Velue ne buvait pas une seule goutte d'alcool. Ni une seule goutte d'eau.

La petite bière qu'on lui servait était un peu trouble, fort peu alcoolisée, mais au bout de quelques verres, Christine en était émoustillée. Et comme par ailleurs, quand elle souffrait du ventre, ses médecins lui faisaient absorber de l'eau-de-vie poivrée, je songeai que le goût de l'alcool lui plaisait bien plus qu'elle ne le disait. Ni alcool ni eau, ni homme ni femme ? À d'autres !

Hormis ses soupirants à qui elle disait non, elle recevait des hommes dans sa chambre. Beaucoup. Que faisait-elle avec eux ? De la philosophie.

Nous eûmes monsieur Chanut, ambassadeur du roi de France, que Christine assaillait de questions pour moi toutes nouvelles.

Sur l'immortalité de l'âme, comme si un être humain, né d'un homme et d'une femme, pouvait s'imaginer que l'âme est éphémère.

Sur l'union de l'âme et du corps, étrange idée puisque l'âme étant immortelle par définition, le corps n'est qu'une dépouille et l'on en changera à la prochaine mort.

Sur le souverain bien, dont je me demandais comment des chrétiens pouvaient accoler les deux termes, juxtaposition difficile à comprendre pour l'esprit d'un brahmane pour qui seul compte le critère de pureté.

Elle aimait la dispute et la contradiction. Ce pauvre monsieur Chanut répondait sans se démonter, mais la sueur lui coulait sur le front, même par grand froid. Il était en adoration devant Christine. Ce qu'elle avait en tête, Chanut ne le voyait pas.

C'est par monsieur Chanut que nous eûmes monsieur Descartes, que j'avais déjà vu.

Mais il était plus jeune en ce temps-là, et plus fringant.

En Afrique

La mort du cheikh Tidjane Abdallah

– Il ne passera pas la nuit, dit Jasmine.
– Paix ! dit l'infirme. Il en a vu d'autres.
– C'est la fin, reprit-elle. Mon cœur ne me trompe pas.
Le cheikh avait connu plusieurs alertes. Vertiges, étourdissements. Il était tombé deux ou trois fois et s'était brisé le poignet, puis la cheville. Il ne pouvait plus marcher depuis longtemps, mais cela ne l'inquiétait pas.
– J'ai vécu trop longtemps, dit-il d'une voix faible. Préparez-vous, mes enfants. Mon fils, tu prendras mon turban, et aussi le sachet de cuir que j'ai au cou. Vous agrandirez le cimetière, car il viendra du monde.
– Qui dira les prières ?
– Allah y pourvoira, dit-il.
Il avait donné ses dernières instructions. L'infirme lui succéderait comme prévu. Yusuf ferait l'accueil des visiteurs. Issa prendrait soin du potager, Moussa du verger. Jasmine était trop vieille pour la cuisine, Adama en serait chargée.

Et Luis ? Luis, qui rêvait tout le temps, qui bayait aux corneilles ?

– Luis s'occupera de la divination, dit le cheikh. Il sait ce que je veux dire. Je lui ai appris la technique des cauris.

Décidés à rejoindre le Portugal, Mariame et Francisco préparaient leur départ en respectant la volonté du maître.

– Ne partez pas. Ou du moins pas avant que mon âme ait rejoint les claires fontaines du Paradis, disait-il.

Seule Nour n'était plus là. Un matin, elle avait disparu, enlevée par un visiteur de passage, un homme dont personne ne savait rien. Malgré son grand âge, le cheikh s'était déplacé en personne à la ville, mais il n'avait pas trouvé le moindre indice permettant de savoir où était la jeune fille aux yeux verts, Nour, lumière de l'ermitage.

– L'homme avait l'accent de Gao, disait le cheikh. Elle est sans doute là-bas.

– Elle reviendra, disait Jasmine. Je la connais, elle s'enflamme pour un temps, mais cela ne dure pas.

Cela durait depuis plus de dix ans.

Le cheikh mourut dans son sommeil.

L'ermitage accueillit ce matin-là trois visiteurs musulmans qui dirent les prières pendant l'inhumation. Les fils de l'infirme allèrent à la ville pour acheter du marbre et lui firent un tombeau simple et blanc, une grande dalle et une stèle plantée d'un fanion vert.

Les premiers pèlerins arrivèrent. Ils s'assirent autour

de la tombe, déposèrent du brocart sur le marbre et prièrent. Puis d'autres. Cela ne s'arrêta plus.

Il fallut agrandir l'ermitage, qui devint une zaouia, un lieu de pèlerinage.

Le récit de la corne

Un cavalier français

La première fois que je vis monsieur Descartes, il était en soldat.

C'était à Prague, au début de la guerre. Le Château était vide depuis plusieurs années et Frédéric le Cinquième, le fameux Palatin, était devenu roi de Bohême. Cela n'allait pas tout seul. La Ligue catholique et ses armées nombreuses n'étaient pas loin de Prague. Je n'en savais pas plus.

Quand le tocsin sonna, je compris que le Palatin venait de perdre sa bataille. Des valets passèrent précipitamment et volèrent des bijoux. Ils parlaient d'une défaite à la Montagne Blanche, c'était incroyable à quel point le Palatin s'était mal défendu. « Un an de règne, c'est pas grand-chose », disait l'un, « Un hiver, tu veux dire », disait l'autre, « C'est ça, un roi d'hiver », s'esclaffait le troisième en faisant main basse sur un coffret.

Le pauvre Palatin y gagna son surnom. Le Roi d'un hiver.

Les valets repartirent sans verrouiller les portes et un soir, elles s'ouvrirent à nouveau.

Un homme pénétra dans la Chambre aux merveilles, une torche à la main. Je ne le voyais pas, mais j'entendais ses bottes et le cliquetis des éperons.

La torche éclaira les tableaux et les bêtes, les horloges, les statues, les coquillages, les monstres, puis l'homme s'approcha.

Un jeune officier, sans doute, pas un simple soldat. Il portait l'épée et un feutre à plumes. Pas un grand général non plus. Sa cuirasse n'était pas de métal, mais de buffle. Il n'avait pas de perruque, mais des cheveux noirs très raides, tombant sur les épaules, agrémentés d'une moustache et d'un bouc.

Sa bouche était charnue, mobile, expressive.

Son regard était vif et profond, agile comme celui de l'écureuil aux aguets. Il y avait dans ses yeux un feu brillant d'étoiles.

Il n'avait sur lui pas le moindre ornement. Pas de boue sur ses bottes. Il n'avait pas l'air de s'être beaucoup battu.

Il leva la torche au-dessus de la table aux trésors et nous regarda longtemps. De la main restée libre, qui ne portait pas de gants, il toucha la corne de licorne et le Graal des Habsbourg, effleura la dent de vipère et fit tout doucement tinter à son oreille la clochette magique. Il avait des gestes délicats ; ce n'était pas un voleur. Il se contentait d'observer.

La mandragore lui arracha une exclamation, mais il

ne la toucha point, au grand dépit de la vieille racine. Mais il me prit, moi, dans sa belle main blanche et me fit tourner à la lueur de la torche. J'eus le temps de voir ses gros sourcils noirs et le blanc de son front, immense sous les cheveux.

Quand la torche fut sur le point de s'éteindre, il repartit du même pas régulier et disparut en fermant la porte derrière lui.

Je le reconnus à ses yeux. Presque trente ans avaient passé et le jeune cavalier était devenu un homme un peu tassé, la paupière tombante, mais le regard vif, et d'une grande élégance. Feutre à plumes de coq, chausses de velours noir, pourpoint et aiguillettes, dentelles blanches aux poignets. Il avait moins de cheveux et ils étaient bouclés. C'était lui, l'officier de la Montagne Blanche.

Christine lui fit signe de s'asseoir. Chose remarquable, elle s'était mise en frais. Robe noire et diamants. Et elle le regardait avec intensité, comme on regarde un dieu.

Lui, son feutre à la main, resta debout. Ses yeux parcoururent la chambre, observant les tableaux qui emplissaient les murs. Puis il m'aperçut et sa bouche se tordit dans un léger sourire.

Enfin il s'assit.

– Madame, commença-t-il d'une voix pleine d'émotion, l'accueil que vous m'avez réservé dépasse mes espérances ! Je n'en mérite pas tant.

– Le plus grand philosophe du monde mérite tous les honneurs, répondit-elle. Oui, je vous ai accueilli comme j'accueillerais un roi. Mes courtisans seront choqués, mais je m'en fous.

Il tressaillit, surpris. Visiblement, il ne s'attendait pas au langage de Christine.

– Et par où voulez-vous que nous commencions ? dit-il. S'il plaît à Votre Altesse que nous philosophions...

Elle le fixait en se mordant la lèvre, puis elle se décida.

– Monsieur, j'irai droit au but. J'ai beaucoup réfléchi sur la religion. Mon précepteur, un homme admirable, m'a évité les excès fanatiques. Grâce à lui, je me suis bâti ma religion personnelle où Dieu n'entrave pas la liberté de l'homme. Cependant, je suis reine. Je règne sur un pays de culte luthérien qui m'interdit cette liberté de penser, mais j'ai une haute conception de l'honneur et je ne trahirai pas mes sujets. Dans vos lettres, vous m'avez éclairée sur le souverain bien et vous êtes catholique. J'aimerais que vous m'éclairiez sur le libre arbitre. C'est le premier point.

Elle avait débité sa tirade d'un trait, sans écarts de langage, avec une fermeté que je ne lui connaissais pas. Une nouvelle Christine m'apparut. Sincère, altière.

– Dois-je entendre, madame, que ma philosophie vous semble intéressante parce que je suis catholique ?

Elle leva une main.

– Ce sera mon dernier point, monsieur Descartes. Auparavant, je veux connaître l'état de vos pensées sur nos royaumes qui se sont tant battus. Nous venons de connaître trente ans de guerre et je veux savoir pourquoi.

Comment des gens doués de raison ont-ils pu se combattre au nom de leur religion ?

Il eut une toux sèche et sourit.

– Madame, j'ai fait cette guerre.

– Vous, Descartes ? Mais quand ?

– J'étais dans l'armée de la Ligue catholique pendant la bataille de la Montagne Blanche, dit-il d'un ton égal. J'avais mon régiment que j'avais équipé, j'étais prêt. Votre Altesse sait certainement que nous n'avons pas eu à combattre l'armée du Palatin.

– Donc, vous n'avez pas tiré un seul coup de feu, dit-elle. Que faisiez-vous là ?

Il eut un geste vague.

– Un jeune gentilhomme sachant tirer l'épée s'engage, madame. Je voulais connaître le monde, me mettre à l'épreuve et observer. Mais je dois reconnaître que j'avais un singulier amour des armes. Si je n'ai pas tué, je me suis battu en duel, c'est tout dire.

– Pour les yeux d'une dame ? se hérissa Christine.

Il aperçut une lueur dangereuse dans ses yeux.

– Apparemment, dit-il avec prudence. Rassurez-vous, Altesse, ma seule dame est aujourd'hui la vérité.

– Et c'est ce que j'attends, dit-elle avec un curieux sourire. Je veux que vous m'expliquiez pourquoi un philosophe, un homme que j'admire, peut être catholique et penser librement.

– Je m'y efforcerai, dit-il. Cela risque d'être long.

– Mais nous avons le temps ! s'écria-t-elle gaiement. Je vous garde, Descartes. Je vous offre des terres, un titre, une position. Tenez, je donne bientôt une fête et je veux que nous y dansions.

Il écarquilla les yeux.

– Danser, madame ? Vous et moi ?

– Eh oui ! Suis-je donc si laide ?

Il aurait dû répondre que non, mais il se remit à tousser.

– Je danse très mal, Altesse, dit-il en reprenant son souffle. Et je ne suis plus tout jeune. C'est moi qui suis en cause et non votre beauté.

– Alors vous m'écrirez le ballet ! dit-elle d'un ton léger. Ce sera magnifique, vous verrez. Un ballet à ma Cour, œuvre de monsieur Descartes.

– Mais je suis philosophe et non poète, madame…

– C'est décidé, trancha-t-elle. Vous ferez un ballet pour l'anniversaire des traités de Westphalie. Le 8 décembre. Un ballet pour célébrer la paix. Ensuite nous philosopherons.

Elle se leva, lui aussi. Elle lui tendit la main, il la baisa et sortit sans un mot.

Moi qui la connaissais, je savais qu'elle lui faisait payer les beaux yeux de la dame du duel. Comme la suite le prouva, monsieur Descartes l'avait très bien compris.

Le ballet
de monsieur Descartes

– Moi, écrire un ballet! C'est se moquer du monde! Cette jeune dame est folle!

Déambulant comme un lion en cage, Descartes ne décolérait pas. Chanut, les mains tendues, lui fit signe de se calmer.

– La reine a ses humeurs, dit-il. Elle peut être fantasque. Brutale. Mais elle n'est pas folle, je vous l'assure. Vous avez dû lui dire quelque chose qui lui aura déplu.

– Je n'ai pas caché que j'avais combattu à la Montagne Blanche, dit Descartes. Et que j'étais de la Ligue catholique.

– Elle est au-dessus de cela, dit Chanut. Ce doit être autre chose. N'y pensez plus. Vous feriez mieux de songer à votre ballet.

– J'ai froid, dit brusquement Descartes.

– Mettez-vous près du feu, dit Chanut. Et prenez du vin chaud, il est aux épices.

– J'avais raison quand je parlais du pays des ours, bougonna-t-il. Qu'est-ce que je suis venu faire ici ?

– Buvez !

Descartes prit le bol et but à petites gorgées.

– Vous êtes ici pour éclairer la reine sur la religion catholique, dit Chanut. Elle n'a pas cessé de m'en parler. Au contraire de son père, la reine est un esprit tolérant. Ouvrez son cœur à notre foi. Voilà ce que je vous demande.

– Qu'espérez-vous ?

– J'ai eu quelques ennuis avec les luthériens, dit Chanut. Ils n'admettaient pas que je suive la messe. La reine m'a protégé, et je veux que cette protection s'étende à tous les catholiques.

– Vous pensez sérieusement que cette femme a l'esprit religieux ? dit Descartes.

– Mais… oui, je crois, dit Chanut. Pourquoi m'entretenir de religion, sinon ?

– Ce n'est pas ce qu'elle cherche, dit Descartes. A-t-elle des amants ?

– Elle a des favoris, comme tous les rois.

– Bon sang, Chanut ! Est-elle vierge ?

– Je la crois chaste, dit Chanut.

Descartes se tut, rêveur, son bol entre les doigts.

– Je me demande si ce ballet n'est pas également pour son anniversaire, dit Chanut. Quelle date ?

– Le 8 décembre, dit Descartes.

– Nous y sommes.

– C'est le comble ! Me voilà condamné à écrire en

deux mois un ballet pour la paix, ce qui ne serait rien, mais il faut que ce soit aussi pour l'anniversaire d'une femme qui est reine ! Et je ne peux pas repartir !

– Pas avant le printemps, soupira Chanut. Je vous en prie, soyez plus conciliant. Si vous voulez, je peux trouver quelqu'un pour écrire ce ballet à votre place. Hélie Poirier, par exemple. Un bon auteur de psaumes. Il fera cela très bien.

– La naissance de la paix, dit Descartes.

– Je vous demande pardon ?

– C'est le titre, dit-il. Comme personnages, il faut Mars, Apollon, des soldats, des dames, des mendiants.

– Pallas, déesse de la Sagesse, dit Chanut. N'oubliez pas cette divinité. La reine, qui s'y compare, n'aime pas être oubliée.

– J'ai remarqué, dit Descartes. Cette femme n'a pas la tête philosophique. Quand je la compare à ma chère Élisabeth...

– N'allez pas lui dire ça ! se récria Chanut. La reine est fort jalouse de votre amitié pour la princesse de Bohême.

– Elle a raison, dit-il. Ma chère Élisabeth a toutes les qualités. Profonde, généreuse, belle, tout ce que l'autre n'est pas.

– Je ne vous connaissais pas cette cruauté, dit Chanut.

– Une barbare, dit Descartes. C'est ainsi que je la vois.

Chanut soupira.

Le Nord ne rendait pas la vie facile aux gens. Il songea aux Lapons que Christine venait de recevoir, arrivés en délégation à Stockholm pour se plaindre de mauvais traitements. Ils étaient en peaux de phoque, ils sentaient le poisson, leurs femmes avaient le menton tatoué de bleu sombre, et leurs yeux étirés disaient assez qu'ils étaient comme des Huns, de vrais barbares, sauvages, intelligents.

Christine avait un peu de cette Laponie.

On frappa à la porte.

– Un message pour monsieur Descartes ! cria le laquais.

Chanut prit le message et regarda le sceau.

– C'est d'elle, dit-il avec inquiétude. Lisez vite !

Le philosophe fit sauter le sceau et parcourut la page.

– Vous n'allez pas le croire, dit-il en tendant le message à Chanut. Je lui donnerai trois leçons par semaine à compter du lendemain du ballet.

– Excellent ! dit Chanut sans lire le message.

– Regardez à quelle heure elle me convoque.

– Attendez, dit Chanut. Ah, je vois. Cinq heures du matin. Voilà qui n'a rien d'extraordinaire. Elle travaille tous les jours à cinq heures du matin.

– Mais à cette heure-là, moi, je dors ! gronda Descartes. C'est plus qu'une habitude, c'est une nécessité. Je suis faible des poumons. Au collège de La Flèche, les jésuites m'avaient dispensé des prières matinales.

– Ah bon ? Que faisiez-vous à la place ?

– J'avais ordre de rester au lit, dit Descartes d'un air de défi.

Chanut éclata de rire.

– Et c'est dans les humeurs qui séparent le sommeil de l'éveil que vous avez commencé à penser ! La belle histoire, mon cher.

– Pour être prêt à cinq heures, je dois être levé à quatre heures et demie, calcula Descartes.

– Je reconnais qu'il y a une difficulté, mais vous la surmonterez. Comment diable faisiez-vous quand vous étiez soldat ?

– J'avais trente ans de moins, grommela Descartes. Sincèrement, Chanut, je n'y résisterai pas.

– Je vais lui parler, dit Chanut. Sans garantie.

En Afrique

Le Cinquième Empire

L'infirme soignait les malades depuis déjà longtemps lorsque le maître mourut. Il avait tout appris, même à faire tournoyer la poule au cou coupé dont le sang s'échappait au-dessus de la tête des malades.

Il mit autour du cou le sachet de cuir gravé et posa le turban sur sa tête. Un beau turban bleu nuit, enroulé autour d'un calot blanc.

Il priait à genoux au début de la nuit quand il était sûr d'être seul, et le matin très tôt pour n'être pas surpris. Les mots de l'Évangile lui venaient sans effort, car le défunt cheikh les aimait.

Ses infirmités l'avaient rendu célèbre. Dans la région, on allait consulter le vieux cheikh et son fils, blessé pendant la bataille des Trois Rois. Pour ne pas le confondre avec son prédécesseur, on appela le fils du disparu « le cheikh aux yeux bleus », ou bien « le cheikh au masque ».

Il avait passé les quatre-vingts ans.

Le soir, il s'asseyait sur le banc de pierre où il avait connu tant de crépuscules aux côtés de son maître. Jasmine venait le rejoindre, appuyée sur une canne, car avec l'âge, sa boiterie s'était aggravée.

Ils recevaient quelquefois des nouvelles de là-bas.

Le père Antonio Vieira, un jésuite, délivrait de merveilleux sermons dans lesquels il exaltait Sébastien disparu, qui revivait en la personne de Don João de Bragance avec la promesse d'un empire nouveau.

Le Cinquième Empire. Dans l'esprit du père Vieira, il y en avait eu quatre dans l'histoire. Babylone, Chiraz, Athènes et Rome. Le Cinquième serait celui du Portugal, réconciliant les chrétiens et les juifs.

– Le jésuite oublie mon grand-père Charles Quint, dit l'infirme. Il régnait sur tant de territoires que le soleil ne se couchait jamais sur son empire. Où a-t-il la tête, ce Vieira ?

Quand Don João mourut, le père Vieira prédit qu'il ressusciterait pour fonder le Cinquième Empire. L'infirme haussa les épaules.

Villarte prétendait qu'excepté son beau-père, tous les prisonniers d'Alkacer-Kébir étaient soit morts, soit revenus au pays. Mais le peuple, lui, attendait toujours le retour de son roi.

Il se serait réfugié dans une île couverte par le brouillard, ce pour quoi il n'apparaissait plus. Un jour, il reviendrait en sortant de la brume. On lui donnait un autre nom, l'Encoberto. Celui qui est caché.

– Mais je ne suis pas caché, disait l'infirme. Je suis méconnaissable.

– Ce serait bien qu'un jour ton peuple sache, disait Jasmine avec insistance. Tu ne peux pas garder ce secret éternellement.

- Non, disait l'infirme, non, en effet, je ne peux pas.

Le récit de la corne

Dépucelage royal

Depuis la fin du jour, j'entendais les musiques résonner dans le hall. Pour l'entrée de la reine, trompettes et tambours. Puis cordes et tambourins, et des cris et des rires. La fête avait duré une partie de la nuit, alternant les discours et les chœurs. Quand revinrent les trompettes, les valets ouvrirent les portes à deux battants et la reine surgit dans un grand éclat de rire. Une foule de courtisans la suivait, empanachés, suants, masqués de plumes. Devant eux marchait le cavalier français, s'efforçant de rester aux côtés de la reine qui lui tenait la main.

– Ah, mon cher philosophe, que c'était beau! disait-elle au milieu de la cohue. Bon Dieu, mais faites attention, vous autres! Vous bousculez monsieur Descartes, reculez! Reculez, j'ai dit!

Les courtisans refluèrent dans le désordre, et sortirent de la chambre.

— La porte! cria Christine. Fermez-moi cette porte! Je veux rester seule avec mon philosophe.

Elle portait une tenue couleur perle ornée de bleu, et lui une tenue couleur d'étain brodée d'or. On aurait dit deux grands oiseaux de la même espèce, deux oiseaux gris avec un bec féroce.

— Je meurs de chaud, dit-elle, j'ai trop dansé, bordel de Vierge, je brûle!

Et, ôtant sa perruque, elle se jeta sur le lit en retroussant sa jupe, s'éventant à deux mains avec le jupon.

Il la regardait avec amusement.

— Mettez-vous à l'aise! Descartes, ouvrez votre pourpoint, vous allez crever de chaud...

— J'en demande pardon à Votre Altesse, mais j'ai froid, dit le philosophe immobile. C'est que je n'ai pas dansé comme vous.

Elle se releva d'un bond, vive comme une antilope, et elle courut vers lui.

— Vous avez froid! Et moi qui vous laisse sans vous donner à boire. Venez près du feu, mon philosophe.

Il s'assit devant la cheminée.

Elle prit un fauteuil, s'y laissa tomber, releva ses jupes et étendit ses jambes gainées de cuir.

— La danse est ma folie, dit-elle après un silence. Quand je tournoie, je ne suis plus moi-même, vous avez remarqué?

Le philosophe sourit sans répondre.

— Je raffole de votre dernière entrée, dit-elle. Comment

était-ce déjà ? « Peuples, que pensez-vous voyant tant de merveilles... »

– « ... qui vous éblouissent les yeux, reprit Descartes, On n'en a jamais vu sur terre des pareilles, pensez que votre esprit est ravi dans les cieux. »

– Oui, oui, et ensuite, Pallas, dites ?

– « Vous allez voir Pallas, les Muses et les Grâces, la Justice et la Paix aussi. Ne jugerez-vous pas, en regardant leurs faces, que tout ce qui est beau dans le ciel est ici ? »

– « Que tout ce qui est beau dans le ciel est ici », répéta Christine avec ferveur. Une telle gloire, monsieur !

– De simples vers, dit Descartes en saluant.

– Comment vous remercier ?

– Vous parliez tout à l'heure de me donner à boire..., dit Descartes.

Elle sauta sur ses pieds et rabattit sa jupe.

– Bon sang ! J'ai oublié. Voyons ce que nous avons.

Elle s'approcha de moi. Sur la console, les valets avaient disposé son éternelle eau-de-vie poivrée.

– De l'eau-de-vie, dit-elle. Cela vous réchauffera.

Descartes vint vers moi.

– Cette coupe est fort belle, madame. Savez-vous que je la connais ? Après la Montagne Blanche, nous sommes entrés dans Prague et comme il n'y avait plus personne au Château...

– Vous avez voulu voir les trésors impériaux ! dit Christine.

– À la lueur d'une torche. Cette coupe y était, posée sur une table à côté d'une corne de narval.

– Ah! La fameuse licorne! dit Christine. Je l'ai mise quelque part. Si la coupe vous plaît, j'y verserai l'eau-de-vie.

– Madame, un tel trésor…

– Vous l'avez mérité. Plus un mot, tenez-la pendant que je vous sers.

Et Descartes me prit de sa grande main toute nervurée de bleu.

L'eau-de-vie nous brûla, le bézoard et moi. C'était la première fois qu'on se servait de nous depuis la mort de l'empereur Rodolphe. Mon pauvre compagnon qui s'était assoupi depuis de longues années se réveilla soudain. « Quoi? Qui? Bada? Où sommes-nous? »

Descartes avala une gorgée et s'étouffa.

– C'est l'eau-de-vie, dit Christine. Peut-être l'effet de la coupe. La corne de rhinocéros a des pouvoirs magiques. Allons, buvez, monsieur. Cul sec!

Il but et s'empourpra.

– Qu'avez-vous mis dedans?

– Du poivre! s'esclaffa Christine. Cela emporte la gueule, n'est-ce pas?

Il reposa la coupe. Elle était tout près de lui et elle le fixait avec adoration. Il la contempla un long moment et elle, tête à l'envers, se colla contre lui.

Puis il se décida et poussa un soupir.

Il l'empoigna par les épaules et l'embrassa. Sur les lèvres d'abord, posément. Puis profondément, en y plongeant la langue.

Je n'avais jamais vu dans aucune de mes vies un baiser

si entier et si long. Je me dis qu'il allait recevoir une gifle, mais non.

Il la lâcha. Elle passa un doigt sur ses lèvres gonflées avec stupéfaction.

— Est-ce que je vous ai fait mal? dit-il avec douceur.

— Un peu, murmura Christine. C'est la première fois.

— Alors poursuivons, dit-il.

Elle ne protesta pas quand il la souleva, la portant dans ses bras, la posant sur le lit, toujours très posément.

Elle ne protesta pas quand il releva ses jupes pour y plonger la tête, à genoux au pied du lit. Les yeux grands ouverts et les bras écartés, elle restait tranquille. Il prit son temps et il la fit gémir.

Il se releva, s'essuya la moustache, défit ses chausses. Puis il la fit doucement rouler sur le lit et la prit dans la position que l'immortel traité du grand Vatsyayana appelle « la coupe sur le côté » – ah! le cruel souvenir de la pariah que j'avais tant aimée.

Elle finit par crier. Mais il était au point de ne pas s'arrêter et il continua, s'écartant au tout dernier moment.

Elle n'avait pas fermé les yeux une seule fois.

Il la regarda comme le fait un amant, avec une fierté mélangée d'inquiétude. Puis, comme elle ne disait rien, il lui posa la tête sur sa poitrine et là, elle sanglota.

— Ce n'est pas ce que je cherche, gémissait-elle entre deux sanglots, ce n'est pas ce que je cherche...

Il la berça longtemps.

— Ma reine, disait-il, ma chère reine, ma pauvre enfant...

Elle se redressa, comme piquée par une guêpe.

– Ni pauvre ni enfant! Laissez-moi!

Descartes se rajusta et se remit debout.

– Venez, dit-il en lui tendant la main.

– Je ne veux pas vous aimer! dit-elle avec angoisse. Je ne veux pas dépendre de vous. Ni d'aucun homme!

– Venez! dit-il en la tirant de force.

– Je ne suis pas une femme, je suis roi!

– Oui, dit Descartes. Mais il faut laver le sang.

Il demeura respectueusement debout, le chapeau à la main, pendant qu'elle s'essuyait avec sa chemise.

Puis, marchant à grands pas, ce qui la fit grimacer, elle but un grand verre de l'eau-de-vie au poivre.

– Foutre Dieu, que c'est fort! dit-elle, les yeux embués. En voulez-vous?

Il fit signe que non et attendit.

– Voilà une chose qui n'est plus à faire, dit-elle bravement. M'aimerez-vous un peu?

Il acquiesça, gêné.

– Je suis fière que ce soit vous, Descartes, dit-elle. Demain, cinq heures.

Il salua et voulut l'embrasser, mais elle le repoussa.

– Cinq heures, dit-elle en lui donnant sa main à baiser.

Une petite verge
dans l'abricot

De retour dans la vaste demeure où le logeait Chanut, Descartes avait la goutte au nez. Emmitouflé dans une pelisse d'ours, il se réchauffait devant le feu en buvant du vin chaud pendant que Chanut marchait de long en large.

— Comment avez-vous pu!

— Je ne sais pas comment c'est arrivé, dit Descartes en écartant les mains. Elle m'a fait boire de son eau-de-vie au poivre, elle en a bu aussi et elle m'a aguiché. J'en suis certain, Chanut.

— Une reine, une jeune fille, vierge par-dessus le narché! J'espère que vous avez pris vos précautions, au moins.

— Coïtus interruptus, dit Descartes. Il n'y a pas de danger. Mais il faut que je vous informe de ce que j'ai découvert... C'est un peu délicat.

— Quoi encore? grogna Chanut. Elle n'était pas vierge?

– Oh si ! dit Descartes. J'ai vu le sang sur sa chemise. Mais votre reine n'est pas seulement une femme.

Chanut s'immobilisa.

– Pardon ?

– Elle a, comment vous dire ? Une petite verge dans l'abricot.

Chanut se mit à rire.

– Par exemple ! Vous ne savez plus reconnaître un clitoris, mon bon ?

– Long comme mon petit doigt ? dit Descartes.

Stupéfait, Chanut se laissa tomber sur une chaise.

– Je ne suis pas loin de penser que votre reine est une hermaphrodite, dit Descartes.

Chanut tordit sa moustache nerveusement.

– Réfléchissez, reprit Descartes. Nous avons là une fille virile qui s'habille en garçon, qui jure comme un soldat, refuse ses prétendants et semble vouloir rester célibataire...

– C'est peu dire ! s'exclama Chanut. Apparemment, dépendre d'un homme est au-dessus de ses forces.

– Ah, ça, je le confirme ! dit Descartes. Mais je croyais vous avoir entendu dire qu'elle avait accepté son cousin Charles-Gustave pour époux.

– L'an dernier. Mais cette année, elle l'a désigné comme son successeur et elle a fait savoir que, peut-être, elle ne se marierait pas. Elle ne veut pas, je la cite, être le champ fertile d'un homme.

– Je m'en doutais, murmura Descartes. C'est une

416

femme qu'on soupçonne de n'aimer que les femmes, à ce qu'on dit en France.

– Racontars! dit Chanut. Elle a des favoris.

– Justement, dit Descartes. Il est possible qu'elle aime les deux sexes.

Chanut réfléchissait, concentré.

– Bon! Ce ne serait pas la première après tout, grommela-t-il. Quelle importance?

– Aucune importance, dit Descartes. Mais cela doit nous amener à considérer différemment son intérêt pour le catholicisme. Je ne le crois pas portée sur la religion. Je pense que cette reine cherche un lieu dans le monde où elle sera libre, libre de corps et d'esprit. Or vous admettrez que le luthérianisme qui lui est imposé n'autorise aucune liberté, n'est-ce pas?

– C'est exact, dit Chanut. Le sermon perpétuel selon Luther ennuie Christine au plus haut point. Où voulez-vous en venir?

– À ceci, dit Descartes. Elle veut embrasser la religion catholique...

Chanut se dressa d'un bond.

– Vous divaguez!

– Votre reine veut embrasser le catholicisme parce qu'elle pense qu'elle s'y sentira libre, insista Descartes.

– Elle est garante du luthérianisme suédois, Descartes. Elle ne peut pas se convertir! Elle n'en a pas le droit!

– Et moi, je dis qu'elle le fera, dit Descartes sans s'émouvoir. Même s'il faut abdiquer.

Chanut demeura silencieux.

– Son libre arbitre l'emportera sur tout, reprit le philosophe. Elle placera sa gloire dans son abdication. Elle se construira le destin héroïque d'une reine qui renonce librement à la couronne. Elle sera catholique. Songez-y, Chanut.

– Mon Dieu, murmura Chanut. Alors ce serait un événement considérable. Quel triomphe pour l'Église ! Quelle gloire pour le Vatican !

– Et pour le roi de France, ajouta Descartes.

Chanut se prit la tête dans les mains, demeura silencieux et se redressa, l'œil plein de colère.

– Cela ne se peut pas ! cria-t-il. C'est une absurdité ! Vous faites erreur, Descartes. Je la connais mieux que vous !

Descartes haussa le sourcil et le regarda avec ironie.

– Je n'ai plus que trois petites heures pour dormir, soupira-t-il en se levant. Pouvez-vous me prêter votre fourrure ? Je crains qu'il ne gèle dans cette salle.

La mort du philosophe

Stockholm, janvier 1650

Les leçons commencèrent.

À huit heures du matin, Descartes rentrait chez Chanut épuisé. Il n'était pas content de sa royale élève.

— Je n'ai rien à lui apprendre, elle sait tout ! Platon, Aristote, les stoïciens, Bacon et Thomas More…

— La reine est érudite, dit Chanut. Tout le monde le sait.

— Bon ! dit Descartes. Qu'elle soit savante ne me dérangerait pas si elle ne prenait pas un malin plaisir à m'interrompre pour montrer son savoir.

— Je vous avais prévenu, répliqua Chanut. Elle étudie beaucoup.

— Mais pour philosopher comme je l'entends, il faut une table rase ! Et de la modestie, Chanut, de l'humilité. Elle ignore le doute…

— Elle veut vous éblouir, dit Chanut. C'est de la séduction.

— Je ne suis pas venu jouer le montreur d'ourse, grogna Descartes.

419

– Combien vous reste-t-il de leçons avant son départ pour Uppsala ?

– Trois, dit Descartes. Elle veut que je rédige les statuts d'une académie de savants dont elle serait le chef.

– Eh bien, mais c'est parfait ! dit Chanut.

– Un ballet, une académie, où voyez-vous de la philosophie ? Je ne suis pas dans mon élément. Cette femme ne comprend rien !

– Courage, dit Chanut.

La reine partit pour Uppsala et Chanut pour la France.

Les leçons reprirent le 18 janvier. Tôt le matin, tard dans l'après-midi. Avant l'aube, elle le recevait avec un conseiller, et le soir, seule dans sa chambre.

Elle d'un côté de la table et Descartes de l'autre. Parfois, elle se levait et courait près de lui, mais il se contentait de lui tapoter la main.

– Vous ne m'aimez plus, dit-elle un soir tristement.

Il la regarda avec intensité.

– Votre Altesse me demande de la philosophie et la philosophie veut de la concentration.

– Que vous êtes froid !

– Mais non, soupira-t-il, exaspéré. Reprenons. Pourquoi pensez-vous que la foi catholique laisse plus de liberté ?

– Elle est exaltante ! dit Christine. Dieu n'y fait pas régner la terreur, mais la joie. Si vous saviez comme on a pu me faire peur lorsque j'étais enfant avec ces histoires de Jugement dernier ! Je ne veux pas aimer Dieu

420

dans la crainte, mais dans la gloire de ma seule décision. Je veux l'aimer dans l'héroïsme, Descartes. Comme la nuit avec vous.

Elle y revenait sans cesse.

Il lui céda une fois, pris de pitié. Ce soir-là, elle s'émut davantage, cria de plaisir et Descartes fut surpris. Allait-elle s'attacher comme une femme amoureuse ? Dépendre de lui ? Cette pensée l'effraya.

Il rentra à deux heures avec une forte toux.

La leçon suivante commença à cinq heures. Descartes était mort de fatigue.

Le lendemain, il se jura de quitter la Suède au plus vite et se plaignit que les pensées des hommes gelaient pendant l'hiver suédois aussi bien que les eaux.

Il lui restait à remettre à la reine les statuts de son académie.

Chanut rentra de France. Descartes remit son travail à Christine le 1er février à cinq heures du matin et revint chez Chanut vers huit heures en grelottant.

Il se coucha aussitôt. Il avait de la fièvre et respirait très mal.

Descartes refusa les soins du médecin envoyé par la reine et son mal empira. La pneumonie devint irréversible.

Il mourut chrétiennement le 9 février dans les bras de Chanut, à quatre heures du matin dans le pays des ours.

Il n'avait pas revu la reine Christine.

En apprenant la mort de son philosophe, elle pleura toutes les larmes de son corps. Elle n'avait pas compris, du haut de ses vingt-quatre ans, l'épuisement dont elle était la cause.

Elle aurait bien voulu l'inhumer sous un mausolée magnifique auprès des rois de Suède, mais le rituel eût été luthérien. Chanut finit par obtenir que monsieur René Descartes ait droit au rituel catholique, par permission spéciale de la reine et du Sénat, avant de rejoindre un cimetière à l'écart, où reposaient des enfants orphelins morts en bas âge. Comme ils n'avaient pas atteint l'âge de raison, ils ne pouvaient être déclarés hérétiques, non plus que la terre de leur dernier sommeil. Ainsi en décida le bon monsieur Chanut, soucieux de respecter la foi de son ami, et celle du royaume qu'il représentait.

En Afrique

Les oranges de la princesse Jasmine

L'infirme avait passé les quatre-vingt-dix ans quand Jasmine mourut d'une crise cardiaque en plein soleil.

Restée fragile depuis l'enfant de trop, Jasmine avait des points de côté et des essoufflements auxquels il ne pouvait rien. L'infirme fit de grands efforts pour aller jusqu'au petit cimetière où Jasmine serait inhumée au milieu des tombes musulmanes. Ses fils le firent asseoir. Le *De profundis* fut dit en l'absence d'un prêtre, car il faisait trop chaud pour attendre. Quand la terre recouvrit le corps de sa princesse, l'infirme demanda qu'on y plante un rosier.

– Mais il n'y a pas de rosiers ici, père, dit Yusuf.

– Ah oui, dit l'infirme. Je n'y pensais plus. Alors faites-lui une croix qui verdisse.

Les fils de l'infirme plantèrent un petit oranger dont les branches évoquaient vaguement une croix.

L'année suivante, l'arbuste produisit ses premières oranges et l'infirme en posa une dans la chapelle.

Les visiteurs ne remarquèrent pas tout de suite que le cheikh aux yeux bleus commençait à perdre l'esprit. Ses fils prodiguaient les soins et lui se contentait de bénir les pèlerins, réussissant parfois à faire tournoyer la poule au cou ensanglanté quand on la lui tendait.

Chaque année, au jour anniversaire de la mort de Jasmine, l'infirme posait une nouvelle orange dans la chapelle. Chaque année, il se demandait par quel divin miracle il respirait encore malgré son corps blessé, et pour quelles raisons il avait joui d'une vie si heureuse et si longue aux côtés de la femme qu'il aimait.

Alors il louait Dieu. Ou Allah. Il vivait entouré de ses fils qui avaient pris des femmes parmi les musulmanes, excepté Luis, le cadet, qui voulait être moine et s'en était allé dans un monastère sur la côte.

Mariame et Villarte n'étaient pas revenus du Portugal. L'infirme n'avait aucune nouvelle de Nour, sa fille disparue.

Un soir qu'il se couchait, fatigué d'avoir traversé un nouveau jour, deux pèlerins demandèrent l'asile à l'ermitage. Il était tard. Le cheikh aux yeux bleus les distinguait à peine. Un vieil homme à la peau sombre et une femme entièrement voilée de noir. Il les bénit comme c'était son devoir, laissant ses fils prendre soin d'eux.

Le lendemain était le jour anniversaire de la mort de Jasmine et l'infirme attendait dans sa chambre qu'on lui porte l'orange. Yusuf entra, agité.

– Père, je dois vous dire une chose très importante, dit-il en s'accroupissant à ses côtés. Promettez-moi de ne pas vous lever.

– Il n'y a pas d'orange cette année ? s'inquiéta l'infirme.

– Si, père. Mais il y a une femme qui veut vous la remettre.

– Nour ? murmura l'infirme.

C'était elle.

Nour souleva la tenture, releva son voile et, les larmes aux yeux, elle lui tendit la neuvième orange. Malgré ses cheveux gris, elle avait gardé la lumière dans ses yeux. Le vieil homme était son époux, celui qui l'avait enlevée.

– C'est bien, dit l'infirme. Je ne pouvais pas mourir sans te revoir, ma fille.

Le récit de la corne

La reine Christine abdique

Quand elle apprit que Descartes n'était plus, ma reine ordonna qu'on referme les portes de sa chambre et, secouée de sanglots comme pendant leurs amours, elle se jeta sur le lit. Longtemps après qu'elle fut calmée, les larmes lui montaient aux yeux spontanément. Elle ne put les cacher; on disait qu'elle avait un chagrin considérable.

Un mois plus tard, à la fin de l'hiver, elle fut prise de fièvres intermittentes. Cela lui arrivait souvent, mais cette fois, les fièvres durèrent plusieurs semaines.

– Elle va y rester, disait la jeune servante. C'est ce sacré dégel qui lui donne la fièvre, cela sent si mauvais dans les rues.

– Elle se remettra, disait la vieille. Une fille comme elle, une reine, ça ne meurt pas à la veille de son sacre.

La cérémonie aurait lieu à l'automne, et ma reine se remit.

On venait lui rendre compte des préparatifs et elle opinait sans mot dire. Elle donnait ses audiences, elle faisait son métier. Un soir qu'on la déshabillait, elle demanda qu'on lui sorte pour le lendemain sa toque noire fourrée de zibeline pour recevoir un émissaire du roi du Portugal.

Portugal! Ce qui me restait de cœur se mit à battre la chamade.

On lui mit sa robe grise, une camisole brune, elle enfila ses souliers d'homme et prit sa toque fourrée, car il faisait grand froid.

Elle rentra de l'audience en riant comme une folle. Apparemment, l'ambassadeur portugais ne lui avait parlé que de navigation, de bateaux, de cordages et de sel, et par-dessus le marché, l'interprète avait été désastreux.

– Trouvez-moi un autre interprète, ordonna-t-elle.

Le lendemain soir, elle reçut le nouvel interprète dans sa chambre.

Il portait une épée qui lui battait les flancs et dans laquelle il s'emmêla les jambes. Il était très bizarre. On était en été et le pauvre homme portait un pourpoint de laine qui le faisait transpirer.

Elle le brusqua.

– Maintenant que nous sommes seuls, monsieur, dites-moi qui vous êtes. Vous n'avez jamais porté l'épée ni le pourpoint.

L'homme était un jésuite portugais appelé Macedo.

Ordinairement, il portait la soutane et l'épée lui était interdite. Embarrassé, il admit qu'il était déguisé.

Envoyé par le Vatican, le père Macedo venait préparer la conversion de Christine.

– C'est donc vous ! dit-elle, je vous attendais. À partir de demain, nous parlerons latin en présence de la Cour. Si les circonstances le permettent, je vous recevrai comme ce soir, dans ma chambre. Le reste du temps, pendant que vous traduisez, vous n'aurez qu'à dire à votre ambassadeur que je parle de cordages et de navigation.

J'espérais qu'elle poserait des questions sur mon roi, mais je ne vis rien venir.

– Une précision, mon père, ajouta-t-elle. Vous n'en direz rien à l'ambassadeur de France. J'ai une grande amitié pour monsieur Chanut, mais je ne veux pas qu'il vienne fourrer son nez dans mes affaires.

Le jésuite s'inclina.

– Vous étiez missionnaire en Afrique, mon père ?

– J'ai eu cette chance, dit-il. J'ai connu le Maroc.

Et là, j'eus mon paquet.

– Il y a cette vieille légende, dit-elle, vous savez, celle de votre roi disparu sur un champ de bataille au Maroc.

– Le roi Sébastien, dit le jésuite. À sa naissance, on l'appela le Désiré, mais maintenant, on l'appelle le Caché, parce qu'il ne reparaît plus. On n'a pas retrouvé son corps.

– Donc il est mort, conclut ma reine.

– Nul ne le sait, dit le jésuite. On dit qu'il aurait trouvé refuge dans un ermitage entre Fès et Meknès. Il n'aurait pas loin de cent ans à cette heure.

— Ma parole, on dirait que vous y croyez! s'étonna-t-elle.

— Ce que je crois n'a que peu d'importance au regard de ce que croit le peuple, Altesse. Or les Portugais ont décidé que leur roi reviendrait. C'est au point que le roi João avait promis de lui rendre son trône au cas où...

— Personne ne peut croire à de telles histoires!

— Les légendes sont utiles, dit le jésuite. Celle du retour du Roi caché a été très utile au duc de Bragance pour retrouver son trône.

C'est ainsi que je repris confiance. Sébastien vivait peut-être encore.

Le sacre de Christine eut lieu à la date prévue.

La cérémonie qui devait faire d'une altesse une majesté royale se déroulant dans la ville d'Uppsala, je n'y étais pas. Il me fallut attendre les fêtes à Stockholm pour en recueillir les échos. Elles durèrent cent jours. Le nouveau prince héritier, le cousin Charles-Auguste, avait organisé des cortèges de déesses et de dieux postés sur des montagnes, comme disaient les servantes.

Des montagnes dans les rues? Peut-être des chars hauts comme des maisons, comme ceux sur lesquels on transportait nos dieux dans mon pays natal? Et pourquoi plusieurs dieux dans un pays qui jurait n'en adorer qu'un seul?

Et pourquoi ma reine offrit-elle à son peuple des

spectacles sanglants? Des combats d'animaux. Ours contre renards. Buffle contre lion. Elle adorait cela. Les chrétiens sont parfois d'étranges créatures. Ils aiment le combat.

Un an plus tard, Sa Majesté attendait impatiemment des musiciens venus d'Italie. Deux Italiens étant apparus à Stockholm, elle voulut se les faire présenter.

– Il faut à tout prix que je les voie! disait-elle avec agitation. Ce sont sans doute mes musiciens.

Ils vinrent le lendemain. Ce jour-là, la reine était avec ses conseillers. Les gentilshommes italiens saluèrent d'un coup de chapeau avec la même maladresse que le père Macedo.

Christine se leva, s'approcha, prit l'un d'eux par le bras et soudain, je l'entendis murmurer:

– Avez-vous une lettre pour moi?

– Oui, madame, chuchota l'Italien pendant que l'autre distrayait les conseillers.

Les faux musiciens, le père Malines et le père Casati, vinrent environ deux fois la semaine pendant presque une année. Elle les bombardait de questions sur la Raison, la liberté, et l'âme, qui la tracassait. Les pères avaient bien du mal à répondre et elle les torturait.

À l'entendre, elle ne voulait plus se convertir le moins du monde.

Vint le dernier soir.

– Que diriez-vous si j'étais disposée à devenir catholique maintenant? dit-elle d'un air malin.

Les pères en furent estomaqués.

– Et que diriez-vous, poursuivit-elle, si, pour des raisons de politique intérieure, je recevais publiquement la communion d'un prêtre luthérien ? Une fois par an.

Les pères se récrièrent avec indignation. J'imaginais la communion comme un baiser donné par un homme de Dieu. Les catholiques n'aimaient pas cela du tout.

– Votre Majesté veut-elle offenser Dieu en feignant de professer une autre religion ? dit Malines.

– Impossible, Majesté ! renchérit Casati.

– Alors...

Les pères attendirent, inquiets.

– Alors il me faut abdiquer, dit-elle en leur dédiant son plus beau sourire.

– La grâce divine vous a illuminée ! s'écria Casati.

À cet instant, elle changea de ton.

– Voici mes instructions, dit-elle avec autorité. Casati, vous irez rendre compte à Rome. Et vous, Malines, vous irez en Espagne informer le roi de ma décision. Ma conversion devra rester secrète jusqu'au moment où je le déciderai.

La coquine avait tout préparé.

Puis, hasard ou tourment de l'âme, elle se rendit aux portes de la mort.

Ses pauvres fesses étaient couvertes de furoncles. Elle avait sur les bras de vilaines taches rouges et son dos se gonflait d'étranges petits abcès. Une fois habillée, elle tombait en syncope. Une fois revenue à elle, elle tenait à peine debout. On la disait perdue.

Je savais que sa décision lui coûtait trop d'efforts et que sa chair malheureuse en était enflammée. Il lui fallait de l'eau ! Il y avait trop de chaleur en elle.

Et nous vîmes arriver deux autres Français, l'estimable monsieur Bourdelot, médecin de son état, flanqué de Clairet-Poissonnet, son assistant.

L'assistant de monsieur Bourdelot avait la singulière manie d'apparaître tantôt en homme, tantôt en femme. En homme, il ressemblait à un jeune laquais bien tourné ; en femme, il était délicieusement semblable à une de ces dames que ma reine prenait dans son lit pour folâtrer. Christine en raffolait.

Monsieur Bourdelot nous fit le plus grand bien. Il imposa des bains chauds, des repas légers, de la musique, et qu'on cesse de faire de la philosophie qui montait au cerveau.

Elle commença par refuser les bains.

– Puisque je vous dis que j'ai horreur de l'eau, bordel ! Je ne me laverai pas.

– Alors ne vous plaignez pas de vos abcès ! répliquait Bourdelot sur le même ton.

Elle céda. Bourdelot surveilla lui-même le décrassage.

La pauvre me fit pitié. Nue dans une auge en cuivre où l'eau fumait, elle baissait la tête, la main sur son pubis. Puis, comme les servantes la frottaient avec un gant de crin, le pelage qu'elle avait sur la peau disparut pour partie.

Je n'en croyais pas mes yeux. Sur la chute de reins et sur le haut des bras, les poils se transformèrent en rouleaux de crasse noire, semblables à ceux avec lesquels la déesse Parvati façonne son fils Ganesh.

– Étais-je vraiment si sale ? dit-elle en tâtant sa peau brune.

– Nous ferons cela tous les jours, Majesté, dit Bourdelot. Quand vous serez rhabillée, nous ferons de l'exercice. Et demain, vous dormirez au moins jusqu'à sept heures.

Elle obéit. Elle apprit la gaieté et même l'art de la viole.

Ce monsieur Bourdelot avait bien des talents, dont celui de comploteur. Lui aussi préparait la sortie de ma reine, avec son gant de crin et ses violes.

L'année suivante, ma reine s'amusa en dansant le ballet, costumée en fille des bois, une nommée Amarante dont elle fit une secte de quinze hommes et quinze femmes voués au célibat. En vérité, elle trompait son monde, mais ses foucades ne plaisaient pas au peuple.

Il y eut des rébellions. Une troupe de paysans élut un nouveau roi, qui désigna son chancelier et marcha sur Stockholm.

Elle les fit décapiter.

– Si ce n'était que cela, disait la vieille servante. Des rebelles, on les zigouille. Mais voilà-t-y pas qu'une folle se balade dans les rues pour insulter notre reine !

– Folle, c'est à voir, rétorqua la plus jeune. La femme

dit qu'il y a des orgies au palais, que la reine est impie…
Et si c'était vrai?

— Tu n'as jamais aimé la reine!

— Au début, si, admit la jeune. Mais elle fait trop la
fête et ne donne rien aux pauvres. Avec tout ce qu'elle
dépense en bals! Dieu la punira.

— Tais-toi! Tu vas faire venir le malheur!

À l'automne, la peste éclata. Ma reine décida de démé-
nager à Uppsala et me voilà parti.

Notre nouvelle chambre ne fut guère arrangée.
Cela sentait le grand départ. Christine était d'un calme
inquiétant et Bourdelot s'en fut, nous laissant son Clairet-
Poissonnet.

Les rumeurs se firent plus précises.

— Je n'y crois pas, disait la vieille. Elle, abdiquer, la
fille de feu son père?

— Elle n'a plus le choix, disait la jeune. Elle a tout
dépensé. Il ne reste plus rien des finances royales!
Elle n'abdiquera pas, on la chassera à coups de pied
au cul.

Au printemps, Christine annonça solennellement sa
décision au Sénat. Elle allait abdiquer. Le métier de roi
ne convenait pas aux femmes.

Elle me revint agitée, le rouge aux joues, en compagnie
de son chancelier, Axel Oxenstiern. Un vieil homme aux
crins blancs, très digne.

— Cette cérémonie vous a émue, madame, dit le

chancelier avec une certaine affection. Je vois bien que les paroles de ce vieux paysan ont troublé votre détermination.

Elle le fixa avec des yeux ardents.

– Restez, Christine, lui dit-il. Souvenez-vous de ce que disait le paysan : « Gracieuse reine, soyez comme devant notre cheval de volée et nous vous aiderons à traîner le char. » Demeurez avec nous, gracieuse reine.

– Mon cher et vieil ami, je ne vais pas vous mentir, commença-t-elle d'une voix un peu cassée. Oui, quand ce vieil homme s'est essuyé les yeux avec son mouchoir à carreaux, j'ai bien cru que j'allais céder, je l'avoue. Mais je suis brave, vous le savez, Oxenstiern. Je ne reculerai pas.

– Dans ce cas, Majesté, continuons, soupira le vieil homme. Il est donc convenu que vous gardez la Poméranie, trois îles et deux ports, dont le premier de Suède. C'est une grosse concession.

– Vous n'allez pas encore me le reprocher ! s'écria-t-elle. Ou bien vous ferez la route de chez vous au château à pied, en pleine chaleur, et moi, à cheval, comme l'autre fois.

– Dieu me garde d'oublier ! dit le vieux chancelier avec irritation. Ce fut une rude punition. Donc, vous aurez deux ports. Plus la totalité des créances de la Suède à l'étranger, votre vie durant. Vous résiderez en Suède.

– Bon Dieu, non, Axel ! Charles-Gustave ne veut pas !

– Bien, bien, dit le chancelier. Laissons cela. Mais vous vous engagerez à demeurer dans le luthérianisme.

Christine resta songeuse.

– Voulez-vous que je répète ?

– J'ai très bien entendu, murmura-t-elle. Et moi, je vous dis que ce serait me faire insulte que de douter de mon luthérianisme. Vous n'en doutez pas, Axel, n'est-ce pas ?

Comme elle mentait bien ! Oxenstiern s'inclina.

– Dans cinq jours, Majesté, dit-il avec solennité. Vous revêtirez le manteau de velours bleu étoilé et vous vous assiérez sur le trône. Je vous donnerai le globe d'or, le grand amiral vous remettra le sceptre et on posera la couronne sur votre tête. Puis on vous l'enlèvera. Vous me remettrez le globe, le sceptre à l'amiral. Vous descendrez les marches et vous ferez votre discours d'adieu.

– Ensuite ?

– Votre cousin sera couronné dans la cathédrale, répondit le chancelier. Vous n'y serez pas, ni à sa prestation de serment au Sénat. Vous quitterez Uppsala le soir même pour Stockholm, où vous communierez dans le rite luthérien. Quand vous déciderez de partir, douze vaisseaux vous attendent dans le port de Kalmar pour vous conduire en Allemagne. Est-ce bien aux eaux de Spa que Votre Majesté veut se rendre ? Je ne me trompe pas ?

– Ne soyez pas aussi soupçonneux, dit-elle.

– Votre Majesté l'aura voulu, répliqua-t-il d'un ton bourru. J'ai tout fait pour la dissuader.

– Mon très cher chancelier...

– Le 6 juin, Majesté.

Il y avait ce jour-là dans sa chambre monsieur Clairet-Poissonnet et moi.

Le Poissonnet l'aida à enfiler une robe blanche et soyeuse dont le tissu craquait sous les doigts, et pour l'occasion, elle mit des souliers blancs.

– L'éventail, dit-elle d'un ton égal.

Le Poissonnet lui tendit un grand éventail de plumes blanches et elle le déploya.

– J'ai presque l'air d'une fille ! dit-elle. L'éventail me va bien.

– J'ai peigné la perruque, dit le Poissonnet. Les boucles sont parfaites.

Elle la mit de travers, le Poissonnet rectifia.

– Voilà, dit-il, extatique. Votre Majesté est en grande beauté.

– Pour une fois ! dit-elle sans un sourire. Tout est prêt ?

– Presque, dit le Poissonnet. Il reste à emballer vos objets préférés.

– Nous ferons cela ce soir, dit-elle. Le moment est venu.

Et d'un pas décidé, elle marcha vers la porte.

Quand elle sortit, j'avais le cœur serré. J'aurais dû me réjouir, mais non. Cette abdication ne me disait rien qui vaille.

En Afrique

Métamorphoses du roi Sébastien

À la zaouia, le bruit courut que le cheikh aux yeux bleus avait fait des miracles. En massant le dos tordu d'un nourrisson de sa large main unique, il l'avait redressé, et il avait rendu la vue à un aveugle en lui baignant les yeux avec une lotion.

Les visiteurs venaient de plus en plus nombreux, simplement pour être en sa présence. Lui, tranquille, assis sur son banc de pierre, s'appuyait sur sa canne, à l'écoute des murmures.

Il lui arrivait d'évoquer des moments de sa vie, d'une voix forte qui faisait taire son monde. Il racontait souvent sa grande bataille, comment son cheval l'avait écrasé sous son poids, le plumet rouge qu'il avait fait porter à un autre et le Santiago qu'il n'avait pas crié. Et la rumeur enfla.

Le cheikh aux yeux bleus serait un vaillant officier marocain qui avait combattu pendant la bataille des Trois Rois. Et c'était lui, bien sûr, qui avait trucidé le roi des chrétiens, celui au plumet rouge. Personne ne savait plus ce qu'était le Santiago, mais quelqu'un assura que c'était une arme si dangereuse qu'en la poussant, il aurait pu atteindre par mégarde le vieux sultan qui commandait les troupes.

– Il était déjà mort !

– C'est vrai, mais l'officier marocain l'ignorait.

De sorte qu'en refusant de pousser ce chariot de feu, le cheikh aux yeux bleus avait reçu son cheval sur la tête et c'est ainsi qu'il avait perdu et son nez et son bras.

L'infirme était devenu un héros du royaume du Maroc. Ses fils laissaient dire.

Il avait dicté à Luis l'histoire de sa vie et Luis l'avait transcrite en latin. À la mort de son père, il la transmettrait au roi du Portugal, qui, après avoir perdu son fils aîné, venait de désigner comme héritier Dom Afonso, un infirme, paralysé sur tout le côté droit.

Le récit de la corne

Une fine cravate noire, des bottes et une épée

Quand ma reine revint, elle était détrônée.

Elle jeta sa perruque sur le lit, ébouriffa ses cheveux courts et se versa une rasade d'eau-de-vie qui, comme d'habitude, brûla ma corne.

– Au royaume! dit-elle en levant son verre.

– Tout s'est-il bien passé? demanda le Poissonnet.

– Non! Le crétin qui devait enlever ma couronne n'a pas osé le faire, il a fallu que je l'ôte de mes mains. Et puis ce manteau est horriblement lourd avec sa doublure d'hermine, j'ai cru que j'allais tomber. Aussi, quand j'ai commencé à descendre les marches, j'ai vu que les gens pleuraient et j'ai trébuché, personne ne l'a remarqué, heureusement. Mais quand j'ai fait mon discours, je ne me suis pas trompée une seule fois. Ah! feu mon père aurait été content! Mais qu'est-ce que je raconte, bordel, il m'aimait trop et je ne sais plus pourquoi il m'a conçue soldat...

Elle parlait confusément, avec une telle excitation que le Poissonnet voulut l'arrêter.

– Vous êtes une héroïne, Altesse ! dit-il avec emphase.

Elle le foudroya.

– Tu oses ? Je t'interdis de m'appeler Altesse ! Je suis ta Majesté !

– Ah bon ? dit le Poissonnet, déconcerté. Mais je croyais...

– Pauvre con. Mes souliers, enlève-les, ils me serrent.

– On a remis un message pour Votre Majesté, dit le Poissonnet en rougissant.

Elle le prit et le lut, rapidement, comme elle faisait toute chose. Puis elle éclata d'un rire tonitruant et chiffonna le papier.

– Voilà que mon cousin le roi de Suède me redemande ma main ! Pauvre Charles-Gustave. Il a tort de m'aimer. Bon, ces souliers, ça vient ?

Le Poissonnet obéit sans demander son reste. Christine soupira d'aise.

– Au fond tu as raison, dit-elle. Je suis une héroïne. Mes habits, s'il te plaît.

Chausses brunes, chemise blanche, justaucorps de drap fauve, une fine cravate noire, de grandes bottes, des éperons, un feutre et ma reine redevint un jeune cavalier. Elle ceignit une épée.

– Pas mal, dit-elle au miroir. L'homme est ma vraie nature. Maintenant écoute bien, Poissonnet. Nous sommes supposés partir de Stockholm pour prendre les eaux de Spa.

– C'est ce que vous avez dit.

– Officiellement, dit Christine. Pour ce faire, nous devons prendre le bateau à Kalmar. Tu me suis ?

– Oui, Majesté, dit le Poissonnet. Le bateau.

– Eh bien, nous ne prendrons pas ce bateau, dit-elle, mystérieuse. Jusqu'à Stockholm, tu m'habilleras en femme. Mais le jour où je quitterai la Suède, je serai en garçon.

– En garçon, répéta le Poissonnet. Et moi en fille ?

– Mais on s'en fout, de toi ! Je te parle des vêtements du jeune comte Dohna. Moi. À cheval, en garçon, enfin libre ! Personne ne doit savoir, tu comprends ?

– Mais qui est le comte Dohna ? demanda le Poissonnet.

– Pauvre con. Occupe-toi plutôt d'emballer ma coupe.

Cela devait arriver. Poissonnet me posa sur un tas de vêtements dans une petite malle et puis il la ferma. La lumière s'éteignit. Je n'entendais plus rien. Les vêtements n'ayant pas de conversation et le bézoard étant retombé dans le silence, je me résignai à la solitude quand la zibeline qui doublait la toque de velours noir commença sa chanson.

– Où vont les cheveux courts ? Où serai-je posée ? Quelle tête réchauffer ? Où va-t-elle ? Où, où, où ?

On verrait bien, la zibeline et moi.

En Afrique

Juin 1654 : la mort du roi caché

Le ciel était brûlant et le crépuscule rose. L'infirme allait mourir. Ses yeux roulaient de l'un à l'autre, regardant ses enfants sans les voir.

– Il faut l'allonger, dit Yusuf. Sa jambe lui fait mal.

– Laisse-le, dit Luis. Il aime ce banc.

– Vous êtes sûrs qu'il n'y a plus rien à faire ? dit Nour.

– À son âge ! dit Moussa. Qu'il meure en paix, c'est tout.

L'infirme leva un regard aveugle vers un ciel invisible et se mit à parler.

Nour lui prit la main.

– Jasmine, murmura-t-il. Tu es là.

– Nour, dit Luis. Ne dis rien.

– Prépare-toi, ma princesse, dit l'infirme. Je vais te présenter à mon oncle Philippe et quand il te verra, il t'aimera...

– Son oncle ? dit Issa.

– C'était le roi d'Espagne, dit Luis.

– Ce royaume, murmura l'infirme. Je te l'avais promis. Un royaume pas plus grand que l'espace entre tes deux hanches, te souviens-tu, Jasmine ? Je t'avais prise pour un garçon.

– Il délire, dit Nour en caressant sa main.

– Non, chuchota Luis. Il revit.

– Un royaume pas plus grand que l'écharpe que tu m'avais donnée, dit l'infirme. Je suis à tes genoux au bord de l'océan et… Ah, mon Dieu ! Nous allons conquérir le royaume ! Jasmine, je dois le faire.

– Il ne sait plus ce qu'il dit ! dit Issa, éperdu.

– Santiago, gémit l'infirme.

Il gonfla sa poitrine, poussa un cri sauvage et s'étouffa. Ses fils le redressèrent et Luis lui versa un peu d'eau sur les lèvres.

– Comme j'ai soif, dit l'infirme. Tu es ma vie. Ce royaume, c'est toi qui me l'as donné… Mon poète ? Ah oui. Je n'oublie pas, Camoëns. L'île des brumes. Dans *Les Lusiades*. L'île heureuse. Luis !

– Oui ? dit Luis.

– Dis-leur que l'île existe. Dis-leur que tout est vrai.

Luis l'embrassa sur le front et l'infirme se tut. Puis sa tête bascula.

Yusuf prit le corps dans ses bras et il était léger, fragile comme un oiseau. La nuit l'enveloppa.

444

L'infirme fut inhumé le lendemain à l'aube à côté de Jasmine et non loin de son maître. *De profundis clamavi ad te*, récita le frère Luis d'Aviz.

Luis, le dernier fils, s'agenouilla devant le linceul blanc.

La terre le recouvrit.

– Tout ce qu'il nous a dit est dans le manuscrit, dit Luis. Et son île est ici.

Nour prit le masque qu'avait porté son père et dessina cinq fleurs d'oranger, entrelacées avec le prénom de sa mère, fille de l'Écorché.

Elle le déposa sur la tombe au pied de la croix sur laquelle Issa, l'aîné des fils, avait gravé l'année de la mort du roi, 1064 de l'Hégire, avec un nom en lettres capitales, *SEBASTIANUS REX ENCOBERTO*.

Épilogue

J'aime la tempête

Elle partit à cheval, bottée, coiffée d'un feutre immense, l'épée à la ceinture, se faisant appeler «comte Dohna». Elle quitta la Suède pour n'y plus revenir, choisissant comme emblème un phénix, et comme devise une phrase: «J'aime la tempête.» Nous, de notre côté, malles et serviteurs, nous voyagions au rythme de ses étapes, et alors, elle me sortait pour boire. Hambourg, Anvers, Bruxelles, Innsbruck, Trente, Ferrare, Bologne, Ancône, Lorette, Assise, Caprarola, et chaque fois elle semait la passion et le désordre. Ivre de liberté, elle se riait de tous du haut de ses vingt-neuf ans et son âme faisait la roue sur l'herbe au bord des sources, allant de ses habits de garçon aux robes de gala, du cheval au carrosse. «Bordel de Vierge!», comme elle aimait à dire. À Hambourg, elle rentra folle d'amour pour la fille de son hôte, Rachel Texeira, qu'elle avait embrassée dans un carrosse. «Je l'aurais bien baisée», dit-elle au Poissonnet, et lui: «Oh! Une juive?» Elle le cloua sur place avec une de ces phrases dont elle avait le secret : « Sais-tu bien que Jésus était juif ? » Et elle ajouta « Pauvre con », comme toujours avec lui. Le lendemain, elle se tapait sur les cuisses en racontant qu'au lieu de prendre son missel, elle lisait Ovide pendant l'office.

À Anvers, voilà qu'elle veut absolument rencontrer Monsieur le Prince, ce Louis de Bourbon qu'elle avait admiré quand elle était petite, et qu'on appelait le Grand Condé, mais il veut des honneurs auxquels elle ne consent pas et il dit non, je ne la verrai pas, cette pétasse, plus souvent. Et voilà que Monsieur le Prince se pointe sans tambour ni trompette, se faufilant dans l'antichambre. Je vois son grand nez d'aigle et son air arrogant. Elle lui fait signe, lui sourit, il se sauve, elle s'élance, elle le suit. Le Grand Condé était sur la première marche de l'escalier quand je l'ai vu se retourner, la regarder bien en face et lui balancer dans les dents : « Tout ou rien. » Et voilà qu'il est revenu le lendemain et qu'au lieu de tout ou rien, ils ont dit des bêtises. « Ça va ? – Pas mal et vous ? – Ma foi, ça peut aller. »

Trop d'événements, trop vite, à toujours cavaler. De ma malle, à Bruxelles, j'entends le matin le bruit de tonnerre de la canonnade saluant notre entrée à bord de la galère de l'archiduc et, le soir, les fusées du feu d'artifice sifflent en explosant dans la nuit pendant que la foule fait « Oooh ! »… Le lendemain, devant trois personnes, elle se convertit dans le plus grand secret. Cette nuit-là, elle écrit à Belle une lettre d'amour arrosée de vin du

Rhin, pleurant d'un œil parce que Belle lui manque et
riant de l'autre parce qu'elle fait ce qu'elle veut, manger,
boire et chanter. On repart, avec grand écuyer, chan-
celiers, chambellans, trésorier, officiers, gardes, valets,
cochers, palefreniers, trois musiciens venus d'Italie, ça
parle toutes les langues, on est plusieurs centaines et
on roule vers Innsbruck.

Sa conversion sera officielle demain. Comme la première fois qu'elle vit monsieur Descartes, elle s'habille
en soie noire avec une croix de diamants, elle a un air
sérieux, je me dis qu'elle se calme, elle met une mantille
pour aller à l'église et puis à l'Opéra, et le soir, quand
elle rentre, « Sais-tu ce que je leur ai dit, Poissonnet ?
"Après que je vous ai donné la comédie, vous pouvez
bien m'offrir la farce." C'était bien envoyé, non ? » Et
le Poissonnet ne comprend pas. Pauvre con. Et nous
voilà repartis. À Pesaro, elle recrute des petits nouveaux agiles et bavards, deux Italiens habiles à danser le
canari, c'est la danse à la mode. À Lorette, elle fait sortir
des malles une couronne et un sceptre pour les offrir
à la divinité qu'elle appelle la Sainte Vierge, cette fille
qui, comme dans le Mahabharata, s'est fait engrosser
par l'esprit d'un dieu. Elle n'y croit pas. Elle ne croit
à rien. Elle veut aller à Rome. Nous y sommes, dans
un palais sonore ouvert sur le ciel clair, plein de cris et
d'oiseaux, royaume des courants d'air. Bientôt, comme
il fait froid, on brûlera les meubles et l'un de ses serviteurs ouvrira un tripot sous les arcades du palais qu'on
appelait Farnèse.

Elle est Sa Majesté, une femme sans prix, respectée par le pape parce qu'elle s'est convertie. Je n'ai pas vu ces papes dont on fait si grand cas. Nous en avons eu quatre en tout, éphémères. Comme les papes n'ont pas le droit de procréer, quand ils meurent, leurs assistants s'enferment à double tour dans une grande bâtisse pour désigner l'un d'eux. Rome est en état de siège. Cela s'appelle un conclave. Gardes et soldats partout, quelquefois, une armée est là, venue de l'étranger. Chaque fois qu'un pape mourait, Christine était de ces chambardements, comme si elle espérait – parce que je la connais ! – être élue pape un jour. Mais elle était réduite à lorgner une fenêtre de la bâtisse clôturée pour trois ou quatre mois, avec une longue-vue pour déchiffrer le message placardé sur la vitre. « Je vois ! disait-elle, je lis son message ! Il a réussi à faire élire notre candidat ! »

Il, c'était lui. Lui, son unique amour. La première fois que je vis Decio Azzolino, c'était un homme en robe. Une robe cramoisie sur des bottes élégantes. Il était cardinal, quelque chose comme un prêtre. Un beau visage, comme je n'en avais encore jamais vu en Europe. Un nez pas trop long, un ovale pas trop gras, des joues bien dessinées, une mâchoire qui ne donnait pas l'impression de vouloir avaler le monde entier. L'œil était caressant, la voix, extrêmement douce.

Elle l'a regardé de haut en bas, examinant la robe et les bottes, elle a relevé les yeux. Il a souri. Il lui a pris la main, qu'il a un peu gardée, la caressant du doigt. Il a trois ans de plus qu'elle, il la dépasse d'une tête, il est en robe et il porte des bottes. Elle le fixe comme Descartes avec naïveté, elle l'adorera comme lui. Pas de jurons, pas d'éclat, non, elle est calme. Mer d'huile. Il lui donne du plaisir jusqu'à son dernier souffle. Et elle a beau savoir que les papes ont chargé son cardinal d'amour de la surveiller, ce sera sans importance. Il ne la quittera pas, jusqu'à son lit de mort. Trente-trois ans de passion. Je ne l'aurais jamais cru.

C'est ce que disait aussi Decio Azzolino le jour où elle mourut. « Qui aurait pu le croire, un tel amour, si long, avec une femme comme elle, si laide et si sauvage ? » Il pleurait sans un bruit, me tenant à la main, car elle lui avait fait cadeau de ma personne.

Rien n'avait pu les séparer. Ni le premier de nos papes qui lui avait ordonné de ne plus la voir en tête à tête. Ni les anciennes amantes d'Azzolino. Ni les complots sans fin toujours recommencés.

Quand Christine se lassa d'être libre, elle voulut un trône. Oui, un trône, parfaitement ! Elle qui avait fait tant d'efforts pour abdiquer ! Nous voulûmes le trône de Naples, puis celui de Pologne et même celui de Suède, où elle avait juré ne jamais revenir. Et Decio approuvait, surtout la Pologne, car ils s'étaient promis que le beau cardinal serait le premier ministre de la reine. Ils évoquaient toujours des motifs religieux, une reine catholique pouvait prétendre à la Pologne, ou bien convertir la Suède luthérienne, mais, moi, je savais bien que la seule vraie raison était leur cause commune. Eux ensemble au pouvoir, à la barbe du pape.

451

Azzolino lui pardonna même un acte que l'Europe ne lui pardonna pas. C'était dans un château en France, à Fontainebleau. Monaldeschi, un de ses gentilshommes italiens, a vendu le plan secret de Christine pour le trône de Naples, qu'elle irait conquérir avec l'aide du jeune roi de France. Elle l'apprend. Convoque Monaldeschi pour lui demander ce qu'il convient de faire en cas de trahison. Il répond: «La mort.» Elle dit: «Parfait! N'oubliez pas ce que vous venez de dire, Monaldeschi.» Il rit sans méfiance. Et tout se met en branle. Elle fait venir le père Le Bel, de l'ordre de la Trinité, le capitaine de ses gardes, deux gardes armés. Elle met sous le nez du traître des preuves écrites, il avoue, les gardes tirent les épées, Monaldeschi supplie, elle l'écoute d'une oreille attentive, puis, quand il a fini de supplier, elle se retire.

Je la vois arriver dans sa chambre, la main sur une haute canne noire. Son confesseur est là. Elle ne tempête pas, ne jure pas, ne casse rien. Elle attend, debout, jouant avec sa canne. Entre le capitaine qui vient demander la grâce du condamné. Elle répond tranquillement: «J'ai rendu ma justice, Santinelli. À vous d'exécuter ma sentence.» Le capitaine sort, arrive le père Le Bel qui a des arguments, est-ce qu'une reine a le droit d'exécuter quelqu'un sur un sol étranger? Qu'elle le remette à la justice du roi. Et elle, tout aussi calme: «Je ne suis ni captive ni réfugiée, je suis roi et je ne dois de comptes qu'à Dieu, mon père. Allez préparer le condamné à son sort!» Le père Le Bel sort, le confesseur implore.

Elle explose. « Bordel ! Puisque je vous dis que je l'ai condamné ! » Puis on entend des cris derrière la porte, Monaldeschi qui gueule des « Mon père, mon père ! », et elle, d'une voix ferme, ouvre la porte, pousse son confesseur. « Allez vite lui donner l'absolution, il faut que cela finisse. » Le confesseur laisse la porte entrebâillée, je le vois qui fait un signe de croix et il revient, très pâle. Dans la galerie, les gardes frappent encore. Chaque cri du condamné, la reine l'accompagne d'un coup sur le plancher, qu'elle tape du bout de sa canne en fermant les yeux. « Encore ! Encore ! » dit-elle à voix basse. Monaldeschi s'est tu. Elle est sereine. « Vous donnerez deux cents livres pour les messes pour le repos de l'âme du condamné », dit-elle au confesseur. Elle fait laver à grande eau le carrelage ensanglanté ; ensuite, elle se met à sa table et elle écrit au roi de France, ce jeune Louis qu'elle trouve empoté.

Le Roi-Soleil, c'est lui. Il nous envoie Chanut, qui a un peu vieilli, mais qui nous aime comme par le passé. Le bon monsieur Chanut est chargé de nous dire que nous ne pouvons pas nous rendre à Paris, car nous risquons de nous faire écharper, le peuple ne nous pardonnant pas l'assassinat de Monaldeschi dans un château royal, sans jugement. « Sans jugement ? Mais je l'ai jugé en mon âme et conscience ! »

Monsieur Chanut aura beau essayer de semer une terreur panique dans l'âme de Christine, elle lui rit au nez. Il s'en va désolé, elle l'embrasse sur le front. Et elle écrit à Louis, roi de France, que les gens du Nord, si farouches, n'ont peur de rien, et qu'elle est ravie de l'action qu'elle a faite avec Monaldeschi. Je l'entends relire son épître avec jubilation. Je nous crois perdus, elle va se faire chasser. Et que se passe-t-il ? Quinze jours plus tard, le roi Louis et son frère viennent nous rendre visite à Fontainebleau.

Decio a eu très peur et il trouve que c'est fou, ce meurtre de Fontainebleau, ils se disputent, il claque la porte, il revient. Il aura passé plus de trente ans à craindre pour la vie de sa bien-aimée. Une fois, à Hambourg, ville très protestante, elle donne une grande fête pour célébrer l'élection du pape, si provocante qu'une émeute éclate. Grande messe, banquet, feu d'artifice traçant le nom du nouveau pape dans le ciel de Hambourg, fontaine où le vin coule et, la nuit, une grêle de pierres, des torches enflammées, un madrier que les manifestants enfoncent dans la porte, la demeure est en feu, elle donne l'ordre de tirer. Huit morts et elle, déguisée, s'échappe par une porte dérobée. Elle a toute la ville à ses trousses. Decio reçoit une lettre où elle écrit qu'elle a dû faire couler le sang parce qu'il n'y avait plus de vin. Je m'en souviens encore, tellement il enrageait.

Quand elle n'est pas en France, en Allemagne, sur les routes à courir pour un trône, expédiant tous les jours un amoureux courrier à son cher Decio, elle fait la fête à Rome. Reine, catholique, convertie, elle y a tous les droits. On l'appelle la patronne de Rome. Dans les commencements, elle dépensait tellement qu'elle

devait mendier des subsides au pape, qui renâcle.
Puis le pape décide que son cher cardinal surveillera
les dépenses de la reine insoumise. Decio contrôle tout,
sauf elle. Il ne peut l'empêcher de planter un jardin
d'orangers et de jasmins ni de transformer une ancienne
prison en théâtre d'opéra où Christine, qui y va tous
les soirs, met ses pieds sur le bord de la loge, jure à
voix haute « Bordel de Vierge ! » et scandalise délicieusement les dames. Ah, cette Tor di Nona ! Dans les rôles
de femmes, et pour la première fois dans un théâtre
public, elle fait chanter des filles au lieu de garçons
comme c'était l'usage. Cela l'amuse, c'est moderne, les
cardinaux accourent, Azzolino triomphe aux côtés de sa
reine dans une loge royale aux armes de Christine. Son
nouveau factotum est le comte d'Alibert, un Français
qu'elle appelle le Jean-foutre. Le théâtre de la Tor di
Nona est son œuvre. Les jeunes cantatrices qui mon-
trent le bout de leurs seins, il les a recrutées. Scarlatti,
Corelli, musiciens attitrés, d'Alibert les trouvera. Dans
les loges de la Tor di Nona, on boit et on fornique. Et
les papes s'en mêlent.

Cela commence *piano*. Le pape Clément demande à
d'Alibert d'éviter le scandale à la Tor di Nona. Puis le
pape Innocent, pourtant un habitué de la loge royale,
change du tout au tout sitôt qu'il est élu. D'abord, il
fait abattre les cloisons des loges de la Tor di Nona,
où il avait tant de fois vu des forniqueries. Sans les
cloisons, c'est pire. « Quel porc ! » dit Christine. Ensuite le
pape Innocent interdit le décolleté féminin et fait saisir

les chemises échancrées jusque dans les lavoirs et les blanchisseries. Rome éclate de rire. « Saloperie de pape ! » dit Christine qui se fait coudre une robe montant jusqu'au nez, couvrant la bouche, et la voilà partie narguer l'Innocent. Du coup, il interdit aux femmes de paraître sur scène, et il exige qu'on revienne aux hommes travestis. On ferme la Tor di Nona.

Christine doit héberger les chanteuses sans emploi dans un petit bordel que le cher Poissonnet vient d'installer. Où, je vous le donne en mille ! Dans l'annexe d'un pieux hôpital financé par la reine. « À cause de ce crétin ! » dit Christine, qui ne dit plus jamais « Sa Sainteté ». À la place, elle dit dans son italien de Suédoise *Mingone*, le Crétin. Quand le Crétin l'apprend, il la fait sermonner, exige qu'elle soit polie, elle répond comme à Fontainebleau qu'il n'y a personne entre elle et son dieu, et qu'il aille se faire foutre. Alors le pape Innocent lui retire sa pension. Pourquoi le Crétin est-il encore en vie ? Qu'attend-il pour crever, celui-là ?

Decio voit qu'elle vieillit. Elle ne se lave presque plus, malgré les baignoires de marbre qu'il a fait installer. Elle mange à la cuisine du chou avec ses filles, cantatrices légèrement catins sur les bords. Elle ne le rejoint plus dans la distillerie où ils faisaient l'amour et l'alchimie ensemble, transformant le vil plomb en or. Elle a de la moustache et du poil au menton. Je ne l'ai jamais vue belle, mais elle avait de quoi attirer homme et femme avec sa grande gueule, son visage de travers, ses yeux étincelants, et la folle énergie qui passait dans son corps.

456

Mais Christine a grossi, son nez s'est allongé, elle tire la patte, son souffle est court. Elle sait bien qu'elle est laide avec sa taille épaisse et les poils qui repoussent au menton. Elle évite les miroirs et le Poissonnet est mort.

Decio a des maîtresses, elle se traîne à ses pieds, lui jure qu'elle va périr de ne plus être aimée, il revient, elle se lave, elle se coiffe, il lui reprend la main. L'ombre du grand désir les effleure, mais maintenant qu'ils sont vieux, leurs corps n'y sont plus. Sur le tard, ayant abandonné les plaisirs du yoni, Christine s'aperçoit qu'elle n'a pas cru en Dieu et l'heure approchant, elle le cherche toute seule. Rien entre Dieu et elle. Elle fera lever dans son cœur la tempête avec des effusions, des prières, des extases que le terrible Crétin tâchera d'interdire, la traitant d'hérétique.

C'est la veille du jour où naquit l'enfant-dieu des chrétiens que la fin commença. Elle essayait une robe de brocart à fond blanc broché de fleurs d'or avec une frange au bas. Il y avait là une jeune alchimiste qu'elle appelait Sibylle, et qui s'appelait Julia. Ma reine lui dit qu'elle ne devinerait jamais ses pensées du jour, et la Sibylle, maligne, répond que si, bien sûr, elle pouvait les deviner. La robe de brocart sera pour son cadavre. Et c'est vrai. Ma reine pensait exactement cela.

Deux mois plus tard, elle gonfle, sa peau rougit, la démange, elle a la fièvre, elle tombe. On la croit perdue, mais non. C'est pour la prochaine fois. Un jour qu'elle a frappé son capitaine des gardes à coups de canne en le traitant de pauvre con, la rougeur reparaît, elle s'effondre et les poumons s'y mettent. Azzolino accourt à son chevet, mais elle s'enfonce, elle ne lui dira rien, elle somnole, se confesse à grand-peine et tombe dans le coma. Le lendemain, à l'heure où elle aime se lever, elle ouvre les yeux et porte la main à son cou. Azzolino se penche, elle ne respire plus. Elle est morte sans un mot.

Puis les médecins arrivent, ôtent les vêtements, fendent la poitrine, sortent le cœur, le foie, la rate, les intestins, les baignent dans le camphre, injectent dans les artères de l'huile de térébinthe, remettent les organes en place, épongent le sang, elle est ouverte et nue, bien propre. Ils la recousent. On lui met la robe de brocart à fond blanc broché de fleurs, on place son sceptre dans ses mains, sa couronne sur ses cheveux gris, un masque d'argent pour cacher son visage, on la pose sur une civière tendue d'or et c'est ainsi qu'elle sortira de ma vie, masquée et couronnée, muette pour la première fois. La civière a cheminé dans Rome jusqu'à la basilique du Crétin, car il a décidé qu'elle reposerait sous sa garde à Saint-Pierre, dans une crypte au milieu de tous les papes.

Decio Azzolino m'emporta comme convenu. Il avait hérité de tous ses biens, les tableaux, les statues, les médailles, les dessins et les livres. Il n'eut pas le temps de les arranger. Il était si triste, si malheureux qu'il mourut au bout de six semaines en me léguant à son neveu Pompée, qui vendit les livres de Christine et me flanqua dans un coin. Dix ans plus tard, il me vendit à un collectionneur dont les héritiers me vendirent à leur tour à un archiduc de la Maison de Habsbourg. C'est ainsi que, passant de main en main comme un vieil objet dont personne ne connaissait plus ni le sens ni l'histoire, je finis par me retrouver au sein de la dynastie.

Je m'ennuyai beaucoup, voyageant de table en bureau, de bureau en vitrine, de vitrine à table, et derechef. « Que faire de la coupe en corne de rhinocéros ? » soupirait une princesse devant son héritage. Et j'allai dans un autre coin. Il m'arriva d'être enfermé. Pour compagnie, souris et termites, et parfois, un gamin entrouvrant la porte du placard. Quand j'en ressortis, on parla de me vendre aux enchères. J'échouai dans ce musée, ce qui me contenta. Je vois du monde. « Une coupe dans une corne. Quel objet curieux ! – Mais fort intéressant. Jusqu'au dix-septième siècle, c'est un contrepoison. L'appendice du rhinocéros aurait eu cette propriété. – Davantage ! Réduit en poudre, c'est un aphrodisiaque. Il paraît qu'on braconne encore les rhinocéros aujourd'hui pour leur couper la corne. Une espèce protégée ! – Et on expose ça ! Quelle honte ! »

Pourtant, s'ils savaient ! J'eus pour propriétaires deux rois, un empereur, et une reine soufflant la tempête. Aucun ne fut franchement mauvais ; mystique, dévot, illuminé, rebelle, ils cherchaient une grande et forte idée dont j'ai vu la gésine. Les beautés de l'idée et ses crimes, ses folies, ses guerres interminables, ses plaisirs

effrénés et son obstination à poursuivre on ne sait quoi,
ses frondaisons, ses chasses, ses divisions, c'était l'en-
têtement de l'Europe à survivre.

En vérité, les rois sont peu de chose. Dans mon lieu
de naissance, ils sont au deuxième rang des purs, et
non au premier rang. C'est qu'on sait bien, chez nous,
qu'un guerrier combat, mais ne pense pas. Un roi, c'est
un poitrail pour attirer les coups, une main pour l'épée,
une autre pour la masse; un roi confine au sang. Mal
nécessaire.

Mais dans mon lieu d'exil, un roi d'Europe avait trop
de choses sur le dos: commander la guerre, s'y battre,
gérer au plus près les massacres, amasser la finance,
conclure des traités, philosopher, danser, penser à la paix
et incarner son dieu au premier rang des purs. Mon roi
préféré s'y est brisé la vie. Tout pour l'armure.

Pas étonnant qu'avec mon armure à moi, Sébastien
m'ait aimé; je lui ressemble. Comme lui, j'ai trouvé
asile dans un coin désert où l'on parle de moi sans me
connaître. Un jour, peut-être, quelqu'un s'attardera et lira
ma notice. Corne d'un rhinocéros des Indes orientales
offert au roi Sébastien en 1577, un an avant la défaite
d'Alkacer-Kébir, repris par le roi Philippe II d'Espagne.
Propriété de Rodolphe de Habsbourg, puis de Christine de
Suède, léguée au cardinal Decio Azzolino en 1689. Cette
passante à l'œil noir derrière ses lunettes, j'aimerais qu'elle
m'écoute, j'ai tant à raconter. Regarde-moi, mignonne,
je suis toute une histoire. Reste! Si tu savais.

Mais je divague, allons... Mon corps de bête n'est plus.

Longtemps, la brutale poussée du rut sans femelle me fut insupportable; aujourd'hui, j'y songe confusément quand les fenêtres s'ouvrent au printemps. Il m'arrive de rêver à une corne femelle que j'empalerais d'un coup, par l'arrière; les croupes des filles m'émeuvent encore. Une vieille corne de bada qui pense et qui bande, est-ce qu'il n'y a pas de quoi rire?

Chronologie
des événements relatés

1385	Élection de Dom João, grand maître de l'ordre de Saint-Benoît d'Aviz, au trône du Portugal, et fondation de la dynastie d'Aviz.
1527	Gustave Ier Vasa introduit la Réforme protestante en Suède.
1545	En Espagne, naissance de l'infant Don Carlos, fils de l'infant Philippe et de Dona Maria du Portugal, morte des suites de ses couches.
1552	Naissance de Rodolphe de Habsbourg, fils de l'archiduc Maximilien d'Autriche et de Marie d'Espagne.
1553	Condamné pour rixe, Camoëns sort de prison et s'embarque pour les Indes orientales.
1554	2 janvier: à Lisbonne, mort de l'infant Dom João. 20 janvier: naissance de Dom Sébastien, son fils. La même année, sa mère, Dona Juana d'Espagne, fille de Charles Quint, retourne sans son enfant à la Cour de Madrid auprès de son frère Philippe.

Mariage de l'infant Philippe et de Mary Tudor, reine d'Angleterre.

1555   Abdication de l'empereur Charles Quint.

1556   Avènement de Philippe II.

1557   Dom Sébastien succède à son grand-père et devient roi du Portugal.

1558   Mort de Charles Quint à Yuste, en Espagne. Mort de la reine Mary Tudor à Londres.

1559   Mariage de Philippe II et d'Élisabeth de Valois, fille d'Henri II, roi de France.

1562-1563   Le jeune roi Sébastien préside les Cortès. Les fils aînés de Maximilien, roi de Hongrie, Rodolphe et Ernest, sont confiés au roi Philippe II.

1566   Naissance de l'infante Isabelle Claire Eugénie, fille du roi Philippe II et d'Élisabeth de Valois.

1567   Interdiction de l'usage de la langue et des coutumes arabes pour les Morisques d'Espagne.

1568   Juillet : le roi Sébastien accède à sa majorité. L'infant Don Carlos, héritier de Philippe II d'Espagne, meurt enfermé dans une tour aux fenêtres murées.

Mort d'Élisabeth de Valois. Soulèvement et répression des Morisques.

1569   Retour de Camoëns à Lisbonne.

1570   Philippe II épouse l'archiduchesse Anne d'Autriche. Rodolphe de Habsbourg est fiancé à l'infante Isabelle. Date supposée de la naissance du rhinocéros.

1571   Rodolphe de Habsbourg quitte Madrid pour Vienne.

1572   Luis de Camoëns publie *Les Lusiades*. En France, massacres de la Saint-Barthélemy.

1575   L'empereur Maximilien d'Autriche fait proclamer Rodolphe de Habsbourg roi de Bohême.

1576   Mort de l'empereur Maximilien. Son fils Rodolphe est élu roi des Romains, empereur du Saint-Empire. Le sultan du Maroc Moulay Mohammed, destitué par son oncle Abdelmalik, dit le Maluco, appelle Sébastien à l'aide.

1577   Mars : l'ambassadeur comte Hans Khevenhüller, écrivant à l'empereur Rodolphe, mentionne la présence d'un rhinocéros arrivé à Lisbonne, « semblable au dessin ci-joint ».

Le roi Sébastien rencontre son oncle Philippe II, roi d'Espagne, dans la ville de Guadalupe.

1578   24 juin : départ de la flotte portugaise pour le Maroc.

4 août : bataille des Trois Rois à Alkacer-Kébir.

7 août : la dépouille du roi Sébastien est inhumée à Alkacer-Kébir en présence d'officiers marocains.

12 août : la nouvelle du désastre parvient à Lisbonne.

28 août : le cardinal Henri est élu roi du Portugal par acclamation.

9 octobre : l'ambassadeur Khevenhüller rend compte à son empereur d'une démarche concernant le sort futur du rhinocéros, qu'il souhaite acheter.

22 octobre : après avoir appris que le nouveau roi ferait cadeau du rhinocéros au pape Grégoire XIII, Khevenhüller rend compte de sa profonde déception à son empereur.

30 octobre : le roi-cardinal demande au

pape Grégoire XIII de le relever de ses vœux religieux.

Décembre : transfert du corps de Sébastien d'Alkacer-Kébir à Ceuta.

1580   31 janvier : mort du roi-cardinal Henri, dernier représentant de la dynastie d'Aviz.

1581   Avril : à Tomar, Philippe, roi d'Espagne et du Portugal, est acclamé par les Cortès sous le nom de Philippe Ier.

1582   10 décembre : le roi Philippe fait rapatrier la dépouille de Sébastien et assiste à ses funérailles solennelles dans le monastère des Hiéronymites à Belém.

1583   Philippe II retourne à Madrid.

15 mars : Khevenhüller informe l'empereur Rodolphe que le roi Philippe II fait venir le rhinocéros à Madrid.

10 juillet : entrée solennelle du rhinocéros et de l'éléphante à Madrid.

1584   Une délégation de chrétiens du Japon, fils de samouraïs, arrive à Madrid, conduite par un jésuite. À cette occasion, le rhinocéros et l'éléphante leur sont présentés officiellement.

Premier retour du roi Sébastien sous les traits du roi de Penamacor. L'empereur Rodolphe quitte Vienne pour le château de Prague.

1585   Deuxième retour du roi Sébastien sous les traits de Mathieu Alvares. Il sera pendu en 1586.

À Prague, naissance de Don Giulio, fils naturel de l'empereur Rodolphe et de Caterina Strada.

1587   Décapitation de Marie Stuart sur ordre d'Élisabeth, reine d'Angleterre.

1588   27 mai : l'Invincible Armada, flotte du roi d'Espagne, appareille de Belém en direction de l'Angleterre ; elle sera vaincue et dispersée à proximité des côtes anglaises.

1589   2 août : Henri III, roi de France, est assassiné par le moine extrêmiste catholique Jacques Clément. Philippe II revendique le trône de France pour sa fille, l'infante Isabelle, fiancée de l'empereur Rodolphe.

1590   L'empereur Rodolphe nomme vice-chancelier aux affaires ecclésiastiques de l'Empire Christoph Zelinsky, frère morave hostile aux catholiques.

1592   L'empereur Rodolphe reçoit le grand rabbin de Prague, dit le Maharal, pour un entretien qui dure toute une nuit. Par l'intermédiaire de l'ambassadeur comte Hans Khevenhüller, Philippe II presse l'empereur Rodolphe d'épouser l'infante Isabelle, sa fiancée.

1593   22 juin : l'empereur Rodolphe bat les Turcs à Szigeth. Le 2 août, l'armée turque déferle en Hongrie.

1594   Troisième retour du roi Sébastien sous les traits du pâtissier de Madrigal, Gabriel de Espinoza. Il sera pendu en 1595. Henri IV est sacré roi de France. Gustave III Vasa devient roi de Suède.

1598   Quatrième retour du roi Sébastien à Venise, sous les traits de Marco Tullio Catizone. Il sera pendu en 1603. Fiançailles de l'infante Isabelle d'Espagne, ex-fiancée de l'empereur Rodolphe, avec l'archiduc Albert d'Autriche. Mort du roi Philippe II.

1599   Rodolphe accueille Tycho Brahé à Prague.

1600	Johannes Kepler arrive à Prague. À Rome, le dominicain Giordano Bruno est condamné au bûcher. L'empereur Rodolphe tente de poignarder un de ses ministres, puis veut se trancher la gorge.
1601	Mort de Tycho Brahé à Prague. Kepler lui succède dans les fonctions d'astrologue et mathématicien impérial.
1603	Jacques Ier succède à Élisabeth d'Angleterre.
1608	17 février : Don Giulio, fils naturel de l'empereur Rodolphe, torture et assassine une jeune villageoise. Il meurt quatre mois plus tard. 25 juin : sous la contrainte, Rodolphe abandonne à son frère Matthias l'Autriche, la Hongrie, la Moravie, et le reconnaît comme héritier du trône de Bohême. Il reste empereur élu du Saint-Empire.
1609	Mort du Maharal. Rodolphe signe la Lettre de Majesté reconnaissant la liberté de religion des États de Bohême.
1610	Assassinat d'Henri IV, roi de France, par l'ultracatholique Ravaillac, sous l'influence de l'archiduc Albert d'Autriche qui gouverne les Pays-Bas. Francisco de Villarte, capturé à dix ans pendant la bataille des Trois Rois, et devenu caïd, retournera publiquement à la foi catholique après trente-deux ans de captivité.
1611	L'archiduc Matthias arrache la couronne de Bohême à l'empereur Rodolphe.
1612	Mort du lion favori de l'empereur Rodolphe, qui lui-même meurt quelques mois plus tard. Son frère Matthias lui succède.

1618	Défenestration de Prague. La guerre de Trente Ans commence.
1626	Naissance de Christine de Suède, fille du roi Gustave-Adolphe II et de Marie-Éléonore de Brandebourg.
1632	Mort du roi Gustave-Adolphe de Suède à la bataille de Lützen. Sa fille Christine lui succède.
1633	La reine Marie-Éléonore ramène le cercueil de son mari à Stockholm.
1634	Enterrement du roi de Suède.
1635	Johannes Matthiae est nommé précepteur de la reine Christine.
1637	René Descartes publie le *Discours de la méthode*.
1644	La reine Christine accède à la majorité. Les négociations des futurs traités de Westphalie commencent à Münster et Osnabrück.
1648	Pendant la signature des traités de Westphalie qui mettent fin à la guerre de Trente Ans, l'armée suédoise assiège et pille le Château de Prague.
1649	Christine de Suède désigne comme son héritier son cousin Charles-Gustave. 4 octobre : René Descartes arrive à Stockholm.
1650	Février : mort de René Descartes à Stockholm. 30 octobre : couronnement solennel de la reine Christine.
1651	Arrivée à Stockholm, sous des déguisements, des jésuites Malines et Casati.
1654	6 juin : abdication de la reine Christine de Suède. Son cousin lui succède sous le nom de Charles X Gustave de Suède. 31 octobre : conversion officielle de Christine de Suède au catholicisme, à Innsbruck.

22 novembre : entrée solennelle de la reine Christine à Rome.

26 décembre : la reine Christine s'installe au palais Farnèse.

1656 Christine de Suède rencontre le cardinal Decio Azzolino.

Mars : le pape Alexandre VII demande au cardinal de cesser de voir la reine Christine.

Juin : elle arrive à Marseille.

1657 Mort de Monaldeschi au château de Fontainebleau, exécuté sur ordre de la reine Christine.

1658 Retour de la reine Christine à Rome.

1660 Mort de Charles X Gustave. Christine part pour la Suède dans l'espoir de recouvrer son trône.

1667 À Hambourg, ville protestante, la reine Christine célèbre l'élection du pape Clément IX avec une telle ostentation que des émeutiers incendient sa demeure.

1668 Christine de Suède brigue le trône de Pologne.

1671 Inauguration du théâtre de la Tor di Nona à Rome, financé par la reine Christine.

1689 19 avril : mort de la reine Christine à Rome, en présence du cardinal Azzolino.

22 avril : elle est solennellement enterrée dans la basilique Saint-Pierre au Vatican.

Juin : mort du cardinal Decio Azzolino.

1975 Ouverture du cercueil de l'empereur Rodolphe et découverte de son anneau magique.

1978 Célébration solennelle du Pourim des chrétiens par les communautés juives du royaume du Maroc, à l'occasion du quatrième centenaire de l'heureuse défaite du roi Sébastien.

Remerciements

Je remercie d'abord le Portugal, grâce auquel j'ai connu le roi Sébastien.

La première fois que j'ai entendu son nom, c'était en 1960, en allant à Sintra sur une route de montagne bordée de rhododendrons géants et de fougères. À cette date, le Portugal vivait sous la coupe d'un dictateur de modèle fasciste chrétien impitoyable, Antonio de Oliveira Salazar, dont la devise était « Dieu, patrie, famille ». Le Portugal était d'une grande sévérité, et la route de Sintra était à l'image du pays, belle et désespérante.

À Sintra se dresse le blanc palais de Pena, mafflu, flanqué de trois palmiers, surmonté de deux grandes cheminées rondes. Je ne savais rien encore du palais de la Pena, sauf qu'un jeune roi bizarre y avait habité. Cet enfant aux joues encore gonflées était fou et génial. Quarante-cinq ans plus tard, grâce à Philippe Reliquet, conseiller culturel près l'ambassade de France, à l'ambassadeur Patrick Gautrat et à la responsable du palais

de la Pena, j'ai pu voir et toucher le banc de pierre grise
où il aimait s'asseoir dans une cour minuscule ornée
de colonnes torses. Et dans le jardin de l'ambassade
de France, on dit aux visiteurs qu'il s'assit devant une
table de pierre avant son grand départ pour le Maroc.
Cette table existe encore.

En 1974, les jeunes capitaines expédiés dans les
colonies portugaises d'Afrique contre les indépendan-
tistes africains montèrent un coup d'État pacifique qu'on
appela la révolution des Œillets, parce qu'ils placèrent
ces fleurs au bout de leurs canons. Plus de dictateur,
plus de colonies, et seulement quatre morts. Commencé
au quinzième siècle avec des navigateurs héroïques, le
rêve impérial portugais venait de s'achever.

En février 1992, j'étais au Portugal pour la publi-
cation de *La Senora*, roman dont l'héroïne est une ban-
quière marrane née à Lisbonne. L'éditeur de la maison
indépendante Asa, mon ami Manoel à qui je dois tant,
organisa une expédition à Belmonte, la dernière ville
du Portugal où vivent des marranes. À la tombée du
jour, la neige et le brouillard assombrissaient la route
du retour quand, soudain, une forme affolée surgit
devant les phares. Une truie ! Énorme et mamelue.
Manoel, qui conduisait, s'écria plaisamment : « C'est le
roi Sébastien ! Le voici revenu ! » Car le roi Sébastien
surgira du brouillard pour sauver le Portugal, de sorte
que toute forme faisant irruption la nuit dans la brume,
c'est lui. Même une truie.

En 1998, en Afrique de l'Ouest, la Guinée-Bissau

connut un coup d'État. L'ancienne colonie portugaise est accoutumée à ce genre d'événements, mais cette fois la violence fit rage à tel point qu'au port de Dakar arrivèrent dans la nuit des bateaux de réfugiés portugais et français. Juchées sur de grands conteneurs, les familles se tassaient, effrayées. L'ambassadeur du Portugal prenait soin de ses ressortissants, nous des nôtres. La nuit, le brouillard, les lumières des bateaux, les projecteurs, la confusion, les soldats, les secours, les vaccinations... L'ambassadeur Preto eut des accents prophétiques. Le siècle s'achevait, le Portugal était depuis longtemps une paisible démocratie européenne, et le roi Sébastien faisait son grand retour nocturne sur les lèvres d'un admirable diplomate portugais en plein émoi. Je lui dois une importante bibliographie, de précieuses informations sur l'anomalie sexuelle de Sébastien, sur ses amours possibles avec la fille du sultan destitué, et surtout, les accents romantiques du sébastianisme que j'ai si souvent entendus dans sa bouche.

Grâce à mon amie Nathalie Loiseau, alors conseillère à l'ambassade de France au Maroc, j'ai pu me rendre sur le champ de bataille d'Alkacer-Kébir tel qu'il est aujourd'hui sous le nom de Ksar-el-Kébir : des champs de taille moyenne, un petit pont, une route, un village, de longs arbres touffus, un blanc monument aux rois morts dans cette épopée, dont le souvenir violent contrastait avec la paix du lieu.

Je n'aurais pas pu écrire ce roman sans le livre de référence sur la bataille des Trois Rois, les admirables *Fables de la mémoire* de Lucette Valensi, parues aux Éditions du Seuil en 1992. J'y ai trouvé les versions marocaines de la bataille, leurs innombrables survivances jusqu'aux célébrations du Pourim des chrétiens en 1978, et l'histoire des réincarnations successives du roi Sébastien sous la figure d'imposteurs qui finirent tous pendus. Je remercie Claude Cherki, alors président-directeur général des Éditions du Seuil, de m'avoir mis ce livre dans les mains dès que je lui ai parlé de ce projet, qu'il a bien voulu accueillir avec enthousiasme.

C'est en 1991, à Prague, avec Gérard Fontaine, à l'époque conseiller culturel, que j'ai découvert la nature alchimiste de l'empereur Rodolphe de Habsbourg, et surtout, l'aspect extraordinaire de sa rencontre nocturne avec le Maharal, en février 1592, dont Angelo Ripellino donne une évocation mystérieuse dans *Praga magica*, paru chez Pocket, collection « Terre humaine », en 2001. Ce qui reste des trésors de Rodolphe a beau se trouver au Kunsthistorisches Museum de Vienne, l'esprit en est au Château de Prague, le Hradcany qui domine la ville. Dans les années qui suivirent l'effondrement de l'empire soviétique, de nouvelles publications virent le jour en Tchéquie, parmi lesquelles *Le Bestiaire de Rodolphe II*, superbement publié aux Éditions Mazenod en 1990.

C'est dans ce livre monumental que j'ai trouvé l'histoire du rhinocéros du roi Sébastien, ainsi que l'intégrale des lettres de l'ambassadeur comte Hans Khevenhüller à l'empereur Rodolphe, qui voulut acquérir l'animal

dès son arrivée à Lisbonne, et qui, faute de le posséder
vivant, dut se contenter de sa corne, de son squelette et
d'un morceau de peau parfaitement représentés dans
Le Bestiaire.

Mes remerciements à ceux qui ont bien voulu relire
ce manuscrit : Jacqueline Laporte, Jérôme Bonnafont,
mon frère Jérôme Clément, ainsi que Jean-Christophe
Brochier et Martine Saada. Je remercie également pour
leurs précieux conseils Tobie Nathan qui m'a aidée à
vérifier la survivance actuelle du Pourim des chrétiens,
Jean-Claude Milner qui a rédigé les phrases en latin et
m'a fait connaître *Les Langues occultes de la Renais-
sance* de Pierre Béhar (Desjonquères, 1996), ainsi que
l'ensemble de la recherche de Dame Frances Yates sur
la Kabbale chrétienne, et Roger-Pol Droit pour m'avoir
souvent suggéré que Descartes ne s'était pas contenté
de rapports platoniques avec la reine Christine. Mon
petit-fils Titus Roché a bien voulu me servir de conseiller
en jurons, et je l'en remercie, ainsi que, naturellement,
A.L., sans lequel, depuis vingt-cinq ans, aucun de mes
livres n'aurait vu le jour.

Table

DEUXIÈME PARTIE
L'alchimiste

TROISIÈME PARTIE

La barbare

Du même auteur

ROMANS

Bildoungue ou la vie de Freud
Christian Bourgois, 1978

La Sultane
Grasset, 1981

Le Maure de Venise
Grasset, 1983

Bleu Panique
Grasset, 1986

Adrienne Lecouvreur
ou le Cœur transporté
Robert Laffont, 1991
« J'ai lu », n° 3957, 1997

La Senora
Calmann-Lévy, 1992
Le Livre de Poche, n° 13942, 1993

Pour l'amour de l'Inde
Flammarion, 1993
« J'ai lu », n° 3896, 1998

La Valse inachevée
Calmann-Lévy, 1994
Le Livre de Poche, n° 13942, 1996

La Putain du diable
Flammarion, 1996
« J'ai lu », n° 4839, 1998

Le Roman du Taj Mahal
Noésis, 1997

Les Dames de l'Agave
Flammarion, « Kiosque », 1998

Le Voyage de Théo
Seuil, 1998
« Points », n° P680, 1999

Martin et Hannah
Calmann-Lévy, 1999
Le Livre de Poche, n° 14798, 2000

Afrique esclave
Noésis, 1999

Jésus au bûcher
Seuil, 2000

Cherche-Midi
Stock, 2000
Le Livre de Poche, n° 30048, 2004

Les Mille Romans de Bénarès
Noésis, 2000

Le Sang du monde
Seuil, 2004
« Points », n° 1403, 2005

Les Derniers Jours de la déesse
Stock, 2006

La Princesse mendiante
Panama, 2007

Essais

Lévi-Strauss
ou la Structure et le malheur
Seghers, 1re éd., 1970
2e éd., 1974
dernière éd. entièrement remaniée
Le Livre de Poche, « Biblio Essais », 1985

Le Pouvoir des mots
Mame, « Repères sciences humaines », 1974

Miroirs du sujet
10/18, « Esthétiques », 1975

Les fils de Freud sont fatigués
Grasset, « Figures », 1978

L'Opéra ou la Défaite des femmes
Grasset, « Figures », 1979

Vies et légendes de Jacques Lacan
Grasset, « Figures », 1971
Le Livre de Poche, « Biblio Essais », 1983

Rêver chacun pour l'autre
Essai sur la politique culturelle
Fayard, 1982

Le Goût du miel
Grasset, « Figures », 1987

Gandhi ou l'Athlète de la liberté
Gallimard, « Découvertes », 1989
2e éd., 1990

La Syncope, philosophie du ravissement
Grasset, « Figures », 1990

La Pègre, la peste et les dieux
Chroniques du festival d'Avignon
Éditions théâtrales, 1991

Sissi, l'impératrice anarchiste
Gallimard, « Découvertes », 1992

Sollers, la fronde
Julliard, 1995

Les Révolutions de l'inconscient
Histoire et géographie des maladies de l'âme
La Martinière, 2001

Claude Lévi-Strauss
PUF, « Que sais-je ? », 2003

La Nuit et l'Été
Rapport sur la culture à la télévision
Le Seuil/La Documentation française, 2003

Pour Sigmund Freud
Mengès, 2005

Promenade avec les dieux de l'Inde
Panama, 2005
« Points sagesse », n° 221, 2007

Maison mère
Nil, 2006

Qu'est-ce qu'un peuple premier ?
Panama, « Cyclo », 2006

Mémoire
Stock, 2009

Éloge de la nuit
Albin Michel, 2009

Poésie

Growing an Indian Star
poèmes en anglais
Delhi, Vikas, 1991

La Mère des masques
Un Dogon raconte
de Sékou Ogobara Dolo
Propos recueillis par Catherine Clément
et Dominique-Antoine Grisoni,
aquarelles de Catherine Clément
Seuil, 2002

Le Divan et le Grigri
(avec Tobie Nathan)
Odile Jacob, 2002
« Poches Odile Jacob », n° 151, 2005

L'Inde des Indiens
(avec André Lewin)
Liana Lévi, « L'Autre Guide », 2006

RÉALISATION : PAO ÉDITIONS DU SEUIL
IMPRESSION : CPI - FIRMIN-DIDOT AU MESNIL-SUR-L'ESTRÉE (EURE)
DÉPÔT LÉGAL : FÉVRIER 2010. N° 20805 (97654)
Imprimé en France